U1076184

魅丽文化　花火工作室

遥遥有期

萱草妖花 著

江苏凤凰文艺出版社
JIANGSU PHOENIX LITERATURE AND ART PUBLISHING, LTD

图书在版编目（CIP）数据

遥遥有期 / 萱草妖花著. -- 南京 : 江苏凤凰文艺出版社, 2018.9
ISBN 978-7-5594-1014-6

Ⅰ. ①遥… Ⅱ. ①萱… Ⅲ. ①长篇小说—中国—当代 Ⅳ. ①I247.5

中国版本图书馆CIP数据核字(2018)第186281号

书　　名	遥遥有期
作　　者	萱草妖花
出版统筹	汪修荣　邹立勋
选题策划	黄　欢
责任编辑	胡小河　姚　丽
文字编辑	胡　蓉
责任监制	刘　巍　江伟明
出版发行	江苏凤凰文艺出版社
出版社地址	南京市中央路165号，邮编：210009
出版社网址	http://www.jswenyi.com
印　　刷	湖南新华精品印务有限公司
开　　本	880x1230毫米 1/32
字　　数	349千字
印　　张	11
版　　次	2018年9月第1版，2018年9月第1次印刷
标准书号	ISBN 978-7-5594-1014-6
定　　价	38.00元

（江苏凤凰文艺版图书凡印刷、装订错误可随时向承印厂调换）

目录

CONTENTS

目录

CONTENTS

第一章
杜先生的协议

01.

十月初，夏日暑热未退，莱云马术俱乐部热气蒸腾，连马房里那些价值不菲的骏马，都热得焦躁。

邹遥遥回到俱乐部，推门走进办公室，助理刘萌刚将电话挂断，抬头一脸失落地看着她：“老板，杜先生的预约已经排到了明年，就算我们能撑到明年见到杜先生，他也未必会收购我们俱乐部。现在，我们该怎么办？”

助理见她皱着眉沉默，接着又说：“还有，管特放话说，如果月底咱们还不上钱，不仅会拿走马场的经营权，还会把米格人道处理。不然……就算了吧……您犯不着为了一匹马，花这么多钱，就让管特接手吧，那么贵的马，他会舍得处理掉？”

邹遥遥将手机握在手里，酷酷地转了两圈，然后啪的一声拍在办公桌上，有些烦闷：“征服不了的马，对他来说就一文不值。”她叹了口气，继续说，“你再打几个电话过去，向杜先生的助理说明我们的情况，跟他说明我们马场的潜力。”

如果在月底前没有人接手莱云马术俱乐部，那匹价值千万的招牌马米格就会被下一任主人管特人道处理掉。

而邹遥遥想见的这个杜先生，名下产业众多，不缺手段与人脉。邹遥遥打听到，他最近打算收购一家马术俱乐部发展青少年马术教育事业。

杜先生是个商人，他如果见过米格，一定会有接手米格的欲望。

她沉默地往老板椅里一瘫，有气无力，宛如被抽了骨。单薄的身板被厚重的老板椅衬得娇小，她的皮肤很白，巴掌大的圆脸，紧蹙的柳叶眉下是一双黑白分明的眼睛，水泽充盈，亮得让人挪不开眼。

原马术俱乐部的主人刑老先生因癌症去世，孙子欠下一千万赌债，邹遥遥和邢老先生交情匪浅，她爱马，又看好米格，于是接了马术俱乐部这个烫手山芋，背下了这一千万的债。

米格是邢老先生花一百多万欧元，从高夫斯精选一岁驹拍卖会上拍来的，这马血统优良，往上三代都是冠军马。良驹难得，邹遥遥又对米格有感情，实在不能眼睁睁地看它赴死。

她实在无路可走，拿起手机，给备注为“木小姐”的人发了一条信息：“我答应你去相亲，但是你答应给我的三百万，一分不能少。”

木小姐大概是在拍戏，半个小时后才回复：“宝贝儿，你木姐儿什么时候骗过你？你跟那小子见面，我和你爸爸还会各奖励你五十万。如果你们能交往，奖励六百万。如果能结婚，奖励三千万，另加两套房、三辆车。”

邹遥遥：“……”这是在卖闺女？还是“买一送五”那种？

所以她的父母是觉得她这辈子都嫁不出去了吗？

邹先生和木小姐，的确是这么认为的。

他们这个闺女从小就是个刺头儿，带领男同学打群架，从小学到大学，数次被开除。这姑娘刺儿到夫妻俩都不敢送她去国外念书，干脆将她留在了国内。

夫妻俩担心闺女到了国外，更加豪气干云地去打抱不平。她失手伤人事小，打死人可就麻烦了。

莱云马术俱乐部占地一百二十亩，不仅有马房、马场，还有三层英式建筑的休息会所。

杜黎刚回国，时差还没倒回来，就被秦易带来骑马。他换好衣服出来，被秦易叫过去跟几个姑娘打照面。

杜黎身高一米九，穿了一套英伦骑士服，内着浅色衬衣，配一根白色领带，脚上踩着一双高筒马靴，将他的双腿拉得修长笔直。

黑色丝绒头盔的帽檐微遮着额头，衬得他皮肤更白。他将唇抿出一条弧，优雅地冲几个姑娘颔首，浑身透着英式贵族气质。

他搁这儿一站，赫然出众，连条件不错的秦易仿佛都变成了普通人。有个姑娘主动对他伸手示好：“你好，我是刘芸，凯云影业副总。”

男人手里把玩着马鞭，反复折合，声音低沉：“你好，杜黎。”

语气很客套，眉头却皱了皱，不动声色地往后一退，离姑娘远了点儿。他并没有与她握手的打算，怕沾了女人身上的香水味儿，他讨厌那种味道。

刘芸尴尬地收回手，扭回头扫了一眼秦易。秦易赶紧过来打圆场，相互做了一个介绍。

一起上马场的有五个人，除了秦易和杜黎，其他三个都是姑娘。

这三个姑娘都不简单，其中一个是凯云影业老板的闺女，另外两个也是娱乐圈当红的女明星。

椭圆形的沙地跑马场上，驯马师给三个姑娘牵了马，姑娘们骑马出了这片沙地，奔向外面的跑道。

秦易骑着一匹黑马兜了一圈，回来看见杜黎还坐在休息区，他勒住缰绳，让刚兴奋起来的马儿停住，他坐在马背上垂眼看杜黎，调侃说：“怎么，咱们杜总在国外住了几年，还不会骑马呢？”

对于他的调侃，杜黎浑不在意，他手指微屈，利用指骨轻敲鼻尖，抬眼挑眉，淡淡地道：“我今天只骑米格。”

秦易举起马鞭，招呼工作人员过来：“刑老先生生前买的那匹母马还在吧？牵出来，给我们杜总骑。”

工作人员一脸为难：“这……米格还没完全驯化，不适合给客人骑。”

秦易一脸无奈：“那就太遗憾了。”

杜黎却挑了眉，饶有兴味地道：“非它不骑。”

杜黎作为秦易的朋友，工作人员不敢怠慢，便带他去了马房。

邹遥遥正拿着一把马梳给米格梳毛发。

米格觉得舒服，悠闲地打了个响鼻，用湿漉漉的鼻子在她的脸上轻抚，主动跟她示好，她也顺手捞住它的马嘴，将脸颊贴过去，蹭了蹭。

工作人员进来，在门口叫了她一声。她回头看见站在门口的工作人员，以及那个穿着英伦骑士服的近一米九的男人。

她站直身体，打量起身高腿长的杜黎。

马房灯光很暗，金色夕阳从砖孔射入，一束落在男人山根处，将男人的肌肤照出一种剔透的白皙。

男人薄唇微勾，邹遥遥却感受不到对方一丁点儿的和善，反而觉得，这男人看她的眼神略带嫌弃。

她总觉得这男人似在哪里见过，一时又想不起来。

工作人员说明杜黎的来意，邹遥遥立刻皱了眉头，严词拒绝："不行。米格性子野，太危险了。"

杜黎没有说话，静静地听小姑娘讲这匹马的性格以及强行骑它可能导致的危害。

女孩大约一米六五，但在他的跟前却是个小矮子。她的头发随意扎成马尾，吊在脑后，一张脸干干净净的。

大概天气太热，女孩双颊泛红，鬓角碎发别在粉嫩的耳后，露出饱满的面颊，也算是个小可爱。她穿着宽大的白色 T 恤，松松垮垮的，没什么款式，衣服上沾了一点类似于马粪的污渍。

看到这里，杜黎皱眉，几乎是下意识地抬手掩鼻，看她的眼神变成了丝毫不带掩饰的嫌弃。

邹遥遥见这人什么话也听不进，又全程拿那种略带鄙夷的目光打量她，终于没了耐心，心烦意乱地摆手道："你这是什么眼神？嫌弃马房脏就不该进来，说了不能骑就不能骑！走吧。"

她从小养动物，很能从动物和人的眼神里辨别情绪，甚至能猜透对方在想什么。

她最近心情不好，杜黎的眼神让她不舒服，她也懒得跟对方多费唇舌，直接让人滚蛋。

杜黎眉头皱得更深，征服欲望更强。

他将手中的马鞭折合成两股，一只手握着，在另一只手的掌心有一搭没一搭地轻拍，良久后，他开嗓："多少钱能骑它？"

"这不是钱的事儿！我会为了钱置客人的安全于不顾吗？"邹遥遥话刚说完，脑门就被一道无形的力量猛地拍了一下，她很快又改口，"二十万，安全概不负责。"

杜黎骑着米格出来，马场上立刻响起一串口哨声。

一个女孩正在喝水，看见杜黎骑马出来，英姿飒飒，一激动呛住了，猛地咳嗽："这男人是谁啊？以前怎么没见过？"

刘芸的目光也一直黏着杜黎，压根挪不开，她拧开水杯，喝了一口水说：“秦易的朋友，听口音，应该刚回国不久，不混咱们这个圈子。”

看见杜黎骑着米格出来，秦易惊得下巴差点掉下来：“杜黎，你可以啊！居然还真敢骑它？”

米格是进口温血马，体型优美，浑身腱子肉紧绷，黑色的毛发被打理得顺而发亮。它的一双耳朵上戴着耳套，迈着优雅的步伐出来时，宛如高傲的独角兽。

“老板见钱眼开，我投其所好。”杜黎将手中的马鞭抖开，欲在跑道上驰骋。

秦易问他：“所以你给了多少钱？”

“二十万。”他抬手一扬马鞭，身下的骏马立刻迈开四蹄奔出去。

这钱还不得他掏？看着疾驰而去的一人一马，秦易气得蹲在原地鼓腮帮，像只河豚，骂了一句：“杜黎，你浑蛋！不是你的钱你就不心疼是不是？”

话音刚落，他想起什么，原地一跺脚，冲着杜黎的方向吼道：“老杜，你赶紧停下！这马怕马鞭！”

邹遥遥一心只想赚钱，压根忘了提醒男人：米格怕马鞭。

秦易将话吼出来的时候已经晚了。

米格看似温顺，实则叛逆，它载着杜黎四蹄翻转，长鬃飞扬，在休息区的业余骑手们被米格迷住了。

然而奔出去不到五百米，米格突然停下，马头甩动，双前蹄腾空，欲将马背上的男人甩下去。

杜黎紧勒缰绳，将米格暂时稳住，从马背上踉跄落下。他爬起来迅捷闪身，躲过米格的踩踏。

米格压根没打算放过他，长嘶一声后开始围着他打圈，仿佛围剿猎物一般。

秦易急得满头汗，一脚踹向工作人员：“愣着干什么？救人啊！”

他话音刚落，一个相貌可爱的姑娘骑着一匹白马疾驰而出，直冲跑道。

姑娘双脚紧踩马镫，快靠近杜黎和米格时，她臀部离开马鞍，身体微拱，甩着马鞭驱赶米格，周旋两圈后，趁机弯腰，单手揽住男人的腰，咬牙一用力，将一米九的男人捞上马背。

邹遥遥觉得男人的腰手感不错，很结实。

男人被她反扣在马背上，宛如被马匪抢走的姑娘。杜黎的腹部顶着马背，一路颠簸，胃里翻江倒海，很不舒服。

他想直起腰，姑娘绵软温热的小手掐住他的后颈，用力往下一摁："老实点，别动。"

远处的秦易目瞪口呆："那是女人？绿巨人吧？"

有严重"傲娇癖"且身高一米九的杜先生一脸崩溃，这种画面，他能想象有多美。

他不要面子的？

02.

周日，风和日丽，适合相亲，邹遥遥却坐在办公室里焦头烂额。

助理刘萌接完一个电话，又是无能为力的丧气："老板，这已经是第三十三个要求退会员的客户了，再这么下去，莱云马术俱乐部可能撑不到月底。"

邹遥遥揉了揉眉心。

不过几天，米格失控的消息就已经传遍了整个圈子，莱云马术俱乐部里的大客户几乎都退了会员。

马场每日开支不低，造成了他们现在这种入不敷出的困境。

为了挽回一个顾客，邹遥遥主动打电话过去沟通。

对方小声说："遥遥，不是我不给你面子，你要知道，我这种没背景的小明星，真不敢得罪谁。让我们退会员的那位大佬手腕太强，我得罪不起。"

"是秦易？"她问。

对方说："要真是秦易，我还真不会退这个会员。"

"是邹先生和木女士？"除了她父母，她真想不出来会是谁了。

对方轻咳一声，提醒说："是那天在马场上被你救的杜先生……大概是觉得被你那样救下很没面子吧。不过遥遥，你也真是太彪悍了，我要是男人，也会觉得没面子。"

挂断电话，邹遥遥的眉头皱成了川字。

她仔细一想，最近似乎命里犯"杜"。她的莱云马术俱乐部想要拉拢的合伙人姓杜，她在马场救的男人姓杜，即将和她相亲的男人也姓杜。

什么时候这个姓烂大街成这样？

杜家老头已经八十八岁，大半截身子入土，他担心看不见孙子结婚，这不，孙子刚回国，便给他安排了相亲。

杜黎的相亲对象是邹影帝的二闺女，他和这个姑娘有点渊源，小时候一起参加过亲子节目。

杜黎已经十几年没见过邹遥遥，对那姑娘的印象还停留在两人一起参加亲子节目上，那会儿小姑娘还是个说话漏风的小豁牙，举着一把大刀追着土狗满院子跑。

这姑娘小时候特天真，他说什么都愿信，被他唬弄得团团转。

小姑娘总是一脸天真地告诉别人他是“暖心大哥哥”，真是年少无知。

他杜黎从小到大，只会给人添堵，还真没干过什么让人省心的事儿，“暖心大哥哥”不过是他在亲子节目里的人设，毕竟从他记事起，他就意识到优秀的自己必须有偶像包袱。

他已经十几年没见过邹遥遥，回国后，从好友口中听过关于这位邹二小姐的“辉煌事迹”。

这姑娘上学时因为打架被多次开除，换了两所大学，如今勉勉强强算是毕了业。

邹二小姐在圈内也算是“臭名昭著”，被圈内人称为现代版的“伤仲永”。

她年幼出名，现在也才二十岁出头，却让邹先生和木女士操碎了心，夫妻俩总担心这闺女嫁不出去。

四天前，秦易听说杜黎的相亲对象是邹遥遥后，笑得双肩发颤，从沙发上滚了下去：“杜黎，你不是吧？你要跟邹遥遥相亲，就那个长得像个菜包子、脾气暴躁的女变态？你居然跟她相亲？哪个名媛不比她好，你们家老爷子到底怎么想的？”

听了秦易的话，杜黎心里犯嘀咕。

老爷子虽然两眼昏花，但也不至于给他找个这么差的姑娘吧？

秦易见他沉默，又补了一句：“再说了，你们俩相亲得多尴尬啊，你忘了前两天她是怎么捉弄你的？又是怎么把你当成小媳妇儿捞上马背的？”

杜黎被一口茶水呛住了。

秦易瞥了他一眼："你这反应……该不会是不知道那天救你的姑娘就是邹遥遥吧？"

他还真不知道。

秦易问他："所以，你打算去吗？"

去，必须去。

"对了，有件事儿我得告诉你。"

"嗯？"

"你跟她相亲可一定要小心，"秦易皱着眉头一脸认真地说，"我以你的名义，让莱云马术俱乐部的大头客户都退了会员。"

杜黎想起那姑娘一把将他捞上马背的彪悍行为，皱了皱眉，一脚踹过去："谁让你擅做决定？"

"我这不是帮你报仇嘛……"秦易往沙发边一缩，抱着靠枕委屈地道，"你咋还对人家这么凶呢？"

邹遥遥已经记不清这是第几次相亲，总之每次对方都会中途借故离开。她在这个圈子里的名声不太好，即便在普通人眼里她有脸有身材，但跟同圈的那些名媛一比，简直天壤地别。

今天相亲的这个小杜先生她有点印象，小时候他们一起参加过节目，大她四五岁。

这个小杜先生是国际影后章黎的儿子，常年在英国。

她到了咖啡厅，被服务员引上二楼。

靠落地窗的卡座里，坐着一个穿浅蓝衬衣的男人。他正低头看一本马术杂志，从她的角度看过去，男人鼻梁挺拔，眉毛很浓，睫毛翘长而密，侧面轮廓英俊。

邹遥遥走过去，轻敲桌面，提醒男人，她到了。

杜黎的目光先落在女孩白净的手指上，又顺着她的胳膊缓缓上移，最终落在她略愕然的目光上。

他露出一个笑容起身，绅士地请她入座："邹小姐，请坐。"

女孩的穿着与那天在马场上的装束完全不是一个风格。

她今天穿了一条亮黄色吊带连衣裙，脖子上的 choker（项圈）衬得下方的锁骨和胸骨清晰性感。那天随意绑着的马尾被放下来，发型将小圆脸削尖儿，微卷的发梢垂在小香肩上，透着可爱。

邹遥遥身材不错，一双胳膊没有一点多余的赘肉，是一种常年锻炼才有的紧实美感。

这姑娘脸型弧度圆润，胶原蛋白充盈着整张面颊，一双大眼睛黑白分明，挺可爱。这种长相并不“高级”，在这个圈子里甚至算普通，但杜黎却恰恰好这款。

看腻了锥子脸，这种小可爱长相倒让人有新鲜感。

邹遥遥见到杜黎，下意识地攥紧拳头，眼睛要喷火。她将手包搁在腿上，压制怒气，话几乎从牙缝里挤出来：“小杜先生，您早知道是我吧？”

“好久不见。”杜黎看她时双眼带笑，“邹二宝小姐。”

小名从这个男人嘴里喊出来，邹遥遥顿时起了一身鸡皮疙瘩，皱着眉头道：“你也不用煞费苦心地找借口，你可以直接离开，茶水钱由我付，要是长辈们问起过程，我希望你好好答。”

“我可没打算就这么离开，”杜黎轻轻扫了一眼女孩那只粉嫩的拳头，嘴角一撇，淡淡地道，“我们来谈谈莱云马术俱乐部经营的问题吧，你不是一直想把莱云马术俱乐部卖给我吗？”

邹遥遥一愣，看着他，几乎一瞬间反应过来：“你是杜先生？”

杜黎从公文包里取出一沓资料，推给她：“这是你们送来的资料，我仔细看过，莱云马术俱乐部很有潜力，米格也很有前途。”

邹遥遥取过资料翻了两页，抬眼瞪着他：“你有什么条件？”

“你倒是个聪明人，知道这世上没有天上掉馅饼的好事。”杜黎笑了一声。

邹遥遥对杜黎的印象还停留在小时候，那会儿大家一起参加亲子节目，她天真得要死，觉得这个小杜当真就是“暖心大哥哥”，她压根没想到，这人肚子里其实都是坏水儿，节目里那些温柔都是装出来的。

那会儿邹遥遥才三四岁，世界观还没完全建立，她知道杜黎表里不一后，曾一度有心理阴影，导致后来有了点交友障碍。

她喝了一口花茶，目光并不友好。

这个报复心超强的男人，能提出什么好条件？

杜黎当然不知道自己无意间成了邹遥遥的童年阴影，他用一种吃饭、喝水般平常的口吻说：“我们结婚。”

邹遥遥被呛住，一口水喷到他的脸上：“你再说一遍？”

杜黎被喷了一脸水，从兜里掏出手巾抖开，泰然自若地擦脸，重复刚才的话：“跟我结婚，这就是我唯一的条件。”

邹遥遥：“……”这怕是个神经病吧！

03.

被喷了一脸水，杜黎眉微蹙，很快将嫌弃的不适感憋回去，冷漠的面孔在抬起的时候，瞬间换上一副斯文败类般的笑容，和声和气：“邹小姐，我们各取所需，你不吃亏。”

她不吃亏？嘀……邹遥遥的拳头已经不自觉地捏得咯咯响：“你是变态？”

“不，我是想与你合作的商人。”杜黎接着说，“我们家世相当，彼此也算青梅竹马，成为夫妻必然合适。如果你答应跟我协议结婚，我立刻接手经营莱云马术俱乐部，不仅帮你培养米格，而且保证两年内让莱云马术俱乐部扩大规模，让它成为中国第一的马术俱乐部。这个条件，邹小姐觉得是否可行？”

邹遥遥一愣。

“协议结婚？你的意思是，假结婚？”邹遥遥抓住重点，眉头紧皱着，看他的眼神变得认真起来，“条件不错，对现在的我来说的确很有诱惑力。那么，这个协议期限是多久？”

“两年。”杜黎将擦过水渍的手帕扔进垃圾桶，望着女孩一双漂亮的眼睛，“两年后我们离婚。”

虽然离婚对女孩影响不太好，但邹遥遥还真不在意这个，经过这么多次相亲失败，她甚至有预感会“注孤生”。

两相对比，还是杜黎吃亏，两年后离婚，他已经是个快三十岁的大叔，而她才二十四岁，正值青春年华。

和杜黎结婚不仅能救米格，还能拿到父母的三千万，以及价值八千万的房产和名车三辆。

这样一看，她好像真的不吃亏，赚大了。

小时候被千万网友吹捧的萌娃“邹二爷”自己也没想到，有一天她会靠结婚来赚钱。

邹遥遥果然心动，抬眼直视他：“成，先拟一份协议发给我，既然是双方协议，那这份协议我们可得好好改，希望可以让双方都满意。”

她的话刚说完，杜黎不知从哪儿变出一纸协议递给她，上面的条款秉持双方利益公正的原则，没有偏向任何一方。

她为甲方，杜黎为乙方。

她与杜黎协议结婚后，必须搬去杜黎的住处，尽可能做好一对外人看不出破绽的假夫妻。结婚期间，双方不能再找其他异性，不能给对方戴绿帽子，直到两年后期限满。

她很无所谓，反正是假结婚。

邹遥遥担心协议有文字陷阱，将草本收好，打算让姐姐帮忙看看。

木筱筱正在家里埋头赶新的漫画稿，本来不想和妹妹见面，但听说妹妹要结婚了，她吓得立刻丢掉画笔，穿着睡衣蓬头垢面地直奔莱云马术俱乐部。

木筱筱拿着妹妹的协议仔细看完，扶着眼镜框一脸不可思议：“邹二宝同志，你疯了？为了一个马术俱乐部你居然要嫁给杜黎！你要为一千万出卖自己的身体和灵魂吗？！”

“大宝，我觉得这婚结了我不亏，反正我也挺难找到合适的对象，为什么不趁着这个机会赚一笔钱，让我去做我喜欢做的事情呢？”邹遥遥抬眼看着穿着睡衣跑来莱云马术俱乐部的双胞胎姐姐。

两人虽然是双胞胎，但不同姓，一个随父，一个随母，长得也不太像，身高也有差距，一高一矮，性格更是南辕北辙，一动一静。

两姐妹都属于毕业后“放飞自我型”，为了追求自己的梦想，被家里断了经济来源。相比妹妹邹遥遥，木筱筱的情况好很多，她靠着漫画的版权收入，年收入保持在两百万左右，勉强够花。

但是这两百万，对于圈内的那些富二代来说，不过就是买几个包包的小钱，即使她想帮妹妹，也是心有余而力不足。

邹遥遥想当一名专业骑手，但一名专业骑手怎么甘心只拥有一匹赛马？目前只是一匹米格，就已经让她山穷水尽，想再要其他的赛马，她需要更多的钱。

她们的父母和杜家有交情，也算知根知底，妹妹的性格木筱筱太清楚，她决定要做的事情一定劝不动，不如让她去做。

木筱筱仔细地替她看完协议，眉头越皱越紧，然后抬眼问：“二宝，他不会贪图你的美色吧？”

“嗯？”她不明白大宝小姐为什么会这么问，这份协议很公正，半点没有偏向她的意思。

木筱筱仔细翻了两遍协议，然后才说：“他在协议里丝毫没有提财产分割的事，也就是说，如果你们两年后离婚，婚后财产他就必须分一半给你，一个商人，怎么可能会不考虑这个问题呢？他是傻了吗？”

邹遥遥觉得大宝同志说得有道理，用碳素笔在空白处加了一条对杜黎有利的条款。

两年后离婚她净身出户，这条写在白纸上，是为了明明白白地告诉杜黎：她不会占他一分钱的便宜。

第二天下午，邹遥遥带着修改后的协议去老地方跟杜黎碰面。

男人扫完协议，取出钢笔将她新加的那一条给画掉，又明确地在空白处加了一条：两年后离婚，婚后财产杜先生应当分给邹小姐一半。

杜先生的字苍劲有力，笔锋潇洒。

邹遥遥打断他：“你这是什么意思？”

“我杜黎虽然不是什么好人，但也从不占人便宜，你一个女孩跟我离婚，吃亏的到底是你，”杜黎继续低头写字，句号写得端端正正，他合上笔盖，将钢笔和协议一起递给她，“两年内我所赚的钱，离婚后我都分你一半，这样才公平。”

有人坚持给她送钱，她没理由再拒绝第二次，她接过协议和笔，迅速签字。

女孩的字迹刚硬潦草，收尾也很潇洒。

双方签字，邹遥遥抬眼问对座的男人：“我们什么时候去领结婚证？”

“就明天吧，”杜黎给她倒了一杯茶，不紧不慢地道，“那你认为我们什么时候办婚礼合适？”

“婚礼？不用了吧？”邹遥遥那张可爱的小脸很严肃，“我们协议结婚，今年可以以双方工作忙为由将婚礼推到明年。等到了明年，再想理由往后推。”

杜黎点头：“依你。你打算什么时候搬来我家？”

“我习惯了住莱云马术俱乐部，暂时不想搬。”

“我们白纸黑字写了协议，双方必须履行的假夫妻义务之一，结婚后，必须同住。”

邹遥遥说：“我是怕你不方便……”

杜黎眉眼弯着，目光里透着一丝友好的笑意：“我很方便。”

她盯着男人那双眼睛，总觉得他有什么不可告人的阴谋，也觉得他那句“我很方便”好像还有其他的意思。

邹遥遥犹豫片刻后，一脸狐疑地问：“你真的方便？”

小可爱反复问，他一个钢铁直男莫名往歪了想。

他正色点头：“方便。”

邹遥遥紧皱的眉头突然舒展开：“话是你说的，可别后悔。”

杜黎一脸疑惑，这有什么可后悔的？

周五，晴空万里，两人去民政局领了证，出来后各自给双方家人发了短信。

杜家老爷子收到短信，原本躺在病床上的他高兴地拔掉了输液的针管，瞬间精气神满满地从病床上站了起来，做起了老年人广播体操。

邹影帝和木影后正在剧组拍戏，收到闺女的短信，震惊得手中的剧本落地。

木影后愣了一瞬，才扭过头看向跟自己对戏的老公：“老邹，你们家二宝说她和杜黎结婚了，你信吗？”

邹影帝浓眉深蹙，好半晌才点头：“信，她还有什么大逆不道的事儿干不出来？”

“这个大逆不道我很喜欢啊。”木影后当场欣慰地抹眼泪，原本以为嫁不出去的二宝，却比大宝先嫁了。

谢天谢地，他们家邹二爷终于出嫁了，女婿居然还是全家人都很满意的杜黎。

领完结婚证的当天晚上，杜黎拍了一张两人的结婚证发到朋友圈，并配了一个“叹气”的表情。

他顺手随意发了个表情，没有任何其他的意思，但这个“叹气”的表情搁别人眼中，可就变了味儿，被翻译出各种酸甜苦辣。

“新婚”第一天晚上，邹遥遥和姐姐以及准姐夫王皓睿一起吃饭。王皓睿将手机递到她的跟前，强行将这条朋友圈展现在她的眼前。

王皓睿冰着面孔，往她碗里夹菜，语重心长：“遥遥，缺钱为什么不告诉姐夫？你是觉得姐夫拿不出这点钱？”

邹遥遥咬着筷子接过手机：“麻烦你总归不太好，况且你跟大宝还没结婚呢，帮我就不怕得罪未来丈母娘？”

王皓睿的微信和杜黎有几个共同好友，所以她成功窥探到了杜黎朋友圈下的评论。

文茂小公子（秦易）：“老杜你结婚了？还是跟邹遥遥？怪不得你家老爷子今儿容光焕发地邀请我家老爷子出门转呼啦圈，啧啧啧……你家老爷子很过分，装病装得炉火纯青，可苦了你的下半辈子。今晚出来喝酒？我叫几个美女，气死你的新婚妻子。【坏笑】”

备注为“凯云副总（刘芸）”的人点了个赞，并评论：“心情不好？也是，娶了邹遥遥，心情能好到哪儿去。杜先生如果不开心，出来一起喝个酒？”

某个和邹遥遥相过亲的星二代：【点蜡点蜡点蜡】

邹遥遥：“……”敢情娶了她，杜黎很吃亏？

没过一会儿，邹遥遥看见杜黎回复秦易：“滚。”

杜黎洗完澡出来看到朋友圈下面的评论，又看见备注为“凯云副总（刘芸）”的女人，仔细去想这女人是谁。

脑子里搜索出这个女人的信息，发现无关紧要，立刻戳进对方头像，删除好友。

他心情不好？这么能猜怎么不去当心理专家呢？

这群人就没看出来他在秀恩爱？他秀恩爱的方式不够霸道还是怎么的？

难道他这个“好老公”人设走得不够明显？大家秀恩爱不都是这样吗？

杜黎抬头看了眼墙上的钟，已经十一点。

他的新婚妻子人呢？怎么还没搬过来？

当然，杜先生完全不知道自己的“霸道总裁式”秀恩爱，在邹遥遥眼里看起来多尴尬。

04.

邹遥遥很抵触父母的社交圈，讨厌去应付复杂的人际关系，她微信里没几个外人。

邹遥遥将手机还给王皓睿，低头吃了一口饭，就听见这位准姐夫问：“你打算什么时候搬过去？”

她和杜先生假结婚的事儿，目前只有木筱筱和王皓睿知道，除了他们，她也没打算告诉其他人。

她咬了咬筷子，回答说：“明天吧，带着米格和阿帕奇一起搬过去。最近我与米格同吃同喝同睡，和它培养感情的这个过程，我不能离它太远。”

阿帕奇是邹遥遥养的一条马犬。这条犬的父辈往上，都是竞技犬冠军，阿帕奇有五个哥哥，他是最小的狗崽子，因为它有先天心脏疾病，不能成为竞技犬，便被邹遥遥养在了身边当伴侣犬。

“咳……”木筱筱被一口柠檬水呛住，抬眼反问，“二宝，你疯了？你不怕被杜黎打出去？”

邹遥遥挑眉：“大宝，你还是这么天真，你觉得他能打得过我？是他亲口跟我说，我搬过去他很方便，他一个大老爷们，说的话还能不算数？”

王皓睿扯了一张纸巾，修长的手指托住女朋友的下巴，给她仔细擦嘴，一向冷峻的面孔上多了一分温柔，嘱咐她：“小心吃饭，呛着了吗？”

木筱筱嘴角一弯，冲着男友嗲声嗲气地撒娇：“嗯……呛得有点胸口疼。”

王皓睿蹙眉，扭过脸斥责邹遥遥：“遥遥，以后跟你姐吃饭，不许语出惊人。”

邹遥遥满脸问号。

被呛到也是她的错？这对秀恩爱的情侣真是够了！

偏偏木筱筱还扭过脸去教育邹遥遥：“二宝，你平时温柔点，说不准杜黎能喜欢上你，对你假戏真做呢。你说对吗，皓睿？”

王皓睿嘴角勾起一抹笑意，眼神里都是宠溺：“嗯。”

“呵呵。”邹遥遥攥紧筷子，用劲儿在碗里一阵倒腾，“他敢对我假戏真做，我弄死他。”

女孩说“弄死他”的时候磨了磨牙齿，筷子重重地戳进碗里，在那一瞬间，瓷碗仿佛有裂开的趋势。

吃过饭，王皓睿送邹瑶瑶回莱云马术俱乐部。

她下车后，刚走没两步就被准姐夫叫住：“遥遥，你等等。”

她停住脚步扭过头看他，一脸疑惑：“嗯？”

王皓睿从后备厢取了一袋东西，递给她："听说你要搬去杜黎家，你姐姐连夜给你准备了些东西。这些东西挺隐私的，你让阿帕奇背过去，以免打草惊蛇。"

邹遥遥从准姐夫手里接过东西，用手指勾着，掂了掂重量，挺沉的。

这是一个狗狗穿的犬衣，左右两面各有一个大的收纳包，里面被塞满了东西，大概是些她压根用不上的防狼物品，碍于姐姐的好意，她还是收了。

杜黎家位于郊区别墅群内，是位置最好、占地面积最大的独栋别墅。

这个小区因为地理位置好，环境优美，不少圈内明星以及有钱的老板都在这里有房产。

邹遥遥找了一辆车将米格和阿帕奇运到了小区外，然后骑着米格，从小区门口一路骑到杜黎家门口。

她骑在马背上，单手捞着睡眼惺忪的马犬，另一只手牵着缰绳，一路上引起不少路人侧目。

杜黎被门铃声吵醒，翻了几次身才爬起来。

杜黎喜欢安静，家里没有常驻保姆和园丁，一日三餐均点外卖，卫生和家务每周末有人准时来做。

至于以后谁做饭、洗碗，他想当然地认为新婚妻子邹二宝同志会贤惠地全揽下，毕竟她给马梳毛的手法很娴熟，对家务肯定也手到擒来。

杜黎顶着一双黑眼圈爬起来，趿拉着拖鞋下了楼。他去客厅里替她打开了电动门，转身又去厨房接了杯水。

杜黎咬着水杯刚回到客厅，一条成年马犬突然冲了进来。

这条马犬身材精干，浑身的肌肉结结实实，面部毛呈黑色。它穿着一件犬衣，双面背包里塞满了东西，看起来特别沉。

杜黎都有点担心包里的重物会将这条精瘦的马犬压垮。

昨夜下过雨，马犬在院子里踩了泥坑，进来后，在客厅洁白的地板上踩了一个又一个梅花爪印。

马犬跟杜黎打了个照面，迈着小碎步到他跟前停下，脑袋一歪，用一双水汪汪的大眼睛望着他。

杜黎扫了眼地上的梅花爪印，目光又落回它的狗脸上，怒火瞬间被点满。

阿帕奇被男人盯得直发怵，夹着尾巴，下意识地往后退了两步，见男人没有要摸它的意思，赶紧掉头往外跑。

杜黎走到落地窗前，往外看，看见邹小姐正在院子里栓马。

邹小姐不仅带了狗，还牵了一匹马。

邹遥遥将马栓在院子里的路灯上，直起腰后捞住了米格的马嘴，开始抚摸。

米格绷着腱子肉，毛发在阳光下柔顺发亮，它垂首时目光温柔，浑身透着英国皇室般的优雅，宛如童话里的独角兽。在高大的骏马的衬托下，女孩温柔娇小。

烈犬、烈驹和女孩。

杜黎看得愣了神。

他决定娶邹遥遥，原因有三。

第一，这姑娘救了她，虽然让他丢了面儿，但这姑娘身骑白马疾驰而来，眉眼间英气充沛，特别酷。

第二，这姑娘长得可爱，符合他的审美。

第三，这姑娘和米格一样，是匹烈驹，如果能征服她，那才是真真儿有成就感。

总之对于杜黎来说，邹遥遥同志是一匹未被发掘的千里马，而她的伯乐全世界独他不可。

至于秦易嘴里关于小可爱那些不堪的八卦，秦易那个小王八蛋，什么也不懂。

杜黎之所以被圈内人尊称为杜先生，是因为他的眼光从来都很独到狠辣。

他觉得某个项目能赚钱，就一定能赚钱；他认为某剧组打酱油的演员能火，这个演员不久之后必然会一炮而红。在生意投资方面，秦易从不会对他的眼光产生质疑，可唯独在择偶这个事儿上，他觉得这次杜黎是真的看走眼了。

不管秦易怎么给他八卦邹小姐的那些奇葩事儿，他都坚定认为，邹小姐与众不同，必然是块璞玉。

杜黎的目光还停留在邹小姐身上，女孩饱满的面颊在阳光下显得更娇嫩，她用双手托住马嘴，仰着小脸与米格对视、说话，笑的时候嘴角挂着两个小酒窝。

瞧，外人眼中蛮横的邹小姐，不也有温柔的一面？多可爱。

杜黎还沉浸在女孩、烈犬、烈驹的和谐画面中，却突然被米格的排泄行为彻彻底底地拉回现实。

他隔着玻璃都仿佛能闻见斥鼻的味道，下意识地抬手遮鼻。

杜黎："……"

严重洁癖的杜先生有点抓狂。

邹遥遥换了鞋从外面进来，径自去厨房给自己接了杯水，她咬着水杯立在客厅，对阳台上穿着真丝睡袍的杜先生说："杜先生，院子里是我家米格，您应该认识。"

又指了指趴在脚边的黑脸马犬："这是我家阿帕奇，以后我们仨请杜先生多多关照。"

说着，不忘冲他鞠了一个标准的九十度躬。

杜黎睨了一眼窗外的烈驹，又看向一脸乖巧地背着沉甸甸的背包的烈犬，他嘴角抽了抽："亲爱的杜太太，有洁癖的杜先生恳请你将这两只宠物从我家里请出去。"

话说得很客气，可他的神态与行为里没有一点客气。

马匹和狗血统再高贵始终是畜生，它们身上的毛发、味道和随处排泄的习惯与生俱来，杜黎绝对不允许这两者进入他的领地。

"哦，杜先生有洁癖啊，那太糟糕了。"对于杜先生的态度，邹遥遥也略不痛快，柳叶眉随意一挑，"可是您说我搬过来很方便。怎么，话刚撂没几天，就不算数了？"

杜黎被女孩的一句话怼得胸口闷。

小可爱对丈夫的态度是不是太无礼了？

他走过去，冷漠的目光淡淡地扫过她的头顶，决定给她一个下马威，他冰着脸反问："杜太太喜欢吃狗肉火锅还是吃马肉火锅？"

他自认为这样的目光足够有震慑力，毕竟他一旦严肃，员工们便噤若寒蝉，可他忘了眼前这个女孩并不是他的员工，对他毫无畏惧。

邹遥遥讨厌杜黎这种高高在上、睥睨众生的眼神。

她与杜黎大眼瞪小眼，目光也足够冰冷。

感受到两个人身上强大的气场，趴在地上的阿帕奇打了个喷嚏，默默地缩成一团，以此降低存在感，免得两人打起来伤及无辜。

双方互不相让，邹遥遥最先打破沉默，小白手在空中一摊，语气轻飘飘的："阿帕奇，刀。"

缩成一团的烈犬立刻起身，奔向厨房，等它从厨房出来时，嘴里已经多了一把明晃晃的菜刀。

马犬踩着欢快的小碎步回到邹遥遥跟前，用狗爪拍了拍女孩的膝盖，示意她取刀。

邹遥遥从狗嘴里接过刀，冲着杜先生眉眼一弯，难得的可爱，语气也跟着细声细语起来："狗肉、马肉火锅我是不吃的，但是如果杜先生想吃人肉火锅，我可以帮忙操刀。"

杜黎眼里的温度又降低了，嘴角勾出嘲讽的意味。

她以为拿把菜刀在他跟前晃晃，他就怕了吗？啧，真是个幼稚的小可爱。

他的嘴角刚勾起一个讥讽的弧度，小可爱立刻收起笑容，目光变得比他还冷。

呼的一声，菜刀贴着他的耳朵飞过去，又砰的一声闷响，刀尖扎进他身后的飞镖靶红心。

他回头，看了眼那把贴着他的耳朵飞过的菜刀。

即便此刻他已经被小可爱的变态举动吓得心肝颤动，但好面子的杜先生依然保持着表面的淡定。

为了掩饰内心的大地震般的震动，杜黎下意识地抬手去整理领带，然而手抬到喉口下的位置时，他悲哀地发现自己穿的是睡衣！

邹遥遥察觉到他这个细小的动作，得意地勾了勾嘴角。

"卧室在楼上吧？我去洗个澡。"她走到楼梯口，停了一下，回过身对杵在原地的杜先生说，"我挺饿的，麻烦杜先生帮我煮碗面，谢啦。"

杜黎望着女孩上楼的背影，满脸问号。

让他煮面？

小可爱在做梦吗？

等邹遥遥上了楼，饥肠辘辘的阿帕奇也冲着杜黎"汪汪"叫了两声。

杜黎低头看了眼阿帕奇，非常不爽地踢了它一脚。他发誓，他下脚特别轻，然而这只狗却突然倒地，还连翻了两个滚，宛如被降龙十八脚踢中！

杜黎此刻都快怀疑自己是不是脚有神力了。

邹遥遥上了二楼又折回，刚好看见阿帕奇被杜先生"踹飞"的场景。

邹遥遥双手撑着实木栏杆，指着杜黎警告："阿帕奇有先天性疾病，你敢欺负他，我炖了你。"

被一只“戏精狗”诬陷，杜先生有点委屈。

女孩目光里有怒火，警告之后问他：“为什么你家所有客房都没浴室？你家浴室在哪儿？”

杜黎冷哼一声，声音懒洋洋的：“主卧。”

“知道了。”邹遥遥进主卧之前嘱托他，“你先帮阿帕奇取一下背包，谢啦。”

心高气傲的杜先生居然莫名其妙地答应了。

凭什么听她的？

杜黎蹲下身，冲着那只“戏精狗”招手：“你，过来。”

阿帕奇爬起来，迈着四条大长腿朝杜黎跑过去，在他的跟前坐得端端正正。它望着跟前的这个帅哥哥，兴奋地直摇尾巴，两只尖尖耳向后压着，乖巧得像只无耳海豹。

杜黎一脸嫌弃地伸手过去，用两根手指操作，替它解开背包。

背包落地，由于解开的姿势不对，里面的东西哗啦散落一地。

杜黎从茶几上取过遥控器，拨弄了一下从背包里掉出的东西：避孕套、各种稀奇古怪的情趣用品、防狼喷雾……

防狼喷雾他能理解，嗯……避孕套、情趣用品是什么意思？

嘶……邹小姐看起来一本正经，没想到骨子里“狼血”沸腾，喜欢玩儿这么刺激的？

第二章
他的偶像包袱

01.

杜黎懒得去收拾这些东西，随意让它们散在地上。

阿帕奇冲他叫了一声，用鼻子将一个情趣用品拱到他的脚边。

杜黎皱着眉，嫌弃地踢开。

啧，是他不够有男人味还是不够帅？邹小姐居然自备这些东西？

他下意识地挺了挺胸膛，衬衣下的肌肉纹理绷得特别明显，对，他一定要找个机会展现他的胸肌、腹肌、大长腿。

阿帕奇将一只类似于骨头，又长又粗的情趣用品叼在了嘴里，它见杜黎没有阻挠的意思，以为是给它准备的新玩具，开心地叼去了阳台自己玩。

地上的东西乱糟糟，杜黎将它们踢到茶几另一侧一个不起眼的小角落。

杜黎的别墅装修格局很奇怪，上下三层。

一层客厅、音像厅、餐厅；二层主卧、客卧；三层健身房、娱乐K歌房、书房。本质上这样的规划很合理，但奇怪的是二层的客卧里没有卫生间。

也不知道杜黎是有什么奇怪癖好，居然还有人嫌卫生间多吗？

杜黎觉得卫生间是藏污纳垢的场所，自然是越少越好，所以就导致了这么大的一栋别墅只有一个卫生间，在杜先生的主卧里。

杜先生的卧室除了床和简单的家具外，没有其他繁杂物品，一眼望去非常空旷，衣帽间大约四十平方米，四面均是齐墙高的开放柜，宛如一间男士服装店。

左面墙上挂满了男士衣服，正装偏多，西装衣裤被熨烫得妥帖。

右墙的二层柜架上摆着一排男士手表，三层柜架里有很多小方格，放着卷成花式的领带。

门对面的那面墙柜里，上百双男士鞋被码得整整齐齐。

邹遥遥第一次看见这样壮观的男士衣橱。

在家里，她爸爸邹廷深是没有人权的，无论家里的衣帽间如何扩建，最后都会被木女士的衣服、包包所霸占。

洗过澡，邹遥遥穿着素色的长裙，湿着头发下楼。

杜先生站在楼下餐厅里，正在开一瓶红酒。

他已经换了衣服，穿着一件格子衬衣，利用背带夹代替了传统皮带，既有绅士时尚感，也有商务庄重感。他的衬衣袖挽至胳膊肘，露出的一段小臂紧实白净。

为了庆祝杜太太搬过来，杜黎倒了一杯红酒递给她："未来两年，请杜太太多多关照。"

邹遥遥将搓过湿发的毛巾随意搭在肩上，腾出空手从杜黎的手中接酒杯。

杜黎帮她点了一份猪脚面外卖，送来时还冒着腾腾热气，她拉开餐椅坐下，捧起比她脸还大的汤碗大快朵颐，等有了饱腹感，她抬起脸问杜黎："你家没保姆和用人吗？"

杜黎表示没有。

他刚回国不久，家里没有常驻保姆。

邹遥遥"嗯"了一声，她家其实也不用保姆和用人，因为老邹会做饭，而且特别宠媳妇儿，会变着花样给木女士做营养餐。

大概优秀的男人都会做饭，杜先生应该也不例外吧？

邹遥遥吃饱喝足，想起昨晚看到的朋友圈下的那几条评论，忍不住问他："杜先生，大家都认为你娶我是鲜花插牛粪，我挺好奇，是什么让你决定和我开始这段契约婚姻的？你大可以选择更好的人。你应该听过关于我的事，你不觉得我是个粗莽的怪物？你娶了一个没名气甚至臭名远扬的姑娘，不会觉得没面子？”

她望着他，期待他的解答。

邹遥遥自从接触杜黎以来，只从他脸上看见过两种表情：绅士的微笑和高冷。

现在杜黎的表情是后者，下巴线条绷得很紧，眉眼肃穆，他的眼神邹遥遥看不懂，凭她简单的大脑，也猜不透。

杜黎沉默地看着女孩。

聪明如他，当然知道这姑娘心里有委屈。

杜黎没有直接回答她，只是安慰说：“杜太太，是他们看走眼。”

相敬如宾的生活就这么开始了。

杜先生坐在客厅沙发上翻男装时尚杂志，他看书时鼻梁上多了一副金丝边框眼镜，透着一副斯文败类的禁欲气息。

邹遥遥坐在沙发上，找遥控器的时候在不起眼的角落里发现了一堆十八禁物品，她瞟了一眼，发现居然还有防狼喷雾。

她：“……”

所以杜先生嘴上说着“他们看走眼”，实际上还是把她当成了“狼”？

除了防狼喷雾，还有其他令人羞耻的东西。她抬眼看向杜黎，目光变得复杂，他果然是个衣冠禽兽。

偏偏男人还这么明目张胆地将这些东西堆在客厅，就不怕家里来客人吗？

邹遥遥对男人的行为表示非常不齿。

但不齿归不齿，她还是好心地替他将这些东西收进了垃圾桶。

她收完不忘补一句：“杜先生，我希望以后同居的日子里，你可以抑制自己的欲望。”

杜先生盯着她，扶了扶眼镜框：“嗯？”

“希望你不要骚扰我。”邹遥遥又接着说，“我是个讲道理的人，不会随意揍人。”

杜黎扫了眼被她收进垃圾桶的十八禁物品，了然。

她是打算自己玩，不带他呗。

啧，小可爱真是棒棒的，当着男人的面收拾情趣用品，脸都不带红的。

之后几天，杜黎一直在忙关于莱云马术俱乐部的项目。

邹遥遥提出跟莱云马术俱乐部签一份骑手合约，她以后想带着米格，以莱云马术俱乐部骑手的身份参与全国各大冠名比赛。

公司针对莱云马术俱乐部的项目专门成立了一个小组，召开企划会当天，杜黎也带上了他的狂野小可爱。

杜黎看好马术行业，也非常重视莱云马术俱乐部这个项目。

总经理听说杜先生要带着杜太太来公司，立刻吆喝员工打起十二分精神，带上十二分笑容。

车到了公司楼下，邹遥遥跟着杜黎下车，脚刚落地，外面数十人哗啦齐鞠躬，耳边响起一阵洪亮的声音：“杜先生好！杜太太好！”

杜黎面无表情微微颔首，小声对邹遥遥说：“挽住我。”

邹遥遥将男人的胳膊挽住，也冲着员工们轻轻颔首。

进了电梯，她松开杜黎，然后瞥见男人抽出手帕，擦了擦她挽过的地方。

邹遥遥：“……”她感觉自己受到了侮辱。

知道杜先生要来公司开会，会议室里氛围紧张，几乎能闷死一只苍蝇。

莱云马术俱乐部这个项目秦易也很感兴趣，也来凑了个热闹。

他双腿搭在会议桌上，仰躺在老板椅上捧着手机打游戏，看见杜黎身后的邹遥遥时吓得一个手抖。

他擦擦眼睛，确定是邹遥遥无误：“老杜，你开会还携带家属的？”

杜黎淡淡地扫了一眼吊儿郎当的秦易，懒得搭理。他绅士地替邹遥遥拉开椅子，示意她坐，随后挨着她坐下。

会议开始，灯光暗下去，投影亮起，负责人开始慷慨激昂地发言。

所有人都在认真听莱云马术俱乐部未来的规划，只有秦易跷着二郎腿，窝在椅子里打量对面的杜黎和邹遥遥。

邹遥遥穿了一条素白长裙，头发随意披着，化了妆。秦易承认，她长得的确不错，但在这个美女如云的圈子，他还是想不通杜黎为什么会选她当老婆。

近几年国家开始重视马术，A 市与迪拜直飞的航线开通后，相当于在中国与阿拉伯国家之间搭建了一条“空中丝绸之路”，A 市作为内陆开放试验区，借此契机成为中国和阿拉伯国家战略合作的桥头堡。

有了这层背景，A 市中阿马术协会成立。

杜黎嗅到了马术的前景，打算借助中阿马术协会的平台，大力发展青少年马术项目。

他计划在未来一年内让马术覆盖全国三千余所学校，成立专业的校园马术队，组织青少年赴世界各地参加马术研学活动。

这个计划让邹遥遥大吃一惊。

当然，杜黎还有一个计划，培养专业骑手。让邹遥遥出乎意料的是，在杜先生的培养计划里，她和米格是重点培养对象，杜先生还打算让她去参加国际性质的竞赛。

杜黎花了一个通宵研究她的资料，发现这姑娘极具天赋，但碍于家人阻挠，一直没能在马术方面有所作为。

邹遥遥不是专业骑手，但在去年丰德赞助的一场速度赛马比赛中，她骑着一匹叫“霍去病”的国产马拿下冠军，这件事当时在圈内还引起了不小的轰动。

杜黎手上的资料还显示，邹遥遥在这场比赛后，还发生了一起事故。

她驾马冲过终点线时，“霍去病”失控，邹遥遥竭力控制，依然被摔下马背，她被马拖行了数百米，受了重伤。

也正是看了这个，杜黎觉得外人不懂邹遥遥。

她是一匹烈驹，也是绝对的千里马。

哦，还是狂野小可爱。

02.

企划会进行得非常顺利。

会议结束后，杜黎还有点事情要和秦易单独谈，让司机先送邹遥遥回家。

在外人面前，杜黎对她这个杜太太表现得非常绅士，无时无刻都在演绎一个与妻子恩爱的绅士丈夫。

对于他的绅士行为，邹遥遥只能“呵呵”两声。

她不知道杜黎真实的一面，但她知道的是，杜黎绝非绅士，他会在外人面前保持人设，所以这位杜先生，是一个有偶像包袱的男人，从小到大都是如此。

下午邹遥遥得空，去了马场练马。

她进马房时，看见一个十二岁的小姑娘正欺负一个七八岁的小男孩，邹遥遥看不过去，上前拎住小姑娘的后衣领，将其拎出老远。

被救的小男孩一句感谢的话也没说，转身跑出了马房。

小姑娘欺负人被抓包，也撒丫子跑开了。

本以为这事儿就这么完了，下午她绕着马场疾驰两圈后，停在休息点，让工作人员将水扔给她，她将扔过来的水瓶稳稳接住，当即拧开瓶盖在马背上快饮，咕咚咕咚直往喉咙里灌。

随即一股火辣感在喉口蔓延开来。

她一口水喷出去，打湿了马儿的鬃毛，这水极辣，呛得她胸口宛如火烧。

她抓着水瓶质问工作人员："这水怎么回事？"

工作人员一脸迷茫，反应过来，立刻扭头看向身后刚才给他递水的小姑娘。

一个穿骑装的小姑娘甩玩着马鞭，酷酷地与邹遥遥对视："是不是特别好喝呀？"

莱云马术俱乐部已经被杜黎接手，员工大换血，她一个也不认识，连这里的新会员也都让她觉得眼生。

邹遥遥冷眼看着马背下的小姑娘："这水里加了什么东西？"

这个小姑娘她认得，下午在马房见过，是个欺负人的小恶霸。

小姑娘大步一跨走上前，挺着胸脯仰望着她："是我特意为你准备的无色辣椒水，怎么样，满意吗？"

看小姑娘的身板和模样，大约十二岁，身高一米四五左右。可就是这么个小姑娘，看她的眼神里尽是轻蔑。

邹遥遥还没开口，忽然被打断。

"清清，又调皮。"刘芸选好马出来，恰好撞见这一幕，她走过来，搂住小表妹的肩，抬头对马背上的邹遥遥说，"邹小姐，你别跟小孩计较，小孩子贪玩，跟你开个玩笑。"

刘芸皮肤很白，长得漂亮，五官属于那种很高级的美。邹遥遥跟刘芸是高中同学，矛盾已经存在很多年。

刘芸 MIT 毕业后就回国帮父亲管理公司，现在是凯云的副总，圈内人对她的评价非常高。

而两人的关系之所以不合，家庭背景有很大的因素，刘芸的父亲是凯云的老板，而邹遥遥的父母则是世嘉的老板。

凯云与世嘉这两个公司堪称国内的造星厂，一直以来都是对立的竞争关系，两家艺人明里斗暗里斗，早已经不是秘密。

世嘉的“深眠夫妇”，一个影帝，一个影后，他们公司无论是实力抑或是造星能力，都绝对碾压凯云。夫妻俩这两年挖了不少凯云的演员，所以凯云的刘老板一直仇视这对夫妻。

父辈关系不合，下一辈关系自然不会好。

“深眠夫妇”过于优秀，又恩爱，挑不出毛病，可他们却有一个宛如基因变异的闺女，所以刘氏父女就把仇恨集中在了邹遥遥的身上，她在圈内臭名远扬，数次相亲失败，全拜刘氏父女所赐。

这个小丫头敢来挑衅，显然是得了刘芸的授意，想让她难堪出糗。

萧清清仗着自己年龄小，觉得邹遥遥不敢拿她怎么样。如果邹遥遥真的跟一个未成年少女计较，一定会被耻笑。

瞧，邹影帝的女儿不仅性格凶蛮，且以大欺小。

想到这一层，小丫头更加肆无忌惮。

邹遥遥并未理会刘芸，而是挑着眉问小丫头：“小姑娘，有没有学过速度骑马？”

小丫头还没开口，邹遥遥已经骑马掉头，骑着马朝前面奔了一段距离。她半途又折回，朝小丫头这边奔过来。

刘芸下意识地躲开，忘记去拉表妹。

小丫头望着冲过来的高头大马，显然已经吓蒙了，站在原地一动不动。

邹遥遥骑着一匹国产马越过了一米高的围栏，离小丫头越来越近。

马蹄即将踩到小姑娘，邹遥遥立刻勒紧缰绳，带着马来了个急转弯，马蹄翻起泥沙，迷得小丫头睁不开眼。

小丫头吓得忘记怎么走路，两腿一软，就要跌倒在地时，邹遥遥抓着缰绳弯下腰，玩马戏似的将她捞上了马背。

小丫头身体腾空的瞬间，差点吓晕过去。

“我教你骑马！”她将小姑娘搁在马背上，扬起马鞭，声音拔高一个调，“小丫头！机会难得，你可要好好感受！”

身下的马受到马鞭刺激，四蹄一翻，疾驰而出。

邹遥遥身下的马像疯了一样撒欢狂奔，马背上的小丫头被颠得胃里翻江倒海。

速度如风，马蹄溅起的小细沙溅在女孩娇嫩的面颊上，刺得她生疼。

小丫头吓得在马背上哇哇大哭，刘芸也吓得面色煞白。

她一边拿手机录邹遥遥欺负小孩的罪证，一边转头冲工作人员吼道："愣着干什么？赶紧想办法救人！"

小丫头在马背上没有任何安全措施，几次差点摔下去，却被邹遥遥手快给捞上来。

一圈跑完，停下来，邹遥遥先下马，将脸色发白的小丫头抱下来，扔到了一旁的休息椅上。

她将马鞭扔给一旁的工作人员，然后转脸问她："怎么样？姐姐刚才在马背上教你的速度骑马诀窍，你学会了吗？"

小丫头脸色惨白，仰头望着她，眼神惊恐，宛如看一个大魔头。

刘芸冲过来，气急败坏地道："邹遥遥，你疯了吗？连小孩也欺负？"

"刘小姐，你开什么玩笑呢？"邹遥遥笑得眉眼一弯，"我是在教你妹骑马。看来，你并不接受我的好意。"

刘芸气得眉毛一弯："蛮妇！"

邹遥遥冷厉的目光扫过她的头顶，连与她吵架都提不起兴趣。

她蛮？

邹遥遥懒得搭理刘芸，转身去取了一瓶矿泉水，丢给瑟瑟发抖的小丫头。

小丫头接过水，颤颤巍巍地看了一眼邹遥遥，经过刚才的惊吓，她渴得喉咙冒烟，刚拧开瓶盖，嘴还没挨上瓶嘴，手里的水瓶便被表姐刘芸一巴掌拍在地上。

刘芸将表妹捞起来，离开时在邹遥遥的身边停了一下，斥责道："不折不扣的蛮妇，居然连小孩也欺负！杜先生倒了八辈子血霉才摊上你这么个太太吧？"

倒血霉才能娶上她？邹遥遥眉头紧锁。

她脑子里还在整理反驳的语句，身后却响起一道不冷不热的声音："我怎么不知道，倒血霉才能摊上这么好的太太？"

03.

邹遥遥和刘芸同时回头，看见身穿骑装的杜黎和秦易。

秦易吊儿郎当地甩着马鞭走过来，调侃说："哎哟喂，我们清清妹子怎么吓成这样？又欺负人了？”他屈指弹在小丫头额头上，“还真以为没人敢教育你？怎么着，遇见大魔头，吃亏了吧？”

小丫头抱住表姐，咬了咬嘴唇，指着邹遥遥说：“我没欺负人，是她欺负我！贱女人！不要脸，欺负小孩！”

邹遥遥眉眼间的温度冷却。

小丫头不认识杜黎，肆无忌惮地拽着表姐的衣服，跟她撒娇：“表姐表姐，你帮我报仇，刚才她差点让那匹马碾死我。”

刘芸被杜黎删除微信好友，本就不是滋味儿，可她心里明白杜黎这人不能得罪，不仅因为他背后有个杜家，更因为他本人也不是个能欺负的角儿。

小孩子闹得起劲儿，刘芸却沉默不语。

杜黎的目光越来越冷，淡淡地扫了眼刘芸：“刘小姐，小孩不懂事，难道您也辨不清是非？”

刘芸被男人看得直发怵，搂着表妹，紧着眉头对表妹说：“清清，跟邹小姐道歉。”

小丫头以为自己听错了，红着眼睛一跺脚，抬眼望着她，声音尖锐：“我不要！”

“道歉！”刘芸厉声喝道。

小丫头被吓得一颤，攥着刘芸的衣服，垂下头，咬了咬嘴皮儿，声音细若蚊蚋：“对、对不起。”

刘芸扫了眼邹遥遥，又转而看向杜黎，微笑道：“杜先生，小孩不懂事，我平时也太心疼这丫头，她说了些不妥的话，望您谅解。”

杜黎紧绷的神色终于有一刻松缓，嘴角微勾：“谅解。”

等刘芸带着小丫头离开，杜黎转回身看了眼邹遥遥，语气也冷冰冰的，一点儿都不温柔：“去换衣服，我在停车场等你。”

邹遥遥被他的眼神看得不太舒服，她嘴角嗫嚅，想说什么，却又吞了回去，径自去了更衣室。

回到车里，秦易坐在副驾驶座上嚼着口香糖，抖着腿说：“老杜，刘芸如果不给你面子，把这事儿传出去，你的老脸还挂得住吗？这邹遥遥可以啊，小孩也欺负，一点儿没有做杜太太的觉悟啊。”

跟杜黎认识这么多年，秦易深知面子对这个男人的重要性。

杜黎没说话。

“你知道那小丫头是谁吗？”秦易嗤笑一声，“这个烂摊子你可得给她收拾好了。下个月那场速度赛马是风凯冠名的，目前莱云就这点名气，人家可还没答应给莱云参赛的名额呢。萧清清是风凯董事长最宠的孙女，这事儿一闹，你觉得老爷子还会给你面子吗？”

杜黎皱眉：“小丫头是萧家的孩子？”

“你说呢？”秦易说，“老杜，我不知道你突然结婚是什么打算，但你娶了邹遥遥，以后有你后悔的，那姑娘刁蛮任性起来，可一点不比萧清清那鬼丫头差。”

杜黎挑眉。

秦易扭过脸，嫌弃地看着他：“你还不如娶刘芸那姑娘呢。那姑娘精，倍儿有心机，事业上肯定能帮你很多。邹遥遥就是一根筋，她在圈内名声那么差，以后给你惹事儿的地方多着呢。”

杜黎冷笑了一声：“怎么单纯的姑娘搁你嘴里就变得这么不堪？”

秦易嗤笑道：“单纯？呵呵，在这个圈子里，单纯能当饭吃啊？就她这种横冲直撞的性格，如果不是有个好爸妈，早不知道滚哪儿落魄去了，哪儿有机会嫁给你这种‘人设精’？”

回去的路上，杜黎没与邹遥遥讲话，全程冷着脸。

邹遥遥坐在他身边，感受了一路他的冷气。她很清楚，马场上杜黎虽然让小孩道了歉，但也只是为了挽回他自己的面子，并不是诚心想帮她。

回到家里才四点半，她换了背心、短裤去三楼健身房跑步。

杜黎比她去得早，也换了运动背心、短裤。

男人的身材比她想象的健壮，胳膊的肌肉线条健美有力，他身上汗涔涔的，背心被汗水打湿，黏在瓷实的胸膛上，胸肌与腹肌的纹路很明显。

她以为杜黎这种小白脸，身板是干瘦没肌肉的，没想到脱了衣服这么有男人味。

因为与她想象的有反差，她没忍住，多看了一会儿。

杜黎用余光瞥见女孩在偷窥，立刻给举重器加了一个码，肌肉因为用力结成一块一块的，汗水随之流淌，男性荷尔蒙呼之欲出。

邹遥遥收回目光，戴上耳机，上了跑步机。

杜黎一边举重一边盯着邹遥遥，突然出神。

阿帕奇背着一只粉色小书包从外面跑进来，停在杜黎的跟前，端端正正地坐下，仰起头和他一起将视线移向女孩。

一人一狗盯着女孩。

邹遥遥耳机里的音乐节奏变快，她开始加快速度，汗水很快将背心浸透。

四十分钟后，她从跑步机上下来，摘掉耳机朝杜先生走过去，大喘几口气问他："晚上吃什么？我帮你点份外卖。"

杜黎放下举重铁块，视线落在女孩不断起伏的胸部，汗水顺着胸骨淌进女孩胸前的沟壑，钢铁直男杜先生下意识地吞唾沫。

邹遥遥一边拿毛巾擦额上的汗，一边仰着头问他："怎么，觉得我今天下午欺负小孩丢了你的面子，还在生气？"

杜黎看见她的小臂上有几条触目惊心的抓痕，皱眉："怎么回事儿？"

"这个？"邹遥遥手臂一抬，漫不经心地道，"小丫头抓的。"

杜黎紧锁的眉头松动，去健身房的收纳柜里取了医药箱，递给她："处理一下。"

抓痕确实不浅，起初她没放心上，可现在一看确实有点严重。

她从杜黎手里接过医药箱，走到旁边的长椅上坐下，从里面取出棉球在碘酒里打湿，抬起小臂微微翻转，以一种特别别扭的姿势给自己的伤口消毒。

她的动作太别扭，阿帕奇看不过去，转头咬住杜黎的鞋带，将他往邹遥遥的方向拽了拽。

杜黎皱眉嗤了一声，阿帕奇乖乖松口，转而用可怜巴巴的眼神望着他，喉咙里发出呜呜的祈求声，想让他去给自家小姐姐帮帮忙。

杜黎觉得邹小姐养了一条假的烈性犬，这条狗不仅演戏厉害，而且是个娇气包，喜欢装可怜。

它可怜兮兮的大眼睛一看着你，管你是钢铁还是金子铸就的防线，都得崩塌。

男人朝邹遥遥走过去，挨着她坐下，重新取了棉球："胳膊伸过来。"

邹遥遥愣了一下，将胳膊伸过去。

杜黎用镊子夹着棉球替她的伤口消毒，挺害怕女孩的胳膊挨上自己，于是下意识地朝后躲："你的胳膊稍微拿远点。"

邹遥遥："……"

帮她消毒的诚意呢？

杜黎蹙眉解释："我有点洁癖。"

邹遥遥板着脸，声音从牙缝里挤出来："所以我很脏吗？"

杜黎神色严肃地轻咳两声。

邹遥遥仿佛想到什么，抬眼问他："你该不会有洁癖到……没碰过女孩子吧？"

杜黎眉头锁得更深，手中的棉球狠狠地往她的伤口处压了压。

邹遥遥疼得嘶一声："你轻点！"

嗬，杜黎瞥她一眼，他已经手下留情了，好吗？

杜黎一侧目，又看见她肩膀上的几道老疤，皱着眉问："一个姑娘怎么搞成这样？"

邹遥遥注意到男人的眼神，将肩扭回去："摔的。自从十二岁从马背上摔下来，老邹和眠眠就再也不让我学马术，所以从那之后，我都是跟着马场老板偷学。毕业后家里为了让我断掉骑马的念头，断了我的经济来源，直到跟你结婚。"

杜黎一脸凝重："身上还有伤吗？"

"当然。"姑娘站起来，转过身，豪放地掀起背心，露出腰背给他看，"喏。"

杜黎以为她要脱衣服，吓得一挑眉。

杜黎盯着女孩露出的半截腰身，眉头皱得更狠。

女孩后腰那段儿没有一点多余的赘肉，因为瘦，脊骨的弧度优美，下陷的脊窝使她的腰背看起来很性感。

即便有两道触目惊心的长疤，也丝毫不影响她腰背的性感。

这个女孩的外形，不属于女明星那种高级美，是一种天生自然的可爱，她的身上有后天运动的青春活力。

邹遥遥反手一指腰背上的疤痕说："看见了吗？十三岁的时候从马背上摔下来，缝了十几针，医生说再摔狠点儿，脊骨都可能断掉，不过上天眷顾我，没让我成残废。"

姑娘的语气很平淡，摔跤于她宛如家常便饭。

杜黎再也看不下去，伸手过去将她的衣服拉下去，声音很沉："值吗？"

"值啊，怎么不值。"邹遥遥转过身看他，笑得很无所谓，"小时候我想当飞行员，可先天条件不行，后来我喜欢上了在马背上飞驰的感觉，马是有灵性的动物，驾驭它，很有成就感。"

杜黎又问："如果风凯速度赛马你不能参加，会不会觉得遗憾？"

"为什么？"邹遥遥脱口而出。

杜黎告诉她："今天那个小丫头，是风凯董事长最宠爱的孙女，刘芸可以看在我的面子上，让那个小丫头跟你道歉，那小丫头当然也可以回家跟老爷子撒个娇，不给莱云任何参赛资格。"

风凯速度赛马是国内有名的赛马比赛之一，为了这场比赛，邹遥遥已经准备半年有余。

莱云本来是没有任何资格参赛的，但凭杜黎的关系，搞一两个名额不成问题。可下午小丫头那事儿，将杜黎的计划彻底打乱了，现在他也不能保证是否可以拿到名额。

女孩的眼神顿时暗淡下去。

杜黎是有点生气，可这会儿却没有任何责怪她的意思，他擦了擦手，说："后天我约了风凯的董事长骑马射箭，杜太太要跟我一起吗？"

"那小丫头那么讨厌我，你还带我去？"邹遥遥感到意外，又说，"况且，我并不会处理那些复杂的人际关系。"

杜黎绷了一晚上的冷脸终于消失，嘴角一弯，笑得温和："没关系，杜太太做自己就好，想拿到参赛名额，杜太太就得跟我一起努力。"

本来心情无比沉重的她，听见杜黎这么说，仿佛又燃起一丝希望。

杜黎："杜太太，晚饭点到了，可以给杜先生煮一碗面吗？"

"你让我给你煮面？"邹遥遥指着自己的鼻尖，一脸不可思议地望着杜黎。

"怎么，杜先生帮你收拾了烂摊子，还不够资格吃你煮的一碗面？"

"嗯……你如果不嫌弃，倒也可以。"

杜黎："不嫌弃。"

他们夫妻还有两年时间要处，总不能顿顿点外卖，如果被家里老爷子知道，一定会强行派人过来给他们做饭，所以他得让杜太太练练做饭的手艺，以免日后老爷子突击检查时，做饭这一项不合格。

可他压根没想到，杜太太会对做饭有这么大的怨念，直接任性地烧了客厅。

明火烧起来的时候，邹小姐情急之下脱掉围裙，试图压灭明火，火舌不负厚望地点燃了围裙。她担心围裙的火烧了厨房，拿着燃火的围裙跑进客厅，下意识地将围裙扔给了屋子里唯一的男人，想让男人帮忙灭火。

没想到她的这一壮举彻底让沙发烧了起来。

阿帕奇和杜先生看着突然烧起来的沙发惊呆了，邹遥遥望着突然蹿起来的明火也惊呆了。

杜先生扔了书，抱起狗往外跑。

邹遥遥望着抱着狗跑路的杜先生，有一瞬心尖儿拔凉。

半个小时后，消防人员将屋内的火扑灭。

杜先生抱着背粉红小书包的狗，蹲在花台上，望着还冒烟的客厅心情复杂。

他听过有人做饭烧厨房，头一次见人做饭烧客厅。

想到未来还有两年要和这个女人同处一个屋檐，杜先生瑟瑟发抖，他低头看了眼被火烧掉一块毛的狗，转而看向蹲在身边沉默的邹小姐。

良久，他开口："亲爱的杜太太。"

邹遥遥被男人叫得起了一身鸡皮疙瘩："干……干吗？"

"以后，"杜先生一脸郑重，"我来做饭？"

狂野烧房的小可爱暗淡的眼睛里，燃起了宛如火一样明亮的光。

"真的吗？"

杜黎微笑点头："真的。"

活了二十六年的杜先生，忽然对自己十足自信的眼光产生了怀疑。

可即使真的是自己看走眼，那也不能承认是自己看走了眼，作为一个好面子的"人设精"，他得捍卫自己眼光的尊严，死都不能承认自己看走眼。

自己瞎的眼，跪着也要一瞎到底。

04.

明火扑灭，屋内烟雾缭绕。

消防人员临走前握住人民群众杜先生的手，再三叮嘱他一定要拦住太太再进厨房！

杜先生感激涕零，表示一定会看好杜太太。

邹遥遥："……"

其实她真的没打算烧客厅的，她真的挺想好好做顿饭，奈何天生缺乏做饭的天赋，一见明火就紧张得不能思考，连灭火的基本常识都忘掉了。

原本只是一个很小的厨房意外，愣是被她搞成了一场兴师动众的大火，她深感愧疚。

浓烟从客厅飘进院子，马儿也受了惊，邹遥遥去后院安抚米格的情绪，捞住马嘴，抬眼去看它那双宛如黑珍珠般明亮的眼睛。

她顺着马额往下抚摸，叹气说："米格，你是不是也觉得我特笨？这点事儿也做不好？"

米格一甩头，打了个响鼻，见姑娘一脸颓丧，马儿用湿润的鼻子去抚女孩的面颊，温热的鼻息喷了她一脸。

送走消防人员，一肚窝火和无奈的杜黎打算跟邹小姐语重心长地沟通一番，却听见邹小姐在跟马抱怨，又想起她身上那些伤。

算了，谁还不是小公主？

邹遥遥感觉到身后有人，回过头就看见身高腿长抱着阿帕奇的杜黎。

阿帕奇是成年马犬，体型偏大，它在邹遥遥身边，宛如遇佛杀佛的吃人猛兽，而在身高一米九的杜黎怀里，画面就变成了帅哥的小可爱。

邹遥遥扫了一眼背粉红书包的阿帕奇，又抬眼去看杜黎，发出质疑："杜先生，你是假洁癖？"

正因为有洁癖，他抱起狗后才不敢再放下，地上有多脏，难道狂野小可爱心里没点数？

夫妻俩带着狗去酒店开房。

杜黎抱着狗一进门，就发出感慨："第一次和女人开房，献给了杜太太，荣幸吗？"

邹遥遥嘴角抽了抽："杜先生这是在强调你的性取向吗？"

杜黎板着脸，非常郁闷地抱着狗进了房间。

邹遥遥盯着男人丢给她的冷冷门板，到嘴边的话吞了回去。

放下……她的狗啊。

十五分钟后，她洗完澡去敲杜黎的门，想要回阿帕奇。她屈起的手指还未落下，里面就传来了"惨绝狗寰"的叫声。

邹遥遥皱眉，抬脚将门踹开。

浑身泡沫的阿帕奇从里面冲出来，夹着尾巴跳上沙发，将自己缩成了一团。

空气里充斥着消毒水的味道。

双手沾着泡沫的杜先生追出来，径自走向沙发将狗捞起来，抱回浴室继续洗狗。

阿帕奇被重新放回满是泡沫的浴缸里，一脸生无可恋。

狗身上的每一寸毛发都被男人来回洗了不下十遍，这个变态的男人，连狗爪的缝隙也不放过，拿牙刷给它刷得干干净净。

杜黎替阿帕奇吹干毛发后，不知道从哪儿变出四只小粉鞋，替狗套在了四爪之上。

阿帕奇：“……”

丧心病狂的杜先生替狗洗完澡，并没有将它还给邹遥遥的意思，将狗扔去了自个儿床上。

邹遥遥一脸震惊：“你的洁癖只针对人？不针对动物？”

杜黎慢条斯理地擦手，冲她一挑眉，毫不掩饰地说：“如果杜太太愿意和阿帕奇一样接受我的三消五洗，你也可以上我的床，杜先生可以勉为其难地抱着你睡，也可以向你证明我的性取向。”

邹遥遥双颊顿红，攥紧双拳几乎吼出来：“谁想上你的床？变态！”

女孩的反应让杜黎特别奇怪，他左眉玩味性一挑：“狂野的杜太太居然害羞？”

“谁害羞？谁狂野？”邹遥遥踮起脚，抓住杜黎的衣领，龇牙警告他，“杜先生，我警告过你，在我面前请收起你的欲望，不要对我有任何暗示性言语。”

女孩一字一句地道：“杜先生，我认为你有必要去看看医生，你的洁癖已经影响到你的正常生活，这个问题很严重，你得重视。”

杜黎被她抓着衣领，想起这姑娘刚洗过澡，心里好受了那么一点点。

他深深吐出一口气：“杜太太，我没想到你重视我的病情，居然是为了和我上床？”

“我……”邹遥遥捏紧拳头，一拳朝他挥过去。

女孩的拳头贴着他的耳朵擦过去，重重地落在他身后的墙上，木质装饰的隔墙立刻陷下四个指节印。

杜黎收起笑脸，身体慢慢向下滑，从她的双臂之间滑出去。

他从床上将狗捞起来，站直身体，居高临下地看着女孩，也一字一句地道：“比起你，我对我的狗更有兴趣。”

邹遥遥无语地扯了扯嘴角，几乎吼出来：“你怀里抱的狗，是我的！是我的！”

面对女孩不可控的情绪，杜黎的语气反而很平静：“你是我太太，它自然也是我的。”

邹遥遥：“……”

一个有洁癖的男人爱上了狗，求狗的心理阴影面积。

客厅被烧事件惊动了杜黎爷爷，杜老爷在微信里建了一个聊天群。

当天下午，邹遥遥练完两圈马场马术，喝水休息时看见微信里有99+条未读消息。

她打开那个名为“全家亲亲亲”的聊天群，把聊天记录一路拉到最前面。

聊天群是杜家老爷子建的，杜老爷首先发布群规：“孩子们，进群改名字，让我知道你们谁是谁。”

接着又吩咐杜黎爸爸去将邹家父母也拉进聊天群，商量双方家长碰面时间。

邹遥遥拧开水瓶，一边仰头喝水，一边刷聊天记录，看见杜老爷给自己改了一个“画风清奇”的群昵称“小亲亲＊我是杜老爷”。

啧，还带非主流前缀的。

在感慨老爷子与时俱进的同时，杜老爷发出了一条让聊天群内众人觉得是晴天霹雳的消息。

“请进群的各位小辈，将群昵称改成‘小亲亲＊我是×××’格式，不符合条件的踢出群。”

紧接着聊天记录就成了这样：

小亲亲＊我是杜黎爸爸：“爸，你让大家改成这样不好看，不如咱们换一个成熟稳重的前缀？”

小亲亲＊我是杜老爷：“哪里不好看？一家人就要整整齐齐，统一前缀，这才有大家族风范，你这臭小子懂什么？不懂！”

小亲亲＊我是杜黎妈妈：“……”

Rod：“爷爷，这种前缀，恐怕不妥吧？”

紧接着，系统提示：Rod被移出群聊。

小亲亲＊我是杜老爷：“看见了吗？这就是忤逆长辈的下场！”

杜黎再进群，群昵称变成了“小亲亲＊我是杜黎”。

邹家父母还没进去，杜黎开始和自己父母商量日子和见面地点。

杜黎在群里一阵滔滔不绝的建议后，杜老爷夸赞孙子成熟稳重：“黎黎说得有道理，我们黎黎娶了媳妇儿后果然长大不少。”

杜黎拧着眉头，捧着手机一脸严肃，私戳杜老爷：“爷爷，这么多人，给个面子，别叫黎黎。”

老顽童答应得非常爽快，转眼就到群里说：“我们狗儿可说了，以后谁都不许叫他黎黎，给他个面子。”

正喝水的邹遥遥被呛住了，一口水喷出去。

狗儿，原来杜黎的小名叫狗儿？

早年杜老爷因为老伴儿去世，受了刺激，病好之后精神就不太正常，从严厉的老头变成了一个老顽童。

杜黎盯着扎心的聊天记录，考虑了二十分钟，最终鼓起勇气去私戳邹小姐：“在？”

邹家二爷：“在。”

她刻意停顿，然后又发出一行文字：“狗儿先生？有何贵干？【龇牙笑】。”

杜黎：“……”

这一瞬间，他突然有了和这个女人做一辈子夫妻的冲动，因为，他一点都不想再让第二个女人知道他“狗儿”的小名！

第三章

小洁癖是老戏精

01.

邹遥遥的消息发过去后，大约过了三十分钟，还没收到杜黎的回复。

等她再发消息过去，系统提示“对方已经不是你的好友”。

什么？居然删她微信！

家庭群里的聊天还在继续，邹遥遥的父母也先后进群。

其父邹廷深因为嫌弃老爷子强迫大家改昵称的行为过于自以为是，所以进群后全程保持沉默，派出老婆木眠在群里与杜家父母沟通。

也得亏邹廷深没发言，堂堂影帝顶着“小亲亲＊我是遥遥爸爸”的称号在群里说话，聊天截图如果传出去，他的男神形象估计会碎成玻璃碴儿。

双方家长在微信群里把见面地点和时间定了下来。

后天，在邹家宅子里会师。

邹家父母常年在外拍戏，鲜少回家，这次因为闺女结婚，跟剧组请了一天半的假。

杜黎以为邹遥遥会主动加回他的微信，然而杜先生万万没想到，这世上居然还有不想加他微信的女人。

四个小时后，谜之自信的杜黎先一步屈服，拨通了杜太太的电话。

邹遥遥看见来电显示，嘴角非常讥讽地撇了撇，笑了一声，挂断电话。

谁还没点脾气了！

办公室里。

人生第一次被挂断电话的杜黎倍感挫败，一面感慨杜太太非池中之物，一面心里郁结难舒，气得将手机啪的一声拍在办公桌上。

办公桌随之一颤，茶杯里的水洒了出去。

正埋头工作的助理被他吓得心肝一颤，赶紧搁下手中的文件，过来替老板收拾残局。助理将手机拾起来查看，果然不出所料，全曲面屏碎成了鲁冰花。

助理给他取了一只新手机，换上卡后重新递回给他。

杜黎的五官属于清冷型的精致，他绷着一张脸时不怒自威，又常年在尔虞我诈的商场中穿梭，身上的气场极具侵略性。

也正因为这样，公司里的人都很怕他，包括助理文涛。

见他坐在那里盯着手机沉默，文涛的一颗心久悬不下，十分忐忑。

另一边，邹遥遥连续收到几条微信好友申请：

Rod：通过。

隔着屏幕都能感觉到男人的霸道，她毫不犹豫地点了拒绝。

Rod：杜太太，通过！

霸道又放肆！她毫不犹豫地又拒绝。

杜黎要抓狂了。

Rod：通过。包？衣服？想要的一切都买给你。【微笑】

这总行了吧？杜黎想。

看似挺有诚意的条件，然而因为后面那个“微笑”的表情，让邹遥遥心生不快，她还是无情冷血地点了拒绝。

杜黎彻底发狂，眼底都是猩红的怒意。

老板心情不好，整个办公室都仿佛罩着一层黑云。

文涛下意识地觉得，如果他再沉默下去，恐怕就要被炒鱿鱼了，于是他扶了扶黑框眼镜，鼓起勇气开口问：“老板，您是被家事困扰？”

杜黎内心惊叹，什么时候自己的助理变成了读心神探？

文涛：这也太明显了好吗？

杜先生结婚后，明显变得不太正常。

作为助理，文涛深知老板有洁癖，可他昨晚去酒店给杜先生送资料，却看见他抱着一条穿小粉鞋的烈性犬。

一个有洁癖的人把狗抱在怀里，这不是太奇怪太反常了吗？

不知道老板是跪了多少次搓衣板，才屈服于他凶悍的老婆，抱起了那条宛如中华田园犬般丑得毫无特色的狗。

大概也只有杜太太那样彪悍的女人，才能征服能用眼神杀人的杜先生吧？这么一想，文涛居然有一种这两人在一起是为民除害的错觉。

杜黎向助理默认了自己被家事困扰的事实，甚至不耻下问："太太发了点小脾气，该怎么加回她的微信？"

文涛了然，开始出主意："女人的心思难猜，没结婚前喜欢闹分手来威胁男人；结婚之后，喜欢拿离家出走、删微信威胁男人。想哄其实不难，您可以想一下，她最想要的是什么？包，衣服，钻石？她最缺什么？"

最缺什么？杜先生陷入沉默，想起了邹小姐搬进来那天自带的那些"工具"。

比起钻石这等俗物，狂野小可爱杜太太，可能更缺性生活？

杜黎受教，严肃地点头后，重新打开了微信。

刚洗完澡从浴室出来的邹小姐又收到杜先生的验证消息。

Rod：通过，允许你跟我睡一晚。

邹遥遥被唾沫给呛住了，这个男人哪儿来的自信，认为跟他睡觉是很诱惑的条件？

这个饥渴的臭男人，无时无刻不想占她的便宜。

杜黎的验证消息刚发过去没一会儿，他发现这条验证消息果然奏效，邹小姐终于同意，加了他。

大概狂野小可爱杜太太过于害羞，加回好友后，口是心非地补了一句："谁想跟你睡觉？杜先生，你的思想可以再龌龊一点！"

龌龊？何必五十步笑百步呢。

杜黎仿佛隔着屏幕都能嗅到狂野小可爱的火爆辣椒味儿，他得意地一挑眉，故意气她："杜太太这是什么话，我们是夫妻，跟我睡觉合法又符合社会主义道德。"

邹遥遥发过去一个"微笑"的表情："狗儿先生说什么，就是什么吧。"

前一刻眼角眉梢都是甜蜜笑意的杜先生，这一刻就将手机拍在了桌面上。

助理文涛的心跟着一震，默默地给手机点了蜡。

下午六点。

杜黎下班，带着两本菜谱回了酒店，鲜肉、蔬菜同步上楼。

“你这是要干吗？”邹遥遥听见动静，从房间里出来，扫了眼满桌的菜，一脸疑惑地看向杜黎，“杜先生这是要开始展现手艺了？”

为了向家长们展现他们夫妻的幸福生活，杜黎觉得有必要在两天内学会做饭。他径自捧了蔬菜、鲜肉去厨房，挽起衬衣袖子准备大干一场。

酒店厨房没有天然气，炒菜只能用电磁炉。厨房是开放式的，格局宽敞明亮，身高腿长的英俊男人站在厨房里，自成一道风景。

邹遥遥训练一天精疲力尽，饿得前胸贴后背，本想等杜黎回来问问他吃什么，一起点餐，出乎意料的是，这男人居然打算开火做饭。

她饥肠辘辘地从新鲜蔬菜里翻出一根黄瓜，洗干净，脆生生地掰成两截，一截递给摇着尾巴蹲在厨房门口的阿帕奇，一截塞进自己嘴里。

杜黎皱着眉头一脸嫌弃地看着她：“杜太太，你知道你这么随意给狗吃黄瓜的行为会造成什么严重的后果吗？你确定残留药物和细菌真的洗干净了吗？”

邹遥遥咬了口黄瓜，眨巴眨巴眼，一脸无所谓：“无所谓啊，我又没洁癖！”

杜黎整个人都不舒服了，有一瞬间想将这个女人给扒干净，扔进浴缸好好给她洗个澡。

“去打电话让人送条消毒的围裙。”杜黎下达命令。

邹遥遥白了他一眼：“你这使唤人的语气倒是挺大牌的啊？我偏不去呢？”

杜黎的面部表情瞬间冷却，周遭气压也跟着一降。邹遥遥得承认，这个男人沉脸拧眉、眼神一凛的样子的确可怕。

他严肃的样子，完全可以让你想起童年阴影里的教导主任。

可她一旦想到这个男人的小名叫“狗儿”，什么都瞬间烟消云散。这个男人宛如瞬间从张着血盆大口吓死人的大老虎，变成了背粉红小书包、各种可爱脸卖萌装凶的纸老虎。

客房服务部按照他们的要求送上来一条消毒围裙。

杜黎将这条粉色凯蒂猫图案的荷叶花边围裙挂在手指上，开始了长达近十分钟的沉默。

邹遥遥看着狗儿先生，提议说："这围裙，咱不穿了吧？"

她一个女人都觉得过分了，这粉色，这卡通图案，这荷叶花边……太过分了。

杜黎拧着眉头，神情绷得十分严肃。

沉默到第十二分钟的时候，他将围裙挂在了脖子上，然后转过身，面向水槽，开始一根根地清洗豆芽。

邹遥遥看着一根根洗豆芽的杜先生，揉着空空如也的胃，说："杜先生，不如我们还是点外卖吧？"

"你敢。"男人恶狠狠的声音从牙缝里挤出来。

他都暂时抛弃尊严来做这顿饭了，杜太太凭什么还要用外卖来侮辱他？

邹遥遥吓得一缩脖子，可怜巴巴地望着此刻浑身粉色的杜先生。

男人下巴绷得很紧，刀刻般的五官因为认真变得无比严肃。不看身体，他就像一个压抑着暴怒杀人不眨眼的暴君

蔬菜、鲜肉在经历数个小时的折腾后，变成了三菜一汤。

深夜十二点，邹遥遥终于吃上了一口热菜热饭。

她扫了眼餐桌上的热菜热饭，感动得都想抱着杜黎喊"爸爸"，她的目光落在那盘宛如萝卜条的菜品上，疑惑地问："这是什么？"

杜黎眉眼认真，宛如在介绍一个上亿的项目："炝炒土豆……条。"

好家伙，手指粗的土豆条，薯条也没这么过分。

撇开土豆条的问题，杜黎做的红烧鸡腿、炝炒豆芽以及蔬菜汤，色相俱有，挺像那么一回事儿。

杜黎解开围裙，拉开椅子挨着邹遥遥坐下，主动取过碗筷给她夹菜。

成就感爆棚的杜先生将最大最肥的鸡腿夹到碗里，小心翼翼地送到她跟前。

受宠若惊的邹遥遥接过碗筷，夹起鸡腿，在杜先生满是期待的注视下送进了嘴里。

她的牙齿咬开鸡腿的那一刹那，咸得发苦的汤汁顿时裹满她的味蕾。

邹遥遥酸爽的表情耐人寻味。

杜先生挑着浓眉问："这么好吃？"

她勉强将那块酸爽的鸡肉吞进腹中，奇怪的味道在她胃里横冲直撞，想起自己做饭烧了客厅的作为，她忍住了吐槽的冲动。

她不能去打击杜先生做饭的自信心，毕竟……人家也是头一次，已经很努力了。

她搁下筷子抬眼望着杜黎，委婉道：“嗯……这顿晚饭，还是我去做吧？”

“杜太太！”杜黎深吸一口气，条件反射地握住她的手腕，“你坐好，厨房还有火鸡面！”

已经让她烧了家里客厅，万万不能再烧酒店，虽然酒店并没有明火。

邹遥遥皱眉，用力挣扎，想将手从男人的手里抽出来。

然而她越挣扎，男人就越用力。

眼看就要压制不住姑娘想去做饭的疯狂欲望，杜黎威胁她：“你敢做饭，我就卖了米格！”

邹遥遥：“啊？”

杜黎一脸冷酷：“你敢做饭试试？”

由于一张结婚证，米格属于夫妻俩共有财产，他们夫妻任何一方都有资格售卖米格。

邹遥遥又尝试着抽了抽手，发现压根比不过男人的力气后，提醒他说：“杜先生，你是个有洁癖的人，我刚才可没洗手。”

02.

杜黎反应过来，如被电击一般立刻将手收回，起身去了厨房洗手，又几番折腾，弄出了一盘火鸡面呈给了老婆大人。

对于十指不沾阳春水的新手杜先生来说，能让菜色保持颜值，已经很不容易。煮火鸡面没什么技术含量，杜黎为了让火鸡面看起来更有格调，特意洗了两片青菜，开水焯熟，作为配菜。

火鸡面的酱汁、芝麻洒在面上，再有嫩绿的青菜作为配菜，视觉冲击感很强。

邹遥遥准备动筷，杜先生一脸稳重地道：“等等。”

“嗯？”

杜先生取过手机，给这盘还算看得过去的火鸡面拍了一张照片留念。

几近凌晨，邹遥遥总算吃上一顿正经饭。

阿帕奇已经睡醒一觉，缩在沙发上的它抬眼看见餐厅里还在吃饭的夫妻俩，暗自感慨人类的可怕。

入睡前，邹遥遥站在阳台上消食儿玩手机时，看见了杜先生发在朋友圈里的火鸡面，照片被杜先生加了N层滤镜美化，硬生生地将普通的火鸡面拍成了米其林大餐。

啧啧，这个有偶像包袱的男人，连他的火鸡面也必须有偶像包袱。

杜先生发的朋友圈很少有文字，大部分文字都在回复秦易的评论里。

秦易："你做的？"

杜先生统一回复："太太的夜宵，很美味。【微笑】"

他的这条回复很有水平，一语双关。

在朋友圈好友的眼里，杜先生这是在炫耀杜太太亲手为他做的美味夜宵，夸太太贤惠，然而在邹遥遥眼里，这货太自恋，王婆卖瓜，自卖自夸。

午夜一点钟，邹遥遥刚躺下，没来得及合眼，就收到了原助理刘萌的微信。

刘萌连发了几个"捂脸哭"的表情："老板，有件事我不知道该不该告诉您？"

邹遥遥跟刘萌虽然平时没什么联系，但刘萌一直在莱云工作，俱乐部摇摇欲坠的那段时间，行政人员纷纷跳槽，只有刘萌留了下来，她和刘萌也算有革命友谊。

邹家二爷："怎么了？【疑惑】"

萌萌是刘萌："老板，前两天向卓跟管特见了面，他们具体谈了什么我不知道，但向卓那家伙见完管特后，这几天就请马场的签约骑手们喝酒、吃饭，出手阔绰。下午的时候，我让鲁丽去打听，原来他们打算明天集体和莱云马术俱乐部解约。您现在虽然不是老板，但也是杜太太，这件事您看……"

每个马术俱乐部都有签约骑手，负责参加全国各项比赛。骑手参加比赛必须依靠俱乐部争取名额，而马术俱乐部想扩大名气，就得靠骑手们参加比赛拿名次。

双方素来互惠互利。

邢老先生去世后，该给骑手们争取的比赛名额，邹遥遥从来没少给谁争取。如今马术俱乐部打算重新规划格局，正是需要骑手建立名气的时候，如果骑手纷纷跳槽，对现阶段正起步转型的莱云来说，非常不利。

她和杜先生还没能争取到风凯速度赛马的名额，如果这时候骑手出走，一个没有骑手的马术俱乐部，想申请名额只会难上加难。

真是……雪上加霜。

邹遥遥彻底没了瞌睡，起身去了杜黎房间，抬手一敲门，门自动往里开了一半。

阿帕奇趴在杜黎的脚边缩成一团，睡得正香，听见有人进来，两只尖尖的耳朵立刻竖起来，龇牙看向门口的人。

见是邹遥遥，睡眼惺忪的狗敷衍地摇了摇尾巴，继续趴下。

杜黎睡得很沉，有人进来也丝毫没被吵醒。

她隔着被子拍了拍男人，熟睡的男人眉目微蹙，翻了个身。她掀了杜黎的被子，穿黑色真丝睡袍的精致男人完完整整地展现在她的眼前。

杜黎缓缓睁眼，皱眉，直起腰盘腿而坐，一脸慵懒："杜太太，你的欲望不必表现得这么明显吧？"

他冷着一张脸，左眉一挑。

邹遥遥站在他床边，拧着一双小细眉望着他："我得到消息，莱云的骑手明天会集体解约，我们今晚得想想办法。"

"解约？解约金他们赔得起吗？"杜黎嘴角一勾，语气讥讽。

邹遥遥向他陈述了一个事实："原来的老板邢老先生，提倡以德服人，如果骑手提出解约，不用付一分钱的解约金，所以……"

杜黎一脸沉重，抬手唤来床尾缩成一团的阿帕奇。狗乖乖地爬过去，嘴搁在男人膝盖上。

杜黎的身材比例堪比国际男模，他的手也很漂亮，手指根根修长，骨节分明。他的五指以一种慵懒的姿态反复伸展，给狗进行按摩，狗压着耳朵，半眯着眼睛享受帅哥按摩的待遇。

男人沉思了数分钟，开口说："解约吧，为了钱跳槽，这种骑手，留着干吗？"

"你疯了？"以为他会想出解决的办法，没想到他不仅破罐破摔，还一脸无所谓，邹遥遥一脸焦灼，"你知道他们走了之后会有什么后果吗？风凯的名额现在还没下来，如果莱云没有骑手，风凯就更加不会考虑给我们名额。"

“谁说我们没骑手？”杜黎揉着狗头说，“我们的杜太太，不也是骑手？”

“我？”邹遥遥的目光在男人英俊的脸上停留数秒后，分析说，“莱云现在面临转型，比以往更需要骑手来扩大我们的知名度。国内的马术俱乐部日渐增多，势头一个比一个猛，如果我们在风凯速度赛马中拿不到好名次，就注定蒙尘。”

“夸张，”杜黎轻抬眼皮看了她一眼，抱着狗，身体往后一仰，靠在枕头上，将长腿伸直后说，“莱云马术俱乐部有一个邹二爷，怕什么？”

邹遥遥以为他在拿自己开玩笑，又被他云淡风轻的样子给气得不轻，怒道：“管特和莱云恶性竞争已经很多年，他此番掏钱挖走骑手，必然还留有后手对付莱云。你以为事情会这么简单吗？”

“商场诡秘莫测，和利益打交道的事，又怎么会简单？”杜黎见女孩急得要哭出来，心一软又宽慰，“杜太太，相信你老公的能力，OK？”

女孩的眉眼终于松动：“你真的有把握能处理好这件事？”

杜黎郑重地点头：“这件事交给我的团队处理，我保证，绝对不会让这件事影响到风凯速度赛马的名额。你早点休息，准备明天接待你的家人。”

男人停顿了一下，用哄狗似的温柔声音道：“乖，去睡。”

邹遥遥高悬的心终于有点踏实了，她转身往外走，三步一回头，终于又停在门口，回头看向杜黎。

邹遥遥心里仍不踏实：“真的不用担心吗？”

“不用。”杜先生直白地告诉她，“我接这个项目也是想赚钱，你认为我会不会傻到为了娶你接一个亏本的项目？”

闻言，邹遥遥冷哼一声：“是哦，我是没有那个魅力。”

女人的语气明显不对劲儿，聪明如杜黎，觉得还是要哄一下，他声音温柔：“好了，老婆大人请心安，这事儿杜先生一定给你办好，OK？”

“OK。”

03.

两人一觉睡到下午，急忙起来洗漱，又急忙开了车去机场接双方父母。到了A市国际机场，杜黎的岳父岳母成功地被粉丝堵住。

在停车场，邹遥遥挂断一通电话，转而对杜黎说："你完了。"

"怎么？"杜黎扭头看向窗外，感慨岳父岳母粉丝的疯狂。

"这次来的不仅是我爸妈，还有舅舅和舅妈，他们带来了阿帕奇的父母。"邹遥遥想起那两条凶神恶煞的烈犬，下意识地吞了口唾沫。

杜黎两只眼睛明显一亮，扭过头："这是娶一送三啊？"

"你想得美，"邹遥遥一脸凝重，说，"杜先生，你大难临头了。"

岳父岳母毕竟是国际影星，即便低调出行，也难免被粉丝围剿。

杜黎特意让司机开了一辆保姆车，里面空间足够大，也足够舒适。大约又等了三十分钟，邹遥遥的舅舅和舅妈带着两条成年马犬上了保姆车。

保姆车内的座位是舒适的沙发座，茶几上有香槟、红酒以及果盘，宛如移动的房车。邹遥遥的舅舅和舅妈虽然不是明星，但身材和相貌都保持得相当不错，看上去宛如三十岁出头的小夫妻，比起他们仿佛也大不了几岁。

杜黎邀请夫妻俩入座，紧跟着，两条成年马犬如保镖一般，蹲在夫妻俩的跟前，盛气凌人。

杜黎总算知道，杜太太的那句"你大难临头了"是什么意思。

这两条狗上车后，原本窝在沙发上的阿帕奇，忽然躲去了沙发的后座。等它再出来，已经脱掉了四爪的小粉鞋，从粉嫩的小可爱，恢复了黑帮老大气质，它学着父母，宛如保镖一般蹲在了杜黎和邹遥遥的身边，一向懒洋洋的它，居然也和石碑一样蹲在原地岿然不动。

杜黎给舅舅和舅妈递酒杯，两条马犬喉咙里发出低鸣警告，并迅速做出战斗姿态，用凶横的眼神直视他。它们无论是气质或是看人的眼神，都极具攻击性，它们看你时，你感觉不到一丁点善意，哪怕你是如铁的硬汉，在这两条马犬的注视下，也会莫名地冒冷汗。

这两条"狗霸王"来了之后，连阿帕奇也变得严肃。

邹遥遥欺负过这两条狗的爷爷奶奶，也欺负过这两条狗的父母、兄弟姐妹，唯独不敢欺负它们，甚至不敢直视它们的眼睛。

杜黎显然也被这两条狗的眼神所震慑，愣了数秒，才将酒杯递出去。

司茵舅妈见杜黎玉树临风，又彬彬有礼，眼神里颇有赞叹。

舅舅时穆却冷眼打量他，没有拐弯抹角，直接问他："杜黎？以前从没听二宝提起过你，我想知道，你喜欢我们家二宝什么？"

父母工作繁忙，木筱筱和邹遥遥姐妹俩从小跟着舅舅和舅妈，某种程度上舅舅也扮演了严父的角色。

舅舅有个外号，叫“老狐狸”，他心思缜密，似乎没什么能瞒过他的眼。

杜黎笑得坦然：“遥遥比起其他女孩，很不一样。”

舅舅时穆此来仿佛有所准备，又说：“为什么我以前从没听过你们俩谈恋爱的消息？据我所知，二宝还很排斥跟你相亲，为什么后来你们在相亲的第三天就迅速领了结婚证？而且婚后不久，你就收购了二宝的马术俱乐部，你们的结婚倒像是因为某场交易。”

邹遥遥手心攥了一把汗，打了个哈哈：“舅舅，我们两个很早就在一起了，只是没有告诉任何人，年轻人嘛，分分合合，闹别扭，不是挺正常？”

舅舅时穆挑眉：“是吗？”

“当然。”杜黎一脸轻松地替邹遥遥接过话头，直视着舅舅的一双狐狸眼，“我跟遥遥的感情历程很复杂，一两句话说不清，但请舅舅不要怀疑我跟遥遥的感情。”

舅舅沉默地看着杜黎，眼神里虽然饱含笑意，却具有十足的杀伤力。面对这种强压式的目光，杜先生倒也无惧，摆好自己的位置，用谦虚的目光看回对方。

岳父岳母在粉丝的簇拥下，被保镖护送上车。

上车后，岳母木眠摘掉墨镜，挨着邹遥遥坐下，她看了一眼闺女，才看向杜黎：“小杜，我们都十几年没见过面了吧？真是出落得一表人才。”

杜黎回以绅士的微笑：“木阿姨好。”

“阿姨？我有这么老吗？”木眠立刻用手捧住脸，一脸惊恐地问对座的老公，“老邹，我很老吗？”

木眠在娱乐圈里有“不老女神”的称号，她一向注意保养，加上每天的高强度运动，身材和皮肤状态都一如二十年前。

她跟闺女不像母女，反如姐妹。

邹廷深轻咳一声后，目光落在女婿杜黎的身上：“以后就是一家人，遥遥怎么称呼我们，你便怎么称呼我们。”

邹遥遥从小到大，都称呼其父为“老邹”，称呼其母为“眠眠”，让杜黎叫岳母“眠眠”，未免有些诡异，杜黎便改口叫了声：“眠姐。”

在国内，名扬国际且属国宝级的演员并不多，除却邹氏夫妇，杜黎的母亲章黎也是其中之一。

只是章黎多年前就已经淡出娱乐圈，而邹氏夫妇却依然活跃在圈内。

邹廷深不仅是国宝级演员、资深导演，同时也是国内影视龙头企业世嘉传媒的老板。

作为父亲，邹廷深没有一丝老态，身上肌肉健硕，容颜一如二十年前。他现在走成熟男人路线，唇上留有胡楂，国际知名时尚杂志评价他的胡楂为“男人的性感之最”。

如今的邹影帝，丝毫没有因为年龄增长而变得“油腻”，比起年轻时候更有男人味儿，甚至更有吸引少女的魅力。

也正是因为邹氏夫妇过于耀眼，才导致邹遥遥在圈内被传得那样不堪，她无论做什么，都顶着“邹家女儿”的称号，压力山大。

对于邹遥遥的压力，杜黎深有感触，他也是从小就顶着“章黎儿子”的称号，也正因为他是国际影后章黎的儿子，所以从小到大，他都得扮演各种完美人设。

他和邹遥遥，在同样的环境中长大，却背道而驰成了两个极端。

一个依旁人的眼光而活，成了名副其实的“人设精”。

一个依自己而活，成了旁人眼中的“废物”。

杜黎家人的航班还有两个小时才落地，他让司机先送邹遥遥他们回家，他则留在机场等家人。

杜黎不在场，回家的路上，家人开始对邹遥遥进行了一场盘问。

面对家里人的逼问，邹遥遥总不能说她把自己“卖”给了杜黎，于是她把讲给舅舅的那一套，又一字不差地讲给了父母听。

其母木眠一脸不可思议地挑眉：“真的？你真的不是为了骗我和你爸的结婚奖金？”

“眠眠，”邹遥遥故作生气，用撒娇的语气说，“我像那种肤浅的人？我会为了那点钱，断送自己的婚姻以及一辈子的幸福吗？”

全家人的目光都集中在她脸上，齐刷刷地点头：“像。”

邹家这位二大爷，曾经连更过分的事情都做过，还差拿自己的婚姻开玩笑吗？

舅舅时穆再次提出质疑：“可我怎么瞅着，那小杜对你很嫌弃？他同你坐一张沙发，却刻意与你保持距离，生分得宛如陌生人，你们连朋友也不像。”

“舅舅……”邹遥遥几乎是哭丧着脸说，“他是被你那两条狗给吓的！”

晚上，双方家人齐聚一堂，邹遥遥的姐姐和准姐夫也准时赶到。

和姐姐再次碰面，邹遥遥才知道，原来那堆情趣用品不是杜黎的东西，是木筱筱塞进阿帕奇背包里的。怪不得，杜黎当时看她的眼神那么奇怪，之后又总是觉得她是那种随便的女人。

准姐夫王皓睿进厨房做了一桌菜，杜老爷直夸王皓睿贤惠，把自己孙子数落得一文不值。

杜黎给邹遥遥丢了个眼神，邹遥遥意会，立刻插话说："爷爷，杜黎会做饭呢，虽然没有皓睿哥做得好吃，但也很美味呢。"

老爷子一脸惊喜："是吗？我们狗儿会做饭啦？看来真是娶了个贤惠的好媳妇儿，他以前十指不沾阳春水，别说做饭，帮着阿姨收碗筷都能要了他的命！"

明明是他学会了做饭，凭什么夸他老婆贤惠？

被贬低又被叫狗儿的杜黎无地自容，饭后，他以还有工作为借口先上了楼。

双方家人聊到很晚，邹家别墅房间足够，所有人都在邹家留宿，杜黎、邹遥遥也不例外。

夜深人静，孤男寡女共处一室，当然不能睡一张床。

杜黎很有男子气概地说："你是女孩，你睡床，我睡地。"

对于杜先生的慷慨，邹遥遥没有客气，只是等她洗完澡出来，看见杜先生拿着毛巾和消毒液开始一寸寸地擦地，满卧室都是消毒水的味道。

邹遥遥将裹湿发的毛巾一抽，不耐烦地道："得得得，你滚去睡床，我睡地上。"

她从衣柜里取了被褥在地上铺开，毫不讲究地躺下。女人豪迈随意的行为让杜黎震惊，他躺在床上，望着地上的女人说："杜太太，你什么时候能讲究一点？"

邹遥遥斜了他一眼："你一个男人那么讲究做什么？你这种男人，除了我，谁敢嫁给你？"

闻言，杜黎冷哼一声："想嫁我的女人很多，不止杜太太一个。"

邹遥遥想起什么，直接坦白地告诉他："杜黎，我搬进去那天收拾的那些情趣用品，我一直以为是你丢在客厅的，以为你不正经，可今天我才知道，原来那些东西是我姐搁在阿帕奇背包里的。所以，你不要误会我，我不是那种随便的女人，也不会跟任何我不喜欢的男人发生关系。"

杜黎眉尾一挑："你放心，我也不会跟你同床共枕。"

男人话音刚落，门外传来舅妈的声音："这夫妻俩，怎么不关门呢？不怕狗进卧室吗？"舅妈的指关节在门板上象征性地轻轻叩响，"遥遥，小杜，你们还没睡吧？舅妈煮了糖水，端进来了哦。"

几乎是同一时刻，邹遥遥以雷霆之速，卷起地上的被褥跳上床，掀开杜先生的被子，骑在了男人的腰上。

舅妈端着糖水一进来，先是看见凌乱多余的被褥，然后看见外甥女骑在男人的腰上，粗暴地拽着男人的衬衣领口，杜黎的一片胸膛被迫袒露在空气中。

杜黎目瞪口呆，木讷地扭过头看了眼舅妈。

舅妈赶紧放下糖水，遮住眼睛说："哎哟，舅妈什么也没看见，你们继续……"

舅妈司茵从他们卧室出来，心跳如擂鼓。她回到卧室后，老脸赤红，平静下来后，斥责丈夫想太多。

那小两口很恩爱，杜黎很宠老婆。

隔壁卧室，被粗暴地扯掉了衬衣的纽扣，杜黎彻底被骑在他腰上的女人激怒了。

他眉目一沉，条件反射地对邹遥遥出手，毫不留情面。

从小练习柔道的邹遥遥反应相当迅速，她转为半坐半立的战斗状态，利用柔道中的关节技和绞杀技迅速控制男人，将杜黎的脑袋桎梏在双腿之间，用力将他的关节往反方向掰。

杜黎疼得闷哼一声。

邹遥遥手上的力道不轻反重，皱着眉冷冷地问他："还敢不敢再偷袭？"

杜黎："……"他现在离婚还来得及吗？

04.

邹遥遥想起这个男人有洁癖，将他松开。

杜黎扶着肩活动筋骨，坐起身，一脸铁青地看着她："邹小姐，你的粗蛮果然名不虚传。"

她跪坐在他身旁，将拳头捏得咔咔响：“舅妈突然进来，我也是情急之下的反应，谁让你进屋不关门？”

杜黎从没有睡觉关门的习惯。

“蛮妇。”杜黎淡漠的目光扫过她的拳头。

他想起邹小姐的不讲究，立刻觉得浑身发痒，细菌大军仿佛快要侵蚀他的身体，杜黎立刻下床，去浴室再次洗漱。

等他出来，邹遥遥抱着枕头躺在床上已经熟睡。

小姑娘穿着草莓睡衣，睡裤下是一双白皙纤细的腿，女孩的腿不属于弱不禁风的纤细，小腿因为打直，肌肉线条绷得紧实漂亮。

杜黎抬起腿，隔着拖鞋，拿脚尖儿踢了杵踢女孩的臀部：“喂。”

受到干扰，女孩眉头微蹙，抱着枕头翻了个身，小奶狗似的哼唧一声。

这算怎么回事？杜黎皱着眉，垂眼看地，又环顾四周，卧室甚至连张多余的沙发也没有。他用被子将女孩裹起来，自己也裹紧棉被，两人中间被他用枕头分割出一条三八线，夫妻俩各自占据半张床。

见女孩乖巧地躺在床的另一侧，一动未动，杜先生总算松了口气，关掉了卧室灯。

凌晨。

狂野小可爱越过三八线，朝杜黎这侧逐渐靠近。感觉到杜太太的狂野气息逼近，杜黎脊骨一僵，朝床边挪了挪，他的身体绷成一条直线，一动不敢动，脊骨几乎与床沿贴合成一线，若再往后移，必然背朝地摔下床。

杜黎抬手打开壁灯，柔和的灯光落下来。

他皱眉，冲着逐渐靠近肆意妄为的杜太太做出一脸凶横的表情，仿佛在示意：老子宇宙最凶，你怕不怕？

不怕。邹遥遥在梦里骑马，毫无察觉。

她梦见自己走上国际赛场，全场为她欢呼；梦见她骑着米格在广袤的大草原上狂奔，自由无束缚，没有任何包袱碾压，只做自己。

女孩抱着枕头，蓦地勾起嘴角，两只小酒窝甜得腻人。

杜黎被她的两只甜酒窝弄得一阵心慌，不自觉间表情从凶横演变成呆滞。

其实某种程度上，他羡慕她，可以丢下包袱做自己，而他无论如何都走不出自己的人设。

家人们来也匆匆，去也匆匆，第二天一早，夫妻俩一起送走了亲人们。

邹遥遥如释重负般去了莱云马术俱乐部。

她刚进马场更衣室，刘萌就风风火火地冲了进来，拦住她说："老板，从昨天开始我就一直打你电话，可你的手机一直处于关机状态。"

杜黎再三向她承诺，骑手集体解约的事他会完美解决，加上昨天她和家人在一起，索性就将手机关了机。

邹遥遥取出钥匙打开衣柜，一边脱上衣，一边开口问："骑手解约的事都解决好了吗？"

她里面穿的是背心式的运动内衣，脱掉上衣后，露出小窄腰和漂亮的马甲线，刘萌不由得多看了两眼。

"结果很糟糕。"刘萌将视线收回，告诉她，"昨天一早，骑手们集体去了行政办公室，单方面提出了解约，现在俱乐部只剩你一个骑手。"

邹遥遥取衣服的动作顿住，皱眉转过脸："只剩我一个骑手？"

"是啊。"刘萌为这事儿已经焦灼了两天，她说，"老板，莱云是刑老先生一手建立的，也是我眼睁睁地看着成长起来的，我真的不希望它就这么垮掉。骑手们解约后，在网上发了很多对莱云不利的言论，现在咱们申请的风凯速度赛马名额还没下来，恐怕……"

准备换骑装的邹遥遥又重新把T恤套了回去，抓过手机给杜黎打电话。

杜先生的手机处于关机状态。

邹遥遥从柜子里取回背包，利落地甩上背，用空手拍着刘萌的肩安慰说："你放心，这件事我一定处理妥当，我去找杜黎。"

她匆忙走到门口，又被刘萌叫住："老板。"

"嗯？"她驻足回头。

刘萌望着她，欲言又止，好半晌才问出口："你是为了这个俱乐部，才嫁给杜先生的，是吗？"

"哪儿听来的流言？"邹遥遥几乎没有犹豫，摇头，"我们是青梅竹马。"

刘萌望着她离去的方向，心情复杂。

在去杜黎公司的路上，邹遥遥坐在车里，将刘萌发来的网址一条条打开。

其中一条是马术论坛的帖子，据知情人士爆料，莱云原老板去世后，被邹遥遥接手，业绩每况愈下。她为了拉融资，嫁给了一个商界大佬，相当于以肉换前途，然而这位大佬根本不懂马术俱乐部的经营，不仅签约邹遥遥成为俱乐部骑手，而且将她划为重点培养对象。

邹遥遥虽然拿过一次小赛的冠军，但相比俱乐部的其他骑手，她的成绩、经验都不值一提。

解约的骑手们在利益驱使下给她泼脏水，抨击她没本事，却强占资源。

帖子在马术圈引起轰动，在当下的环境里，好的骑手寥寥无几，居然还要承受这种不公平，同圈人同仇敌忾，开始讨伐莱云。

莱云有一个签约骑手叫向卓，以前是刑老先生的得意门生，代表省马术队参加过几届国际马术节，在不少项目中都拿过好成绩。去年向卓在国际马术节的盛装舞步项目里拿下冠军，比赛视频被发到网上，替他揽了不少粉丝，他也被粉丝奉为“优雅骑手”。

向卓将这条帖子转发到了微博上，引起了圈内的小地震。

微博转发量过五千，讨伐评论量破一千。

偏偏这时候有人雪上加霜，一个叫“我是河边草”的博主转发了微博。

我是河边草：“是她啊？如果我没记错，前些日子她还公然欺负小孩来着，我在谁的朋友圈看见过视频，等我翻翻。”

过了十分钟，邹遥遥“欺负”小姑娘的视频被传上网。

视频只有十几秒，截取了她骑马越过围栏冲向小姑娘的片段，画面很骇人。

她被圈内人打上了抱金主大腿、排斥同行以及欺负小孩的标签，而莱云目前只剩她一个骑手，风凯顾及品牌名声，恐怕很难再给杜先生面子。

而且风凯给比赛名额的同时，很看重俱乐部骑手的实力，如今有实力的骑手一一出走，只剩邹遥遥这一个业余转专业的骑手，仅考虑骑手层面，莱云目前就没有任何优势。

评论区的网友义愤填膺。

我爱小马驹：“太过分了！国内骑手成长本就不容易，他们工资低、奖金低，有些骑手为了马术自掏腰包训练！他们的条件都这么艰苦了，还要被这些有钱人欺负，恶心死。”

卓卓一号粉丝：“太恶心了，莱云以前还算有名，刑老先生去世后就变得一蹶不振，敢情是被这个女人给作死的，呵呵。虽然我国马术正在复兴阶段，但这个女人的作为明显有悖马术精神，希望 A 市马术协会介入调查，保护我市骑手尊严！”

她正浏览微博下的评论，突然收到了竞争对手管特的微信。

老狗逼管特：“【龇牙笑】【龇牙笑】【龇牙笑】”

邹家二爷：“老狗逼，让我看见你，打折你的狗腿。【微笑】”

管特的伎俩一如既往地恶心。

邹遥遥以为杜先生会把这件事处理好，却没想到搞得这么糟糕，网上的人怎么说她，她无所谓，拿不到风凯速度马赛的名额才是她所在意的。

她气势汹汹地一路杀到杜先生办公室。

助理看见她，起身去拦：“杜太太，您稍等片刻，老板在里面跟人谈事情。”

邹遥遥将助理推开，抬脚将门踹开。

办公室里的一男一女同时回头看她，目光齐齐集中在她身上。

杜黎皱眉看着她。

粗鲁的女人，在外人面前不能温柔点？

门口的女人穿白T恤、运动裤，背着双肩休闲包，高中生打扮，却气势凌人。苏悦的目光在她身上停留片刻，又扭回头看向杜黎：“Rod，这是你太太？”

杜黎拧着眉，真不想承认这个暴力狂野的女人是他太太，但他的绅士人设得绷住，于是顷刻间换上笑脸。

浑身冒火的邹遥遥走到他的身边，他立刻起身，向苏悦介绍说：“我太太，邹遥遥。”

从踹开门起，邹遥遥的目光就停在苏悦的身上，不曾挪开。

苏悦也起身，笑着冲她颔首，对她伸出友好之手：“你好，我是苏悦。”

苏悦身高一米七五，穿着一条高腰收腹连衣裙，脚下踩着一双高跟鞋，腿长腰细，性感妩媚。

邹遥遥终于反应过来，愣在原地，瞪大眼说：“苏……苏悦？”

女人笑容明媚：“是我。”

第四章

女神和小哑巴

01.

苏悦是中国奥运历史上，第二个正式亮相马术三项的运动员。

她从五岁开始，就在英国接受马术训练。国际马术联合会有规定，十六岁才可以注册成为职业骑手，而苏悦十五岁就成了国际马术联合会注册的职业骑手。

她常调侃自己，不是天赋型骑手，是后天勤奋努力型骑手。

苏悦二十一岁时，被国际马术联合会推为最佳骑手。六年前伦敦奥运会马术项目，中国骑手只有两名，苏悦是其中之一。苏悦今年二十六岁，拿过国际奖项无数，绝对算得上是中国最顶尖的女骑手。

邹遥遥已经被惊呆，被女神握住的那只手宛如被电击，变得麻酥酥。

“杜太太，你怎么了？”苏悦嘴角的笑勾得大方得体，调侃说，“手抖得很厉害。”

邹遥遥双眼发光，激动得舌头打结：“我……我是您的粉丝。”

“那可太好了，希望以后我们相处愉快。”苏悦抬眼看向杜黎，“Rod，看见没，这世上除了你，大家都很喜欢我。”

“嗯？”邹遥遥不明所以，疑惑地转脸看向杜黎。

什么情况？这语气……女神心仪的对象是杜黎？杜黎能配得上女神？

呵呵。

杜黎轻咳一声，打断两个女孩的交谈，插话说：“苏悦正式挂名莱云马术俱乐部，以后她的教练斯凯夫妇，也会成为你的教练。”

邹遥遥双耳轰鸣，宛如置身梦境。

说到这里，苏悦收了笑容，严肃地打断杜黎：“Rod，想让我介绍杜太太做斯凯夫妇的徒弟，还得看她能不能拿下风凯速度赛马的冠军，如果不能，抱歉，即便我们这么多年的感情，我也不能答应你。”

杜黎很有信心地笑道：“苏悦，你太小瞧我太太了，她比你有天赋。”

苏悦手一摊，耸肩：“我从不认为自己是一个有天赋的骑手，我靠的从来只有四个字：天道酬勤。”

女人坐回沙发，性感的双腿交叠在一起，身体靠向沙发，抬眼问杜黎：“哑巴呢？怎么还没到？”

杜黎抬腕看手表，正欲张嘴，有人叩响了办公室门。

门外的男人将西装穿得一丝不苟，气质文雅，他身材清瘦，眼窝较深，五官偏阴柔美，他看人时，眼神含着一丝忧郁，身上的气息却又让人如沐清风。

有些男人帅得过于严肃，让你不敢直视，而有些男人的帅就属于如沐春风型，即使让你摒弃其他感官器官，仅用眼睛就能看见他的清冽气质。

杜黎属于前者，而这个男人明显属于后者。

杜太太看着“哑巴”，眼睛都直了。杜先生严肃地咳了一声，高大的身躯不动声色地挡在了她前面，在杜黎面前宛如小矮子的邹遥遥，只能被迫收回目光，又转过脸，继续盯着女神苏悦。

即便她是一个女性，也不得不承认，眼前这个女人美得极具诱惑力。

此刻她满脑子都是“天哪，居然和女神同坐一张沙发”的兴奋感，全然忘记此番气势汹汹而来是为了什么。

杜黎邀请“哑巴”进入办公室。

“哑巴”在杜黎对面的沙发上坐下，先冲杜黎颔首示好，又冲两位女士颔首问候，虽然一言不发，但目光和煦温柔。

屋内四人，杜黎相互做过一个介绍后，皱眉看向邹遥遥：“杜太太，你用这样花痴的眼神盯着一个女人，我会吃醋的。”

邹遥遥反应过来，脸一红，连忙将钉死在苏悦脸上的目光移开。

杜黎切入正题，说：“我们莱云只留人才，所以杜太太，他们就是我答应给你的解决方法。”

苏悦在中国乃至世界，都有一定影响力，是中国马术界的超级明星，但凭苏悦的咖位，不会参与国内这些商业性质的比赛，也没有时间来参与这些比赛。

她只能帮莱云把名气镇住，走了王牌骑手向卓不要紧，来了一个苏悦，就足以惊动整个中国马术圈。

邹遥遥定了定思绪，问杜黎：“网上那些乱七八糟的言论，你应该都看过了，即便风凯肯给莱云名额，他们顾及品牌名声，也不可能让我参加比赛，而苏悦也不可能参加比赛，接下来你打算怎么安排？”

“嗯，看过了，公关会处理那些对你不利的言论。”杜黎摊开手掌指向“哑巴”，又接着说，“萧承是我接手莱云后签下的第二位骑手。”

他又将一只文件夹推给邹遥遥：“这里面是昨天我让文涛签下的骑手，请杜太太过目。”

邹遥遥取过文件夹，一页页往后翻。

杜黎共签约了十七位骑手，有些在圈内已经小有名气，有些还是在校学生，甚至有高中生，撇开这些学生不谈，剩余骑手都足够碾压已出走的骑手。

就莱云当下的骑手质量，在国内已经算得上拔尖儿，杜先生应该也花了不少钱。

邹遥遥心里震惊，沉默半晌，一脸忧心忡忡地看向杜先生：“杜……”碍于有外人，她改了称呼，“老公，有了这么多优秀的骑手，你会想解约我吗？”

杜黎居然从“钢铁硬汉”杜太太的语气里，听出了撒娇的意味儿。

嗯，听着很舒服。

如果杜黎有条尾巴，此刻必然已经欢快地摇了起来，他笑道：“我老婆也很优秀，何必在这种时候妄自菲薄。”

苏悦也伸手拍拍邹遥遥的膝盖，宽慰道：“Rod 不做亏本生意，他这人做起生意来，六亲不认，他能签下你，一定是你有过人之处。杜太太，你得有个心理准备，如果你在以后的比赛里出现失误，没拿到 Rod 预估的成绩，你千万不要冲动之下休夫。”

“苏悦，你以为谁都跟你们夫妻一样？”杜黎笑出声，朝萧承瞥了一眼，“我的老婆，心疼都来不及，又怎么舍得凶她，跟她吵架？”

萧承眸光一沉，看向杜黎，然后开始打手语：我没跟她吵架，我想跟她吵，但她从来不给我这个机会。

苏悦挑眉，语气讥讽："又在装正人君子呢？这么委屈，像我休了你似的，你要真觉得委屈，跟我复婚啊。"

邹遥遥看向女神苏悦，又看向萧承，目光最终落在杜黎脸上——亲爱的狗儿先生，这是什么情况？

杜黎浓眉一挑——再叫狗儿离婚！

哑巴萧承沉默一瞬后，又朝苏悦比画了手语：我们没可能了，小悦。

苏悦红着眼眶瞬间起身，冷眼看他："臭哑巴，你以为这世界上除了我，还有人会要你吗？"

萧承的情绪没有因为女人的情绪受到干扰，反而很平静地比手语：你是世界上最好的女人，我是最差的男人，我不配。

邹遥遥渐渐地朝杜黎挪过去，扯了扯他的衬衣袖，小声问："这……到底是什么情况啊？"

苏悦女神居然结过婚？！前夫居然是个哑巴？！

"最差的男人？"苏悦右眉一跳，起身朝萧承走过去，高跟鞋在地板上碰撞出嗒嗒的声音，清脆性感，她在萧承跟前停住，嘴角勾得自信张扬，"哑巴，我看上的男人，不会差，我嫁的男人，也是世上最好的男人。"

萧承身高一米八，苏悦穿上五厘米的细根鞋，眉眼几乎与他平齐。

萧承双眼里压着淡淡的情绪，辗转着几丝忧郁。

沉默片刻，他开始向她比画手语：小悦，我是哑巴，你是冠军骑手。

苏悦讨厌他因为懦弱而逃避现实，她抬脚踩在男人脚背上，娇怒道："你会后悔的。"

她抓起搁在沙发上的手包，朝着萧承胸口用力地砸了下，将他重力推开，带着情绪离开了办公室。

萧承被女人拿高跟踩了脚背，又被女人拿包狠砸胸口，从头至尾紧合嘴唇，没吭一声。

等苏悦离开，他叹息一声，冲邹遥遥和杜黎比画手语：抱歉，让你们见笑了，小悦平时不这样，她对人很好。

邹遥遥得以见到偶像，又在短时间内围观偶像八卦，胸腔满涨兴奋，她激动地冲萧承回以手语：知道，我知道，萧先生，希望以后作为同事，我们能够相处愉快。

萧承看着女孩一本正经地比画手势，轻笑出声，男人笑的时候，眼睛里都是温柔，如春雪初融。

邹遥遥不知道他在笑什么，怀疑自己的手语出错。

旁边的杜黎提醒说："杜太太，萧承能听见你说什么，你可以不用手语。"

邹遥遥反应过来，对自己不细心的行为感到羞愧："萧先生，抱歉，我没有其他意思。"

萧承比画手语：没关系，杜太太很厉害，还会手语。

邹遥遥与萧承聊了一些马术相关的事，与萧承交流让她感到轻松，她仿佛很久没有与人这么痛快地聊过天。

在这场特殊的交流里，邹遥遥明显感觉到，这个男人的能力绝不次于莱云以前那位金牌骑手向卓。

两人的聊天渐渐深入，邹遥遥因为遇到一个好骑手，双眼发光，宛如一只饥饿的老虎嗅到了生肉气息。

02.

回家路上，车内。

邹遥遥坐在杜先生右侧，低头刷着网上关于苏悦和萧承的新闻，她找到了两年前的旧新闻。

她从不主动关注八卦新闻，微博也只关注了全国知名马术组织的官博，每天首页能刷到的都是马术赛事播报，以及马术的相关信息。

苏悦结婚很低调，但她本人过于耀眼，结婚第二年被媒体挖出了已婚的身份，狗仔连萧承的背景一并挖了出来。

萧承是斯凯夫妇在中国收养的孤儿，是个哑巴，粉丝们都认为，苏悦嫁给了一个哑巴，实在可惜，他们认为苏悦女神应该嫁给更好的男人，甚至是最好的男人。

斯凯夫妇是英国著名的马术教练，颇负盛名，退休后定居中国。

这些八卦新闻真假参半，邹遥遥看向低眉垂首捧着 iPad 的杜先生，用手指戳戳他的胳膊肘，小声问："苏悦和萧承，他们到底是什么情况？网上的八卦，可信度有几分？"

“杜太太倒是很关心别人的事，”杜黎蹙着眉，扭了扭胳膊，嫌弃地看了眼被她戳过的胳膊肘，片刻后收回目光，“你自己的事，怎么一点儿不上心？”

邹遥遥摇头，一脸无所谓：“理‘键盘侠’干什么？你不是说会有公关处理吗？希望你的公关能处理好，也希望这件事不会影响到我争取名额。”

杜黎看着她：“在你眼里，名誉是不值得放在心上的吗？”

“如果它影响我拿比赛名额，我当然会放心上，”邹遥遥看他的眼神很坚定，“这种无中生有的诽谤，即使我去辩解，又有多少人会信？有那种精力，不如把心思放在马术上。”

她扭头看向窗外，天色渐渐暗了下去，道路两旁的玉兰花灯尽数亮起。

杜先生语气变冷，前座的司机自动将耳朵和眼睛合拢，不听，不看，宛若开车的机器人。

因为她的话，杜黎一时语塞，居然觉得这个女人真是轴得可以，以至于他不知道是应该心疼她，还是应该继续教育她。

“我希望杜太太以后做事能有分寸，不要再被人捏了把柄，你现在不是个体。”

邹遥遥盯着男人清冷的侧颜，觉得莫名其妙，有司机在，有些话她并不好说，她说：“杜先生，你是在嫌弃我给你带来了麻烦？如果嫁给你会失去我的自由，那我宁愿跟你离婚。”

杜黎也不甘示弱：“离婚可以，米格和阿帕奇归我。”

邹遥遥的语气也非常强势：“你做梦。”

杜黎勾唇笑道：“你也是做梦。”

邹遥遥哼了一声，撇过脸看向车窗外。

车内气氛低迷，杜黎扭过脸偷偷打量她，从他的角度，看见女孩因为生气紧蹙的眉头，她翘长的睫毛因为呼吸上下扇动。

他们回到酒店，侍应生送来的晚餐也同步到位。

吃饭期间，夫妻俩一言不发。

阿帕奇感觉到两人在冷战，朝杜黎走过去，将下巴搭在男人的膝盖上，眼巴巴地望着他。杜黎伸手去摸了摸它的狗脑袋，但它依然是那种委屈得要死的眼神。

杜黎用眼神和阿帕奇交流：你让我去哄她？

阿帕奇：嗯嗯。

杜黎挑眉：我哄她？你觉得可能吗？

阿帕奇脑袋一歪，冲他卖萌，然后轻轻地咬住他的裤脚，将他朝着邹遥遥的方向拖。

杜黎拿这条狗没有一点办法，他抬起紧绷的下巴，冲对面低头吃饭的杜太太喂了一声。

邹遥遥咬断嘴里的意面，抬眼望着男人。

杜黎搁下刀叉，用餐巾擦拭嘴角后，说："苏悦和萧承是青梅竹马，两人同龄，二十岁时瞒着家人结了婚，我是他们的同学，也是他们感情的见证人。"

"嗯？"本来以为以杜先生的性格，除非她先开口，否则他绝不会先低头的，出乎她意料的是，这个男人居然率先开口跟她说八卦。

阿帕奇的脑袋被男人卡在双腿之间，杜黎一边揉狗头，一边说："萧承比苏悦有天赋，但他从不参与任何竞赛。"

"因为……他是哑巴？"邹遥遥问。

杜黎摇头表示否认，声音仍无情绪起伏："他们在八岁时，私下有过一场比赛，苏悦输了。"

仅八岁的苏小姐，高傲自负，目中无人，输给一个哑巴，让她很没面子，她气急败坏下拿马鞭抽打萧承。萧承不仅没还手，更没辩驳，只是用手势跟她比画"对不起"。

那天晚上苏小姐牵着小马驹离家出走，吓坏了斯凯夫妇。

斯凯夫妇问她，为什么要带着小马驹离家出走？苏悦小公主揉着猩红的眼睛回答："她怕，害怕哑巴再赢她，她要离家出走，远离哑巴。"

萧承从来不觉得名次于他有多重要，到了可以参赛的年龄，有天赋的萧承却从不参与任何竞赛，但苏悦的比赛他从不缺席。

多年的竞赛生涯均有萧承陪伴，他不仅是伴她成长的竹马，也是她的指导教练。

苏悦曾经问他："为什么不参与竞赛？"

他用手势一字一句比画：我是哑巴。

他不怕被人嘲笑是哑巴，只怕别人嘲笑苏悦的师兄是哑巴。后来和苏悦结了婚，他更害怕有人取笑苏悦的老公是哑巴，能在苏悦身边，做她的指导教练，哪怕默默无闻，于他来说也很幸福。

斯凯夫妇曾经问过他：你从不想要荣誉和鲜花吗？以你的天赋，一定可以得到。

他摇头。

他不想再赢苏悦。

她哭，他心疼。在他心里，苏悦便是他的荣誉和鲜花。

听完苏悦和萧承的故事，邹遥遥叹息一声，问杜先生：“他们为什么会离婚？”

“冲动。”杜黎跟她说话的语气终于缓了下来，起身说，“我去健身，你早点休息，明天跟我去见风凯的董事长。”

邹遥遥点头，“嗯”了一声。

杜先生离开后，她在阳台做了一套瑜伽，洗完澡后敷着面膜盘腿坐在客厅的沙发上，去看了眼微博。

马术世界 # 话题里，苏悦的微博被置顶。

苏悦 V：“回国了，落户在 @ 莱云马术俱乐部，我会好好调整状态，备战东京奥运。”

这条微博一经发出，就有人在评论里给苏悦科普关于莱云马术俱乐部的“黑历史”。

小马驹在草原：“女神，你难道不知道莱云现在多恶心吗？它已经不是当年那个莱云，请你慎重考虑，他们家的骑手都在爆料那个奇葩女老板，恶心死人了，女神你去看看 @ 优雅骑士向卓的微博就知道了。”

苏悦没有回复这条评论，但是很快这条评论下就被“盖起了楼”。

1 楼灵魂骑手：“呵呵，楼主怕是还没看到向卓的黑历史吧？欠了赌债，被竞争对手拿到了把柄，怂恿同事集体跳槽，还抹黑女老板？谁更恶心呢？”

2 楼摆渡人：“你们家向卓欠赌债、怂恿老东家的骑手们集体跳槽，已经是不争事实。听说 A 市马术协会已经介入调查，等着吧，你们家向卓跑不掉了。”

……

马术世界 # 话题下的热门微博里，有一条匿名向 A 市马术协会举报向卓以及管特不正当竞争的微博。

这条微博清晰地阐述了向卓欠下赌债，为了钱给管特国际马术俱乐部卖命，然后怂恿老东家的骑手们集体跳槽，并抹黑女老板，打算整垮老东家的情况。

微博的图片里发了向卓欠债，以及怂恿骑手跳槽的铁证，向A市马术协会投诉他和管特里应外合，进行不正当竞争。

向卓的粉丝虽然不多，但都是些狂热的小姑娘，她们当然不能看着偶像倒下去，开始疯狂地骂邹遥遥。

陈明阳y：“我男神欠赌债怎么了？人家又没赖账不还！那个女人欺负小孩、抱金主大腿是不争的事实吧？你们去投诉她啊，投诉我男神算怎么回事？”

学医的sneaker：“是啊，他们投诉，我们也投诉！去投诉那个女人排挤同行，骑马行凶！@A市马术协会@A市马术协会@A市马术协会@A市马术协会”

邹遥遥：“……”

看着这些疯狂的粉丝，邹遥遥简直哭笑不得。

刘萌在微信里戳她。

一颗刘萌萌：“老板，向卓的小粉丝疯了吧，神经病似的，你要不要去微博澄清一下？”

邹家二爷：“不用，让他们去举报吧，让他们闹大。”

一颗刘萌萌：“老板，你就让他们这样污蔑你？我都看不过去！我开了好几个小号帮你说话，全被热门评论挤下去了，气得我肝儿疼！对了老板，你的微博叫什么？”

邹遥遥将自己微博ID页截图给她，收到截图的刘萌震惊了一下，老板的ID：邹二爷，粉丝两千多万，最新的一条微博更新于八年前。

邹家二爷：“现在知道我为什么不发微博了吧？”

刘萌虽然知道老板家里有钱，也有背景，也听过关于老板父母是娱乐圈里人的八卦，但她没想到老板就是“深眠夫妇”的二闺女——邹二爷。

邹影帝和木影后当年被粉丝称为“深眠夫妇”，他们的两个闺女三四岁的时候，自己在家玩直播走红，成为直播史上最年轻的主播，后来“深眠夫妇”这两个闺女参加了亲子节目，圈粉无数。

邹遥遥以“邹二宝”“邹二爷”的名字出道，姐姐木筱筱以“邹大宝”的名字出道，虽然已经过去很久了，但外界没有人知道她们姐妹俩的真名。

姐妹俩五岁之前，身价就已经超越了圈内很多的一线明星，当年红得一塌糊涂，然而随着两个小姑娘的长大，“深眠夫妇”想让姐妹俩过上正常生活，对她们进行了保护。

之后许多年，媒体都没再报道关于她们的消息，但她们的微博依然存在。

邹遥遥的微博用了很多年，但已经八年没更新过，八年前，她发了一条悼念干爹云昊东的微博，轰动了娱乐圈，让她上了好几天的热搜。

八年前，她十四岁。

娱乐圈的观众是一个忘性很大的群体，如果不是因为“深眠夫妇”还在娱乐圈活跃，她也早就被人遗忘，如果她没有销声匿迹这么多年，微博粉丝也不会掉到只剩两千多万。

当然，她并不知道自己再发微博，下面会有多少粉丝点赞和评论。

一颗刘萌萌：“老板，我看了一下……向卓的粉丝只有九万，而你有两千多万粉丝，你发一条微博，随随便便就能碾压他了吧？老板，你干吗要受这个委屈啊？”

邹家二爷：“我没受委屈，这些粉丝‘无脑黑’，明显不像是向卓的粉丝，可能是猴子派去的逗逼，故意搅局的吧。”

一颗刘萌萌：“所以……你觉得，都是我们公司的公关？”

邹家二爷：“不敢肯定，可以继续观望。”

03.

第二天一早，司机送杜黎夫妻前往风凯马术俱乐部。

已经十一月，A市的清晨开始转凉，邹遥遥却依然是短袖、长裤的打扮。

杜黎扭过脸看她，女孩正捧着手机，脑袋随意歪靠在车窗上，从他的角度，完全可以看见杜太太宽大领口下的风光。

杜黎收回目光，直视车前方，换回平时严肃的目光：“杜太太倒是很能沉得住气，微博粉丝两千万，一个委屈的表情也没发，其实你可以用这个账号让更多人知道中国马术，可你却并没有这么做。”

邹遥遥还在关注微博动态。

她将垂下的碎发别回耳朵后，露出白里透红的半张面颊，说：“我不太喜欢让人玷污这里，你放心，如果能拿到参赛名额，我会以女骑手的身份再申请一个新账号，然后努力经营。”

杜黎见她眼睛里情绪复杂，问她："是因为云昊东，你才放弃使用这个微博？"

邹遥遥脊骨一颤，抬眼看向杜黎，眼眶泛红。

这是杜黎第一次见杜太太红着眼眶看他，她最新的微博，是八年前悼念云昊东先生。

邹遥遥说："我固然可以利用邹二爷这个账号推广我骑手的身份，但我不能。第一，我是骑手，不是明星，我想骑着马一蹄一蹄踏出自己的天下，而不是利用炒作一步登天；第二，我想守住这一方净土，这里是我和老东、大宝最后的净土，我不允许任何人来践踏。"

邹遥遥这个微博的私信和评论功能已经全部关闭，这个微博于她唯一的用处，就是让她缅怀和大宝在童年时与干爹云昊东在一起的时光。

这个微博，是她和大宝三岁时，干爹云昊东为她们一手建立的，云昊东协助她们背着父母在网上开直播，那段"偷偷摸摸"的日子，大概是她和大宝最快乐的童年时光。

老东已经去世八年，微博里还有十几年前的小视频，里面还有老东的脸以及他粗犷的声音，她舍不得销号，也舍不得放弃，更不允许谁来玷污。

大概是戳到了杜太太的软肋，她红着眼睛跟杜黎对视一会儿，眼泪在扭头面向车窗的那一刹滚了出来。

杜黎听见杜太太吸鼻子的声音，心头一惊。

他伸长脖子，去看杜太太转过去的脸，果然看到了两行眼泪。没见过刚硬如铁的杜太太流眼泪，杜黎显然有点慌，宛如看见戏精阿帕奇倒地装死、装痛苦。

"喂。"他调整了一下思绪，安慰她，"那些说要举报你的微博评论是公关策略，你不必伤心，再等等，会有好消息。"

其实正如邹遥遥所料，公关特意找人扮演了"脑残粉"的角色，带了一波节奏。

杜黎是个记仇的，他要的不仅是向卓名誉扫地，而是彻底弄"死"他。

这叫杀一儆百。

见杜太太扭头看着窗外，一言不发，杜黎在心里纠结到底要不要给她递手帕，最终他体内善良的小天使战胜了小恶魔，掏出手帕，递给了她。

发现自己失态，邹遥遥接过手帕，擦擦眼泪，然后擤了擤鼻涕。

杜黎一脸嫌弃地皱眉：以后再给你递手帕我是你孙子。

04.

风凯马场的地形像一个小盆地，凹下去的上千顷平地全被规划成马场，而四周是密林斜坡。进入马场得先上山，再下山。他们的车只能停在山下，接着步行一个小时进入马场。

上山后，有专人接待他们夫妻，两人换好骑装后，被带了进去。

风凯的董事长已经七十一岁，老当益壮，正和几个小辈在马场上打马球。

夫妻俩站在休息台上看着，年轻人一点没有谦让的意思，老人家骑着马在数匹烈马的夹击之间游刃有余。

邹遥遥看得心惊胆战的同时又热血沸腾，萧董进球，她忍不住拍掌，叫了声：“好。”

身后传来一个小姑娘的声音：“嘁。”

她回身，身穿骑装手执马鞭的小姑娘，立在她身后，冷眼看她。

这次没有表姐在身边，萧清清谁也不怕，讽刺她：“来求我爷爷给你们比赛名额？想得美，有我在，你们休想拿到名额！”

邹遥遥和杜黎并没有说话，只是看着眼前这个有点泼辣的小姑娘。

邹遥遥皱眉，正要说话，杜黎用手指弹了弹她的手背，示意她不要说话。

邹遥遥下意识地缩手，闭嘴不言。

一道严厉的声音插入：“清清！”

三人同时回头，看向翻身下马的萧董。老爷子下马后，将球杖扔给助理，迈着稳健的步伐朝他们走过来，他在孙女面前停住，厉声道：“出言不讳，谁教你的？跟杜太太道歉。”

萧清清鼓起腮帮，抱住老爷子的胳膊，晃了晃，继而脑袋一歪，靠上老人家肩头撒娇，抬手一指邹遥遥：“爷爷，就是她，就是她欺负我。”

萧董看向邹遥遥，目光清冷：“杜太太？听说你骑术不错。”

“是不错。”邹遥遥没有谦虚，眼角眉梢都是自信，“不然，也没资格教您孙女骑马。”

她特意提及那天的事，是想告诉老爷子，她只是教小姑娘骑马，并非欺负她。

“我这孙女不懂事，杜太太愿意教她，是她的荣幸。”萧董笑得温和，“我这老头没见过杜太太骑马，不如这样，杜太太与我孙女比试一场，让我这老头看看，你到底够不够资格做我孙女的师父。”

老爷子胸有成竹，仿佛自己孙女一定能赢似的。

邹遥遥嘴角扯出自信的弧度：“与一个小孩比试，未免显得我太欺负人。”

“是，所以为了公平起见，你们比试骑射吧，她射五十米箭靶，杜太太射两百米箭靶。”老爷子眼角笑出一堆鱼尾纹，“杜太太觉得这个规矩，可还行？”

杜黎眉头拧得很紧，表面沉默，心里却骂了这老爷子八十遍。

这个奸诈的老头。

蒙古族从小擅骑射，像萧家的女孩，即便不会骑马，箭术也一定了得。

邹遥遥顿了一会儿，没有说话。萧清清见她皱了眉，笑她：“哈哈哈，怎么，不敢和我比啊？你要是赢了，我就叫你一声师父，给你敬茶、洗脚！你要是输了，得管我叫姑奶奶！”

邹遥遥挑眉：“好啊，如果我赢了，萧董，您就给我们莱云参赛的名额，如何？”

萧董笑得和蔼：“好。”

骑马和骑射，完全是两个概念，杜黎替杜太太捏了一把汗。

比赛的规则看似简单，其实操作起来很复杂，两个姑娘必须骑马上山，在丛林里找到箭靶，分别抵达离箭靶五十米和两百米的位置，接着开始骑射，箭靶会在丛林里不断移动，骑射的同时，不仅要控制身下马儿的移动，还要克服丛林里的树木障碍。

这种比赛的难度非常大，成年人也未必会这样玩儿，邹遥遥跟一个未成年人比试，如果输了，必然会被耻笑。

准备前，杜黎浓眉一紧，扯住杜太太的袖子，将她往旁边拽，低声问：“你的射箭水平如何？”

担心男人会去洗手间一个劲儿洗手，邹遥遥抬起手腕，将衣袖从杜先生手里拽回，点头说：“还行。”她不会鼓吹自己的实力，也不会谦虚，有一说一。

杜黎以为她有谦虚成分，心稍微放宽，双掌合十，声音严肃低沉：“好，杜太太小心。”

邹遥遥点头，眉眼认真："放心。"

工作人员带两位姑娘去选马。

小姑娘选了老爷子的爱驹奇迹，一匹年龄不大的进口温血马，邹遥遥则选了一匹国产马，叫巴特。

进口温血马身材高大，身高在两米以上，皮毛黝黑发亮，浑身肌肉紧绷，柔顺的长鬃被编织成辫，从头至尾，寸寸漂亮。它显然受过良好训练，出场时，修长的脖子微勾，步伐迈得非常有节奏，仿佛在习惯性地踩某个点位，小姑娘一拉缰绳，它立刻像石碑一样定在原地。

而邹遥遥骑着巴特出来，滑稽的场面立刻将观众台上的几名年轻人逗笑了。

巴特是国产马，身材强壮，却比奇迹矮了一个头。它在马房显然没受到好待遇，长鬃打结，靠近时甚至可以闻到其身上的臭味。它明显戾气很重，女孩一紧缰绳，它立刻耐不住性子地晃动脑袋，甚至翻蹄。

奇迹和巴特两相对比，气质差距相当明显，前者宛如英国贵族绅士，后者宛如地痞草莽。

休息台上，几名年轻人和萧董围着一张茶几而坐，饮茶聊天。茶几前方摆了四只显示屏，分别播放着马场不同角落的画面，下面的情形他们看得一清二楚。

萧家是马背上的家族，萧清清虽然才十三岁，但从她会走路开始，就上马背，摸弓，射箭。她这个年龄，骑术虽然比不得职业选手，但射箭水平却在大多业余选手之上，正因为她有骑射天赋，老爷子才对她一再纵容，并且引以为傲。

定下这种不公平规则，萧董不是对自己的孙女没信心，而是听说邹家这个二闺女，从小就是男孩性格，野大的，不排除箭术也不错。

自家孙女赢了，长脸，碍于小孩的年龄，无人敢评论长短，就算自家孙女输了，给莱云几个名额也不算什么事儿，而且可以借此机会挫一下小孩的劣性，让她懂些道理，两全其美。

几个年轻人在休息台上观望了一会儿，有人评论说："杜太太怎么挑了这么一匹马？野性难驯。"

有人迎合："是啊，选了这样一匹马，显然不战而败。"

大家你一句我一言地讨论。

为了讨老爷子欢心，有人开始竖起大拇指鼓吹："萧董，您孙女可真是个小天才，挑马的眼光让我等佩服。”转而看向杜黎，也不敢得罪，“杜先生，杜太太是让着小孩，才挑了这匹马吗？我可听说，杜太太骑术了得。”

杜黎细饮杯中的竹叶青，勾唇笑道：“那倒没有，规则定得如此苛刻，我太太已经不占任何优势。”

他看了眼萧董，搁下茶杯后，又说：“我的看法与你们恰恰相反，我并不认为我太太的眼光不到位，反之，我倒觉得清清姑娘年龄太小，经验不够，以至于挑了一匹最差的马。”

他这么一说，大家都闭嘴不敢言，转脸看向从头至尾沉默的萧董。

要知道，这匹奇迹可是萧董的爱驹，身价千万的贵族进口马，杜黎居然说它不好！

萧董给自己倒了杯茶，粗粝的手指掐着白玉质地的小杯，送到嘴边，细饮。他身上有蒙古汉子的粗犷和豪迈，就连饮竹叶青，眉眼间也不见半分细致温柔，一垂眼，宛如金刚怒目，令人心生畏惧。

他看向杜黎，右边眉毛挑了一下，突然笑道：“哦？杜先生说说你的理由。”

“清清姑娘在这场比赛里，挑了一匹最不合适的马。”杜黎神情自若，一脸淡然，“奇迹是匹好的竞技马，它适合征战竞技场，而我太太所挑的巴特，是匹十足的野马，没有束缚的荒郊则是它的战场。当然，这只是小辈拙见，也不排除我看走眼。”

萧董没再说话，目光移向屏幕，嘴角的那丝笑意还在嘴边浮着。

这群人七嘴八舌地捧高踩低，萧董显然听得有些不得劲儿，杜黎看在眼里，觉着兴许老爷子喜欢听实话，旁人贬低自己太太，他面上也过不去，所以有了以上对话。

马匹就位。

工作人员替她们将箭袋固定在马背上，里面插着六支箭，准备就绪后，又将弓递给马背上的两位姑娘。

邹遥遥接过弓，愣住：“传统弓？不是竞技弓？”

萧清清单手握缰，将弓挂在马背上，然后白了她一眼：“竞技弓？邹阿姨，您该不会没用过传统弓吧？”

现在少有人再用传统弓，箭馆里都是反曲竞技弓和复合弓居多，她几乎没用过传统弓。

邹遥遥皱眉，嘴唇紧合，单手握弓背至身后，背部微往下压，呈蓄势待发状态。

巴特疾驰而出，四蹄将泥沙翻起来，溅在女孩细腻的面颊上。

邹遥遥仿佛习惯了这种速度，神情没有因泥沙痛溅面颊产生变化，马尾随疾风往后掠，她的嘴角抿成了一条直线，浓眉向上扬，传统弓被她反手压在背后，英姿飒爽。

杜黎通过休息台上的高清屏幕看她，一瞬间被吸引住，这个在马背上挽弓的骑装女孩，与他认识的杜太太不同，她骨子里的烈性与张扬，在这一刻以一种美丽的姿态绽放。

她和她的坐骑仿佛融为一体，眼睛里都是腾腾的杀气。

萧清清骑马进了丛林，奇迹的劣势逐渐显现出来，反倒是巴特，一进丛林就仿佛失去了束缚，变得张扬起来，但邹遥遥的张扬始终凌驾于它之上，压得它不敢造次。

巴特跟邹遥遥接触不久，但它明显能感觉到女孩的气场，令它甘愿臣服。

邹遥遥超过萧清清，很快找到移动箭靶的位置，她停在两百米的标记之外，开始观察箭靶移动的方位以及停留的时间，箭靶移动的范围在二十米以内，每次停留十秒。

在她观察的时间内，萧清清已经骑马从她身边经过，停在了离箭靶五十米的标记处，小女孩松掉缰绳，双脚紧蹬马镫，利用空余的手取弓上箭，对准移动箭靶射了出去。

这一箭射中八环。

小姑娘射中，扭过头冲着一百五十米之外的邹遥遥吐舌头做鬼脸。

邹遥遥也松掉缰绳，双脚紧蹬马镫，一只手掌弓，一只手搭箭上弦。

瞄准，射击。

因为身下的马儿突然移动，这一箭成功脱靶。

邹遥遥察觉到马儿的躁动，觉得巴特是受了小姑娘的挑衅，有点沉不住气，她俯下身，将脸贴在马背上，用手轻轻拍它的脖子，小声说："巴特，沉住气。"

得到女孩的安抚，巴特甩头打了个响鼻，然后安静下来，开始按照女孩的指示前行。

传统弓没有瞄准镜，与竞技弓有偏差，第一箭她没找到感觉，第二箭她摸到了一点门道，射中黄心九环。

邹遥遥松一口气，果然传统弓也没那么难。

她这边刚得意，小姑娘的第五箭已经射出去，除了第一箭是八环，其余几箭都是九环、十环。

萧清清朝她的方向看了眼，在马背上握着箭，笑得前仰后合："哈哈哈，你第一箭脱靶，除非你后面五箭都是九环、十环，否则不可能赢我！"

她手上握着最后一支箭，箭镞朝下，她笑的时候，箭镞在马背上刮了一下，身下的马儿立刻受惊，双前蹄一抬，险些将她摔下马背，还好她紧蹬着马镫，将身子固定住，迅速抓住了缰绳。

受惊的奇迹完全失控，朝山上跑去。

发生紧急状况，工作人员启动救人计划，然而谁都没有邹遥遥的动作快，她骑着马就朝萧姑娘追了过去。

山里没办法开车，这片林子的地势又复杂，等工作人员骑马追上去，萧姑娘和杜太太已经不见踪影，拍摄画面里也没了她们的影子。

而一直坐在休息台从屏幕上观望的萧董慌了神，亲自骑马去追。

杜黎的助理文涛问他："老板，咱们要去追吗？"

杜黎皱眉："去给我牵一匹洗得最干净的马。"

工作人员点头，正准备转身离开，听见杜先生又补充："要消毒水洗过的！"

工作人员："……"

您家马用消毒水洗啊？

第五章
杜太太的男友力

01.

工作人员不能满足杜先生的用消毒水洗过的马的要求，杜黎转念一想，这是在马场范围内，已经有工作人员过去，他就不用去了吧？

奇迹失控，载着小姑娘跑出了马场范围，至山林深处。

眼看丛林树木要将小姑娘的踪影吞没，邹遥遥将弓挂上马背，从腰间抽出马鞭狠狠地甩在马背上。

在马鞭的刺激下，巴特双眼充血，四蹄翻得更快。

由于恐惧，萧清清出于本能地攥紧缰绳，面颊贴着马的脖颈，压根不敢睁开双眼。而邹遥遥为了跟紧前方的马、辨明方向，压根不敢闭眼，也不敢将脸埋在马脖子上进行保护，树枝像鞭子一样狠狠地抽在她裸露的肌肤上，在她白嫩的脸蛋和脖颈上抽出一道道血痕。

她很快追出丛林，来到一片乱石滩，再往前是悬崖。

面对如此险境，奇迹并没有停下，而是朝悬崖冲过去。萧清清吓得脸色铁青，张口尖叫，成股的风灌进她的喉咙里。

邹遥遥骑着巴特紧追不舍，但身下的巴特不够快，离奇迹还有一段距离。情急之下，她用箭镞在马屁股上划出一条伤口，巴特受到疼痛刺激，四蹄立刻就像踩了风火轮，疯狂地向前冲。

她超越萧清清的同时，松了缰绳，双脚踩住马镫，臀部迅速离开马鞍，身体朝小姑娘的方向偏过去，伸手抓住姑娘的衣服，一用力，将对方从马背上拽了下来。

由于手上突然下沉的重力，邹遥遥差点从马背跌下去，小姑娘的腿在乱石上拖行了数米后，被她一用力提上马背。

邹遥遥用力的瞬间，手背、额间的青筋凸现，上下齿磕破嘴皮，她的胳膊因为用力过度，疼得宛如锥心。

她将小姑娘反扣在马背上，双手攥紧缰绳，一双胳膊肘压在女孩背上，以此固定，以防她摔下马背。

巴特在邹遥遥无声的授意下，掉头往回跑。

奇迹在快坠入悬崖的时候紧急刹车，也掉头回来，进入密林后便不见踪影。

邹遥遥带着小姑娘又跑了一段距离，在一片草坪上停下，她先翻下马背，然后将小姑娘抱了下来。

萧清清双腿发软，刚刚落地，捧着腹开始呕吐，等肚子里吐得没什么东西了，才白着脸环顾四周，然后泪眼汪汪地看她："这是哪儿？"

"不知道。"邹遥遥深喘一口气，背靠一棵树，垂下双手瘫坐在地。

萧清清抱着膝盖，扭过脸打量她。

她双臂垂在地上，宛如被抽取了骨头，十分无力，原本白净的脸上也满是血痕，嘴唇乌紫，额间汗珠细密。

邹遥遥闭上眼，休息一会儿。

"喂。"萧清清吞了口唾沫，喉咙干得发疼，声音很嘶哑，"我想回家。"

邹遥遥没有睁眼，仔细听周围动静。

四周有虫鸣、鸟叫，以及风吹树叶的沙沙声，杳无人音。

她刚才为了将小姑娘抓到自己的马背上，用了最大的力气，两条胳膊现在使不上一点劲儿。

刚才在马背上，她的神经高度紧绷，不知痛楚，这会儿放松下来，各处的疼痛乍然散开。

小姑娘吸了吸鼻涕，冲她吼道："喂，我要回家！你聋了吗？"

邹遥遥蹙眉，再睁眼，目光凌厉："再叽叽喳喳，我扔你下悬崖。"

萧清清被她的目光震慑，吓得一缩肩，声音怯怯的："你……你敢。"

邹遥遥继续闭上眼，声音冷冷的："你可以试试。"

她闭眼休息了一会儿，小姑娘没再说话。邹遥遥这一睡不知道过了多久，眼看夕阳斜下，小姑娘有点慌，戳戳她的肩头："喂。"

没叫醒。

萧清清继续戳："天快黑了。"

她睁开眼，远处的太阳像只橘子，即将坠下山头，邹遥遥咳了一声，皱眉问："没有人过来吗？"

萧清清摇头，有点怕："我们走吧，我想回家，我有点怕。"

邹遥遥的声音依旧冷冰冰的："怕？出言不逊、耀武扬威的时候怎么没见你怕？"

萧清清一愣，面红耳赤地垂下头，咬了咬嘴唇，小声说："我……对不起。"

"还有救。"邹遥遥扶着树起身，一边观望四周一边问她，"你到底是跟谁学的，你爷爷从没管过你吗？"

萧清清盯着她的后脑勺，小声说："管……我也不是见谁都骂，谁让你欺负我来着……"

"欺负你？我是不是欺负你，你自己心里没点数？"邹遥遥将巴特牵过来，转回头看她，"过来，上马。"

"哦。"萧清清走过去，先骑上马背，邹遥遥随后。

邹遥遥控制着缰绳，将小姑娘护在双臂之间，说话时气息喷溅在小姑娘头顶，"我救了你的命，你打算拿什么报答我？"

萧清清沉默了几秒，小声说："我会让爷爷给你比赛名额。"

"嗯。"邹遥遥双腿一夹马背，身下的巴特慢跑起来，她问，"你有微博吗？"

"有。"萧姑娘以炫耀的口吻说，"我的微博有两万多粉丝，很厉害的。"

"回去之后，关于那个纵马行凶的视频，你帮我发条微博澄清。"

"好……"她不敢拒绝。

两人在丛林里迷路，到晚上八点，也没能找到出路。

林子里一片漆黑，肉眼已经辨不出前路，她们只好原地停下观望，在丛林里逗留过于危险，邹遥遥又凭着直觉原路折回，回到没有树木的石滩上。

抵达石滩，借着月光，勉强能辨出四周事物的轮廓。

邹遥遥正准备下马，从林里突然蹿出一条骨瘦如柴的狼，如果不是它那双绿森森的眼睛，她可能会误以为那是一条狗，她用手轻拍马背，安抚巴特的情绪。

马是很有灵性的动物，马背上的人是什么情绪，它都能感受得细致入微。

背上的女人不怕，它也不怕。

萧清清吓得一哆嗦，正要惊叫出声，嘴被邹遥遥捂住。

邹遥遥的嘴贴着小女孩耳后根，冷静地说："别怕，打过猎吗？"

小女孩点头，她跟爷爷一起射过小兔子。

邹遥遥从马背上取下弓，又从箭袋里抽出一支箭，递到小姑娘的手里："它怕巴特，在观察中，你不用怕，用箭去射它。"

萧清清吞了一口唾沫，搭箭上弦，拉弓时手在抖。

"别怕。"邹遥遥双手压在小姑娘瘦弱的双肩上。

萧清清有了一点踏实感，深吸一口气。

小姑娘咬咬嘴唇，拉开弓弦，嗖的一声，箭射出去，几乎是同时，野狼朝她们扑过来，巴特带着两个姑娘下意识地奔逃。

那一箭射中了野狼的腿部，野狼因为受伤，又因为饥饿交加，速度压根无法与一匹马匹敌。

等跑到安全地带，萧清清终于崩溃，哭出声："我想爸爸妈妈，我想爷爷，我想回家。"

邹遥遥没有说话，任她哭。

谁不想回家！

萧董和工作人员带人在山里找了一圈，本来追的方向没错，却被奇迹带偏了，他们追上奇迹后，才发现马背上压根没人。

这片山由于前几年地震，居民都已经搬离，除了马场那片儿，其余地带荒无人烟，他们搜救经验不够，只好打 119 求助。

晚上十一点，消防人员找到两个姑娘和一匹马，护送她们下山，被送下山的不仅有两个姑娘，还有受伤的野狼。

杜黎看见杜太太的那一刻，整个人都不太好。

他太太脸上有一道道的刮痕，宛如被人虐待，简直惨不忍睹。

邹遥遥除了外伤，还有内伤，胳膊因为用力过度，有一定的劳损，加上在山上受了凉，当天晚上就躺进医院里，高烧不退。

杜先生一直在纠结要不要骑着没消毒的马上山，等他克服洁癖准备上山时，众人已经带着杜太太下了山。因为没有跟着众人上山寻找杜太太，此刻他非常内疚，坐在病床旁守着她。

杜黎听了姓萧的那丫头的叙述，后背蹿起一阵冷意。

如果杜太太救人时操作失误，那后果不堪设想，想在悬崖下生还，压根不可能。

那样的画面，杜黎只是稍稍想了一下，便觉得惊心动魄。

他收回思绪，转而看向躺在病床上的杜太太，她满脸的刮痕，毁容似的，实在不美观，他从没见过一个女人这么疯狂，为了救人，可以不要命，不计后果。

他想起秦易的话，为什么要娶这个女人？娶任何一个名媛都比娶她好。

他给的理由有三：

一，她在莱云救他时，身骑白马疾驰而来，英姿勃发，挺酷。

二，长得可爱，符合他的审美。

三，觉得她是匹烈驹，可以调教。如果调教成功，那比赚一个亿还有成就感，会让他倍儿有面子。

现在他看着满脸伤痕的姑娘，开始重新审视娶她到底有什么好处。

可爱？一个不爱惜自己脸蛋的姑娘，谈何可爱？

冷嘲一阵后，杜黎又平静下来分析。

他后悔了吗？没有，这一刻他反而觉得，娶她是真的赚到了。

他一直以为杜太太的酷，只是外表，而现在才明白，杜太太的酷，是深入骨髓的，即便她现在丑成这样，杜黎依然觉得她挺酷。

烈驹之所以吸引人，是因为它的性格独一无二，可以随时刺激人的征服欲望。

午夜两点，邹遥遥从梦里醒来，一睁眼便看见眉眼肃穆的杜先生。

她抬眼去看墙上的钟，收回目光，看向杜先生，声音嘶哑："你守着我到现在？"

这个点醒来看见一脸严肃的杜先生，邹遥遥心头莫名一热。

"杜太太。"杜黎在床边坐得笔直，身体没有因为久坐有一丝佝偻，他的目光在女孩脸上停留，扫了片刻后，问她，"你真不怕死？"

邹遥遥动了动身体，调整了一个舒服的躺姿："当然怕。"

杜黎问她："你当时怎么想的？听说你们差点连人带马摔下悬崖。"

邹遥遥一张嘴，脸上的伤口便一阵火辣辣地疼，她的眼皮儿轻轻跳了一下，忍着脸皮的疼说："我这不是为了能让咱们莱云拿到名额？怎么样，萧董那边给准话了吗？"

"他欠着你这么大的人情，这个名额即使你不要，他也得硬塞给你。"杜黎用剖析的目光看她，非常认真，"你不像个女人。"

"那我像什么？"邹遥遥一脸好笑地看着板着脸的男人。

杜黎眉眼严肃，一本正经地陈述："像个小傻瓜。"

邹遥遥："……"她觉得自己大概听错了，这怎么也不像衣冠楚楚的杜先生能说出来的话。

就不能好好说话？

02.

邹遥遥细眉一拧，话卡在嗓子眼还没滚出来，男人伸手过来，给她拉了拉滑至胸口的被子，低声说："好了，再休息会儿。"

"你呢？"邹遥遥又抬眼看了眼钟，问他，"你已经在这里守了我一个晚上？"

"想得挺美。"杜黎用一种嫌弃的口吻说，"我刚过来没一会儿。"

果然是她想太多，就算杜黎扮演贤夫的角色，他也压根不可能在这里守她一宿。

邹遥遥侧了个身，偏向杜黎，沉默地望了他一会儿。

杜黎被她盯得毛骨悚然，一挑眉，冷眼问："干什么？"

壁灯的晕染下，女孩脸上那一道道伤痕颜色更深。杜黎作为一名洁癖患者，看她时居然没有一丝嫌弃，心脏仿佛被细丝绞着，非疼似痒，说不清是什么感觉。

邹遥遥瘀血的嘴角翘了翘，说："杜黎，你到底是什么样的人？"

杜黎想也没想，接话道："完美绅士，毋庸置疑。"他仍保持着端正坐姿，从头至尾脊椎似乎没弯一下，仪态好得过分。

女孩轻笑出声，将他的回答否决："不，脸皮厚，死要面子才是你。杜黎，咱们是协议婚姻，我希望在这两年的相处里，你可以过得痛快点，搁我面前，不用老端着，也不用走什么完美男人的人设，没必要活得那么累。”

杜黎眼神中微有错愕，很快恢复严肃。

见男人沉默，邹遥遥又说：“你现在是不是在心里骂我呢？就像刚才骂我小傻瓜那样？没事儿，你想骂就痛快地骂出来，反正比那更难听的话我也听过。”

“杜太太的内心戏倒是很丰富，”杜黎伸手，替她将被子的边沿压实，“不早了，睡吧。”

邹遥遥憋着笑，挑眉看着他说：“杜太太没什么瞌睡，杜先生给念个故事安眠？”

杜黎嘴角勾出讽刺的意味：“看来杜太太是比较想上天？”

“不不不，杜太太只是想听个故事，安个眠。”邹遥遥轻笑一声，“杜先生想做贤夫，杜太太这不是在竭力帮你完成吗？”

杜黎盯着女孩那张已经“毁容”的欠揍脸，话到嗓子眼又滚回腹中，问她：“好，杜太太想听什么？”

邹遥遥裹紧被子，只露出一个头：“随意吧。”

杜黎瞥了眼床上裹紧蓬松棉被，只露出一个头的女孩，居然也起了一丝困意，他的目光在邹遥遥的脸上扫了一圈，然后念出入睡故事的名称——Guess how much I love you（《猜猜我有多爱你》）。

他垂眼扫片刻手机，目光又看向邹遥遥，眼神明显有点不甘愿，声音却保持朗诵水准。

低沉的嗓音在寂静的深夜里，没有麦克风替他增递声音质感，却宛如午夜电台的声音，一字一句，非常舒服地落进人的耳朵里。

邹遥遥闭上眼。

他的声带微颤，喉咙里发出敲人心壁的磁性男音，当他念到“I love you right up to the moon and back.”（我爱你，从这儿一直到月亮上面，再绕回来）的时候，抬眼看向已经熟睡的邹遥遥，目光变得柔和，眼中再也没有“嫌弃”甚至“不甘愿”，嘴角渐渐勾起一抹弧度。

这个绘本，他前后念完不到十分钟，但字字暖心。杜黎念完，看向在蓬松又温暖的被子里缩成一团的邹遥遥，心里仿佛淌过一阵暖流。

耳朵里响起她的话：搁我面前不用端着……没必要活得那么累。

病房里悄然无声，杜黎关掉壁灯，四周彻底陷入一片黑暗，他的双肩下沉，仿佛一瞬卸下了多年的负担，裹住心脏的坚硬铁甲层层剥落。

这二十六年里，自懂事起，他便力求做到别人眼里的完美。

很多时候在梦里，他梦见自己因为做错一件事，成了别人眼中的不完美，被人指指点点，会突然惊醒。

他到底是个什么样的人呢？这个问题太复杂了，他也不清楚。

这些年，在重重人设的束缚下，他真的很累。

凌晨四点，邹遥遥翻了个身，差点翻下床。杜黎迅速伸手把她接住，才免了她脸朝地摔下去的痛苦。

杜黎接住她，将她用力地朝床上推了推，睡梦中的邹遥遥又翻身，裹紧被褥缩成了一团。

杜黎松了一口气，起身替她将被子边沿塞到身下，让她自个儿用身体压实，然后起身离开了病房。

第二天一早。

微博上关于邹遥遥“纵马行凶”的舆论彻底爆发，“纵马行凶”的视频被刷到了微博热搜上。

下面的热门评论有针对邹遥遥的，也有替她说话的。

晴天不是小晴天：“举报莱云女老板纵马行凶！铁证如山！@A 市马术协会 @A 市马术协会 @A 市马术协会”

jac122：“太恶心，希望马术圈少点这样的人渣！老板品格有问题，还不许人家跳槽吗？跳槽就是不正当竞争了？难道让骑手饿死，甚至被雪藏，就是正当竞争了吗？搞笑。”

……

就在网友们为这事儿吵得不可开交的时候，萧姑娘发了一条微博。

青少年骑手萧清清 V：“我是 # 纵马行凶 # 里的那个女孩，大家都误会了，邹姐姐是我师父，她并没有对我做什么，只是在教我骑马。抱歉各位，学习紧张，才看见关于我的视频已经上了热搜，这真是一个大误会，请大家不要隔着网络以最大的恶意去揣测一个人，真的很不合适。@ 莱云马术俱乐部”

这条微博被莱云的官博转发。

马术协会有权干涉行业内的不正当竞争行为，接到实名举报后，他们第一时间安排了人员进行调查。

调查显示举报向卓的证据属实，而关于邹遥遥“纵马行凶”的谣言不属实。骑手向卓品行不端，有悖马术精神，所以给予他一年内不许参加任何比赛的惩罚。

真相大白，热门评论也峰回路转。

画盏眠眠眠：“真相不会迟到，突然粉上了女老板，作为一个资深的马术爱好者，弱弱地问一句女老板有微博吗？”

……

邹遥遥刷到网友的评论，笑出声，心里淌过一阵暖流。

萧清清捧着一束花敲门进来，将花搁在她的床头，不敢直视她，有点扭捏地站在她床边。

邹遥遥示意她坐，小姑娘才小心翼翼地坐下。

萧清清低头拨弄了一会儿手指，才抬眼看她：“那个……我是来拜师的，你能收我做徒弟吗？”

“骑射你赢了，为什么要我拜我为师？”邹遥遥抬眼直视着小姑娘。

萧姑娘眼神闪烁，说：“我……觉得你很厉害。”

她仔细回忆昨天的细节，对邹遥遥钦佩至极，她能完美地控制一匹于她来说陌生的马，这是普通驯马师都做不到的，小姑娘很好奇，她到底用了什么方法，让巴特如此配合。

邹遥遥坐直身体，将手里的马术杂志搁在床边，耸肩说：“这大概是……天赋？”

“这是 Know-How。”西装革履的杜黎从外面进来，手里拎着一只保温桶。

他走进来，将保温桶搁在床头，打开，病房里顿时散开一阵饭香。

保温桶上隔层里是杜黎蒸的鸡蛋羹，下层是他新学的黄金蛋炒饭，这两道菜做起来都不难且营养充分，很适合目前发烧的杜太太。

他取出调羹，和鸡蛋羹一并递到杜太太跟前，继续解释说：“马术是在两个生命的共同作用下实现的，骑马过程中，人马之间心理上的感应，是了解 Konw-How 的关键，这需要在长期骑马的过程中去体验。”

邹遥遥从他手里接过鸡蛋羹，一边吃，一边竖起耳朵听他讲。

这个男人骑术一般，道理说起来倒是一套又一套。

萧清清显然是被“师母”的理论给搞迷糊了，她歪着脑袋问：“Konw-How？”

“嗯，大致可以解释为‘通晓内情，技术秘诀’。”杜黎立在病床边，双手插进裤兜里，居高临下地望着小姑娘，继续解释，“小姑娘，马术并不像你想象的那么简单。拜师吧，我太太很乐意收你这个徒弟。”

邹遥遥轻咳一声，差点被鸡蛋羹呛住。她翻白眼看向杜黎，既然已经拿到名额，这姑娘也已经跟她道歉，她真的不想做这姑娘的师父。

这姑娘难管束。

萧清清也是个很会察言观色的姑娘，看出来邹遥遥并不想收她这个徒弟，她直起身，仰着脑袋看杜黎，脆声声地叫他：“师母！”

杜黎差点被一口唾沫给呛住。

师母？什么情况？

等萧清清乐颠乐颠地离开，邹遥遥抬脚踹在杜黎的臀部：“谁让你擅做主张给我收徒弟？我不想收！”

杜黎臀部一扭，垂眼看她，啧了一声：“收了这个徒弟，你脸上添光，这丫头从小学马术，有天赋，拿过全国青少年组冠军，以后预备进入国家队。”

邹遥遥皱着眉，一副“我不稀罕”的表情。

杜黎又补充说：“你有天赋，可为什么不能成为奥运骑手？因为你错过了最好的训练年龄，不论你多有天赋，学习一门技艺最好的年龄都在四至五岁的孩童时期，那时候你是纯净的个体，没有被世俗污浊所干扰，学习技艺时更剔透。萧姑娘野性难驯，你完全可以压制她，她五岁开始学习马术，又有天赋，取代苏悦是必然，杜太太难道不想收一个这样的徒弟？”

邹遥遥闻言，怔住了。

她热爱马术，一直幻想着能达到与苏悦一样的高度，但杜黎却一剑扎心，将她拉回了一直不愿意面对的现实。

她再如何努力，也做不了奥运骑手。

但她如果收萧姑娘为徒，于她，于萧姑娘，都是一件好事。

她忽然意识到，杜黎这是在给她规划未来的职业走向。

见她陷入沉默，杜黎突然深吸一口气：“鸡蛋羹和炒饭，我做的。”

邹遥遥：“啊？”

杜黎：“我今天是来——负荆请罪。”

邹遥遥：“什么？”

“阿帕奇得了很严重的皮肤病，”杜黎轻咳一声，又说，“医生说，是因为洗澡用消毒水，且过于频繁。”

邹遥遥捏紧了拳头：“……”她真想跳起来打死他。

感受到杜太太的腾腾杀气，杜先生突然双手捏住自己的耳垂，话锋一转，承认错误并表示愿意改正："我会去看心理医生。"

"嗯？"邹遥遥已经不知道该说什么，她很生气。

杜黎一脸正色地补充："治疗洁癖。"

03.

邹遥遥高烧一退，立刻出院去宠物医院探望阿帕奇。

阿帕奇小可爱躺在医院的狗笼里，压着两只尖尖耳，可怜兮兮地看铁栅栏外的邹遥遥。阿帕奇身上的毛发被剃光，戴着伊丽莎白圈，身上涂满了黄色药膏。

护士看着狗那双可怜巴巴的眼睛，忍不住批评邹遥遥："狗狗一周最多洗一次澡，你们瞅瞅，好好的狗给你们折腾成了什么样？"

然后转脸看向杜黎，半吐槽半规劝："女孩子爱干净这能理解，可是每天都给狗洗澡，这也未免太夸张了！先生，为了狗的健康，请您日后务必要盯紧您的太太，不要让她再这么折腾狗，一个星期或两个星期洗一次澡就行，而且一定要用宠物专用沐浴露。"

杜黎轻咳一声，礼貌地点头："知道了。"

邹遥遥满脸问号——护士小姐！请您不要妄下判断！大概她就是那种无时无刻给老公背黑锅的存在。

以前没有与杜黎同居时，阿帕奇都是去宠物店洗澡，自从与杜黎同居后，杜黎这个严重洁癖患者就自动包揽了给阿帕奇洗澡的活儿。

如何能让一个富家公子兼大老板亲手给狗洗澡？

让他患上洁癖。

邹遥遥扭头问护士："大概多久能出院？"

"两个星期左右。"护士见她一脸担忧，顿了一下又补充说，"放心，护理两周你们就可以接回家了，只不过，在它的毛没长起来之前，有点丑，相信你们做主人的也不会嫌弃吧？"

"当然。"邹遥遥看向杜黎。

其实作为一名洁癖患者，看着狗满身溃烂以及涂着药膏，他有点不能接受，但一看见狗那双可怜兮兮的眼神，他顿时克服了那种难以接受的心理。

他眼神坚定，语气绅士：“当然。”

从宠物医院出来，邹遥遥捧着手机与人聊天，嘴角微微勾着弧度。

在电梯里西装革履的杜先生腰背挺得笔直，站姿绅士，他偷偷瞟了一眼女孩的手机屏幕，看见一行字：“爱你宝贝儿，么么哒！”

杜先生收回好奇的目光，转而变得不屑，他的头顶仿佛有片青青草原呢。

下了电梯，杜黎将车开过来，随后从驾驶位下车，去后面坐下。

他摇下车窗，冲站在外面低头玩手机的邹遥遥说：“杜太太，走了。”

邹遥遥“哦”了一声，将手机揣回兜里，走过去。

她拉开车门问里面的杜黎：“不是你开车吗？”

“我要是喜欢开车，请司机干什么？”

来的时候他们没叫司机，邹遥遥不知道他抽什么疯，扯了扯嘴角，将车门合上，转而坐进了驾驶位。

她刚系好安全带，拉了手刹，坐在后面的杜先生忽然又下车，坐进了副驾驶位。

邹遥遥转头看向他：“杜老板在后面坐得好好的，怎么又到前面来了？”

“女司机开车我不放心，”杜黎目光冷沉，朝她摊开掌心，“你的手机给我。”

邹遥遥刚将手机递给他，就响起了叮叮的微信提示音。

她看了眼手机，又去看一脸严肃的杜黎。

男人随手将她的手机搁在车门把手下的凹陷处：“开车。”

汽车开出停车场，驶上高架桥，车速趋于平稳后，邹遥遥才开口说：“你帮我看看，我同学发了什么？”

杜黎将手机抽出来，停在输密码的界面。

邹遥遥：“202202。”

手机解锁，微信对话界面弹出来，恰好可以看见聊天记录。

邹家二爷：“爱你宝贝儿，么么哒！”

徐汝芬：“宝贝儿，时间我给你空出来了，这周二早上九点，你带着你先生过来。一定要守时哦，教授最讨厌不守时的人。爱你哟，亲你的大脸！周二见！”

杜黎皱眉。

他一个钢铁直男，实在不能理解女孩与女孩之间，为什么会如此亲密。

他将女性与女性的关系，带入成自己与秦易，想象秦易在微信里跟他说“爱你哟，亲你的大脸”。

恶心。

邹遥遥直视前方，没注意到此刻杜先生一脸便秘的表情，她问：“我同学说什么？”

“约了你周二上午九点。”杜黎语气沉重。

听出杜先生语气诡异，她“哦”了一声，宽慰他：“你放心，我这个同学的老师很厉害，很难约，没有关系压根见不着。”

杜黎脑子里全是杜太太和徐汝芬的暧昧言论，异样的感觉在他脑海中挥之不去。

周二早上九点，他们前往 A 大，见到了李教授。

李教授快五十岁，穿着一条红色金丝纹绣花旗袍，仪态雍容。夫妻俩进屋后，她和颜悦色地邀请两人入座。

徐汝芬给他们添了茶。

杜黎忍不住多看了两眼徐汝芬，一米五五的个子，偏胖，梳着马尾，额前连刘海儿也没有，五官也很普通，这种普通的女孩，杜太太应该只是客套地撩一下，不喜欢的吧？

李教授一开嗓，他立刻将目光移回，认真地看着讲话人，这是作为绅士最基本的素质。

李教授优雅地坐着，双手交握，轻轻地搁在膝盖上，对杜黎说：“我听杜太太说了一个大概，我想了解一下，杜先生的洁癖是先天就有还是后天形成的呢？”

杜黎不假思索地道：“后天。”

小时候人人都要求他成为一个完美的人，那种感觉很压迫，宛如一件白色衣服进入下水道浸泡后，人们却要求它不沾染一点污渍。

儿时的杜黎世界观还未完全成熟，在这种强压氛围下，性格逐渐变得古怪，事事苛求完美，连家里的卫生间也要求不存一丝污垢，在这种高度压力的刺激下，他患上了洁癖。

李教授了然，好奇地道：“那你和杜太太牵手、接吻、同房时，会有接触肮脏事物的感觉吗？”

闻言，杜黎和邹遥遥面面相觑。

杜黎又看向李教授，认真地摇头。

邹遥遥轻咳一声解释说：“我们没牵过手，也没接过吻……”

“这太不可思议了。”李教授发出感慨，她一脸震惊地扶了扶眼镜框，又问，“你们夫妻从恋爱到结婚，再从结婚到现在，没有过亲密接触？”

两人异口同声：“没有。”

李教授再次震惊！她觉得这夫妻俩的爱情坚不可摧，也深深觉得杜太太非常伟大。她扶着眼镜框，看邹遥遥的表情里饱含着同情和怜悯：“杜太太，杜先生，你们的爱情真的很伟大。”

杜黎：“……”

李教授转脸看向杜黎：“杜先生，我相信您也非常爱您的太太，也想和她生儿育女，但治疗的过程可能会辛苦而漫长，您愿意接受我的治疗吗？”

杜黎表现得绅士得体：“嗯。”

李教授大致了解了杜黎的情况后，给出了治疗方法：“依照杜先生的情况，我们可以采用冲击治疗。”

邹遥遥疑惑：“冲击治疗？”

李教授点头，解释说：“其实洁癖属于一种强迫心理疾病，这种治疗方法呢，就是字面意思，对患者造成一定的冲击，患者在突然之间面对大量自己所惧怕的东西，甚至与这些他恐惧的东西进行接触，会对患者本身造成非常激烈的冲击，使患者无法再产生惧怕心理。”

“举个例子，杜先生怕脏，如果我在他身上泼满污泥，强制性地让他接受这种脏，他的心理在非常激烈的冲击下，洁癖就会治愈。但是这种方法太过冒险，我担心杜先生受不了这种冲击，为了保险起见，我的治疗程序是循序渐进的。”

杜黎一听要往他身上泼污泥，恶心地皱眉，浑身都开始发痒，他的双手放在大腿上，紧张地攥成拳，皱眉问：“具体怎么做？”

李教授问他：“杜先生觉得和杜太太牵手脏吗？”

杜黎扭过脸，看了眼同样扭过脸看他的女孩。

女孩脸伤未痊愈，仍有刮痕，不堪入目，唯有那双水灵灵的眼睛，清澈得让人舒服。

邹遥遥一脸期待地看他。

他扭过脸，目光又落回李教授脸上，重重地点头："脏。"

邹遥遥："……"

这个结果李教授并不意外，她取来一个长布条："那好，你吻住杜太太，我利用布条将你们两人的脑袋固定在一起，让你们唇贴唇，面贴面，不能分离，治疗时长为四十五分钟。"

杜黎："What？"

邹遥遥："什么？"

两人一脸震惊地看向李教授，又面面相觑。

邹遥遥发出质疑："接吻四十五分钟，不会窒息吗？"

李教授啧一声，反对她的质疑："没接过吻？"她的手捏成蛇头状在嘴边比画，说话时五指撒开："接吻是用嘴，用嘴，不是让你用鼻子。"

邹遥遥满脸呆滞，吞了一口唾沫。

杜黎满脸严肃，吞了一口唾沫。

李教授见两人这种反应，问："怎么了？如果觉得四十五分钟太长，二十分钟也可以，只是治疗效果没那么明显。"

邹遥遥的反应明显比杜黎更大。

杜黎生病跟她有什么直接关系？凭什么让她奉献初吻？

她轻咳一声，向李教授提出建议："李教授，我跟我先生呢，一直以来都是用精神谈恋爱，从没接过吻，一上来就接吻，这比直接往他身上泼污泥更要命吧？李教授，这种刺激可不可再降低一点？譬如……牵手或者拥抱？"

杜先生作为一枚钢铁直男，和女性接吻当然乐见其成，但他是洁癖患者，一上来就接吻，想到可能会交换唾沫，他也不太能接受。

针对他们的现状，李教授思索片刻后，点头说："杜太太说得也有道理，那这样，接吻换成牵手，我将你们俩的手绑在一起，四十五分钟。"

邹遥遥松一口气，心理压力骤然降低。

"这样没问题。"

为了帮杜先生治疗洁癖，也为了以后两年能够相处和谐，牵手而已，不是什么大事儿。

她就当牵了个智障小朋友，不吃亏。

邹遥遥大方地摊开手："来吧，杜先生。"

杜黎抬手的时候，腕骨居然止不住地颤抖，他在空中将五指伸展开，对准了杜太太那只小白手，却迟迟不敢扣下去。

他注意到即便这姑娘有一颗爷们的心，可她的手却很小很白。

李教授将男人的手一把摁下去，他宽厚的手掌立刻与女孩白皙的掌心贴合。

他手掌压下去那一瞬，感受到女孩掌心宛如烙铁滚烫，他条件反射地弹开，又被李教授给摁了回去。

李教授利用布条将杜黎的一只手腕和邹遥遥的手腕绑在一起，又用一根绳，将他另一只手固定在腰部，此刻的杜黎宛如独臂大侠。

邹遥遥五指伸开，将杜黎的五指紧紧扣住，说："老实待着吧，杜先生。"

他的手被女孩握住，眉头紧蹙，紧张得满额汗，他的身体止不住地颤抖，犹如百爪挠心，烦躁感极盛。

李教授感受到男人即将爆发的情绪，开始给他做心理疏导："杜先生，闭上眼，深呼吸，安静下来。"

邹遥遥感觉到男人想挣扎，将他的手扣得更紧。

女孩的力气很大，手劲儿甚至不亚于成年男人。

杜黎闭上眼，按照李教授的方法——吸气，吐气，让暴戾的情绪归于平缓，让身体归于宁静。

李教授的声音像涓涓细流，令人非常舒服。

男人靠在沙发上，双目紧闭，仿佛睡了过去，邹遥遥也感觉到他放松下来，抬眼问李教授："教授，他没事吧？"

李教授扶了扶眼镜框，小声说："睡着了，一时半会儿醒不了。"

"哦。"

李教授一脸严肃地看着她："杜太太，有句话，不知当讲不当讲。"

"嗯？"

李教授扫了一眼陷入深眠的杜先生，说："杜先生的心理负担太重，即使治好了洁癖，要卸下他多年来的心理负担，恐怕也很难。与这样的男人在一起，杜太太要做好心理准备，你的婚姻生活很有可能走向两个极端，要么会很幸福，要么会很痛苦。"

邹遥遥不解地问："这是为什么？"

针对杜黎的情况，李教授继续说："从目前的情况来看，他的心理疾病不算太轻，当他的洁癖治愈，你们正式进入夫妻生活后，会跟目前的生活有很大的出入，他对你要么极好，要么极差，他可能有暴力倾向，或许会对你实施家暴。”

家暴？

“哦。”邹遥遥扭过头，看了眼杜黎，意味深长地勾了勾嘴角。

李教授让他们夫妻俩每周来做一次治疗。

临别前，李教授嘱咐说：“如果想让杜先生快点好起来，你们夫妻在家也可以做治疗，杜先生可以多尝试与杜太太进行肢体接触，牵手、拥抱，甚至接吻。”

杜黎与邹遥遥刚牵过手，被禁止洗手，他的手攥成拳头，隐忍着来自掌心的痒感。

一直到上了车，那种感觉仍然没有得到缓解。

邹遥遥将车倒出停车位，撇过脸看了眼紧蹙眉头的杜黎。

男人将嘴唇紧抿成一条线，一双拳头攥紧，沉沉地搁在大腿上。他的拳头捏得非常用力，手背青筋凸起，看起来很暴戾。

男人的面部表情配上他这双蓄势待发的拳头，邹遥遥觉得，没准儿他真有暴力倾向。

看来她最近得加紧锻炼，不能在体能上输给这个男人。

坐在副驾驶座上的杜黎此刻如百蚁噬心般难受，想洗手的欲望愈来愈强烈。他的一只手腕和邹遥遥的手腕通过一根绳连接着，因为女孩在开车，他不敢有太大的动作。

他最终还是忍无可忍，抓过就近的纸巾盒，连抽几张纸巾开始擦手。

男人猩红的双目，以及拿纸巾搓手的样子，让邹遥遥觉得可怕，这是精神病吧？

邹遥遥把车靠路边停下，杜黎正要冲下车找地儿洗手，却被邹遥遥用力拽回车内。她一只胳膊搭在方向盘上，喘口气看着他说：“杜先生，你再忍忍，有那么难吗？”

杜黎有点暴躁，抬起布满血丝的红眼看向她：“解开。”

邹遥遥的语气散漫：“嗬，你倒想得美，是谁信誓旦旦地跟我说，要治好这病？是谁信誓旦旦地说，为了阿帕奇一切痛苦都能忍？”

杜黎满腔烦躁。

不远处有一个大型超市，她将男人给拽出车：“陪我去买点东西。”她走在前面拖着杜黎，宛如牵了一个俘虏。杜黎立在原地不动，手上一用力，将走在前面的杜太太拽回来。

邹遥遥没有防备，受惯性往后倒去，后背直接砸进他怀里，后脑勺磕在他下巴上。

杜黎疼得闷哼，用手将她推开。

邹遥遥站直身体，回过身看他：“你干吗啊？要治病的是你，杜先生这是打算跟好心的杜太太杠上了吗？”

杜黎抬手亮了一下捆住手腕的绳子：“解开，我这样，像……”他刻意停顿，声音压低，“条狗。”

“行吧。”邹遥遥替他解开绳子。就在杜黎以为自己的双手得以解放时，姑娘却一把擒住了他的手腕，虎口一收死，拖着他继续往前行。

杜黎被女孩拽着手腕往前走，嘴角一扯，声音冷飕飕的：“杜太太，您这样，会让我误以为您喜欢我。”

邹遥遥嗤笑一声，像听了一个很特别的笑话：“我牵隔壁大傻子也这么牵。”

进入超市，她单手拖过购物车，扔给杜黎。

杜黎低眼看着这辆公用的购物车，一脸崩溃地看她：“我推？你知道这东西有多脏，被多少人摸过吗？”

“阿帕奇为了你浑身溃烂，你就不能下下决心，治治你这老毛病？”邹遥遥环顾四周，仰头看着他，威胁道，“今儿你要是不推，我就在大庭广众之下对你公主抱，堂堂杜先生被老婆在公共场合公主抱，你这脸往哪儿搁？”

“杜太太，请时刻记住，你是女人。”

“反正我不介意面子这东西，杜先生如果也不介意面子问题，那我们就在这大庭广众下试试性别对换的公主抱？”

杜黎：“……”

这种威胁对于杜黎来说，简直宛如一条毒蛇被拿捏了七寸。

换成任何一个男人，都不能容忍这种被女性公主抱的行为吧？何况是杜黎。

杜黎冷笑一声，帅气地抓过购物车，跟着邹遥遥往前推。

以防杜先生忍不住擦手，邹遥遥目视前方道路，却依然抓着他的手腕，拖着他往日用品的区域走。

杜黎很少逛超市，日用品通常有固定品牌，有什么限量款和新款，助理通常都会买给他。

在近几年的记忆里，这大概是他第一次逛超市。

杜黎垂眼，看见手腕上那只抓得很紧的小白手，像紧箍咒一样禁锢着他。

女孩来到一排货架前，在中间停下，她仰头望着货架第二层的那瓶化妆水，努力踮起脚，指尖也才碰到瓶身的下半部分。

小矮子这么努力地去够一瓶化妆水，杜黎终于看不下去，抬起手替她去抓。

邹遥遥感觉到背后压来一座大山，身后的男人胸膛紧贴着她的后脑勺，男人因为身体前倾，结实的胸膛将她后脑勺往前顶了一下，她的额头撞在货架上，疼得啧了一声。

杜黎替她将化妆水取下来，丢进购物车。她单手揉着额头，继续抓着男人的手腕往前走。

邹遥遥带着杜黎停在女士贴身衣物的区域外，犹豫要不要带他进去。

她担心一松手，杜黎就忍不住跑去洗手间洗手，那么她今天的努力就都功亏一篑了。

杜黎仿佛看出了她心中所想，左眉一挑：“杜太太，你想带我进去？”

“嗯。”女孩真诚地冲他点点头。

杜黎投以鄙夷的目光，提醒她：“杜太太，这里是女士内衣区。”

邹遥遥一咬嘴唇，将他拖进女士内衣区，她停在一排内衣货架前，单手挑选着内衣款式说：“丈夫帮太太挑内衣，很合理嘛，没人会鄙视你。”

杜黎被她的话噎住，居然无言以对。

杜太太果然是侠女作风，对于男女授受不亲仿佛没什么清晰的概念。

他们来到蔬菜区，杜黎终于压制不住好奇，问她：“杜太太喜欢什么样的女性？”

“我吗？”邹遥遥从一堆青椒里挑了一只个头最圆、表皮最新鲜的，她想了一下，回答说，“说不上具体的形象，主要看眼缘吧。”

杜黎眉头微蹙。

杜太太果然喜欢女孩子！

邹遥遥将挑好的蔬菜丢进购物车，抬起小脸问他：“你呢？杜先生喜欢什么样的女性？”

杜黎嘴角微勾："可爱的。"

"真糟糕。"邹遥遥感慨。

他们带着选好的蔬菜去排队计价，卡在队伍里，缓慢前进着，邹遥遥双手压着购物车，反问他："你当初为什么会选择和我协议结婚？可爱这一点，我并不符合。"

"我不是圣人。"杜黎扶着购物车，垂眼看她时，目光里的睿智不可阻挡，"如果我找了这样一个符合自己要求的女性，恐怕会把持不住。"

邹遥遥啧啧一阵，斜睨他："如果你找一个小可爱，你这洁癖指不定在新婚之夜就治好了呢？"

她正说话，身后有人拍了拍她的肩。

邹遥遥一回头，看见身后长身玉立提着菜篮的萧承。

邹遥遥激动地啊了一声："萧承！"

萧承向她比手语：真是你们，我和小悦以为认错了人。

"苏悦？"杜黎转过身，看见站在不远处的苏悦，两人对视一笑，苏悦朝他们走过来。

苏悦穿着牛仔裤和长款条纹衬衣，她是模特身材，即使一身休闲装也穿得非常有味道。

她走过来看了眼邹遥遥，又转而看向杜黎，调侃说："杜先生来超市买菜，奇闻啊。"

"彼此彼此。"他意味深长地看了眼萧承，调侃道，"看来苏小姐是想念前夫的手艺了？"

"嘁，谁稀罕。"苏悦双臂环抱，一脸不屑，"莱云最近因为向卓那事儿，名声响了一把，这不，俱乐部几个新骑手吆喝着庆祝一下，萧承打算自己做饭宴请他们，一来，可以增加骑手之间的感情；二来，他好有个人缘，以后不至于老被人排挤。今天他下厨，杜先生和杜太太也赏个脸一起？"

邹遥遥一脸期待地看向萧承："介意多添两双碗筷吗？"

萧承笑了笑，比画：求之不得。

去萧承家路上，苏悦开车。

针对那几天微博的事儿，苏悦开口问邹遥遥："杜太太，你为什么会得罪管特？"

"嗯？"邹遥遥不知道苏悦为什么问这个，下意识地反问，"你认识他？"

苏悦点头："嗯，不熟。管特私下跟我聊过，愿意用高出杜先生的开价的两倍价格，请我去他们俱乐部挂牌，他给的条件很丰厚，如果我缺钱，可能就去了。他请我过去其实没什么实际性好处，在这个风口浪尖上，反而会给他招来舆论，让他坐实了收买骑手，在行业内不正当竞争的行为。他这么不计后果，如不是恨你入骨，没必要多此一举。”

闻言，杜黎扭过头看向邹遥遥。

“你这是什么眼神？”邹遥遥解释说，“管特不是针对我，是针对整个莱云，他和以前的老板早就结下了梁子。邢老先生去世后，管特给邢老先生的孙子下套，让他欠下了一千万的赌债。他这么大费周章，是想拿走老邢留下的那匹温血马，米格。他要是真的愿意好好对待米格，我也不会接手莱云这个烂摊子，可问题就在，那匹马压根不愿意给他骑，甚至将他摔下过马背。所以，他打算收了米格，将它进行人道处理。米格那么优秀，我怎么可能袖手旁观？”

邹遥遥看向杜黎，叹息一声说：“之后，就有了我们的事。”

她意有所指，杜黎了然。

副驾驶座上的萧承转过身，朝他们比画手语：这次市马术协会对骑手向卓提出禁赛一年的惩戒，可是对于始作俑者管特，却只是口头批评，可见他背后的力量之大。杜太太，以后要小心这个人。

等红绿灯时，苏悦侧目看向萧承，她说：“这事儿闹这么大，我市马术协会之所以只给他口头批评，那是因为他弟弟管虎是我们东云省马术协会的副主席。”

杜黎一双浓眉收紧，沉声道：“目前市马术协会大多事物由副主席接手，也难怪他敢这么嚣张。”

原本杜黎没把这人放心上，可苏悦这么一提，等于给他敲了一记警钟。

车内气氛被苏悦的话搞得有点沉重，她话锋一转又问邹遥遥：“杜太太，月初风凯的速度赛马，你准备好了吗？有信心拿第一吗？”

“您叫我遥遥吧，听着亲切。”邹遥遥看了眼萧承，心里打鼓，“这次赛马奖金较高，必然高手如云，我一向不会预估自己的能力，得等比赛当天见到了对手，才知道有没有信心。”

苏悦语气轻松：“我看过你的比赛录像，速度赛马是你的长项。在俱乐部里，恐怕也只有萧承能够对你构成威胁，改天你们俩约着比试一场，你试下他的底，心里不就有数了？”

邹遥遥盯着苏悦的后脑勺，点头：“是，听您的。”

苏悦：“‘您’这个称呼我可受用不起啊，你叫我名字就好。”

邹遥遥深吸一口气，捂了捂因为激动而迅速跳动的心脏，稳定情绪后，点头：“好的。”

杜太太的小动作被杜黎看在眼里，他不动声色地挑挑眉。

杜太太这个动作，大概就是传说中的“少女心炸裂”？

杜黎和邹遥遥相处这么些日子，一直觉得她是不为“美色”所迷的冷静女人，但杜太太和徐汝芬的暧昧，让他觉得，可能杜太太不介意外表，只看内在，这会儿他注意到杜太太看苏悦的眼神，又觉得，杜太太可能还是喜欢美丽外表和丰富内涵集于一身的人。

杜黎开始拿自己和苏悦比较，论智慧与外貌，他觉得自己一点儿不比苏悦差。

咳……他为什么要跟一个女人比较？

吃饱了撑的？

04.

萧承的宅子位于城郊，是他自个儿找建筑师设计的。

白色建筑屹立于荒郊园林，别具一格，院里有马厩、池塘，园林景观设计得也很有特色。

萧承带他们进入茶室，给他们沏了茶水，转而去了厨房忙碌。

这栋建筑的室内装修风格和外观一样，以白色为主要基调，茶室左手边是客厅，右手边是一面落地窗，窗格设计较矮，视觉效果上，外面的一棵石榴树宛如被框在画框里的景观画。

由于杜黎的别墅被火烧过，装修后味儿太大，夫妻俩一直在酒店住着。邹遥遥忍不住拿萧承的这栋宅子与杜黎的豪华别墅比较，前者远离市区，而且不止一个卫生间，两人的生活态度立见高下。

前者追求素净的生活品质，而对于杜黎来说，宅子只是宅子，不是家。

杜黎与苏悦围着茶盘相对而坐，两人有一搭没一搭地说着话，完全忽略了杜太太的存在。

邹遥遥握着茶杯游走于室内室外，观赏这栋宅子的设计。

天色很快暗下去，夜幕降临。

这栋宅子位于山上，夜里不仅能看到星空，甚至能看见零星的银河。

玄关响起一串门铃音乐。

萧承听见门铃音乐，系着围裙从厨房走出来，用一双湿手冲邹遥遥比画手语：杜太太，帮我开下门。

“好嘞。”邹遥遥搁下茶杯，迅速朝门口跑去。

院门的铁闩有点难操作，邹遥遥在扭动门闩的时候，隔着铁门听见外面有人说话。

“这哑巴怎么住这么偏？都快到B市了。”

“你也说了是哑巴，当然得住偏僻点儿。你们可别小瞧这哑巴，他是苏悦的前夫。”

“这不是秘密了。如果不是苏悦的裙带关系，他能进莱云？做梦去吧。”

……

有个女孩说：“喂，你们这样讨论萧承不好吧？他请咱们吃饭，你们还这样说他，很过分。”

“呵呵，早知道他家离市区这么远，我也不来了，油费不要钱啊！”

大家跟着附和：“是啊。”

咔嚓一声，铁门从里面推开，白炽灯将女人带有刮痕的脸照得惨白。

站在最前面的男生哇地大叫一声，反应过来面前是个人，拍拍胸脯定神：“我的妈呀，吓死我了，哑巴家里的用人都这么吓人吗？”

“咳咳。”

大家一阵咳嗽，有人戳了戳男孩的胳膊肘，示意他闭嘴。

邹遥遥咧嘴一笑，露出两只可爱的小酒窝，身子一侧让出一条路：“大家进来吧。”

男孩：“……”怎么看着像老板娘？

众人鱼贯而入，被邹遥遥引着往里走。

大家跟在她身后，男孩冬冬拽了拽女孩的衣服，小声问：“这是老板娘吧？她怎么在这里？”

于锦冷笑一声：“我怎么知道？”

大家进了客厅，看见茶室里围着茶盘的女神苏悦和正襟危坐的大老板杜黎，顿时吓得倒吸一口凉气。

杜黎与苏悦坐在那里，不怒自威，他轻轻一抬眼皮，扫向他们：“大家都坐。”

萧承邀请了所有骑手，然而来的只有六个。这六个人被大老板那眼神一扫，想起刚才在门口冷嘲萧承的话，脊背上立刻蹿起一阵凉意。

五个男生在沙发上排排坐，女孩于锦独自坐在单人沙发上。

邹遥遥扫了一眼五个男生，只替女孩倒了一杯茶。

老板娘的区别对待让五个男生齐齐倒吸冷气。

老板娘刚才在门口果然听见了他们的对话！

苏悦今天来的主要目的是为萧承镇场，她希望这些骑手以后看在她的面子上，不要太为难萧承。

她起身，亲自给几位年轻骑手倒了茶水。

五个男生接茶杯时心虚到手抖，这么近距离面对偶像，他们的激动之情难以言表。

感谢杜老板签了他们！

苏悦冲着他们优雅地勾了勾嘴角："你们先坐一会儿，我去厨房里帮阿承，一会儿大家就能吃饭了。"

阿……阿承？离婚了还叫这么亲热？

苏悦离开后，女孩于锦冲五个男生挑眉，戏谑地道："被打脸了吗？呵呵。"

几个年轻人坐在客厅，邹遥遥端着茶杯挨着杜黎坐下，凑到他的耳边小声说："杜先生，这些小孩好像很怕你。"

杜黎一旦坐下，腰背可以保持两个小时一动不动，稳如泰山，他保持这个坐姿，单手捏住茶杯往嘴边送，气场压得沉重，给人一种大哥大的错觉。

他小酌一口茶水，低声说："可是，杜太太好像一点都不怕我。"

闻言，邹遥遥抬起小脸看他，距离非常之近，甚至能感觉到对方轻微的鼻息。

她望着杜黎那张冷沉的脸，又看他那双水汲汲的眼睛，恍如看见了假装很凶的阿帕奇，这样冷酷的脸，却怎样也掩盖不了那双眼睛里的温柔善意。

邹遥遥搁下茶杯，抬手遮住他的唇鼻，只露出男人的眼睛与额头。

她轻声调侃："杜先生，有没有人跟你说过，你有一双狗狗一样善良的眼睛？"

女孩的掌心覆着他的唇鼻，他的鼻尖萦绕着女孩掌心淡淡的茶香。

他的身体抑制不住地发痒，潜意识里却又不想将这只手挪开。

杜太太的手掌，仿佛被赋予了一种神奇魔力。

第六章
他的小骑士

01.

杜黎一怔，往后仰了一下。

邹遥遥收回手，扫了眼客厅里的那几个年轻人，继续说：“杜先生，你到底看中了他们哪一点？除了那位小姑娘，其他几位，毫无骑士精神。”

杜黎面部发痒，却又隐忍着不去触碰，一只手握拳搁在膝盖上，一只手紧捏着茶杯。

因为精神过度紧张，他的额上冒出一层细密的汗。

他深吸一口气，装作若无其事，沉声道：“这几个孩子在校成绩优异，在马术赛事中各有所长，拿过奖。杜太太认为什么才是骑士精神？”

厨房里传来苏悦求助的声音。

“遥遥，可以过来帮我一下吗？”

“哦，来了！”邹遥遥搁下茶杯起身，以居高临下的姿态在杜黎肩头拍了拍，“你能坚持到现在，已经很棒了，杜先生，我和阿帕奇为你自豪。”

女孩甩着马尾离开，杜黎坐在原位，继续饮茶。

他展开手掌，发现手心湿透，全是汗，他取出手帕擦了擦额间与手心的汗水，深深地吸了一口气。

萧承家里的厨房是封闭式的，外面的餐厅设有吧台和备菜区。

备菜桌上摆满了清洗过的水果和餐具，苏悦负责擦餐具，邹遥遥负责摆果盘。

几个年轻骑手也过来帮忙，却被苏悦赶回了客厅，备菜区只剩她们。

苏悦看了眼餐厅里的那几个骑手，小声感慨："这个姓萧的老傻子，跟我说骑手们都会来，结果呢？只来了这几个小朋友。"

听女神发出这样的感慨，邹遥遥愣了一下，一时不知该怎么接话。

苏悦用小女生的口气问她："遥遥，是不是你也认为，我嫁给一个哑巴很可惜？觉得萧承配不上我？"

邹遥遥还在整理措辞，苏悦已经将酒杯摆好，叹一声气："你们都只看到了表面，是我配不上他。"

邹遥遥认真地将一颗樱桃摆进果盘里，然后说："我不太了解萧承这个人，但我们深入探讨过马术，我认为他是一个真正的骑士，一个有骑士精神的男人，人品必然不会太差。他也许不如你优秀，但能被你这样优秀的女人爱上，必定有过人之处。"

这回换成苏悦愣怔住了，这是她第一次听见有人这样真诚地夸萧承。

她漂亮的双眼闪了一下，然后点头笑道："对，就像外人都觉得我们可爱的杜太太不算一个名媛，可我们的杜先生依然力排众议地娶了你，你身上必然也有旁人所看不到的可爱一面。"

邹遥遥一脸惭愧，摆手否认："不不不，女神你过誉了，我和萧承不一样，我身上真没什么闪光点，可爱这个词，也与我不贴切，粗蛮这个词倒是适合我。我这种假名媛，从小到大也没人喜欢我，能嫁给杜黎，大概也是运气好。"

如果杜黎没有洁癖，依他的条件，还真没必要跟她协议结婚。

苏悦闻言微愣："是吗？这么可爱的女孩，没人追过？学生时代，你也没追过喜欢的男孩？"

邹遥遥摇头，可是思绪又回到了两年前。

她呼出一口气，目光暗淡："暗恋倒是有，为人打过架，也替他挨过揍，奈何落花有意流水无情，人在我告白的第二天就出国了，从此杳无音信，是不是挺惨的？"

苏悦将最后一只水晶酒杯摆放好，伸手拍拍她的肩，又看了眼坐在茶室的那位严肃的大老板，小声说："你积攒的所有桃花运，都是为了能和老杜结成连理，以前的事都过去了，别再想，珍惜当下的幸福。"

邹遥遥也跟着苏悦的目光看过去，杜先生连喝茶、发呆都绷着大哥的精神气儿，也真是够辛苦的。

邹遥遥双肩无奈一耸，冲着苏悦笑了笑。

就她这性格，哪儿会有什么桃花运？

邹遥遥摆好一个果盘，苏悦又小声地说："我邀请你和老杜过来，是出于私心，觉得这些骑手看在老杜和我的面子上，可以稍微收敛一下对萧承的歧视，可惜，今天来的人不多。"

邹遥遥宽慰她："话不是这么说，你和杜黎来这里的事儿，估计现在已经在骑手们私下建的群里传开了。"

苏悦耸肩，深吸一口气："等着看吧，等他拿到了好成绩，一定会让他们刮目相看。"

"那我可要努力了，如果风凯速度赛马萧承拿到冠军，那你介绍斯凯夫妇给我当教练的事儿，不就泡汤了？"邹遥遥眉眼一弯，咧嘴笑的时候面颊上两只酒窝时深时浅，她感慨地说，"赛场真是残酷啊，如果我拿了冠军，你不会埋怨我吧？"

"赛场上各凭本事，你加油。"苏悦语气轻松，也回以微笑，"速度赛马不是他的长项，但他会通过这次比赛，告诉俱乐部的其他选手他的实力。"

萧承将做好的菜端出来，搁在餐桌上，冲备菜区的两个姑娘打手语：叫大家吃饭吧。

苏悦将酒杯拿过去，邹遥遥去取酒。

几个年轻人看着这一桌美食，馋得口水直流。

大家入座后，开始叽叽喳喳地夸奖萧承心灵手巧，与刚才在铁门外讽刺萧承的嘴脸完全不同。

杜黎一入座，立刻如一枚铁块将活跃的氛围镇下来，餐桌上的人都与杜黎一样，挺直了腰背，正襟危坐，不敢拿筷，甚至不敢大声喘气。

这些年轻人不懂手语，平时萧承与他们交流，都是利用通信设备打字。

他摘掉围裙坐下后，跟苏悦比画手语：小悦，麻烦你帮我招呼一下，谢谢了。

他一比画手语，那个叫于锦的姑娘便将自己的手机递过去，说："承哥，你想说什么，打在我手机上，我帮你念给大家听。"

苏悦秀气的眉挑了一下，以一种森冷的目光扫向萧承。

承哥？呵呵，叫得挺亲啊。

苏悦也回以手语：帮你招呼？以现任女友的身份？还是朋友的身份？

萧承先冲着于锦摆摆手，示意她将手机收回去，然后才一脸尴尬地跟苏悦比画手语：别闹，这种时候，拜托。

苏悦一脸严肃跟他比画：那我就用现任女友的身份了，用这个身份帮你招呼，更合理。

她收了手，嘴角轻轻上扬，招呼大家："阿承让大家尝尝他的手艺，有什么不好的地方，提出来，他下次改进。在我们家啊，他负责做饭，我负责招呼客人，如果有招呼不周的地方，大家多多担待。别拘谨，来，吃吧。"

杜黎和邹遥遥能看懂手语，相互对视了一眼，心照不宣。

骑手们满脸问号：女神和哑巴不是离婚了吗？女神这番话又是什么意思？到底什么情况？

他们一脸迷茫后，开始夹菜，埋头安静地吃着。

原本可以很活跃的餐桌氛围，因为杜黎变得沉重不堪，邹遥遥在桌下踢了杜黎一脚，示意他活跃下气氛，别板着脸吃饭，破坏了人家的餐桌氛围。

杜黎夹了一筷鱼翅，刚塞进嘴里，膝盖被踢了一脚，他抬眼看向杜太太，虽然无言，却完全领会了她的意思。

他轻咬一口食物后放下碗筷，用餐巾擦嘴，正欲说话，年龄最小的冬冬张嘴惊讶地道："杜先生，您就吃这么一点点，不吃啦？"

杜黎："……"

倍儿要面子的杜先生继续擦嘴，接着，目光含笑地回复他："嗯，最近食欲不振。"

然而看穿一切的邹遥遥在内心翻了个白眼，表示十分无语。

杜黎端起酒杯，起身，与大家撞杯。

席间豁的一声，年轻骑手们齐刷刷地起身，宛如是谁无形中喊了一声"起立"，这严肃的阵仗，像一群被压迫的学生见到了来视察的校领导。

撞杯之后，杜黎示意大家坐下，严肃的神情转变为和颜悦色："大家不用紧张，吃菜。"

邹遥遥看向那个叫于锦的小女孩，问："你叫于锦吧？今年读高二？我看过你的资料，很厉害，去年东云省少年骑手决赛，你是季军，对吗？"

"嗯，如果我再努力一点，可能会是冠军。"于锦朝萧承的方向看了一眼，然后说，"下次比赛我一定会努力！"

邹遥遥冲着她笑了一声，往她碗里夹了一只龙虾：“加油，无论什么成绩，努力过就好。”

于锦重重地点头：“嗯，我一定要跟承哥学习，做一个优秀的骑手。”

女孩话一出口，其他骑手在心里各种吐槽她。

这个哑巴也没什么成绩吧？跟他学什么？

年龄最小的冬冬一时口快，吞掉一口鱼翅，说：“萧承哥没有什么成绩吧？你学他什么啊？”

于锦面红耳赤地反驳：“骑士精神。”

冬冬哇了一声：“骑士精神？哇，你们小姑娘都喜欢这些虚的啊？看人哑巴长得帅就……”

冬冬察觉说错了话，连忙闭嘴，埋头吃饭。

饭桌上氛围尴尬。

萧承夹菜的动作也是明显一顿。

邹遥遥搁下碗筷，握着酒杯，摇晃着里面红色的液体，缓缓地道：“大家都是骑手，我们来讨论一下什么是骑士精神吧。”

饭桌上没有人说话。

邹遥遥的目光落在冬冬脸上：“冬冬，你理解的骑士精神是什么？”

冬冬涨红脸，说：“遥遥姐姐，您放过我，我这嘴不太会说话，忒容易得罪人，我错了我错了……”

邹遥遥嘴角一扬，正欲开口，被杜先生严肃低沉的声音打断了。

“骑士八德，即谦卑、荣誉、牺牲、英勇、怜悯、精神、诚实、公正。”男人的声音很有磁性，宛如被话筒递增了一层层酥人耳膜的质感。

她想起那天晚上在医院，男人给她念睡前小故事。

杜黎表情严肃，目光也非常锐利：“你们是我的团队选出的精英，每个人的资料我都认真看过。你们拥有好的条件和资质，前途可观，但你们要时刻谨记，竞赛最忌讳‘以貌取人’。马是很精明的动物，它们在一定程度上会模仿人的性格，如果一名骑手能完全做到骑士八德，那么驾驭赛马的能力也不会差。”

邹遥遥钦佩地看了他一眼。

杜黎嘴角的笑意被勾勒得很和蔼：“一个有骑士精神的骑手，无论是心理或者嘴上，都不会轻浮待人。”

冬冬受教，红着耳朵垂下头，咬了咬嘴唇，然后跟萧承道歉：“萧承哥，对……对不起啊，谢谢你用这么好吃的饭菜款待我们，我在来之前，还说你坏话来着。我发誓，以后再也不会说你的不好，而且我仔细想了下，你对我们好像是挺好的……”

萧承倒是愣了一下，笑着摆摆手，表示没关系。

其他人也都羞愧地垂下头。

这顿饭局，午夜才散场，萧承安排了车送这些年轻人回家。

等邹遥遥和杜黎也离开，萧承回过身发现苏悦还在他家里没离开。

他问苏悦：你的司机什么时候过来？

苏悦径自往里面走：“不过来了，我今儿就在你这里睡吧。”

萧承耳朵尖一红，追上去：小悦，我这里的客房还没有配套卧具。

苏悦转过身，仰起小脸看着他，嬉皮笑脸地道：“没关系啊，跟你一起睡就好啦，又不是没睡过。”

萧承：……

苏悦径自上了二楼，等她从卫生间洗漱完出来，发现萧承已经在卧室打起了地铺。

萧承闭着眼装睡，他听见苏悦朝他这边走过来，没一会儿，被窝里拱进了一个浑身暖乎乎的女人。

萧承叹息一声，转过身，面对女人那张精致的面孔，比画手语：上床，山里潮，小心受凉。

他的手语还没比画完，苏悦一头扎进他怀里，额头撞在他胸口，仿佛将他的心脏都撞碎。

苏悦贴着他紧实又有安全感的胸膛说：“有你在，即便身处南极，我也不会受凉。”

杜先生没怎么吃饭，也没怎么喝酒，负责开车回家，至山下时，汽车不争气地抛锚了。

汽车在数次发动失败后，邹遥遥扭过头看他：“杜先生，接受这个残酷的现实吧。”

杜黎掏出电话，发现跟撞鬼似的，手机因为电量低而自动关机。

真的糟心。

邹遥遥掏出手机，泄气地将手机屏幕翻给杜黎看：“没信号。”她往前看，依稀看见前面有灯光，她说，“前面有个房子，我们朝那边走走吧，说不定就有信号了。”

杜黎点头。

一开车门，一股寒气扑面而来。

邹遥遥只穿了件春秋款长袖T恤，一下车抱着胳膊冷得直哆嗦，她和杜黎并肩走了一会儿：“今天开车过来的时候还不觉得这地儿偏，这会怎么觉得这里偏到可怕呢？连信号都没有。”

杜黎见她冷得直哆嗦，脱下西装外套递给她。

邹遥遥见这男人脱了西装愣是连个战栗都没打，以为他身体素质好，抗寒，毫不客气地接过他的西装外套穿上。

外套里还有男人的身体余温，说不出的暖和。

他们往那户亮灯的人家走，得经过一条不宽不窄的田埂。

他们利用手机电筒照亮，但毕竟可见度有限，到田埂中间时，邹遥遥脚下一滑，差点踩进满是淤泥的稻田里。

她的身子向后倾倒，杜黎眼疾手快地将她扶稳，女孩力气挺大，间接导致了他的身体也往后倾斜。

邹遥遥站稳的一瞬间，听见身后扑通一声，却没听见任何人音。

她一回头，高大威猛宛如城墙一样的杜先生，居然凭空消失了！

邹遥遥心里一紧，喊：“杜黎！”

无人回应。

在这黢黑寂静，又随时可能闹鬼的荒野，邹遥遥独自一人站在田埂上，慌张四望。

突然……她的脚腕被一只黑色的手抓住了。

脚腕上湿答答以及黏稠的触感，吓得她尖叫出声，一脚踹了上去。

有人疼得闷哼一声。

02.

听见这道熟悉的闷哼，邹遥遥一怔，举着手机蹲下：“杜……杜黎？”

“嗯……”男人靠喉咙发音。

邹遥遥将手机电筒照过去，被宛如美人鱼一般趴在田埂上的杜黎吓了一跳。

杜黎的头发、脸、双手已经被淤泥裹住，男人嘴唇紧合，她压根看不清到底哪里是他的口鼻。

腥臭的淤泥大面积裹在男人身上，可以想象这个有洁癖的男人现在有多崩溃。邹遥遥担心男人会被这些东西直接给折腾得疯掉，抓住他的一双手，用力将他从田里拽出来，嘴里不断地安慰道："没事的没事的，洗干净就好了，你忍忍，想想教授的话。"

她握着男人一双冰冷发颤的手，而对方因为过度紧张，反将她的手攥进手里，几乎捏碎了她的骨头。

她疼得啧一声，但疼归疼，这点疼痛比起男人的现状还是小巫见大巫，想到这点，她便忍下了这份疼。

她拖着男人走过田埂，去了那处亮灯的人家，将门叩响。

来开门的是个奶奶，看见杜黎满身淤泥，又抖得厉害，甚至没问，赶紧将他们拉进屋，让杜黎围着小太阳坐下烤火。

这是一栋修建于稻田旁的小平层，两室一厅，客厅内沙发陈旧，茶几上堆满了杂物，仿佛许久没有收拾，落了厚厚一层灰。

浑身淤泥的杜黎已经快到临界点，只要稍微一拨弄，就会立刻炸掉。

男人垂首坐在那里，纹丝不动，唇齿紧闭，身体的每一寸肌肉都跟着紧绷，他眸子里布满了红血丝，身上的淤泥因为室内温度已经干成泥壳。

他用力握拳，泥壳纷纷剥落。

奶奶打了盆热水过来，面盆一搁下，男人突然冲过来，疯狂地用双手捧水洗手，甚至用劲儿搓手，虎口处搓到发红，依然没有罢手。

他的动作大，双目猩红，面部表情又狰狞，实在不像个正常人。

奶奶被他吓得愣住了。

邹遥遥按照奶奶的指示去卫生间取了条浴巾，出来看见疯狂洗手的杜黎，也被吓得一怔，她很快反应过来，冲过去握住他的手，让他保持冷静："杜黎，冷静！你听我说。"

她握住杜黎的手，他立刻开始挣扎，甚至用力将她推开。

杜黎的情况不容乐观，狰狞如兽，她双膝跪在地面，保持跪坐的姿态，将挣扎的男人抱住，用全身力量去约束他。

这个男人看着斯文，发疯时便一身蛮力。

邹遥遥将下巴搁在他肩膀上，咬着牙，几乎贴着他的耳朵不断地重复："杜黎，你冷静下来，我们慢慢洗。这些东西不脏，一点都不脏，我们吃的很多东西都是从土里生长的，它们可以孕育万物，本质是干净的，洗掉就好，你不要紧张。”

“深呼吸。”邹遥遥额间覆上了一层细密的汗，抱他时要跟他的力量抗衡，用力过度，导致她说话带着轻微喘息，“你平静下来，让奶奶看见你这样，太失礼了，你的偶像包袱呢？这时候是不是应该捡起来？”

邹遥遥按照李教授教的方法让他平静，又开始一字一句地重复李教授的话。

杜黎的精神过度紧张，差点失去自我思考的能力。

在女孩抱住他的那一刻，他的心跳仿佛骤然一停，躁动狂沸的血液趋于平静，渐渐地，他脑海中那些成倍放大的细菌，变成了纵马疾驰的女孩。

女孩纵马从远处奔来，额前的刘海随风往后掠，露出她那双充满英气的眉眼，可也是这样的一双眼，又有一点小可爱。

女孩的胸脯紧贴着杜黎，他明显能感觉到女孩胸前的柔软，她的气息喷在他的耳郭上，那股子温热直透心底，四肢百骸顿时一酥。

男人平静下来，也彻底僵住了。

邹遥遥抱着他，继续哄他，甚至哄小孩似的拍拍他的背，轻声哄道：“别怕，洗干净就好，洗干净就好。”

见他不再挣扎，邹遥遥缓缓地松开他，看着他那张冷漠的脸，松了一口气。

奶奶也松了口气，小声地问邹遥遥：“他……没事吧？”

邹遥遥摇头说：“他只是有点紧张，奶奶，您这里的浴室有热水吗？”

“有，只是不太热，这天儿转凉了，洗了恐怕会感冒。”奶奶看了眼他们，又说，“你们是在这附近迷路了吧？今晚就在我这里歇吧，明儿一早再走，我闺女那间房空着呢，我去给你们换被套和床单。”

现在这个点儿，黑灯瞎火的，估计杜黎也有了心理阴影，不敢再走田埂路。

邹遥遥点头：“麻烦奶奶了。”

奶奶笑容温和：“不麻烦，我这就给你们收拾床铺，你们先洗洗。”

“嗯。”

奶奶离开后，邹遥遥看了眼杜黎，小声地问他：“我帮你洗手，没意见吧？”

杜黎绷着脸，看着她，一言不发。

邹遥遥尝试着握住他的手腕，见他没反抗，将他的双手摁进了面盆，开始仔仔细细给他搓。

她说："真的，你就是太紧张了，细菌无处不在，就算用了消毒水也不可能做到绝对干净的，你要学会接纳它们，脏了就洗，有什么可紧张的？"

女孩替他洗手，从跪姿改成了爷们般的蹲姿。

她的衣袖挽至胳膊肘，露出一段白嫩的小臂，女孩掌心有茧，若有似无地摩挲着他的手背，那种触感就像一层砂纸摩擦着心脏。

杜黎转脸看邹遥遥的侧颜，她的睫毛浓密翘长，一双水灵灵的眼睛里，有着成年人没有的灵气。

她说话时嘴角勾了勾，酒窝也显出来。

"我知道，像我们这种年幼成名的人，想丢掉包袱真的很难。"邹遥遥替他洗完一只手，又给他换另一只手，"可是人的一生很短暂，所以我们一定要珍惜开心的每一分每一秒。别人怎么想我们有什么关系，只要我们自己开心就好。"

邹遥遥替他洗完另一只手，取过毛巾给他擦干，又递给他一条干净的浴巾，说："你现在好点了吗？去洗个澡吧，用这个裹身子。对了，你的脏衣服待会儿扔出来给我，我帮你洗干净搁这儿烤干。"

杜黎点头嗯了一声，接过她手里的浴巾，起身进了浴室。

他关上门，脊背贴着门板，开始沉默。

他的心脏仿佛被女孩拿勺子挖走了一块，一下就空了许多。他抬起手，盯着向上的掌心看得很仔细。

掌心、指尖仿佛还残留着杜太太手上的温度，杜黎勾了勾嘴角，五指合成拳，试图护住掌心的那点温柔。

水洒下来的时候，杜黎被浇了一个透心凉。

果然如奶奶所说，这水不热，低于人的体温。可他身上实在太脏，只能咬牙忍着这温度，迅速将身上冲了个干净。

邹遥遥将杜黎的衬衣、西裤洗干净，晾在了小太阳的红光范围内，利用火慢慢地烘干衣服里的水。

她和奶奶围着小太阳烤火，问道："奶奶，你一个人住在这里吗？"

电视里在播放午夜新闻联播，奶奶用搪瓷碗装了一捧炒花生，递给她。

"是啊，我闺女很少回家，老伴走了之后，这片果子林也就剩我一个人了。不过，经常有像你们一样迷路的人来我这里借宿，我也不觉得孤单。"

邹遥遥抓了一把花生，将剥好的花生仁捏在掌心，成一小把后，抓过奶奶粗糙的手，全倒进老人家的掌心。

一老一少，吃着花生聊着天，不知不觉过去了半个小时。

杜黎湿着头发从浴室出来，下半身裹着浴巾，上身赤裸。奶奶一瞅，惊讶地叫出声，旋即起身拍拍身上的花生碎屑：“哎哟，瞧我这记性，怎么忘记给小哥儿拿换的衣服了。”

奶奶进卧室拿了一套男士睡衣递给杜黎：“这是以前我闺女买给我老伴儿的，他还没来得及穿一次，人就走了……来，你穿上试试。”

杜黎伸手接过，道了一声谢，捧着衣服进了卧室，之后就没再出来。

邹遥遥送奶奶回房歇下，洗漱好后回了卧室。

杜黎盘腿坐在床上，老爷爷款睡衣短了一截，在他身上十分滑稽，他看着邹遥遥说：“今晚和我一起睡。”

邹遥遥将扎马尾的橡皮筋从脑袋上扯下来，一头乌发垂落肩头，她对着镜子拨弄头发，道：“那当然，这地上也不能睡啊。有个问题挺尴尬的，只有一床棉被，咱们怎么分配？一起盖？”

杜黎将棉被铺开，特意往里边儿挪了挪，给邹遥遥让出大半张床：“一起。”

邹遥遥挑眉看着他：“不洁癖啦？不怕我碰你？”

杜黎沉默了一瞬后说：“试试吧，也许不会太排斥你。”

“冲击治疗法这么神奇？”邹遥遥坐上床，不可思议地牵过他的手，搓了搓，问，“有没有想洗手的欲望？”

杜黎点头：“有，但在可忍范围。”

邹遥遥嘴角一扯，松开他，拱进了被窝躺下。

被窝里已经有男人的温度，很暖和。她躺下后，拍拍枕头：“睡吧。”

杜黎垂眼看她，眼神复杂。

邹遥遥抬眼望着他：“别用这么严肃的眼神看我，我瘆得慌。”

杜黎也躺下，面对面看着她，视线与之平齐。

他盯着邹遥遥那双眼睛，沉默良久后开口问：“杜太太，如果有一天，你喜欢上我，会告诉我吗？”

邹遥遥一脸无语，翻了个白眼：“杜先生，您想得倒挺美……睡了睡了，折腾一宿，困死我了。”

她卷着被子翻了个身，拿后脑勺对着男人。

以为这一宿会风平浪静到天明，然而睡到半夜，她被杜黎的长腿压醒了。

其实，和杜黎睡觉她并没想太多，这个男人的洁癖已经严重到一定程度，她并不认为杜黎会因为一次摔得满身泥而彻底治愈。

然而，她低估了淤泥对杜黎的打击程度，也高估了男人的高尚品德。

睡前两人脊背相对，中间隔了一只枕头。

半夜醒来，两人宛如情侣睡姿，杜黎的鼻尖几乎贴着她的后脑勺，手搭在她腰上，腿架在她的腿上。

邹遥遥："……"

是她邹二爷握不动刀了吗？说好的洁癖呢？！

03.

男人的手搭在她腰上，呼吸均匀，仿佛已经睡熟。

邹遥遥觉得难受，见他没有往后移的自觉，一胳膊肘顶在了他胸口。

熟睡中的男人被这一胳膊肘给砸醒，从梦中惊醒，他将搭在邹遥遥腰上的手收回，去揉胸口，声音慵懒，带着厚重的鼻音："谋杀亲夫？"

"亲你妹！"邹遥遥转过身，又补了一脚。

男人条件反射地往里一缩，脊背贴着冰冷的墙，后知后觉地闷哼一声："你还真想谋杀亲夫？"

啪的一声，屋内灯光骤亮。

邹遥遥坐起身看他，一脚踹在他的脸上。

女孩脚底温热，触感柔软。

意外的是杜黎没有排斥感，原本满当当的胸腔仿佛被一瞬放空，他身体变得燥热，心跳也止不住地加速。

她这一脚，居然踹出了他的青春少男心？这一定是错觉。

这一脚让杜黎措手不及，他下意识地垂眼去打量女孩玉白的小脚，抬手擒住她的脚腕，将她的脚从自己脸上拿下去，佯装愤怒："发什么疯？"

她的脚腕被男人紧握着，她挣扎了一下，奈何对方力气太大，没能将脚抽回来。

邹遥遥冷着脸看他："你的手搭在我身上又算什么？"

杜黎反问她：“你忘记李教授说过什么？当然，如果杜太太介意我这样治疗，我以后不再做便是。”

邹遥遥重新钻回被窝，盖严实，只露出一颗脑袋，她眼皮轻抬，嗤了一声：“以后没有经过我的允许，不许擅作主张拿我当药，你这样做，真的很不礼貌。”

杜黎将床尾的枕头取回来，重新横隔在两人中间，关掉灯躺下后，说：“继续睡吧。”

“晚安。”邹遥遥转过身去，又突然转过身警告他，“不许再越界。”

“嗯。”男人替她拉了拉被子，将她露出的半只肩膀盖严实。

接下来几天，杜黎忙工作，邹遥遥忙着做风凯速度赛马的赛前准备。夫妻俩各自忙碌，即使住在同一酒店的同一套间，交流也并不多。

这天下午，一场模拟比赛结束后，邹遥遥刚将马牵回马厩，就收到了徐汝芬的微信。

老同学很关心杜先生的病情，邹遥遥把那天晚上的事儿做了个简单陈述。

那天晚上之后，杜黎的洁癖几乎痊愈，在她握他的手时，他不会马上去洗，能一定程度抑制洗手欲望。

徐汝芬向她转述了李教授的问题。

“你们接吻了吗？”

“没。”

“所以你们的接触也只是停留在牵手而已吗？”

“是啊。”

“那问题还是很严重啊！他只是在压制病情，如果复发，有可能比以前还要严重。遥遥，你可不能粗心大意，千万不能放弃对他的治疗，你是他的良药，懂吗？你主动些，可以尝试对他做进一步的亲密动作。”

“比如？”

“接吻……或者发生关系。”

“……”

得，还是让杜狗儿同志继续洁癖吧。

邹遥遥洗完澡从更衣室出来，遇见同样从更衣室出来的几个男骑手。他们簇拥着萧承，有说有笑，迎面看见邹遥遥，跟她打招呼：“杜太太，训练了一天大家都很累，我们寻思着去放松一下，你要一起吗？”

邹遥遥将背包甩上肩背，笑着问：“适合我这个已婚女士参与吗？”

她一脸素净，柔顺的乌发垂在肩上，不似马场上的英姿勃勃，反多了几丝女性的妩媚。她的衬衣下摆扎进破洞牛仔裤里，脚上踩着一双马丁靴，穿着简单酷帅，完全没有阔太的华贵感。

在跟她赛马之前，骑手们真以为她跟传闻中一样，不过是抱金主大腿的“妖艳贱货”。可相处了几天才发现，她有自己的人格魅力，靠英姿就能镇压全场。

在马场上，她不是杜太太，只是一个帅气的女骑手，她在马背上，有女将般的磅礴豪气。

几场模拟比赛下来，她和萧承的成绩不相上下，时常并列第一，实力让大家心服口服。

林白说：“小春路有家烤鱼不错，如果杜太太不嫌弃那里是路边摊，跟我们一起？吃完了之后一起去唱K。”

邹遥遥挑眉：“就我一个姑娘吗？”

另一个骑手调侃道：“杜太太，您是老板娘，给我们十个胆，也不敢对您有想法。没几天就要比赛了，我们六个人上了赛场就是敌人，所以大家想在比赛前夕放松放松，促进下彼此的感情，以免过几天在赛场上厮杀伤了和气。”

邹遥遥看向一直沉默的萧承，他冲她点点头，打手语：一起去吧，难得有这种机会。

邹遥遥点头，答应下来：“好，那就一起吧，今天我请客。”

几个人一起欢呼：“老板娘万岁！”

另一边。

杜黎坐在公司会议室，下面坐着各分公司负责人，正在向他汇报上个月的工作情况。

他这几天做什么事儿都心不在焉，心脏仿佛被掏空，急需什么柔软的东西去填满。

他坐在老板椅上，从头至尾都在沉默，什么也听不进去。

助理文涛注意到老板这几天很不对劲儿。

老板总是唉声叹气，翻文件时会突然沉默下来发呆，那双总是冷漠的眼睛变得如水般温柔。

老板眼神的转变，就像一头随时咬人的猛虎，变成了一只可怜兮兮求主人抚摸的狗，多愁善感得仿佛变了一个人。

凭借男人的第一直觉，他下意识地觉得老板恋爱了？

不可能，老板刚结婚不久，那就是……老板出轨了？

不止文涛，连秦易也发现了杜黎的不对劲儿。

秦易跟杜黎有生意上的合作，一有空便跑来他办公室喝茶。昨天秦易坐在办公室等杜黎下班，也注意到杜先生心里压着事儿，觉得不对劲儿。

秦易看了眼杜黎，敲敲文涛的办公桌面儿，低声问他："老杜这几天怎么了？发呆时目光那么可怜，被家暴啦？"

文涛摇摇头，觉得不像："凭借本美少男的直觉，应该是恋爱了。"

秦易若有所思地看了眼在办公室里发呆的杜黎，咋舌。

也是，有个母夜叉老婆，哪个男人不会想偷腥？

在会议室里开会的杜黎什么也听不进去。

当莱云马术俱乐部的项目负责人Lisa讲到俱乐部规划，提及邹遥遥的名字时，杜黎的思绪突然被扯回。

他的视线终于落回了投影荧幕上。

莱云项目总负责人Lisa说："月初，我们莱云总共有六名选手参与风凯速度赛马，根据我们前几次的模拟赛，萧承、邹遥遥、林白进前十应该没问题。不出意外的话，莱云将会得到我市马术协会会长的推荐，参与东云省马术协会举办的省马术联赛。根据我们现有的骑手，我做了一个预估，明年我们参加比赛的场次至少达到一百场，至少拿三十个冠军。"

整场会议一直保持沉默的杜黎开口："来年还有什么规划？一并说。"

大老板开口，众人立刻挺直腰背，打起精神，竖起耳朵仔细听。

Lisa受宠若惊，微愣后继续说："我们已经跟A市所有学校成功签署了一份协议，明年起，未开启马术课的学校将新设马术课，用我们俱乐部的教练，已设立马术课的学校，看二月份省马术联赛的结果，选择是否与我们签署合作协议。"

"哦。"这些都不是他想听的，杜黎不耐烦地摆了摆手，示意底下的人快点汇报。

恰好这时候，他收到了杜太太的微信。

邹家二爷："狗儿先生，今晚我和几个骑手出去吃饭、唱K，你记得去接阿帕奇出院，么么哒，让阿帕奇小宝贝儿不要太想我。”

Rod：“跟谁？”

邹家二爷：“跟这次一起参加风凯速度赛马的五名骑手，我会在午夜一点前回来，不用等我。”

Rod：“我等你？嗬，杜太太想得美。”

邹家二爷：“这种话就别说出来了，伤感情。”

嗬，一个已婚妇女和一群男人出去嗨到午夜才回家，更伤夫妻感情好吗？

杜黎从会议室出来，心情不太好，垂着头皱着眉走路。

正调戏前台妹子的秦易看见他这一副颓丧样，立刻凑过来，跟他勾肩搭背：“杜总，我看你最近印堂发黑，不如跟哥们我出去 Happy？”

杜黎心里烦闷，挑眉看他。

秦易摸出手机，打开几张照片给他看：“哥们儿最近投资了新产业，新开了一家 KTV，里面的小妹妹都顶漂亮！瞧这名字可爱不可爱？香蕉纯 K！”

杜黎板着一张脸，声音严肃：“秦易。”

“嗯？”秦易被他的严肃给震慑住，收回搭在他肩上的手，腰板儿挺直，“我错了老杜，你放心，我在见你之前，两只手消过毒。”

他将一双手伸过去：“不信你闻，还有消毒水的味儿呢。”

杜黎仍一脸严肃：“我是有妇之夫。”

秦易：“……”

虽然他也没见过杜黎从前有女人，但站在秦易这个纨绔子弟的角度，他真的不信杜黎结了婚就不会想外头的漂亮妹子，尤其是杜黎最近那样子，明显是春心荡漾。

他说：“好好好，有妇之夫，不去就不去，凶什么凶。”

杜黎走进电梯，秦易也跟进去。

杜黎口袋里的手机响了一下，他打开微信，看见 Lisa 发来的消息。

Lisa：“杜先生，他们去的是香蕉纯 K。”

杜黎右眉一挑，扭过脸看向正冲着电梯反光镜整理头发的秦易。

秦易整理发型的动作一顿，一脸惊恐：“你……干吗这么看着我？”

杜黎：“带我去香蕉纯 K。”

秦易松了一口气：“我就知道你是假正经！走，哥们儿今儿带你不醉不归！”

他们到香蕉纯 K 时已经是晚上九点。

经理亲自来接待，将他们往二楼豪华包间引。

电梯门一开，外面一个女人被一个男人推进来，直接将准备跨出电梯的秦易给撞开了。

男人将女人推到电梯里面，手撑在电梯壁上，将女人困在角落，用高大的身躯挡住女人的去路，让其退无可退。

秦易愤怒地看着这对男女，骂道：“你们没长眼睛啊！要‘壁咚’长点眼睛好吗？”

经理连忙调解：“小秦总别生气，这些年轻人喝多了就容易犯浑，您犯不着跟这些年轻人计较。”

由于那个男人背对着他们，身躯也挡住了女人，他们看不见这对男女的长相。

杜黎的目光落在女人的脚上，觉得鞋子眼熟。

秦易一气之下抓住那个男人的肩膀，用力将其往后一拉，被挡在里面的女人便被一览无余。

杜黎目光骤冷。

秦易当场愣住，结结巴巴地问：“什么情况？”他扭头看向杜黎，仿佛看见了他头上的一抹绿。

邹遥遥的脑子还蒙着，看见杜黎，脑子更蒙。

今晚……什么情况啊？

第七章

杜先生的情敌

01.

一个小时前。

吃完烤鱼，林白提议去香蕉纯K唱歌，声称设备顶好，新店开张搞活动，便宜。邹遥遥倒是不介意便宜与否，但大家既然想去，她便顺了大家的意。

她没有唱歌天赋，平时唱歌也只跟大宝和王皓睿一起，有时候觉得当电灯泡挺辛苦，经常一个人嗨。

六个人打了两辆车，下车后会合。她和萧承走后面，另外四人大大咧咧地走前面，勾肩搭背，低声说了什么，然后笑开。

邹遥遥听着前面四人的猥琐笑声，又抬眼去看“香蕉纯K”的招牌，好像有点儿明白了。

她扭过脸问萧承：“你们男人唱歌更喜欢美女相陪？”

萧承顿了一下，脸一红，打出手语：我不需要。

邹遥遥反应过来，萧承的世界是无声的，他同大家一起来，也只是一起喝喝酒，当个听客。

她连忙道歉：“对不起，我……”

萧承笑了笑：没关系，你也是无心。

走进KTV，有人来接待他们，邹遥遥要了一个豪华包间。

进了包间，邹遥遥让经理安排了几个性格开朗、唱歌好听的妹子进来活跃气氛。

妹子们的确会来事儿，林白点了一首屠洪刚的《精忠报国》，有一个叫于梦的姑娘，肤白貌美，身高腿长，将这首歌唱得气势恢宏。

这个包间里的男士都很绅士，不似其他包间的男人油腻，姑娘们陪酒陪唱陪划拳，都挺开心。

接下来仿佛成了于梦姑娘的专场，各个风格的歌曲，姑娘都是手到擒来。

大家停下划拳、喝酒，听她唱，姑娘唱完后，大家齐刷刷地鼓掌。

有人歌喉天生优美，一开嗓就让人觉得她天生就是唱歌的料。偏偏这姑娘颜值不低，这群进来活跃气氛的姑娘都挺漂亮的，偏只有她气质特别，宛如一股清流。

等姑娘搁了话筒，邹遥遥把人拉至一边儿，问她要电话号码和微信，低声问："你外形条件这么好，嗓音也很特别，有没有打算进娱乐圈？"

于梦一愣。

邹遥遥以为吓着了姑娘，连忙说："你别误会，我父母是做娱乐产业的，通俗点说呢，就是打造明星的。如果你有这个意向，我可以推荐你过去。"

邹遥遥认为，有天赋的人不该被埋没在这里。

邹遥遥又补充说："你别误会，我不是骗子。"

于梦摇头，笑着说："我不是这个意思。一个小时前，也有人推荐我进娱乐圈，你们不会是一起的吧？"

"是吗？"邹遥遥挺好奇谁和她眼光一致。

于梦掏出一张名片给她："这是你的同事吗？"

邹遥遥接过名片，被上面的烫金字吓得头皮一麻——陈榆阳工作室。

她没听过这个工作室，但"陈榆阳"这三个字却宛如岩浆浇在她的天灵盖上。

她在心里安慰自己，可能……只是重名。

邹遥遥将名片塞回给她，摇头说："不认识，我认识邹影帝的经纪人。这样吧，你加他，告诉他是我推荐的你，他会卖我一个面子，给你一个机会。"

于梦眼睛一亮："邹影帝？邹廷深邹影帝？"

女孩一脸惊讶。

邹遥遥将父亲经纪人的微信号码告诉她，然后说："你去试试，我觉得你很有潜力。”

于梦激动得面红耳赤。

虽然对于现在的她来说，当明星有点遥不可及，但能加上邹影帝经纪人的微信，于她来说已经非常不可思议。

萧承不能发声，邹遥遥便带着于梦陪他玩儿摇骰子。

时间快到九点。

邹遥遥和于梦合唱《凉凉》，歌唱到一半，突然有个光头踹门而入。

光头喝得醉醺醺，身上酒气熏人，他在包间内扫视一圈后，锁定于梦，将姑娘从沙发上拽起来往外拖。

话筒落地，音响里传来一阵嗡嗡的刺耳音。

于梦被光头拖出包间，到了外面走廊，一巴掌甩在她的脸上：“以后每天晚上，你只能陪老子一个人！听见了吗？”

邹遥遥追出来，看见这一幕，眉头狠狠地皱起。

于梦捂着火辣辣的脸颊，跟光头道歉：“对不起，我这里的工作还没结束，您如果想让我陪，下次早点预定好吗？”

光头比女孩矮了一个头，几乎是踮起脚抓住了她的头发，将她往墙上摁：“就你这种女人还要预定？”

男人显然在耍酒疯，毫无男士品格可言。

邹遥遥三两步走过去，抬腿劈出一字马，直劈男人肩部，又一个侧踢，对准男人胸口，将其踹开。

被一个女人欺负，大老爷们脸上哪儿过得去？当即要动手，被工作人员拦住。几人在走廊里拉拉扯扯，光头的十几个朋友从包间出来，将两个女孩团团围住，要求给一个说法。

工作人员将两个女孩护住，负责这层楼的经理调解说：“几位大哥，少安毋躁，别跟姑娘们计较。这样，我个人做东，送各位两瓶酒，如何？”

光头朝经理啐了一口唾沫：“老子是两瓶酒能打发的？让那个女人跟我道歉！”

经理回过身看向于梦：“小于，过来跟这位先生道个歉。”

于梦正欲上前，被邹遥遥拉住，她将女孩护在身后：“凭什么道歉？是他们侮辱人在先，凭什么我们道歉？”

于梦拽了拽邹遥遥，示意她别说了。

林白出来看见光头，眼睛一瞪，然后回到包间喊人：“刚才那光头是管特的人，暗地里给咱们使绊子就算了，现在居然欺负咱们的妹子和老板娘！兄弟们，出去弄死他们！”

林白雄赳赳气昂昂地抄起两个酒瓶跑了出去。

萧承想叫住这群冲动的年轻人，但他却发不出任何声音，他出去后，发现外面已经打成了一团，他没来得及还手，脑袋上就挨了一个酒瓶。

顿时，头晕目眩。

走廊里陷入混乱，声音嘈杂。

“怪不得抢我们的妹子，敢情是莱云的！他们是故意的！”

“……”

一群男人喝醉了酒，吵架水平不如小学生。

管特的骑手经常在马术论坛 Diss（骂）莱云的骑手，两家骑手本就水火不相容，没想到冤家喜相逢，在 KTV 打成了一团。

这层楼的客人听见动静，出来看热闹。经理叫了安保人员，场面依然不受控制，只得打电话报了警。

邹遥遥拉着于梦往外挤，被人挤开，下意识地又拽住一只手，拉着往电梯口走。她终于挤出人群，松一口气，扭过头问：“你没事……”

“吧”字还没说出口，她就愣在了当场。

“我没事。”身后的男人勾着嘴角看她，轻声回答，“邹二爷还跟以前一样，喜欢拔刀相助。”

光头冲出人群，握着一只酒瓶盯准了邹遥遥的后脑勺，朝她冲过来。

邹遥遥的脑里仿佛炸开了炮仗，耳朵里全是噼里啪啦的响声，也自动屏蔽了身后一切嘈杂的声音。

“小心！”

恰好电梯门开，陈榆阳将她推进电梯。

邹遥遥撞开正准备跨出电梯的秦易，整个人猛地砸向电梯壁，后腰猛地撞在电梯壁上，疼得她咋舌。

陈榆阳双手撑在电梯扶手上，并用身躯将她护住，替她挡住身后一切可能发生的危险。

秦易被撞开，居然没听见对方的一句道歉，他看着眼前这对“壁咚”的狗男女，气得直跺脚，抓住陈榆阳的肩，将其往后一拽。

他发现狗男女中的“女”是杜太太，瞬间就像被点了穴，顿在原地。

秦易明显感觉到，身边的杜黎变成了一座火山，随时会喷出岩浆。他扭回头看向杜黎，结结巴巴地道："这……什么情况？"

他仿佛看见杜黎的头上有点……绿？

邹遥遥对上杜大老板几乎喷火的目光，脑子有点转不过弯儿，很迷茫。

今晚……到底……什么情况？

醉酒的光头还在电梯外，他重新锁定目标，举起酒瓶，对准了邹遥遥的脑袋敲过去。然而，他的酒瓶还没落下，左右两边各伸过来一只手，将他的手腕擒住。

光头先仰头去看左边面若冰霜的杜先生，又扭过头去看右边身高一米八五的陈榆阳。

前者五官硬朗，目光威慑力不俗；后者五官精致却偏阴柔，即使皱眉，也没什么威慑力。

杜黎手腕一用力，光头的腕骨仿佛被捏碎，他吃痛地松了酒瓶。

"滚。"杜黎抬起脚一脚将光头踹出电梯。

秦易目瞪口呆，忍不住朝他比了一个"六"的手势："厉害啊杜总，人狠话不多。"

电梯门合上，将走廊的嘈杂全部隔绝，又往上升了一层。

陈榆阳回国后问了很多老同学，都没找到邹遥遥的联系方式，没想到在这里遇见了她，他扭过身，低声问邹遥遥："你没事吧？"

邹遥遥木讷地摇头。

陈榆阳笑了一声："也是，你是邹二爷，他未必是你的对手。"

杜黎神色阴沉，电梯门一开，拉着邹遥遥走出去。

到了走廊里，他抓起邹遥遥的胳膊，盯着她小臂上一条细长的伤口问："疼吗？"

不，这才不是他想问的重点！

谁关心她的伤疼不疼！他只想知道自己有没有被戴绿帽子！这关乎他的面子。

杜黎又扭回头，扫了眼身后的陈榆阳，问邹遥遥："他是谁？"

秦易和经理也从电梯里走出来，两人担心某大老板悲伤过度就地跳起一支"打人舞"，于是自觉地站在了三米开外。

邹遥遥揉着手腕，嘴唇刚一张，又被杜黎打断："杜太太，你可真有能耐，敢在公共场合给我扣上一顶绿帽子？你怎么想的？"

陈榆阳立在那里，不明所以。他还没来得及替女孩解释，那个眉眼严肃的男人忽然将一米六五的姑娘抱起来，扛在了肩上。

杜黎将邹遥遥扛上肩，沉声道：“回家你给我好好解释！”

杜黎的语气好像很委屈，邹遥遥好像看见一米九的大老爷们，像只河豚一样鼓了鼓腮帮。

他在卖萌？

邹遥遥双脚突然离地，像只麻袋一样被男人扛在了肩上，她的脑子一瞬短路，居然也忘记了挣扎。

围观的秦易目瞪口呆，万万没想到一向绅士的杜先生会做出这种举动，居然在众目睽睽之下，直接将老婆扛上了肩。他觉得这家伙现在就是一个土匪……大老爷们对女人，不都是公主抱？

陈榆阳要追上去，被秦易拦住了。

秦易指着他的鼻尖骂道：“你叫什么名字？连我兄弟的媳妇都敢染指！不想活了吧？”

陈榆阳看着眼前这个长得人模人样的二愣子，笑得很温和：“抱歉，你误会了。”

秦易不再说话，一副“你等死吧”的表情。

02.

杜黎扛着一米六五的女孩，单手掏出手机放到耳边，给司机打了电话。

电梯下了负一楼，他们进入停车场，邹遥遥才彻底反应过来，攥拳捶了捶杜黎的背部：“杜黎，你放我下来。”

“别动。”杜黎顺手打在她的臀部上，警告她安静。

邹遥遥被他这个举动吓得身躯一震，顿时不敢再动。

她居然被一个男人，打了臀部？邹遥遥大声骂道：“杜黎，你这个垃圾，你居然敢打我……”

司机将车开过来，替他们开了门。

杜黎将她塞进车内，她坐直身体后，努力缓解刚才因为头脚颠倒而带来的眩晕感。她一拳朝杜黎挥过去，男人头一偏躲过，并擒住她的手腕：“杜太太不用这么猴急，留着话，我们回家说。”

司机轻轻咳嗽一声，尽可能降低存在感。

碍于司机在，邹遥遥压抑着愤怒，将手抽回，没好气儿地问他：“阿帕奇你接了吗？”

“没。”

邹遥遥：“……”

她仿佛已经想象到阿帕奇的心情，狗大概会觉得……自己被抛弃了。

回到酒店，邹遥遥一路紧跟男人。

她盯着男人的后脑勺，心里莫名发怵。

电梯里两人相对无言，杜先生此刻的气场极不友好，身上仿佛长满了扎人的刺，让人不敢靠近。

电梯抵达两人所住的楼层，叮咚一声，电梯门开。

杜黎和往常一样，用手挡住即将合上的电梯门，扭头看向邹遥遥，示意女士优先。

与往常不同的是，这个男人脸上毫无绅士的笑容，神色肃穆，仿佛老婆真的给他戴了绿帽子。

回到房间，邹遥遥站在玄关处换好鞋，准备回房，只往前走了两步，后衣领便被身后的男人拿手指勾住。

她被用力往后一拽，朝后跌进男人怀里。男人没给她任何挣扎的机会，他的手从她腋下穿过去，将她整个人举起来，放在了玄关柜上。

邹遥遥在玄关柜上坐稳，双腿吊着。

她一双黑黝黝的眼睛盯着杜黎，不明所以地问：“杜黎，你今晚发什么疯？我忍你很久了。”

杜黎脱掉西装外套，挂在一旁的衣架上，他转身面对她，修长的手指叩住领带，将领带扯开。

他直视女孩的眼睛，反问：“忍我很久？所以这是杜太太出轨的理由？”

邹遥遥竖起一根手指警告他：“喂，姓杜的，你给我好好讲话，你哪只眼看见我出轨了？你捉奸在床了？”

“很巧，我两只眼睛都看见了，而且看得一清二楚。”杜黎手指比出V型，冲着双眼勾了勾，他嘴角的笑容有一种令人毛骨悚然的冷森感，又接着说，“更巧的是，捉奸在电梯。”

邹遥遥皱眉，抬脚朝着男人胸口踹去。

这个男人的反应速度宛如开了挂，迅速将她的脚腕擒住。

男人怒目猩红，一字一句地质问她：“杜太太是把我们之间的协议忘得一干二净了吧？需要我将协议的复印件寄到邹影帝手上吗？”

“你敢！”邹遥遥尝试抽了抽脚，光荣失败，“好啊，我也寄一份复印件给杜老爷，看咱们谁更狠。”

她的脚既然抽不回，干脆用力往前一蹬。女孩的臀部离开柜面，浑身重力朝杜黎压过去，她双腿缠住杜黎的腰，打算用腿与手把男人的上半身困住，拧住他的脑袋，让他无从反抗，跪地求饶。

然而，她低估了杜黎的实力。她双腿缠住男人的腰身之后，对方擒住她一双手臂，迅速转了个圈，用紧实的胸膛将她压在墙上，将她一双手臂高举过头顶，摁在了墙面上。

她整个人宛如被钉在十字架上的耶稣，动弹不得。她尝试挣扎，可男人不仅手劲儿大，还将她困进了一个死局，让她找不到进攻或逃脱的突破口。

场面十分不雅，她愤怒垂眸，盯着杜黎额头骂道：“垃圾，你放我下去！”

“看来杜太太很喜欢家暴。”

两人胸脯紧贴，能清晰感觉到彼此胸脯因为呼吸而起伏。

杜黎保持着这样的姿势，笑着说：“可是，杜先生很讨厌家暴。”

邹遥遥觉得喘不过气来，索性解释：“那个男人叫陈榆阳，是我大学同学。电梯外面是什么情况你也看见了，人家只是为了保护我，才将我推进了电梯，仅此而已！我跟他绝对没有任何关系！我们俩已经两年没见了，中间也没有任何联系，我怎么可能会出轨？”

女孩噼里啪啦说完一堆解释，怒吼道：“杜黎！你放我下去！”

杜黎压根没有打算放她下来，继续说：“杜太太，您的解释很苍白。”

邹遥遥怒不可遏：“杜黎！你要是怀疑我出轨，解除跟我的协议就好了！但是在这之前麻烦你搞清楚事情的始末，OK？KTV监控拍得一清二楚，你可以自己去调监控录相！”

杜黎看着女孩因为愤怒而涨红的脸，终于松开了对她的禁锢。

杜黎将她重新放回玄关柜上。

邹遥遥的身体终于得到解放，刚要从上面跳下来，又被男人摁住：“等等。”

杜黎弯腰从柜子里取出一个医药箱，单手打开医药箱，从里面取出了酒精和创可贴。

他抽出一根棉签蘸了酒精，对她说："来，胳膊伸过来。"

这是打了她一顿，然后又给她吃颗糖？她有那么好哄？邹遥遥带着一腔怨念将胳膊伸过去。

酒精在她伤口处擦拭，微辣的刺痛感让她嘶了一声。

杜黎撕开创可贴，又问："你和那个男人，真的只是同学？"

凭借一个男人的敏锐直觉，他觉得不止于此。

邹遥遥冲他翻了一个白眼，举起两根手指发誓："苍天可鉴，我要跟陈榆阳有什么，天打雷劈好吗？"

杜黎小心翼翼地替她将创可贴的边边角角压严，继而抬眼看她："说说，今晚到底什么情况？"

提及这茬，邹遥遥啊了一声，掏出手机给林白打电话。

电话拨过去，无人接听，转而又打给于梦，依然无人接听。

恰巧这时，杜黎接到苏悦的电话，对方劈头盖脸冲他一顿骂，女人刺耳的声音几乎震破听筒。

杜黎平白无故挨了一通骂，盯着手机叹息一声，去阳台打电话给秦易，询问 KTV 那边到底什么状况。

邹遥遥跟他走到阳台，等他挂断电话后，问："现在 KTV 那边怎么样了？"

杜黎捏着手机，拿手机去戳了戳她的额头："你啊……"

语气里有无奈，居然还有点宠溺的味道？是她的错觉吗？

男人擦过她的肩，径直进了客厅倒水。

邹遥遥揉着额头，几乎踩着他的脚跟跟过去："到底什么情况？"

杜黎接了杯水，端着水杯，转身告诉她："两边人都被带进了局子录口供，萧承被人拿酒瓶敲破了头，在医院躺着。苏悦搞清事情的始末后，大概不好意思骂你，又急需宣泄情绪，所以打了通电话给我，将我给骂了一通。杜太太，今晚这事儿闹这么大，你打算怎么处理？"

邹遥遥急得在原地咬了咬手指头，然后抬眸看着他："我这就去警察局。"

她刚朝门口走了两步，又被杜黎给拽了回来："你给我回来。"

杜黎单手压住她的肩，腰微弯，竖起食指，指着她鼻尖警告："你今晚给我惹了这么多的事儿，留在酒店，哪儿也不许去。”

邹遥遥一脸焦灼：“可那个姑娘……”

“没有可是。”杜黎一脸严肃地警告她，“那边有秦易和你的老情人处理，用不着你去添乱。”

邹遥遥急得双颊泛红，辩解道：“都说了我跟他没关系！”

“我不管你和他有没有关系，在这两年里，希望杜太太谨遵协议，约束自己，不要给我戴绿帽子。”他站直身体，又说，“毕竟你是旁人眼中的杜太太，好在今晚电梯里的是秦易，不是其他人。”

“好了好了，我知道了。”邹遥遥扫了她一眼，质问，“你的洁癖呢？好了？”

杜黎：“尚在可控范围。”

“看来是快痊愈了。”邹遥遥挺满意他现在的状态，觉得他总算像个正常人了，她想起什么，又说，“马赛没几天了，明天我一整天都会留在马场，你下班记得去接阿帕奇。”

“嗯。”

邹遥遥洗漱完，给于梦打了个电话，那姑娘因为今晚的事儿，被开除了。

这事儿毕竟因她而起，她给母亲木眠打了个电话，简单交代了一下于梦的事儿。

木眠好奇到底是怎么样的女孩，居然能得到闺女的推荐，当下答应：“你亲自打电话，那我就亲自去见。你放心，就算这姑娘不够格儿跟公司签约，我也会替她介绍一份好工作。”

邹遥遥打开免提，手机搁床头，取了一片面膜撕开。

“谢谢眠眠。”邹遥遥难得语气乖巧，又问，“对了，我可爱善良又神通广大的老眠啊，我能向您打听一件事吗？”

木眠忽觉毛骨悚然：“说吧，我可爱善良热心肠的二宝。”

邹遥遥顿了片刻，才问她：“你知道陈榆阳工作室吗？”

“当然知道。”木眠反问她，“你知道两年前红遍全国的 FOX 吗？”

两年前，网络上一名叫 FOX 的歌手横空出世。两年来，他每出一首新歌都稳居新歌榜第一，连天后皮珏都被他碾压得体无完肤。

这两年 FOX 从不参与任何颁奖、活动，从未露过面，他的长相成了谜。

一周前，FOX 官博宣布他将会以真实身份面对歌迷，正式进入中国娱乐圈。而且 FOX 本人在微博表示，他这两年之所以不露面，是因为在韩国学习，今年毕业后，迅速成立了自己的工作室。

邹遥遥脑子里还研究这个FOX的资料，只听电话听筒里的人又说：“这个陈榆阳就是FOX。”

邹遥遥暗自唏嘘一声，老实交代：“眠眠，你还记得两年前我打架被开除的事儿吗？当初你问我为什么打架，我一个字没说，其实，是为了他……”

“……”

来送热牛奶的杜先生站在门外，眼睛里忽然燃起了“星星之火”，他垂眼看着手里握着的牛奶杯，立刻掉头回了厨房，将热牛奶倒掉。

嗬，这个白眼狼，不配喝他亲手煮的牛奶。

他靠在橱柜上，脑子里乱成了一团麻，气得将腮帮鼓了又鼓，宛如一只河豚。

与此同时，中心医院。

萧承渐渐醒转，他脑袋上裹了一圈白绷带。

他坐直身，看见病床旁的苏悦，心里一个咯噔。

果然，苏悦红着眼眶冲他怒吼：“你一个哑巴跟人去唱什么歌？为了一个女人跟人打架？萧承，你真的长能耐了，你觉得自己是英雄是吧？可以英雄救美了是吗？”

萧承耳根红着，拉了拉苏悦的手。

苏悦将他的手甩开，泪水夺眶而出：“萧承，我不指望能跟你复婚了，也不管你喜欢什么样的女人，但我求你，能好好爱惜自己的身体吗？”

萧承冲她打手语：小伤，不要担心，我不疼。

苏悦伸手过来，摸着他脑袋上的绷带说：“小伤？伤成这样还是小伤？萧承先生，鉴于你不会照顾自己，从明天开始，我搬去你家。”

萧承：“……”

他连忙打手语：真的只是小伤，小悦，你照顾我，对你不公平。

苏悦态度强硬：“公平？好，为了公平我对你进行收费，费用不低，估摸着你也付不起，这样吧，以后你每天晚上陪我睡觉，做抵偿。”

萧承有口不能言，急得要比画手语，手却却被女人握住。

“行了，你别跟我讨价还价，”苏悦将他的手指一根根掰直，然后与他击掌，“就这么决定了。”

03.

因为上次 KTV 事件，比赛前夕，有人在马术论坛首页开了帖，说了莱云和管特两家马术俱乐部的恩恩怨怨，然后搞了一个“谁会更胜一筹”的投票。

帖子被加了精华和置顶，浏览量不低，投票结果是 950:723。

管特俱乐部 950 票，莱云马术俱乐部 723 票。

前几条评论都在吐槽莱云。

青山有云：“我的天！这种帖子也能上精华？搞清楚，这是速度赛马，莱云这次参赛的骑手，一个个长得跟娘们似的弱不禁风，能跟管特那边的彪悍骑手比？别开玩笑了。”

人云奕云：“莱云这次居然有女骑手？速度赛马一向是爷们的项目，女的凑什么热闹？别被甩下马背，坐在赛场上哇哇大哭叫‘老公要抱抱’啊。”

论坛上已经公布了各个马术俱乐部的参赛人员以及参赛的赛马，速度赛马不同于马场马术，它热血又彪悍，就算是国际大型赛马，参赛的女骑手也屈指可数。

据统计，邹遥遥是唯一一个参与这次速度赛马的女骑手。

一个骑手会通过自己参与的项目而选择合适的赛马，而马术比赛的项目多样，骑手不可能同时养好几匹赛马，所以一般他们参加比赛，马匹都是由马主们赞助的。

像萧承这种自己拥有赛级马的骑手，寥寥无几。

邹遥遥也只有一匹米格，而米格更适合盛装舞步之类的马场马术比赛，并不适合参与这种速度赛马。

米格和巴特……大概就是英国绅士与内蒙狂野糙汉。

网上的评论杜黎都一一看过。他在办公室里握着手机刷评论，看见有人评论他媳妇儿体能差，顿时冷笑出声。

就杜太太那体能，他们敢说差？

坐在办公位里的助理文涛抬头看向老板，只见他靠在老板椅上，单手握着手机在阅读什么，他看得津津有味，与此同时，喉咙里还发出不屑的冷笑。

那画面十分诡异。

文涛觉得，老板越来越奇怪了，真的出轨了吧？嗯，一定出轨了。

晚上十点，马场上，灯光亮如白昼。

邹遥遥和其他五名选手先后冲到终点，然后勒缰停下。

已经是冬天，因为今晚高强度的训练，邹遥遥身上已经被汗湿，她此刻坐在马鞍上喘气，仿佛刚才疾驰的不是身下马儿，而是她。

这次训练结果，依然是邹遥遥和萧承并列第一，但两人对这个结果都不是很满意。

骑手们将马牵入马厩后就离开了，邹遥遥却留下亲自给马喂料、洗澡、刷毛，替巴特打理完，已经快十二点。

她以为马厩已经没人，离开时发现还有一间马房亮着灯。

她顺着灯光方向走过去，通过铁栅栏门，看见里面身材清瘦的男人正给自己的赛马刷毛。萧承给凤凰打理毛发时，动作很温柔，他喉咙里虽然发不出任何声音，但他对马的关爱，却从指尖和眼睛里溢出来。

马儿棕色的毛发被灯光照得发亮，仿佛焗了油。

“萧承，还没走？”邹遥遥隔着铁栅栏门问他。

萧承头上还扎着白布，却一点不影响他的颜值，他回过身，冲着门口的邹遥遥露出一个温和的笑容，朝她比画手语：杜太太不也没离开？

邹遥遥推开铁栅栏门走进去，在马儿跟前停下，她弯腰捡了一个毛刷，帮萧承刷毛：“我刚给巴特收拾完。马通人性，想和它们建立友好感情，这些事儿再脏再苦，也得自己来，你也是这么想的吧？”

萧承点头，用手捋了捋马儿的长鬃：是，明天就要比赛了，杜太太紧张吗？

邹遥遥深吸一口气：“说不紧张是假的，我很在意这次的名次，希望可以挺进前三吧。你呢？紧张吗？”

萧承也点头，打手语说：紧张是必然的，杜太太对这次的比赛有什么看法？

邹遥遥想了一下说：“这种比赛七分靠马，三分靠人，但这三分又是极度关键的东西。论马匹，王毅清的马实力最强，想赢他恐怕没那么容易。除却王毅清，我目前最惧怕的对手就是你了，你的马实力也不弱，甚至可怕，我能感觉到，在这几天的训练中，你并没有让凤凰发挥最终的实力，你应该是想让它在比赛当天，彻底冲刺一把，对吗？”

萧承一怔后，比画说：知己莫如你，杜太太不也一样？

邹遥遥笑了一声，对他伸出手：“那我们明天赛场上再看彼此的真实实力，我很好奇，到底是你的凤凰更强，还是我的巴特更强。”

萧承举起手，与邹遥遥手掌相碰，发出清脆的击掌声。

两人相互鼓励完，听见门口传来一声咳嗽。

他们一起循声回头，看见了站在外面的杜先生。

邹遥遥看见外面的杜先生很惊讶：“杜黎？这么晚了，你来这里做什么？”

杜黎用看情敌一般的眼神瞪了一眼萧承，然后没好气儿地说：“接你回家。”

邹遥遥更加不解，对于杜先生无事献殷勤的行为，她忽然有一种毛骨悚然的感觉，她说：“从马场到酒店，车程只有五分钟，你来接我？”

杜黎被她质问得很心烦，不耐烦地道：“狗崽子担心你。”

“狗崽子，阿帕奇？它担心我？”

邹遥遥很疑惑，杜先生跟狗在一起待久了，居然能听懂狗话了吗？

杜黎：“嗯。”

其实是他这只狗崽子担心她。

第八章 约会很难

01.

这个点，外面很难叫车。

萧承没开车过来，邹遥遥让萧承开杜黎的车回家。这里离酒店不算远，走路只需二十分钟，她和杜黎走路回家。

杜黎在外人面前一向绅士，对这个提议倒也没反驳。

邹遥遥对莱云周围的环境比较熟，她带着杜黎从马场后门出去，抄小道回酒店。

越远离莱云，道路上光线越暗，到最后他们只能借用手机照明。

虽然只有二十分钟的路程，但这条泥泞又黢黑的小道并不好走，杜黎走到半道突然停住脚步。

感觉到身后的人停了下来，邹遥遥转身，将手机高举过头顶，照向他问：“杜先生，你怎么了？”

杜黎垂首，盯着自己的脚尖。

邹遥遥顺着他的目光，将手机光照在他脚尖上。

男人的脚尖没入泥坑，黑皮鞋宛如被裹了一层巧克力脆皮。她摆了摆手，示意道：“你往后退一步，从旁边绕过来。”

杜黎皱眉盯着脚尖，艰难地将脚抽回，如何都不敢再迈出第二步。

邹遥遥深知男人的洁癖，这种时候他应该是缺乏一种类似于安全感的东西，她毫不吝啬地把伸手过去，声线温柔，宛如在哄一匹小马驹。

“别怕，我拉着你，来，过来。”

杜黎将手搭在女孩的掌心，她的手绵软温热，一腔温柔从他的指尖蹿遍周身。

男人的心脏立刻就像被什么东西拧了一下，似疼非疼，似痒非痒。

他平静的外表下是沸腾的热血，是如小鹿乱撞般不安的心跳，是他身为一个男人从未有过的感觉。

那种感觉，像青春期时看见漂亮女孩的突然悸动，却又比那种感觉更深刻。

甜如蜜糖，即使是砒霜也甘之如饴。

姑娘握住他的手，攥紧，用力将他往前一拉。

邹遥遥拉着他走在前面，抬手指着前面的公园说：“穿过那片公园就到了，鞋子脏了没关系，回去换双新的，别怕。”

她哄小孩的语气让杜黎哭笑不得。

杜黎盯着女孩的后脑勺，一路沉默不言。

在这个黑夜里，她是他唯一能看见的光。

他希望这条路长一点，再长一点，最好没有尽头，他就能一直被女孩这样牵着往前走。

在邹遥遥的心里，杜黎是一个绝对的弱者，是需要呵护和帮助的对象。

她有时候甚至觉得，杜大老板其实挺像阿帕奇的，外表看着凶悍，却总是需要抚摸和给予一个爱的抱抱。

你给了他（它）足够的爱，他（它）才能强大。

阿帕奇趴在客厅的沙发上休息，听见开门的动静，立刻冲去门口迎接主人。

它浑身的毛被剃光，可见光滑的皮肤，丑得令人不能直视，邹遥遥嫌弃地撇开脸，将它推给杜黎。

被嫌弃的阿帕奇愣在原地，一脸失落，它转过身，拿毛爪子拍了拍杜黎的膝盖，仰头用一双可怜的眼睛望他——求抚摸，求抱抱。

杜黎将阿帕奇抱起来，追到邹遥遥房间，皱眉跟她说：“狗是很敏感的动物，你的嫌弃，让它伤心了。”

邹遥遥从衣柜里取了睡衣，扭回身看向抱着无毛马犬的杜黎，反问：

"它身上的细菌可不少，您老人家这都敢抱？"

杜黎抱着大狗，岔开话题，问她："明天的比赛你有几分把握？"

"没把握。"邹遥遥抱着睡衣面对他，赤着一双脚，"杜先生，我要洗漱了。"

杜黎被赶，抱着狗回了卧室。

他将秃毛狗扔去床上，继而扭过头看向阻隔他和邹遥遥的那面墙发呆。

阿帕奇主动朝他凑过来，抬着一双明亮的眼睛看他。杜黎被狗的小眼神看得心痒，在床沿坐下，伸手过去捏了捏它的嘴筒子。

阿帕奇在他手心舔了舔。

杜黎啧了一声，将手抽回，这只手被邹遥遥牵过，他舍不得擦，也舍不得洗。

他胸腔里明显压着情绪，却又说不清道不明。

他最近仿佛陷入了一个怪圈，无论如何也走不出来，上班时心烦意乱，总心不在焉，只有跟杜太太在一起时，躁动的心才能彻底安定。

阿帕奇能清楚地感受到他的情绪，喉咙里发出呜呜的声音，用一种理解的眼神看着他。

杜黎叹息："你是一只狗，又怎么会明白人类的情绪？"

阿帕奇坐起身，拿爪子在他膝盖处刨了一下，然后跳下床，往邹遥遥房间跑去。

邹遥遥正准备锁门洗澡，门板便被阿帕奇拿爪子刨出刺耳的吱吱声。

她将门拉开，阿帕奇迅速从门缝挤进去，径直跳到她的床上，乖巧地趴好。

邹遥遥绝不允许马犬上床，她指着它警告："下来！"

狗子吓得身子一颤，翻了身，肚皮朝上，脑袋一歪舌头一吐，开始抽搐，喉咙里还发出哼哼唧唧的惨叫，宛如癫痫发作。

邹遥遥吓一跳，扔掉手中的睡衣，大喊："杜黎。"

杜先生闻声赶来，也被阿帕奇的抽搐症状吓得面色煞白。他去床边坐下，小心翼翼地将狗捧起来。他的手刚碰上狗，它立刻止住抽搐和痛苦的叫声，然而他一松手，它又开始抽搐和惨叫。

邹遥遥被搞得一脸疑惑，问："它这是怎么了？"

杜黎摇头，表示不清楚。

他尝试着将狗抱走，然而狗的身体刚离开床，又开始惨叫和抽搐。

杜黎和邹遥遥对视一眼，仿佛有点明白了。

这只“戏精狗”赖上了她的床和杜黎，搁这儿跟他们撒娇呢。

邹遥遥将睡衣重新拾起来，说：“那今晚你和阿帕奇睡我这儿吧，我去你房间洗澡。”

“嗯。”

邹遥遥前脚还没跨出门口，身后又传来“惨绝狗寰”的叫声，她将前腿收回，转回身，狗立刻又止住叫声。

她尝试后退一步，跨出房间，狗立刻又开始嗷嗷叫，宛如一只被强行断奶的小狼。

邹遥遥跨回房间，狗崽子又立刻止住叫声。

两人好像都有点明白了——这只狗，不是想让杜黎陪着它睡觉，是想让杜黎和邹遥遥共同陪它睡觉。

杜黎抚摸着阿帕奇的狗头，跟邹遥遥说：“我接它回来的时候，它一个劲儿往我怀里拱，黏在我怀里后怎么也不肯离开，大概以为我们抛弃了它。这几天你早出晚归，它见你的时间也少，应该是缺乏安全感，它现在希望我们留在这里一起陪它。”

邹遥遥挑眉盯着狗。

杜黎又提醒说：“阿帕奇心脏不好，我们不能任由它这么折腾，否则，这小家伙活不过今晚。”

“作死。”邹遥遥走到床边，双腿跪在床垫上，将手伸过去，用手指戳了戳它的眉心，“跟我撒娇？想让我们陪你一起睡觉？你长得丑，想得倒挺美。”

阿帕奇用一双毛爪子捧住邹遥遥戳过来的那根手指，委屈地用舌头舔了舔她的指腹。

邹遥遥被舔得心里一阵发痒，打了个哆嗦，缴械投降：“得得得，我陪你睡，我和你杜爸爸陪你睡，好吗？”

阿帕奇在床上打了个滚。

邹遥遥去杜黎房间抱了他的被褥扔给他，阿帕奇睡中间，当三八分界线，而她和杜黎各睡一边。

夜深灯灭，邹遥遥训练一天已经极度疲累，一挨枕头便睡熟了。

窗外明月皎皎，稀薄的月光从窗帘缝隙钻入，杜黎侧过脸，勉强能看见狗头和女孩的脑袋。

他们的距离不近不远，却让他非常安心。

杜黎察觉到自己的心境变化，一种占有欲望在他心底滋生蔓延，令他深觉可怕。

最初，他希望杜太太可以勤奋练习，不负公司栽培，拿到好成绩，以此证明他的眼光的确没错，可现在，他希望杜太太可以少练习，多点时间陪他。

他希望杜太太可以同他一起吃早餐、午餐、晚餐，如果可以，他愿意打破二十六年的铁规，陪她一起吃夜宵。

他厌恶肮脏，也不喜欢在黑夜的泥泞小道上行走，可如果杜太太能牵住他的手，他也心甘情愿，仿佛最肮脏的路也会变得敞亮。

杜黎从不认为婚姻是一件多么神圣的事，他甚至认为，婚姻在他的世界里可有可无，所以他稀里糊涂地选了一位老爷子心仪的孙媳。

他悄悄地将手探进邹遥遥的被窝，手指轻轻压住她的手指，感受她的体温。

此刻他才明白，婚姻于一个男人的意义。

与喜欢的人在一起，哪怕是摔进沼泽，只要能抱住对方，也能平静地去面对死亡吧。

杜黎活了二十六年，终于想真的结婚了。

风凯速度赛马在东云省A市的国际马场举办。

外地骑手已经于昨晚全部抵达A市，参赛马匹同时抵达，早上七点，所有参赛马匹被关进马厩进行体检，统一进行喂料。

赛道呈椭圆形，在终点那一面，设立五排阶梯观众席，可容纳三千名观众。

舞台和大荧幕设立在与终点平行的圆形圈内，观众席上的观众们可以通过大荧幕清楚地看见马厩、终点、备赛区内的场景。这次比赛声势浩大，颁奖嘉宾不仅有省马术协会会长，还有北京市马术协会会长。

风凯想将内地速度赛马做大，甚至有超越香港的雄心，所以这次下了重本，不仅奖金可观，开幕式和颁奖典礼也都请了明星助阵。

比赛是下午一点开始，早上八点钟，全场座无虚席。

马赛在国内一直属于偏冷门的项目，虽然观众席票位不愁卖，但八点钟就坐满了人，未免太夸张。

中午几名选手坐在食堂里吃饭，通过食堂二楼的窗口，恰好可以看见远处的观众席黑压压一片，场面壮观。

为了能让杜太太下午全身心投入比赛，杜黎特地找厨师指导，亲自做了营养餐给她送来。

萧清清也特地从学校请了假，捧着一束鲜花来给邹遥遥加油。

邹遥遥往嘴里送了一口汤，问对面坐着的男人：“这次比赛风凯不会请了水军观众吧？开幕式下午一点才开始，早上八点就坐满了人，这可是饭点儿，那些人不吃饭、不挪地儿吗？”

坐在邹遥遥斜对面的萧姑娘插嘴说：“师父，您不知道吧？还有几千名观众被拦在马场外了呢。”

“这是为什么？今天来的明星很大牌吗？”她问。

萧清清点头：“那当然。我听哥哥说，本来这次请的是当红一线小花唐蓓，可唐蓓和我哥哥闹分手，临时毁约了，后来FOX主动要求来当嘉宾，戴面具，不露脸。这是他宣布进军娱乐圈后，第一次参与活动，所以粉丝们都疯了，没买到票的观众都在外面等着呢。”

小姑娘掏出手机，打开FOX的照片给他们看：“喏，他本人其实长这样，我都见过啦，挺帅的，可惜不是我的菜，我喜欢那种很Man的男人，像我师母这样！”

她扭过脸，一脸乖巧地看向杜黎。

杜黎看见照片，眉头微皱，手里却依然没有停下给媳妇儿盛汤的动作。

萧清清掩着嘴，又小声说：“不过他还挺奇怪的，他说，如果是他喜欢的骑手拿到了冠军，他就摘掉面具给她颁奖，我哥问他喜欢谁？他说……是他的一个同学。”

闻言，杜黎手一抖。

邹遥遥的脸色也不对劲。

杜黎看向咬着嘴皮、忽然沉默下来的邹遥遥，真想把碗里的汤泼到那个男人的脸上——让你惦记我媳妇！

02.

萧清清发现杜黎和邹遥遥脸色略有不对，问了一句：“师父师母，你们怎么了？”

杜黎将盛好的汤递给邹遥遥，一言不发。邹遥遥从杜大老板手里接过汤，捧着汤碗开始喝。

碗比她的巴掌脸还大一圈儿，碗口将她眼耳口鼻全部遮住，只留给杜黎一双微红的耳朵。

杜黎看着女孩那双泛红的双耳，内心满是鄙夷。

当初是谁对天发誓说，和那个歌手没什么的？又是谁信誓旦旦地跟他说，绝不会给他戴绿帽子的？

午餐过后，骑手们统一集合。

今天下午只是预赛，总共六十名选手，每个俱乐部有六名选手，一共十个俱乐部参与。

第一场比赛分十组，每组取前三名，剩余三十人进入下一场。

第二场比赛分三组，每组取前二名，剩余六人进入决赛。

前三名的奖金分别为一百二十万、三十万、五万，可谓十分丰厚。

要知道，去年首都国际马术节中国速度赛马大奖赛，第一名奖金也才三十万。

抽签前，谁都不希望抽到跟王毅清一组，碰到他，就意味着名额少了一个。

六十名骑手坐在休息室内，等待抽签分组。

莱云的六名骑手坐在一排，恰好管特的骑手坐在他们后面一排。仇人见面分外眼红，林白的凳子被后面的光头踹了一脚，他扭过身警告道：“光头，不要踹我凳子，OK？”

光头一脸鄙视地看他：“谁踹你凳子了？你哪只狗眼看见我踹你凳子了？别太给自己找存在感。比赛在即，不知道的还以为你们莱云故意挑衅，给我们下马威呢。”

林白气得面红耳赤：“你这种没有一点骑士精神的人，也配参加比赛？”

光头一双胳膊环抱在胸前，背靠在椅子上，左腿一抬，臭脚跷在林白的椅背上：“小伙子，不要跟我耍嘴皮，你们莱云怕是没人了，所以派来一个哑巴一个娘们吧？怎么，是想拿下倒数第一和第二吗？”

光头仰头一笑，其他人也跟着暗笑。

林白攥拳起身，怒视光头：“你骂谁哑巴？”

光头也不甘示弱，站起来，瞪着一双豆子眼，直视林白：“怎么，我说错了，他不是哑巴吗？”

两人剑拔弩张，当事人萧承站起身，用手拍了拍林白，示意他坐下。

林白替他委屈：“承哥，待会儿让这个死光头看看你的实力，让他闭嘴！”

萧承冲他笑了笑，比画了一个“谢谢”的手语。

林白跟萧承在一起训练这么久，跟着他学会了几个手语，他明白这个手语是什么意思。

光头看两人打哑语，以为两人在用手语骂他，一脚踹在林白的凳子上。

凳子朝前猛地一撞，还好小年轻反应灵敏，迅速躲过，莱云的其他选手，以邹遥遥为首，纷纷起身为自己的队友讨公道。

邹遥遥挡在林白和萧承面前，怒视光头：“光头，这里是赛场，你不要太过分。”

那天在 KTV 光头被邹遥遥踹了一脚，至今犹觉耻辱，怀恨在心，他指着邹遥遥的鼻尖警告：“臭娘们，男人说话你插什么嘴？欠抽！”

邹遥遥眉眼一冷，抬手给了他一个响亮的巴掌。

休息室里响起一阵唏嘘声。

光头的脸上瞬间多了一个巴掌印，他捂着火辣的脸，抬起巴掌朝邹遥遥回过去。

邹遥遥跟杜黎在一起没学会什么，空手接巴掌的本事倒是学得炉火纯青，她轻而易举地将他的手腕擒住，顺势将光头往前一拉，给了他一个过肩摔。

光头摔在地上，揉着胸口疼得直闷哼。

工作人员抱着抽签箱进来，看见休息室一片狼藉，吼道：“怎么回事？”

光头正要告状，被同队的选手王毅清拦住了。

王毅清抢先一步对工作人员说：“没事，我队骑手不小心摔了一跤。”

工作人员一脸不耐烦地道：“坐好坐好，马上开始抽签。”

光头被扶起来，重新坐回原位，他揉着胸口低声质问王毅清：“你有病啊？拦着我干什么？”

“一个大老爷们欺负个小姑娘不觉得丢人吗？”王毅清撇了他一眼，冷笑一声，“这不是个人比赛，是团队比赛，麻烦你丢人丢得收敛点儿。”

听见男人低斥同队对手，邹遥遥和萧承都不约而同地回头看了他一眼。

王毅清是典型的内蒙壮汉，不仅高，而且很彪悍，即使坐着，也比在场许多人高了一截，男人五官绷得很严谨，双手搁在膝盖上，坐得笔直端正。

他仿佛也注意到萧承和邹遥遥的探究目光，与他们依次对视，一脸肃穆地对他们点头，脸上虽然没有笑容，却足够礼貌。

真是怕什么来什么，邹遥遥挺不幸地跟王毅清抽在了一组，萧承与光头一组。

萧承和光头那一组最先上场，而邹遥遥和王毅清是最后一组。

分好组，赛方给选手们分发了赛服，每一件赛服都是非常鲜艳的纯色调，以便认清每一位选手。邹遥遥分到一件纯绿色赛服，浑身上下，从头盔到鞋都是纯绿色的。

同组的王毅清，身高一米九的内蒙壮汉，居然分到一件粉色赛服，大老爷们从头到脚都是粉色，加上他绷着一张脸，邹遥遥居然觉得这大老爷们有点可爱。

比赛开幕式，FOX 歌嗓一开，全场粉丝尖叫。

FOX 唱了一首成名作《春花姐姐》，风格俏皮，有点可爱。邹遥遥在备赛区通过大荧幕看陈榆阳，他穿了一套骑装，虽然戴了口罩，可他的身材没得挑，是很上镜的瘦，摄像机给他双眼特写时，邹遥遥的心脏也仿佛被电击了一下，她捂了捂胸口，深呼吸。

一曲结束，陈榆阳微微喘息后，对现场观众说：“大家好，我是 FOX 陈榆阳。”

现场尖叫声此起彼伏。

主持人接过话筒，调侃说：“FOX 的人气真是不俗啊，那么我想问，现场有多少观众是因为热爱马术而来看比赛的呢？大家举个手，让我看一下好吗？”

现场观众纷纷举手，他们中的部分人在此之前没有关注过马术，但因为偶像，来之前专程做过功课。

主持人笑着说：“哇哦，那你们可要好好期待下我们今天的赛马了，因为奖金高达一百二十万，这场比赛可谓是高手如云！即将开始的是第一场第一组预赛，共六名选手，获得前三名的选手可以进入我们第二场预赛。第一组参赛选手分别是——”

“一号选手——莱云马术俱乐部萧承和他的赛马凤凰。”

“二号选手——管特马术俱乐部白松和他的赛马雄心壮志。”

……

主持人依次念出每位参赛选手和赛马的序号，与此同时，大荧幕的画面已经切换到出发点上。

六名选手和六匹赛马已经准备就绪，裁判一声令下，栅栏一开，骑手骑马在同一时刻冲进赛道。

三千米选手们得跑一圈半，1 号萧承前半圈处于倒数第二，2 号光头稳居第一，现场许多观众第一次看赛马，不太能理解观看赛马的爽快之处。

只听旁边有懂马术的人嘲笑说：“还以为 1 号那个哑巴多有能耐，倒数第二，这种距离除非赛马没有发挥真正实力，之后还要爆发一把，否则不可能超越第三。”

不太懂的观众抓到了重点：1 号是个哑巴。

然而第一圈快结束时，剩余半圈萧承忽然开始冲刺，成功超越第三。

这时候主持人目瞪口呆地攥着话筒，愣了一瞬后突然激动地吼道：“1 号发劲儿了！ 1 号开始发劲儿了！我们的 1 号居然奇迹地反超第三！”

镜头立刻开始跟随萧承。

一身刺眼蓝装的男人牵着缰绳，双脚蹬着马镫，身体弓着，呈骑行俯冲状态，他身下的马儿四蹄翻得宛如雷霆，他又迅速超越了第二。

因为这个漂亮的反超，全场沸腾。

即使是第一次看赛马的观众，也被萧承这个绝地反击帅到，现场气氛立刻被带动起来。

主持人：“我们的 1 号选手突然绝地反击，将 6 号和 4 号超越，位居第二，还剩最后半圈，我们现在可以看见他依然没放弃追逐第一名……他居然马上要超越第一名！近了！近了！ 1 号加油！”

只剩最后两百米。

全场观众被吊足了胃口，不约而同地起身，齐声大喊：“1 号加油！ 1 号加油！ 1 号加油！”

赛场上上千名观众齐声呐喊着 1 号，萧承的凤凰受到刺激，发挥出所有实力，在最后一百米时，超越了 2 号光头。

萧承成功拿到第一，而他并没有想象中的那么高兴。

原本他想保留实力，只拿第二的。

作为这组的第一名，他下马，牵着凤凰往起点走时，镜头给了他一个特写，跟着他走了一会儿。

男人五官英挺俊朗，下面一些女孩瞬间疯狂犯花痴，开始大喊“1 号”。

主持人调侃说："我们的1号不仅骑术好，长得也很帅。我们请1号到下面休息，一起期待他明天的表现，接下来请第二组做准备。"

光头虽然也拿到了下场比赛名额，可输给了萧承，他心里却极度不是滋味，尤其是想到刚才在赛场上，主持人、全场观众一起喊1号，他更是酸得咬牙切齿。

第二、三、四、五组比赛在下午四点结束，观众们看过几组比赛后，陷入疲乏状态，决赛在明天下午，颁奖也在明天下午，观众们深知偶像FOX今天不会再露面，纷纷开始退场。

赛场上的位置空了不少。

观众区，有一个人包了整个A区，带着全公司高层坐在观众席里。

周围观众走了不少，杜黎起身，对全A区的下属说："赛马一冲出来，你们就一起大喊3号，铆足劲，用你们吃奶的劲儿给我吼！"

大家纷纷点头，"哦"了一声。

萧清清仰着头看着杜黎说："师母，你放心吧，我喊破嗓门也要为师父加油！"

杜黎皱着眉头，摸了摸小姑娘的头以示表扬。

坐在杜黎右手边的萧承，拽了拽他的衣角，冲他打手语说：我在心里喊。

杜黎回过身，紧盯着大荧幕，他紧张地松了松领带，当栅栏一开，六名选手骑马一冲而出，赛马经过他们正前方时，员工们用了吃奶的劲儿，大喊"3号""3号"。

王毅清毫无悬念的一马当先，而邹遥遥稳居第三，一旦有人超越她，她立刻又反超。

也许在旁人眼里，邹遥遥是实力不足，但萧承知道，她在稳中求稳。

能在速度赛马中稳住一个固定的名次，她的实力可见一斑。

快到终点，邹遥遥骑马再次冲过A区前方的赛道，杜黎突然起身，扯着嘶哑的嗓门大吼："老婆加油！"

众员工被吓得立刻止住声，齐刷刷地盯着杜先生。

男人顺手扯掉领带，拿在手中挥舞，继续吼："老婆加油！"他的嗓音因为突然拔高而破音。

邹遥遥冲过终点，拿到第三。

杜黎兴奋得在原地振臂一呼，抓着领带，在原地转了个圈，欢快地跳了一段皮鞋舞。

杜先生和平时判若两人，人设崩塌得简直可怕。

杜先生转过身对上众人的眼睛，四肢突然一僵，愣住了。

大家突然产生一丝担忧，他们会被杀人灭口吗？

03.

萧清清也被杜黎吓得目瞪口呆。

赛事还在进行，除了 A 区一片死寂外，其他区一片欢腾。

萧承也目瞪口呆地跟他打了个手语：杜先生，您……还好吧？

杜黎愣在当场，一双擦得锃亮的皮鞋呈内八字状态，领带还握在手里。

他反应过来，面不改色地站直，在大家的注视下转过身，用君临天下的气质系上领带，恢复以往严肃的模样。

大家的目光紧跟杜大老板，杜大老板却一个趔趄，差点摔下阶梯，大家看得倒吸一口凉气。

摄像机不仅给了这组冠军王毅清镜头，也给了邹遥遥不少镜头。

这组比赛是今天最后的比赛，结束后，微博直播主持人对十组进前三的选手都进行了一个采访。

话筒塞到唯一的女选手跟前，主持人介绍说："这是比赛中唯一的女骑手邹遥遥，而且还这么年轻。我想问邹遥遥啊，你今年多大啊？看着还像学生呢。"

邹遥遥笑着说："我是已婚女士。"

台下的杜黎松一口气，杜太太这样回答，掐死了他的不少情敌。

主持人："哇哦，看来在场的各位男士没有机会了。"

大荧幕上出现邹遥遥的面部特写。

她在娱乐圈以及名媛圈的长相算不上惊艳，但在一群糙老爷们以及普通人的衬托下，却让人眼前一亮，毕竟有影帝影后的基因，在观众眼里，她很可爱。

现场剩下的观众都一起感慨这届比赛居然有两个高颜值骑手。

邹遥遥和萧承的颜值，化妆之后，在明星面前也是丝毫不输的。

比赛全程直播，有网友觉得邹遥遥特别眼熟，却又记不起在哪儿见过。

直播弹幕里有网友说："哇，这个女选手长得很像邹二爷呢。"

立刻有一票网友附和："对对对！超像！"

也有网友问："邹二爷是谁？"

有热心网友刷弹幕解释说："邹二爷是我们这代人的童年偶像啊！小时候看她的亲子节目喜欢上了她，影帝影后的女儿邹二宝，超可爱！大宝二宝都超可爱！"

有细心的网友说："这姑娘也姓邹呢，不会就是二爷吧？"

网上只有邹遥遥小时候的照片，女大十八变，网友们觉得应该只是巧合。

他们邹二爷怎么可能去当骑手？速度赛马多危险啊，不小心从马背上摔下骨头都会碎掉的好吗？邹影帝和木影后爱女如命，怎么可能去让她去参加这种比赛呢？

萧承凭借高颜值，成了现场最受期待的骑手，这场比赛联合微博大力推广，所以微博内部给 # 最帅哑巴骑手 # 进行了推广，当网友点开这个话题，看见萧承的比赛视频以及采访片段，热度立刻被萧承的颜值带起来。

最帅哑巴骑手 # 的话题在一个小时内跃居热搜、热门话题第一。

女网友们表示，"哑巴骑手"就是她们心中最理想的骑士模样。

纷纷小雪："穿上这么刺眼的纯色赛服，居然一点不影响他的颜值！太帅了吧！这五官真的是三百六十度无死角。"

姗姗来吃："我的天，你们还记得中国第一女骑手苏悦吗？参加过奥运会的那个苏悦！他居然是苏悦的前夫耶！妈耶，真的是郎才女貌，女美男的颜值也高，感觉这对儿很萌。"

……

女粉丝观光团去苏悦微博下"观光打卡"。

苏悦还在美国，明天下午才能回国，她在机场 VIP 候机室等飞机时，一边喝咖啡，一边通过 iPad 看萧承的比赛直播。

萧承出场的瞬间，她用手机拍了照片，并发了微博。

骑手苏悦 V："萧 11 加油，我是你最忠实的迷妹。"

观光团看见她的微博，纷纷留下评论。

王源的粉儿："小姐姐好帅好漂亮，萧 11 也很帅！"

凯凯王小老婆："哇！虽然不知道小姐姐为什么和萧 11 离婚，但我能感觉得出来你们之间还有情，如果你还喜欢他，他也还喜欢你，那就真的是非常甜了！”

……

苏悦微博下瞬间比平时多了七八千条评论。

萧承的微博只关注了苏悦一个人，她也是他的特别关注，他接受完采访去了澡堂，在更衣室里换衣服放手机时，刷了下苏悦的微博。

看见底下那些评论，他皱了皱眉，然后给苏悦发微信，负荆请罪。

萧承：“微博的事，抱歉，我没想到网友会闹到你的微博上。”

小悦：“【坏笑】”

萧承不知道苏悦这个“坏笑”的表情是什么意思，过了几分钟，苏悦让他去看微博。

微博上，苏悦回复了那个叫“凯凯王小老婆”的评论。

苏悦 V 回复凯凯王小老婆：“放心啦，我们虽然离婚了，但目前感情也还好。萧 11 的头号粉丝依然是我，你们不许跟我抢。”

苏悦评论并转发了微博，她的所有粉丝都看见了这条回复。

萧承看到这条新微博，去找苏悦理论。

萧承：“小悦，你这样做让我很为难，你很过分。”

小悦：“哼哼，你要不服，来……亲我啊！”

萧承：“小悦，我很生气，明天你回来，请从我家搬出去。”

小悦：“……”

萧承是真的很生气，他握着手机坐在更衣室里，因为情绪过激，胸腔起伏得厉害。

苏悦一个电话打过来，他下意识地接通。

电话那头的苏悦用特别委屈的声音说：“萧承，你是不是讨厌我了？”

萧承：“……”

苏悦哽咽道：“你不回答就是讨厌我了！”

萧承吞了口唾沫。

电话那端，“戏精”苏悦的抽搭声更剧烈：“好了，你别说话，我知道你怎么想的，你让我消化一下。我知道是我自作多情了，你根本不喜欢我对不对？”

萧承：“……”

他说什么了？他一句话也没说！关键是，他能说话吗？

即便女人是这种语气，他依然觉得，她会挖个坑等着他。果不其然，苏悦话锋一转，说："哦，不对，你如果不喜欢我，前些天干吗和我发生关系？哦，你一定是口是心非，对吧？怎么还不说话？是默认了吗？好，我原谅你了，我明天到家，想吃你做的糖醋排骨、糖醋鱼，还有豌豆酥肉汤。"

萧承："……"

又欺负他这个哑巴。

他深吸一口气，无奈地在听筒上敲了两下：知道了。

苏悦听见他敲击听筒的声音，双眼一眯："好了，我得登机了，明天见。"

挂断电话，萧承扶额。

他怎么……又被下套了？

苏悦将电话关机，心情愉悦地去登机。

这世上比萧承优秀的男人千千万，可愿意为她放弃一切甚至生命的男人，只有萧承。

邹遥遥接受完采访，洗完澡，在更衣室吹头发时，萧清清推门进来，在她后面的一张椅子上坐下。

邹遥遥背对着她，一头乌发散落，用一把木梳仔细梳。

"师父，你今天明明可以拿第一的，为什么不拿第一啊？"萧清清通过镜子看她，对她今天保留实力的事有点不解。

"拿第一有点勉强，王毅清实力很强的。"邹遥遥盯着镜子里的自己，仔细捋头发，跟小姑娘解释说，"今天才是第一场比赛，如果这就让马儿发挥了最强的实力，明天、后天，它兴许就很难再爆发。稳住名额的同时，我还能让它保留实力，何乐不为？马和人一样，在一段时间内很难再有第二次爆发型的突破。"

萧清清嗯了一声："在这种比赛中，女骑手不占优势吧？毕竟女孩子的体能……而且在极速奔跑中，师父你到底是怎么做到稳住马的？"

"嗯，体能是女性的劣势，但是，我们女性的体重比男性轻，我们在体重上很占优势。"邹遥遥将吹干的长发扎成马尾，继续说，"以前你师母提过，其实我们女骑手还有一个特别大的优势，你知道是什么吗？"

萧清清摇头。

邹遥遥说："女性对细节掌控的能力很强，我们可以敏锐地捕捉到马儿的变化。”

提及师母，萧清清脑子里立刻出现杜黎在A区观众席跳皮鞋舞的那一幕，她好奇地问：“师父，我师母到底是怎样的人啊？今天他……特别逗。”

“嗯？”

萧清清模仿了一遍杜黎的舞姿，她没有穿皮鞋，所以舞步模仿不到位，也模仿不出杜黎脚上发出的踢踢踏踏的声音。

邹遥遥缩着脖子啧了一声：“你师母……真的这样？”

萧清清点头：“我师母今天可反常了……他的员工都惊呆了。”

邹遥遥：“……”

邹遥遥从更衣室出来，西装革履的杜黎捧着一束花站在女士更衣室门口。

她上下扫视杜大老板，怎么都想象不出他跳舞的样子。

杜黎看见她出来，绅士地朝她走过来，将一束玫瑰递给她：“恭喜杜太太成功进入下场比赛。”

邹遥遥接过玫瑰花，想起小姑娘说的话，看杜黎的眼神变成了嫌弃。

“杜太太今晚想吃什么？”杜黎想了一下，又说，“跟杜太太结婚这么久，似乎没一起吃过西餐、看过电影？我们今晚去看电影，如何？”

抱着一捧玫瑰花的邹遥遥扭过头看向与她并行的杜大老板：“看电影？看什么？”

杜黎从兜里摸出手机，打开助理发来的购票信息给她看：“文涛已经替我们买好，我也不太清楚是什么类型的片子。”

邹遥遥伸长脖子凑过去看他的手机，她的脑袋几乎紧贴男人的肩头。

购票信息的截图有详细的电影名、简介、类型，以及观影注意事项。

《您的忌日》

分类：恐怖、悬疑

观影提示：老人、小孩请在家人陪同下观看，心脏病患者请勿观看。

邹遥遥抬眼看向杜黎，一副看隔壁大傻子似的表情：“这不是写了恐怖电影吗？”

杜黎：“哦？是吗？你如果不喜欢，我们可以换一部。”

邹遥遥别过脸直视前方，抱着花继续走路，一脸无所谓地道：“随便啦，我看电影不挑。”

玫瑰花太大，她抱着有点吃力，半截身都被遮住了，她下巴搁在玫瑰花上，脸蛋被鲜艳玫瑰衬得白如雪，内心却将杜黎骂了一百八十遍。

他送花是借口吧？让她搬花才是真正目的吧？邹遥遥噘嘴，表示收到这样的大捧花并不愉快。

杜黎心里想的却是——他媳妇儿抱着他送的花，够有面子吧？玫瑰花里面还塞了一条钻石手链呢。

杜黎内心骄傲，等待媳妇儿发现钻石手链。

结果，从西餐厅吃完晚饭出来，杜黎去取车，邹遥遥在路边等他时，将花送给了路边勤工俭学的卖花小姑娘。

杜黎：“……”

第九章

赛场意外

01.

得知媳妇儿把花转送给了别人，杜黎浓眉一皱，一脸严肃地斥责道：“邹遥遥，你有没有心？”

邹遥遥被他这么一吼，怔在当场，站在路边仰着头看他，好一会儿，才拉住他的胳膊，一边将他往副驾驶塞，一边哄着他说：“上车上车，不就一束花吗？待会儿看完电影我买给你就是了。”

杜大老板坐上副驾驶位，气得怒视前方，一句话也不想和她讲。

邹遥遥坐上驾驶位，扭过头提醒杜大老板系安全带，然而骄傲的杜大老板目视前方，全身气场压得极低。

大老板在跟她置气。

邹遥遥无奈，只好解开自己的安全带，侧身扯过他那侧的安全带给他扣上。

杜黎身体笔直。

女孩侧身时，发顶擦过他的下巴。

她大概偏爱茶香味的香水，所以她的身上总是有一阵淡淡的茶香味。

邹遥遥将车开出去，沉默在旁的杜黎却心跳加速。

等红绿灯时，邹遥遥又扭过头去打量杜大老板的表情，想看他的气是不是消了一点，发现他居然……气得耳朵都红了！

开到电影院楼下，下了车，邹遥遥绕过车头，亲自替他拉开车门，合掌跟他道歉："杜先生，我错了，以后你送花，我一定给抱回去，然后拍照发朋友圈，宣告全天下，花是你送的，好吗？你可别再生气了，待会儿看完电影我买九十九支玫瑰送给你。"

杜黎气得差点一口血喷她脸上，胸腔堵着一口气，无法宣泄。

邹遥遥捧起杜黎的手腕，看了看他腕表上的时间指针，呀了一声："电影快开始了，我们快点上去，别错过了时间浪费电影票。"说着，抓着杜黎的手腕将他拖进电梯。

杜黎宛如行尸走肉般被她拖着走。

电梯里的情侣纷纷注视着这位气场超强、颜值超高的男士，又去看双手抓住男人手腕、一脸焦灼地盯着电梯楼层指示屏幕的姑娘。

哇！这对儿情侣从外形到气场，真的是很反差了。

一到五楼，邹遥遥立刻将杜黎拖出电梯，风风火火地冲向检票口，又迅速去买了薯条和两瓶可乐。

为了贴合恐怖电影的氛围，电影院最近推出了超恐怖的可乐杯。

邹遥遥将一只卡通鬼怪可乐杯塞进杜黎怀里，带着他往里走。

杜黎单手握着可乐杯，盯着鬼怪的獠牙和两只大牛眼，这可能下不去嘴。

找到位置坐下，他顺手将可乐杯插在了扶手上。

电影一开场，是一群日本学生结伴去学校的画面，还算正常。

可电影开始后一分钟，切换到学校晚自习，画面暗下来。主角素子留在学校写作业，走廊里的灯光忽然忽明忽暗。

素子觉得走廊上有人，便搁下笔，去门口打量走廊，问道："有人吗？"

灯光骤灭，黑漆漆的走廊里看不见尽头，素子注视着尽头的黑暗，莫名地脊背发凉，她觉得自己仿佛要被吸进那团深邃的黑暗里。

杜黎皱着眉头盯着屏幕，仿佛也要被吸进那团黑暗里。

突然，素子身后出现一只苍白的手，拍了拍素子的肩。

素子惊得一抖肩，低叫一声，回过身，却发现什么都没有。

与此同时，杜黎仿佛也感觉谁从背后拍了他一下，吓得他双肩一颤，胳膊肘撞到邹遥遥。

邹遥遥觉得这剧情挺无聊的，面无表情地盯着屏幕，一个劲儿地往嘴里塞薯条，刚抓了一把薯条准备塞进嘴里，就被杜黎拿胳膊肘撞了一下。

邹遥遥："……"杜大老板真的很小气，太过分了。

不就是将他的一束花送人了吗，至于这么折腾人？

邹遥遥扭过头愤然看向杜大老板，由于灯光太暗，她看不清杜大老板现在的表情。

她在心里低叹一声，决定忍下这口气，继续看电影。

电影里的素子吓得赶紧回座位收拾书包，然而她收笔记本时，发现笔记本被新翻了一页，上面赫然是四个血色大字——您的忌日。

素子捧着脑袋啊了一声，放弃收拾书包，拔腿往外跑。

杜黎看得入戏，心脏骤然一缩，头皮一紧，下意识地握住了邹遥遥的手。

邹遥遥的手刚探进薯条盒里，就被男人一把抓住。

"……"杜黎，够了啊！

杜黎将手松开，邹遥遥感觉到被杜黎握过的地方湿了一片。

素子停下来，环视四周，是一望无际的黑暗和死一样的寂静，素子腿一软，崩溃地瘫坐在地上。

……

电影看到一半时，杜黎已经浑身冷汗，他松了松领带，释放压力。

电影进入高潮，配乐、画面无一不恐怖。

杜黎紧张得口干舌燥，顺手取过可乐杯，然而鬼怪同款的可乐杯一举到他跟前，杯口狰狞的造型就让他彻底崩溃，他下意识地将可乐杯丢掉，与电影里的主角同时发出叫声。

他吓得抓住邹遥遥的胳膊，脸趴在姑娘肩上，感受到姑娘的人气，他心里才安定了几分。

现场所有人回过头，将目光集中在杜黎的身上。

邹遥遥嘴里含着的薯条掉下来，僵在了座位上，好半晌不知道该做出什么反应。

她伸手，用大爱无疆般的姿态，摸了摸杜先生的狗头，低声安慰："没事没事，电影而已。"

杜黎喘息声很重，气息紊乱。

邹遥遥看不清他的脸，握住他的手才发现，男人的手心已经被汗湿，邹遥遥意识到问题的严重性，手搭在男人的腿上，凑过去低声问："你没事吧？不然咱们出去吧？别看了。"

杜黎吞了口唾沫，点了点头。

邹遥遥拉着男人走出播放厅，走到门口有灯光处，邹遥遥一回头——杜大老板脸色惨白。

邹遥遥松开他，从兜里掏出纸巾抽给他一张，低声问："你……没事吧？"

杜黎从她手里接过纸巾，擦擦额间的汗，摇头，表示没事。

邹遥遥吐出一口气："你看不了恐怖片，还带我来看什么恐怖片？你是觉得我喜欢？"

杜黎深吸一口气，恢复正色："回家吧，我累了。"

他的额头上还有汗，邹遥遥握着纸巾，抬起手帮他擦，然后拍拍他的肩说："走吧，回家。"

杜黎很小的时候，因为太调皮，被爷爷扮鬼怪捉弄过一次，此后，即便成年，阴影也依然在。

意识到今天自己有多丢人，杜黎恨不得找个地缝钻进去。

到了停车场，邹遥遥送他上车后，趴在副驾驶门上对坐在座位上的他说："你等我一下，我去买个东西。"

杜黎点头。

邹遥遥临走前嘱咐他："你把音乐打开，有音乐就不会那么害怕了。"

杜黎："……"听话地拧开了音乐。

邹遥遥笑眯眯地看着他，伸手在他头顶母性地抚摸了一把："乖啦，等我回来。"

杜黎："……"

他想杀老婆灭口，然后殉情。

邹遥遥在电影院的花店里买了一束红玫瑰，挑了和杜黎那束花一样的包装纸，让老板包装得一模一样。

取花回去的路上，她又顺路买了一盒木糖醇。

回到停车位，她露出一脸兴奋的样子敲了敲车窗。

杜黎看见她怀里抱的那束花，一双乌黑的眼一亮。

邹遥遥晃着手中的木糖醇，一脸激动地告诉他："杜黎，太巧了！我刚才去买木糖醇，又碰见了那个勤工俭学的小姑娘！我把花要回来了，这不，花居然还和两个小时前一样新鲜，怎么样，有没有开心点？"

杜黎将手探出车窗，在花束里拨弄了一下，皱眉，哼笑一声："这不是我那束。”

邹遥遥一脸尴尬：“啧……这么计较干什么？长一样就行了，我待会儿就拍照发朋友圈，宣告这束花是我们的绅士杜先生送的，让你好男人的形象深入人心！”

杜黎的喉咙里仿佛破了一只苦胆，苦得他心脏发酸。

他注视着车窗外弯着腰捧着一大束玫瑰花的女人，冷冷地道：“花你扔了吧。”

邹遥遥：“……”

男人真难哄！

然后她就真的把那束刚买的花给扔进了身后的垃圾桶。

杜黎：“……”

这女人的脑子是不是一根筋？他让扔，她还真的扔？花不要钱吗？

杜黎默默地吐血三升。

他也总算知道，这个女人为什么长得不丑，却依然单身了。

她是凭本事单身。

开车回去的路上，杜黎问她：“有没有人追过她？”

邹遥遥认真开车，直视前方，想了一下说：“哦……不严谨地说，应该有一个。大学时，我们系一个挺帅的小哥哥在情人节那天，问我要不要一起过节？恰好第二天就是除夕，我觉得这个小哥哥在除夕前一天约我出去玩儿，有点不厚道，除夕前后不应该和家里人一起过吗？于是当时我就将那小哥哥教育了一顿……之后小哥哥再也没回过我的消息。隔了一天我才知道，原来那天是情人节，如果我当时答应那个小哥哥，跟他一起过节，指不定现在就没你杜先生什么事儿了。”

杜黎一点也不同情那个小哥哥，他觉得自己可比那个小哥哥惨多了。

杜黎又问：“你主动跟男人表过白吗？”

“当然！”邹遥遥眼神暗淡下去，叹气说，“你知道 FOX 陈榆阳吧？这家伙在大学的时候文文弱弱的，被班里一群男同学霸凌，我替他出过头，替他打过群架，最后我跟他表白，你猜那个没良心的家伙怎么对我？”

“嗯？”

邹遥遥噘嘴，一脸委屈：“在我表白后的第二天，他就没来上课了，后来才知道他转学去了韩国，之后就再也没了联系……唉，我邹二爷人生中的第一段暗恋，无疾而终。”

杜黎扭过脸，看向一脸委屈的杜太太，心突然被揪了一下。

这么好的女孩，怎么会有人舍得拒绝她？

杜黎忽然一阵心酸，眼眶莫名发热。

他想，如果他能拥有杜太太一辈子，那该多好？

两年时间太短了。

02.

第二天上午是第二场比赛，下午是三人决赛。

二次比赛分三组，每组十人，取每组前两名进入决赛，共计六人。

昨天光头输给了萧承，丢尽了面子。

今天抽签分组，光头往工作人员手里塞了点钱，于是，萧承和王毅清、林白分到了一组。

然而这三个人，都是昨天分组比赛里的第一名，王毅清实力比较稳，所以被淘汰的只有可能是林白或者萧承，当然，最后无论淘汰谁，对光头都有利。

邹遥遥运气不错，抽到的那一组没有特别强的对手，所以胸有成竹。

相对于自己，她更担心萧承。

赛场观众区一如昨日，人满为患。

当摄像机掠过萧承的脸时，下面的欢呼声此起彼伏，镜头移到下一个骑手，现场欢呼声又戛然而止。

这些粉丝真的是非常现实。

第一组开始比赛，在等候区的邹遥遥将萧承拉到一边，问他：“凤凰今天的状态还好吗？你们三个人分在一组，必然会有一个被淘汰，而被淘汰的人不可能是王毅清，只可能是你或者林白。”

这点萧承也明白，他跟邹遥遥打手语说：昨天凤凰已经爆发过一次，今天想再有突破，很难。昨天我没能控制好比赛状态，即便今天进入决赛，想进前三也很困难。

邹遥遥皱着眉，拍了拍萧承的肩：“今天尽力吧，说不定会有奇迹。”

萧承点头，打了一个手语：嗯，听天由命。

在第二场比赛中，邹遥遥依然稳住，位居第二。

在台下 VIP 区坐着的陈榆阳通过大荧幕全程注视赛道上那抹绿色的身影，直到她冲过终点拿到第二，他提起来的心才彻底放下。

他旁边坐着的是经纪人刘佑。

刘佑几年前将他从学校带出来，当然知道他的过去以及他跟赛场上那姑娘的渊源。刘佑见他目不转睛地盯着人家，提醒说：“她就是邹影帝的女儿，邹遥遥。人家已经结婚了，你就别惦念了，别以为我不知道你那点小心思，你来观看这场赛马，不就是因为她？”

陈榆阳嘴角向上扬了一下，然后低声说：“我对她没有想法。”

这话刘佑显然不信，给他一记白眼：“你自己的心信吗？”

陈榆阳扭过脸，看着经纪人：“信啊，我喜欢……”

“你给我打住！”刘佑冲着他呵呵一笑，然后冲着他拱手，“你再说自己喜欢男人，我先弯为敬。”

陈榆阳轻咳一声：“那我还是喜欢女人吧。”

刘佑的声音严肃起来，手搭在他肩上说：“榆阳，有些事你自己要权衡好，有些感情站在道德点上，你就得克制住，尤其是你现在刚起步，可千万不能有负面新闻。”

陈榆阳收了笑容，拧着眉看向大荧幕，然而上面已经没了那抹绿色身影。

刘佑又提醒他：“公司花费了五年时间打造 FOX，能有今天，谁都不容易，你听我一句，赶紧收住。”

陈榆阳笑了一声，冷嘲道：“是啊，因为我是 FOX，所以两年前我得压抑着感情，两年后与她重逢，还得再压抑？甚至连见她也不能？我有自由可言吗？”

刘佑陈述了一个事实：“没有，当你跟我们签下那份合约时，就已经没有了所谓的自由。”

陈榆阳讽刺地笑了笑。

刘佑再次扎他的心：“她现在有自己的家庭，生活幸福，如果你真的喜欢她，就该祝福她。”

陈榆阳看向赛场方向，神色冷峻，一双眼红红的：“可我想自私一回。”

刘佑警告他：“你别乱来啊，人家老公有钱有势，你斗不过人家的。还有，你这样去挖墙脚，我真的会看不起你。”

陈榆阳的声音很低：“你想到哪里去了？我只是想跟她道个歉。”

“道歉？”

陈榆阳点头：“嗯。”

下午苏悦来到赛场，刚好看见萧承反超林白，拿下第二的情景。

苏悦立在赛场入口处，仰头望着大荧幕上冲过终点的萧承，兴奋之后才感觉到脚腕处的疼痛。

为了不错过萧承的比赛，苏悦下了出租车后就踩着高跟鞋一路跑过来，细高跟卡进下水道缝隙里，脚踝崴了一下。

她脱掉一双鞋，忍着脚踝剧痛跑来赛场，让她欣慰的是刚好赶上了萧承冲过终点的画面，一瞬间，她感觉什么都值了。

邹遥遥、萧承、王毅清、光头，以及另外两名骑手成功进入下午的决赛。

为了准备下午的决赛，中午的时候决赛选手只能待在休息室里，由工作人员负责送饭进来。

送来的是芹菜，邹遥遥叫住工作人员，让帮忙换一份。

光头从工作人员手里接过自己的那份餐盒，讥讽道：“女人真难伺候，这点儿苦都受不了。”

经过昨天的比赛，光头输给了萧承，按照他的性格，不该还是这么一副“怼天怼地”的姿态。

邹遥遥看了眼王毅清，这位真正的强者坐在自己的位置上两耳不闻窗外事，专心吃饭。

邹遥遥没搭理光头，拿过自己的那份水，径直去了萧承旁边坐下。

萧承喝了口汤，扭过头，跟她打手语：不怼他？这可不像你。

碍于王毅清和光头就坐在两人身后，她不好发声，也回以手语：光头没那么笨，他和我一样进入了决赛，按理说他对我的态度应该会收敛才对，可他当着工作人员的面，对我的态度比之前更恶劣，这么反常，我有理由怀疑他另有目的。

萧承嘴角勾了勾，冲她竖起了拇指：嗯，光头的实力看得见，他不是我们的对手，我们俩明显成了王毅清的威胁，光头只是他出的一颗棋子，他想利用光头来激怒我们。下午的比赛是高手对决，不能出任何差错，骑手的心态尤其重要，他大概是想用这招来干扰你。

邹遥遥点头，虽然这样猜测没有证据，但她也和萧承想的一样。

这个王毅清绝对没有他所表现的那么友善，这个男人的野心，在赛场上彰显得尤其明显。

萧承提醒她：总之从现在开始到比赛结束，你都要小心，我查过昨天的比赛记录，你只比王毅清慢了六秒，比第二名慢了三秒，如果说巴特今天能够爆发一把，你完全有可能超越王毅清，拿下第一，所以你现在是他的重点关注对象。

工作人员送来饭菜，另外给她送了一杯不知道是什么水果榨的果汁。

邹遥遥喝了一口，嘴里苦涩，便迅速吐掉。

她收到一条陌生号码发来的短信，出于好奇，划开看了全部。

“比赛结束后，在Z字休息厅等我，有东西给你。——陈榆阳”

她挑眉，一脸别扭。

萧承见她脸色不对，问：怎么了？

邹遥遥哦了一声：“一个老同学，他说比赛结束后，让我去Z字休息厅等他，有东西要给我。”

萧承回道：大概是成了你的粉丝，想给你送花吧。

随后萧承双眼一眯，又想起什么，问她：杜先生送你的钻石手链，喜欢吗？他为了挑选款式，一宿没合眼。

邹遥遥疑惑：“钻石？手链？”

萧承点头：杜先生很有想法，将钻石手链放在了昨天送你的玫瑰花里，我笑他送礼物的过程太繁杂，直接给你更好，可他却说，这样更浪漫。杜先生真的是一个很浪漫的人，杜太太，你要珍惜。

“……”

杜大老板这种完美型人格，绝不会容忍便宜货，所以这条钻石手链，价值应该不低。

她终于明白为什么昨晚杜黎气得耳朵尖发红，满脸傲气。

03.

决赛开始前，观众席里坐着粉丝团，一起大喊“萧承”的名字。

骑手们一上马，视线变高，放眼望去，红底白字的横幅尤其显眼，粉丝们自发地为萧承举起了“萧11加油”的横幅。

骑手们在工作人员的护送下，骑马往起点的栅栏走，经过A区，她听见一阵助威加油声。

“4 号加油！ 4 号加油！”

这场决赛，邹遥遥是 4 号，为了不受干扰，她骑着马一路直视前方，听见加油声才扭过头看向 A 区。

观众席黑压压一片人头，他们举着白底红字的横幅：“遥遥必胜！ 4 号加油！”

每一个观众头上都系了一根特别显眼的荧绿色头箍，在阳光的照射下，明晃晃一片，特别显眼。

邹遥遥感到惊讶，她居然也有粉丝团？她举起手，单手牵着缰绳跟 A 区观众打招呼，一副“同志们好”的领导做派。

观众席唯一一个没有戴头箍、没有举加油旗、正襟危坐的杜先生，看见邹遥遥对他挥手，以为老婆看见了他，立刻起身，抢过助理手中的加油旗。

他挥着手里的加油旗，冲赛道吼了一声：“4 号加油！”

助理手中的加油旗被抢，心有不甘地看向霸道老板。

老板平时是被压榨得有多惨？才会因为老板娘的一个注视，瞬间起身表现？

助理看着老板过激的反应，深深感慨老板娘太不是人，将老板压榨成这样。

转念一想，老板娘能在一群爷们的比赛里杀进前六，如此悍勇，也难怪会把老板压榨成这样。

助理想起老板昨天突然跳起的皮鞋舞，莫名地开始替他忧心……

老板的精神状况……目前，还好吧？

要是以前，他绝对不敢想象老板能在大庭广众之下这么跳舞，现场目睹老板跳舞的员工怕被杜先生灭口，下来后谁也不敢讨论，都假装没看见。

苏悦坐在杜黎和萧清清中间，赤着一双脚，伸长脖子，望着赛道。

萧清清全程盯着女神苏悦，暗自思忖措辞，想和她搭讪。

小姑娘的性格被邹遥遥改变不少，也深知人外有人，她不再自恃萧家小姐的身份作威作福，现在随时保持谦卑的心态。

她注意到苏悦的脚踝青了一片，肿得很厉害。

小姑娘拿手指戳了戳苏悦的胳膊肘，小声提醒说：“苏姐姐，你的脚踝……要先去医务室看看吗？”

苏悦这才低头去看自己的脚，确实肿得厉害。

她笑了一声，说："没事，小伤，等看完这场比赛。"

杜黎听见两个姑娘的声音，扫了一眼苏悦的脚伤，嚯了一声："这是小伤？"他扭过脸吩咐助理，"文涛，送苏小姐去医院。"

苏悦果断拒绝："等我看完这场比赛。"

杜黎皱眉："倔脾气，能不能对你的脚好一点？"

苏悦笑了一声："对骑手来说，这的确算是小伤，我能忍。你放心，有了比赛结果我就去医院，我相信现在这种时候，如果换作扭伤的是你，你也会坚持留下来看个结果，不是吗？"

杜黎无言以对。

的确，现在就算有人捅了他一刀，只要有一口气在，他就得留下看个结果。

这是他老婆的比赛。

六名选手在终点蓄势待发，就等裁判一声令下。

主持人的声音将观众的心都吊了起来。

"这里是第一届风凯速度赛马总决赛现场，接下来我们即将看见王者争夺赛！他们分别是1号选手王毅清、2号选手白松、3号选手萧承、4号选手邹遥遥、5号选手李斐、6号选手唐霸！他们是从大浪里淘出的沙，谁将成为最后的金子，成为最后的赢家呢？接下来，让我们一起为决赛倒计时，好不好？"

下面传来成千观众的呼应声，一个"好"字从数千张嘴里说出来，气势磅礴。

大荧幕上出现倒计时，观众们一起倒数："3——2——1——"

喊到最后一个"1"，六匹赛马一冲而出，王毅清一马当先，迅速跑过弯道，后面五匹马紧追不舍，六名骑手很快消失在观众的视线中，观众只能通过大荧幕看他们。

上半圈，六人的成绩不相上下，距离相差不远。

苏悦皱眉："这场决赛，隐藏的实力全展现出来了。"

杜黎点头，的确，他们先前估计的最强对手，变成了最弱对手，而最弱的对手，变成了最强的对手。

5号和6号在前面两场比赛中几乎没有存在感，可在这场决赛中，火力开到了最猛，最受关注的冠军骑手王毅清，在第一圈下半圈短板频出，甚至不如同俱乐部的光头。

第一圈下半圈，王毅清从第一落到了最后，光头倒二，萧承倒三。

5 号和 6 号，分别是第一第二。

坐在观众席看比赛的管特，对王毅清落后的成绩感到非常意外，他以为，凭借王毅清的实力，即使在身体素质上没有优势，也能稳稳拿下第一，尤其是经过前两场的比赛之后，管特更加坚定了自己的想法，可是现在……

第二圈，王毅清的成绩更加惨不忍睹，被倒数第二甩开很长一段距离，毫无反超的机会了。

邹遥遥咬牙坚持，在最后一圈紧追 5 号和 6 号。

穿荧绿色赛服的女孩紧攥缰绳，全程采用蹲式来驾驭赛马。

她的脊背与马背呈一个平行状态，上半身形成一个波浪，随气流推动，连续不断地推动身下的赛马疾驰，成功地让她和巴特达到“人马合一”的状态。

赛场上除了巴特，其余五匹都是个头超过一米八的温血马。

邹遥遥和巴特在比赛一开始就不被人看好，经过前两场的比赛，巴特仿佛成了赛马史上最天赋异禀的存在。

最后半圈，邹遥遥浑身开始发痒，在凌厉的风速中，她咬破嘴皮，利用身体剧痛来分散身上的痒感。

敏锐的巴特感受到小姐姐的异样，速度也慢了下来，从第三掉到了第四。

杜黎的一颗心提了起来。

大荧幕给了邹遥遥特写，却没人看出她的异样。

主持人激动地道：“4 号开始掉力了！ 3 号成功反超！ 5 号和 6 号依然保持着高水准，分别保持着第一和第二！那么我们的 3 号到底能不能成功拿下季军呢？让我们拭目以待！ 3 号加油！”

主持人这么一说，现场观众的热血都被点燃。

观众纷纷起身，齐声大喊：“3 号加油！”

还剩几百米，邹遥遥将舌头咬破，腥味充斥口腔，竭力保持着最佳的驭马状态。

动物是很敏感的，巴特感觉到小姐姐状态不对，很快，他似乎嗅到了小姐姐的血腥味，也感受到她不顾一切想胜的欲望。

考虑到女孩的安全，它想停下来，可它耳朵里又仿佛听见小姑娘的怒吼：不能停！巴特，不能停！

它能清楚地感觉到，它背上的小姐姐快坚持不下去了，如果在这种时候它刹车停下，背上的小姐姐失去目标，恐怕会立刻松手，从它背上坠下。

在这样的速度中，女孩如果撒手，必然粉身碎骨，轻则半身不遂，重则丢命。

巴特想起在马场上那段无人问津的日子，无人给它洗澡，无人择它骑乘，只有臭虫相伴。

是背上的这个女孩，给了它一个全新的生命，替它仔细洗澡，替它抓身上的臭虫，替它将颈上的长鬃扎成好看的辫子。

巴特感受到了女孩的发力。

她在坚持，她在努力坚持到终点，它又怎么可以放弃？

巴特的速度几乎在一瞬间得到提升，四蹄快得宛如踏云而驰。

裁判和现场观众很快就发现了巴特的不对劲儿。

有观众疑惑地道："这匹马像是受了刺激？"

马鞭达不到这种刺激，是骑手作弊，用了利刃吗？

3 号被超越，6 号被超越，只剩最后五十米时，5 号也被超越。

巴特冲过终点，全场齐声欢呼。

主持人也压制不住激动，大叫一声："哇哦！ 4 号！ 4 号！ 4 号居然反超 5 号和 6 号，成功拿下第一！不过我们的裁判怀疑 4 号利用不正当手法刺激赛马，要求马上替赛马进行检查，请诸位稍作歇息，随后由我给大家公布赛事排名。"

巴特载着邹遥遥冲过终点，竭力将速度稳下来，然而邹遥遥还是没能等到它完全停下便撒了手，从它背上坠下。

摄像机一直跟随着女孩，在她松手坠马的一瞬间，主持人和现场观众几乎在同一时刻发出尖叫声。

杜黎宛如被重锤敲碎了脑仁，愣在当场，他失去思考能力，身体本能地做出反应，冲下观众席，跑向赛道。

他翻过一米之高的赛场围栏，朝邹遥遥的方向冲了过去。

此时此刻，他的脑子里跳出女孩腰背上的那道疤。

她有过一次意外跌落马背被拖行百米以上的经历。这一次，她没有被拖行，而是直直从马背上跌落。

他不知道邹遥遥跌落时马匹的时速，但根据普通的赛马时速，从那样的高度跌下……

杜黎不敢去想，情绪崩盘。

当他赶到时，救护人员已经将邹遥遥抬上担架，陈榆阳先他一步到了现场，他抓着担架，一路护送邹遥遥。

杜黎将陈榆阳推开，看了一眼满嘴是血、在担架上昏迷不醒的女孩，心如遭钝击。

他甚至顾不上吃醋，握着女孩的手腕，一路护送她上了救护车。

作为陪同家属，他全程跪在担架前，红着眼眶盯着女孩。

女孩的肌肤上满是密集的红疹，杜黎眼里却没有任何嫌弃，握着她的手腕，一副誓死不松的架势。

护士过来，拍他的肩："先生，您坐一下吧，目前来看，您太太只是骨折，可能会有脑震荡，具体的还得等做了检查才知道，您先别太担心，应该不会危及生命。"

杜黎从上车起强制积压的眼泪，因为护士的一句话，终于滚下来。

男人心脏绞痛，情绪难以自控。

护士看着从男人眼眶里滚出的眼泪，以为出现了幻觉。

她正要看清楚，男人已经俯下身，嘴唇紧贴妻子的手背，怎么也不肯再起来。

第十章
“女装大佬”秦小姐

01.

赛场发生意外，等候上台给冠军颁奖的陈榆阳却一马当先地冲了上去。

摄像机记录下了陈榆阳救人的一幕。

女骑手跌下马背，全场粉丝的心都被揪起，不知是谁吼了一句“那是陈榆阳吧”，观众立刻将焦点转移在了没有戴口罩的陈榆阳身上。

杜黎一把将陈榆阳推开，他被工作人员、保镖护住，只能眼睁睁地看着医护人员护送邹遥遥离开。

虽然发生意外，但比赛结果还是得宣布。

主持人请陈榆阳上台后，宣布说：“经过我们工作人员的核实，4 号选手并未有违规操作，所以这个冠军她当之无愧。虽然我们的冠军出了点小状况，但颁奖还是得继续，邹小姐是莱云马术俱乐部的骑手，所以接下来的奖项由莱云马术俱乐部的工作人员代领。”

“我旁边这位相信大家很熟悉了，因为现场出现意外，我们的 FOX 救人心切，就这样暴露……”

主持人话没说完，全程沸腾，气氛被掀至一个高潮。

镜头停留在陈榆阳的脸上，这是粉丝们第一次看见陈榆阳的真容。

他身材清瘦，发色偏黄，左耳垂上有一颗痣，宛如哑光耳钉，他的皮肤透白，巴掌脸上的五官偏阴柔，经过妆容打磨，配上商业化的微笑，形象很贴合少女漫画里的阳光少年。

陈榆阳的那首成名作《春花姐姐》风格活泼青春，替他虏获了很多“姐姐粉”，粉丝没想到，他本人真的就像歌里的那个弟弟，活泼又阳光。

他笑着，嘴角两只酒窝时深时浅，略害羞的声音从音响里传出：“大家好，我是 FOX 陈榆阳。”

现场陷入一种疯狂的状态，粉丝们大声叫着“陈榆阳”。

而与此同时的直播平台，因为陈榆阳的出现，弹幕被刷满。

陈榆阳真容曝光 # 的话题被刷上微博的热搜榜。

喵了个咪：“我的妈……这是陈榆阳？也太帅了吧，小鲜肉啊！”

欧阳惠楠：“真的……有点帅，还以为 FOX 是因为长得丑，所以一直不露脸，原来这么帅啊……”

……

颁奖现场热闹非凡，而与此同时另一边，邹遥遥已经被抬下救护车。

杜黎抓着邹遥遥的手没松，帮护士们推着担架车，往检查科室跑，电梯里邹遥遥睁了眼，她张张嘴，望着一群人，满眼茫然。

杜黎俯下身，几乎贴着她的脸颊，低声叫她名字：“遥遥？遥遥？”

邹遥遥皱眉，声音微弱：“你是？”

她从马背上跌下，后脑勺着地，右后脑肿了一个拳头大的包，十分恐怖。

她显然已经被摔蒙，睁眼都觉煎熬，索性又闭上眼睡过去，男人暴跳如雷的声音，在她耳畔成了嗡嗡杂音，如此近的距离，她却听不清男人在吼什么。

邹遥遥被推进检查室，检查结束后被送进病房。

杜黎看着病床上躺着的姑娘，坐在一旁的沙发上，捧着脑袋呈崩溃状态，双眼红肿。

助理、秦易、萧承一起推门进来，看见杜黎这副模样，都吓了一跳，他坐在那里沉默地望着妻子，纹丝不动，眼眶红得发肿，眼白里甚至布满了血丝。

他这副模样让人心生可怜。

三人面面相觑，萧承和助理同时看向秦易，让他过去安慰安慰。

秦易也没见过他这样，他走过去，拍拍杜黎的肩，低声问：“老杜，你没事吧？”

杜黎没反应，依旧死死盯着昏迷未醒的女孩，一言不发。

这时候医生带着护士进来，杜黎像被解了穴道，立刻起身冲到医生跟前："医生，我太太怎么样？"

"杜太太应该是因为过敏而从马背上跌下，有轻微脑震荡，伤了胫骨，需要静养一个月。"

赛马奔跑的速度那么快，她只是伤了胫骨？杜黎又追问："只是这样？"

"那你还想怎么样？"医生又说，"不过杜太太真的是很幸运，前一个月我接收了一个同样从马背上跌落的骑手，脊骨粉碎性骨折，杜太太没有骨折也算是个奇迹。"

远在马场的巴特骄傲，都是我的功劳。

杜黎追问："她刚才问我是谁，失忆了？"

医生低声安慰他："她被摔蒙了而已，睡一觉就没事了。目前来看，杜太太是食物过敏，她在比赛前吃了什么吗？"

为了安全，午餐是比赛方统一准备的，按理说应该没问题。

杜黎拧着眉，扭头看向萧承："她比赛前吃了什么？"

萧承回忆了片刻，跟他打手语说：米饭、炝炒青菜以及一份小炒肉。

杜黎追问："没有芹菜？"

萧承摇头：没有。起初工作人员送来一份炒芹菜，但邹遥遥要求换，也因此受到光头的讥讽。

这就奇怪了，邹遥遥只对芹菜过敏，平时他在酒店做饭、点餐，也会避开芹菜。

邹遥遥拒绝了有芹菜的工作餐，怎么还会过敏？

萧承想到什么，又说：邹遥遥还喝了一杯果汁，她抱怨果汁味道奇怪，喝了便吐掉了，是果汁有问题？

杜黎胸腔压着怒火，无处发泄。

他让文涛去和赛方接洽，让那边务必给他一个交代，准备餐食的工作人员，一个都别想跑。

萧承见邹遥遥没有生命危险，跟杜黎打了个手语：小悦也在医院，我得过去看她，遥遥如果有什么事，再叫我。

杜黎点头，嘱咐他："苏悦为了你，也不容易，你对人家好点。"

萧承点头，然后离开。

房间里只剩秦易、杜黎以及昏迷的邹遥遥，秦易拍了拍他的肩，问："老杜，你真的喜欢她？"

杜黎给了他一记凌厉目光："你说呢？"

秦易将搭在他肩上的手缩回："这么凶干什么……人家见你之前爪子消过毒。"

杜黎："……"

午夜时分，邹遥遥被饿醒。

她一睁眼，一动身，后脑勺就传来一阵剧痛，她疼得嘶了一声。

她刚发出动静，床头灯忽然被人摁亮，光线刺眼，杜黎那双红肿又带着暴戾气息的眼睛瞬间进入她的视线。

嚯。

邹遥遥吓得往另一侧一缩，因为动作幅度太大，腿部、胳膊以及头部一并传来疼痛感。

"啊……"

杜黎摁响她床头的护士铃，俯身过去，轻声问她："遥遥，怎么样？"

遥遥？杜黎平时都称呼她为"杜太太""邹小姐"，挺难得听他叫一次"遥遥"，她觉得稀奇的同时，呵出一口气，摇头小声说："没……"

她一张嘴，疼得皱眉。

杜黎握住她的手背，宽慰她："你好好休息，这件事我会追究到底，让赛方给我一个交代。"

"手……拿开。"邹遥遥盯着男人的手，皱眉道。

她的胳膊因为过敏而起了很多红疹，有点恐怖，她又舒出一口气，嗓音嘶哑："杜黎，我……"

杜黎注意到她神情的变化，打断她："无论你什么样，我都不嫌弃。"

"谁稀罕你不嫌弃，"邹遥遥有气无力地道，"我饿……"

杜黎怔了片刻，立刻松开她："好。"

他起身，取过挂在衣架上的大衣，穿好走到门口，转身嘱咐她："你先睡一会儿，我很快回来。"

邹遥遥手搭在腹部，肚子挺不争气地咕噜咕噜叫起来。

她从下午睡到现在，已经毫无睡意，护士将她扶起来，她靠枕而坐，抬眼看看墙上挂着的时钟，指针一分一秒转动，看久了挺无聊，她又低头看长满红疹的手背，长舒一口气。

她心里有点空，大概是……饿的？

她记得跌下马背昏迷前，陈榆阳第一个冲上来，蹲在她身边，问她有没有事。

她无聊地用一根手指划着手机屏幕，动作迟钝。

大概凌晨一点半，有人推门进来，进来的人与她四目相对，有点惊讶，大概没想到她会醒着。

邹遥遥看着眼前这个戴鸭舌帽、口罩的男人，怔了一瞬，开口问：“陈……榆阳？”

男人点头，摘掉口罩和帽子，拉开她病床旁的椅子坐下。

邹遥遥盯着他，耳根莫名滚烫：“你……来干什么？”

“你还好吗？”陈榆阳没有回答她的问题，只是一脸认真地向她抛出了一个新问题。

邹遥遥垂首，将头埋得很低，下巴几乎戳到锁骨。

她用一根手指戳着手机屏幕，声若蚊蚋：“挺好的。你今天给我发短信，想跟我说什么？”

陈榆阳松了一口气，沉默片刻后才道：“两年前的事，我跟你道歉。”

“嗯？”邹遥遥疑惑，抬起下巴对上他一双眼睛。

陈榆阳继续解释说：“为我的不辞而别道歉。”

邹遥遥哦了一声，一张嘴，头皮一阵一阵地疼，她却依然弯了弯嘴唇，笑着说：“哦，你说那件事啊，已经过去了，没什么，我自己都已经忘记了。”

女孩一副云淡风轻的样子，陈榆阳心里却宛如被堵住。

杜黎从外面回来，听见里面有人说话，出于好奇心，他捧着还滚烫的餐盒等在门口。

“遥遥，我很喜欢你，如果你没有结婚，我想，我会不留余力地追你。”陈榆阳抬起手臂，指着她的胳膊肘说，“你胳膊肘上的这块疤，是因为我留的，那时候我问你，疼不疼，你说为我受伤就不会疼，你这句话，我大概能记一辈子。”

这事儿他不提，她都差不多忘了。

邹遥遥虽然情商低，但她明白和陈榆阳已经没有可能，杜黎帮了她这么多，站在道义角度，她也应该完成与杜黎的两年之约。

她立刻打断他：“陈……榆阳，那已经是以前的事了，你也知道我的性格，脾气倔，如果我放不下过去，就不可能和杜黎结婚。”

陈榆阳的目光里压着几分忧郁，看她的眼神楚楚可怜。

就是这样的眼神，让两年前的邹遥遥对他生了怜悯之心。

陈榆阳长得好看，学生时代像个文弱的女孩，邹遥遥对他是真的很有保护欲望，她总调侃陈榆阳是一只需要保护的小白兔。

邹遥遥回避他的目光，低头盯着手机屏幕继续说：“我已经结婚了，我的丈夫对我很好，他爱我，我也很爱他。你是大明星，前途无量，身边跟着无数狗仔，以后我们还是尽量回避吧。”

陈榆阳盯着女孩的侧颜，沉默半晌后，点头说：“我跟你说这些，不是还奢望什么，我只是希望你能幸福。”

“你这人蛮奇怪的，如果你真的只是希望我幸福，有些话就不该说，对吗？”邹遥遥抬眼看他，以教育的口吻说，“陈榆阳，我不知道你这两年经历了什么，我也不想知道，两年前你没有赴约，跟我玩失踪，今天来见我，又说这些话，真的很让人讨厌。”

她说话时因为嘴唇蠕动而牵扯到伤口，疼得嘴唇发白。

陈榆阳带着一丝希望而来，却满腔失望而归，他出来时，在走廊上遇见了杜黎。

男人用一种睥睨苍生的眼神仰着下巴打量他。

陈榆阳冲他微微颔首，男人却哼了一声扭过脸，抱着餐盒进入病房。

杜黎心里莫名地甜滋滋的，拉过病床上的简易小桌板，将餐盒一一摆在女孩跟前，指着几道热腾腾的小菜介绍说：“这个时间点吃太荤对肠胃不好，老板说莴笋叶小粥适合病人吃，入口清爽，怕你单喝粥下不去口，我让老板给你炒了盘青菜，这个凉拌折耳根你尝尝，虽然味道有点诡异，但老板说搭配粥很不错。”

莴笋叶小粥青翠碧绿，看着爽口宜人，她吞了口唾沫，尝试伸手端碗，胳膊却疼得她啧了一声。

“我喂你。”杜黎端过粥碗，搅匀，舀起一勺，送到她的嘴里，“来，老婆，张嘴。”

邹遥遥：“你叫我什么？”

杜黎正色：“张嘴，听话。”

她乖乖张嘴。

02.

吃过夜宵，邹遥遥重新缩回被窝，胃里的食物未消化，她毫无睡意。

杜黎收拾完餐盒，洗完手重新坐回她身边，边用手帕擦手，边对她说：“岳父岳母给我打过电话了。”

“你怎么说的？”

“我说没大碍，皮肉伤。”

“哦，你够机灵。”邹遥遥松一口气，又浑不在意地说，“如果他们知道我摔成这样，一定又会来干涉我。”

邹遥遥后背略不舒服，皱眉动了动肩。

杜黎一脸紧张地问：“怎么？”

“痒……”邹遥遥继续扭动肩膀，“背痒，你帮我挠挠。”

“你别动。”杜黎绕到她身后，掀开被子，手掌覆在她肩胛骨处，“是这里吗？”

邹遥遥说：“不是，再右边点。”

他手掌往右挪了一点。

“对对，就这里。”

杜黎隔着衣服给她挠了挠，俯身过去，几乎贴着姑娘的耳背问：“好点了吗？”

“嗯，舒服了。”邹遥遥舒坦地舒出一口气。

杜黎替她重新拉上被子，又回到另一侧坐下，他盯着女孩打完哈欠，对她说：“等你出院我们就可以搬回家了，你的房间我也让人重新装修了。”

“是吗？谢谢了。”

“应该的，”杜黎轻扬嘴唇，冲她笑说，“跟我不用这么客气。”

邹遥遥似乎想起什么，追问他：“对了，你的洁癖还好吗？等我出院，你要不要……再去教授那里看看？”

“我个人认为已经没什么问题。”杜黎向她摊开手，“不信，你试试？”

“真的？”邹遥遥小心翼翼地将手从被窝里抽出来，握住男人的五指，“那你别动，让我握着，看你能坚持多久。”

一副考验他的语气。

有时候，这姑娘真是单纯天真得可怕，杜黎想。

“好。”杜黎看着女孩一双漂亮的眉眼，问她，“在你的世界里，生命是否比马更重要？”

“当然是命重要。”邹遥遥不假思索地回答说，“命是父母给的。”

杜黎一脸正色地看她：“可你今天差点没命，你想过放弃吗？”

“没有。”邹遥遥嘴角一撇，吸了一口气说，“赛场意外只是小概率事件，恰好这个小概率被我遇到了而已。杜黎，难道连你也想劝我放弃？是你相信我有无限潜能，是你将我划为重点骑手培养，怎么，我刚拿了一场小比赛的冠军，你就想劝我放弃？”

“我是……”杜黎深深地吸了口气，声音压得很低，“怕你疼。”

室内灯光偏暗，她好像看见杜黎的眼睛有点湿，可他的声音依旧那么严肃和稳重：“从马上摔下来，有多疼？”

邹遥遥的心脏突兀一跳，好像除了家人，她跌倒，没人在意她疼不疼。

邹遥遥嗯了一声，回答：“当时摔蒙了，不记得有多疼了，不过现在……动一下就很疼，但也在可承受范围内，你要让我说有多疼，我真描述不出来。”

女孩拧着细眉看他，一双乌黑的眼睛在灯光下熠熠生辉，她的声音突然放轻柔：“你……你的脸凑过来。”

杜黎一怔，像个愣头青似的，将脸凑过去。

他觉得，女孩要亲他。

邹遥遥双眼含笑地看着他：“再近点儿。”

女孩灼热的气息喷在男人的面颊上，致使他脊骨一瞬绷直，浑身的毛孔炸开。

他心跳加速，难掩惊喜，索性将眼睛闭上。

邹遥遥抬起另一只手，揪住他的耳朵，拧了大概一百八十度，松手后才问：“疼吧？”

杜黎睁开眼，下意识地用手捂住耳朵，看女孩的眼神委屈又错愕，像一只无辜被揍的小奶狗。

他眨了眨水汪汪的一双眼，良久，点头。

邹遥遥一本正经地跟他科普：“大概就是这种痛了，你不用担心，我体质从小就很好，生病、受伤都能很快恢复。”

她打了个哈欠，困得忘记松开男人的手指：“谢谢你，杜黎，做你的妻子真好。”

杜黎没说话，只是盯着她。

女孩的话发自肺腑：“不管你对我好是不是为了做样子，我都很感激，已经很多年没有人对我这么好了，为我做饭，我生病时给我送饭，虽然你脾气挺臭，老是生气，但还算是个讲义气的好人，嗯……不管怎么说，杜黎，我真的很荣幸有你这个朋友。”

“朋友？”

“不太对……我们之间的情谊，应该在朋友之上、夫妻之下？”邹遥遥冲他笑，调侃说，“如果不是我们有过婚姻关系，说不定能做一辈子的朋友。”

“为什么有过这段关系，就不能做一辈子的朋友？”

他的手指依然被女孩握着，一股暖流从指尖淌进心里。

邹遥遥一脸认真地说：“以后我们离了婚，你会有新对象，如果我跟你还有来往，你对象会怎么想？”

“是吗？如果我跟异性走得近，你会怎么想？”

“祝你幸福喽。我们的协议，你可以提前结束的。”

杜黎听她絮絮叨叨，全程弯着嘴角。

女孩大概困极了，嘴里嘟嘟囔囔，眼睛却已经合上，听不清他说了什么。

等她闭了嘴，杜黎才轻声说：“遥遥。”

“嗯……”她闭着眼，脑子一片混沌，已经不能思考。

他俯身过去，几乎贴着她的耳朵说：“你是第一个握过我手的女孩。”

他也会努力，让她成为唯一一个。

女孩没有回应，仿佛已经熟睡。

邹遥遥三岁半时，和杜黎参加了同一个亲子节目，杜黎为了维护小绅士的形象，当着摄像机的面儿，把早饭让给了她。

之后，他在村里做任务，被一条黄狗追。

三岁半的邹遥遥叉腰挡在他前面，捡起石头将黄狗喝走，随后转过身，仰头望着他，一脸认真地拍着胸脯，用稚嫩的娃娃音说：“你别怕，邹二爷保护你！”

彼时，她说话口齿不清，带着小奶音，她握住他的一根手指，牵着他往前走。

在摄像机面前，杜黎为了扮演小绅士，任由她牵着，全程假装爱护这个小妹妹。

当天夜里，杜黎却用极度嫌恶的口吻警告她，离他远点儿。

杜黎当时跟她说了什么，她已经忘了，只是记得她气得拿小奶拳去砸土墙，咬着嘴唇，眼眶红红的。

摄像大哥问她怎么了，她只是咬着嘴唇，红着眼眶摇头，什么也不愿说。

暖心大哥哥的反差，在年幼的邹遥遥心里留下了不小的阴影。

……

想起以前，杜黎俯身，怀着愧疚，在邹遥遥长满红疹的手背上亲了一口。

他拿脸颊贴着她的手背，望着女孩，低声说：“抱歉，认识你这么多年，喜欢你却不久。”

女孩在睡梦中哼唧一声。

杜黎的声音像午夜电台里的主持人，低沉而富有磁性，音色悦耳。

“以后不许瞎保护人，”男人的声音稳而有力，“我保护你。”

大概也只有在邹遥遥睡着的时候，他才敢说这些话。

不是怕被她听见损了面子，而是怕被她拒绝。

杜黎从前不明白，为什么她有天赋，她的父母却竭力阻止她追求梦想。

因为，为了她的梦想，女孩的努力几近疯狂，她甚至不像个女孩，摔下马背却不知喊疼，甚至没掉一滴眼泪。

拧耳朵的痛，哪有跌下马背来得猛烈？前者的疼痛感，甚至及不上后者的万分之一吧？

杜黎将手指从女孩手里抽出来，给她盖上被子，他望着女孩那张脸，胸腔卡着难以言喻的窒息感。

他想起女孩与陈榆阳说的那番话。

他很清楚，女孩那样说，只是因为他们夫妻之间有协议，可即便如此，他也感到满足。

毕竟在某种程度上，他还是比那个情敌重要。

两个小时前，杜黎接到岳父岳母的电话，他们希望作为丈夫的杜黎，能劝邹遥遥放弃骑手的身份。

邹遥遥性格莽撞，胆大妄为，她因马受伤已经不是一次两次，邹氏夫妻作为父母，心惊胆战，真的不希望有一天看见女儿半身不遂。

那种心疼所爱之人，便想限制他们追求梦想的自私行为，杜黎以前不懂，现在却明白了。

因为爱她，所以不希望她受伤。

电话里，木影后哭着跟他说：“小杜，这姐妹俩能出生，并不容易。作为父母，我只想让她好好活着，你告诉她，不要再去参加那么危险的比赛，没有事业，没有钱，不要紧，妈妈养她，养她一辈子。”

杜黎握着电话沉默良久。

他承认，他现在也有那份私心，想让她放弃事业，好好生活，远离粉身碎骨的危险，远离马匹。

他也能养她一辈子，可放弃所爱的事业，享受安逸，真的是杜太太想要的吗？

外人觉得她粗蛮无理，便随他们吧，他知道她是怎样执着和善良，就足够。

他们觉得他娶了一个蛮横泼妇，可如果能和她共度下半生，未尝不是他活了二十六年最大的幸福。

那些人怎么会懂杜太太的潇洒？怎么会懂他想要的幸福？

03.

三天后。

在杜黎的强压下，赛方终于给了一个交代。

赛方称，是因为厨子操作不当，打完芹菜汁后，没有清洗破壁料理机便给杜太太打了果汁，所以导致杜太太过敏。

出现这种失误，赛方开除了厨师，并且在微博上公开道歉。

对于这个结果，杜黎并不接受，以为随便找一个厨子当替罪羊就能了事？

来病房探望邹遥遥的萧清清得知这个结果后，气得面红耳赤，一跺脚怒道：“我去找爷爷，让他给我师父一个交代！我会找出始作俑者，让他公开给我师父道歉！”

小姑娘当即就要拨通爷爷的电话。

杜黎拦住她，夺过她的手机挂断：“这事儿我让文涛去查，有了结果，我们会处理，不予公开。”

“不予公开？师母，你是想让我师父白受伤吗？”

“他们敢这么做，已经不拿人命当回事了。”杜黎皱眉说，“来者不善。”

邹遥遥明白杜黎的意思，也说：“杜黎说得对，查到结果，我们会告诉你爷爷，暂时不会公开。如果对外宣布风凯速度赛马的工作人员被收买，无异于给风凯速度赛马打上了一个不好的标签，严重的话，可能会被扣上赛方操作成绩的帽子，受到马术协会的调查。如果真是这样，下一届的风凯速度赛马就会被叫停。风凯品牌受损，你爷爷必然会迁怒于杜黎，那么，到时候受益的是谁呢？”

萧清清抓抓后脑勺：“受益的只能是害你的人，对吗？”

“嗯。”

“可是师父，就这么让你受委屈，我难受。”萧清清盯着她满身的红疹，哽咽着说，“师父，是你说不能随便欺负人，也不能任别人欺负的，可是现在有人欺负你，难道我们就得吞下这口恶气吗？”

小姑娘为她抱不平，邹遥遥甚感欣慰。

她说："这个仇当然会报，我也不是忍气吞声的性格，你不用担心我，以后好好上课，就别来医院了。"

"为什么？师父，你是不是嫌弃我啦？"萧清清满脸委屈。

邹遥遥解释："我下午出院，要回家了。"

小姑娘双眼一亮："真的？师父，你可以出院了？"

邹遥遥点头嗯了一声："在医院快无聊疯了，回家好歹自由点。"

小姑娘："那……我周末可以来找你吗？"

邹遥遥看向杜黎，掩着嘴假装悄声对她说："得你师母同意。"

小姑娘看向杜黎，冲他眨巴眨巴眼："师母，可以吗？"

杜黎家里从未待过客，他垂眼看着一脸期待的小姑娘，又抬眼去看邹遥遥，心一软，点头。

邹遥遥跟着眉眼一弯，冲小姑娘一抬下巴说："你想吃什么，去告诉你师母，你师母都能做。"

杜黎："……"

他一脸无语地看着杜太太，想告诉她，并不是什么菜他都会做。

萧清清掰着手指头数着喜欢的菜肴，一口气报出二十几道菜，继而深喘一口气问杜黎："师母，这些菜你都会做吗？"

杜黎看了眼妻子同样期待的眼神，微笑着点头："我试试。"

恰巧这时秦易拎着果篮，同萧承、苏悦一起从外面进来，听见他们的讨论，问了一句："你们讨论什么呢？"

萧清清一脸骄傲地说："我师母说给我做菜吃，二十几道菜，他都会做，怎么样？我师母厉不厉害？"

秦易瞪大眼，像听了一个天大的笑话："清清丫头，你别逗，我们家老杜十指不沾阳春水，做饭？嗬，吃饭他在行。"

萧承和苏悦也用质疑的眼神打量杜黎。

被众人拿质疑的目光盯了一会儿，杜黎耳热，轻咳一声夸下海口："不巧，都会。"

秦易："……"

萧承："……"

苏悦瘸着脚，单手扶着萧承的肩，往前慢慢走了一步，调侃说："看来我们的完美杜先生结婚之后，开始掌握做菜这项技能了。老杜，没道理只请小姑娘，不请我们吧？"

杜黎抬手摸摸鼻尖儿："好，都来。"

秦易用一种同情的眼神看他，所以……杜先生还有家庭地位吗？

秦易从果篮里捡了一只苹果，兀自拿起来啃："对了，老杜，遥遥从马背上摔下来这事儿，已经查清楚了，是管特指使人做的。你想怎么报复？哥们帮你找几个人，弄死他，这几天网上不是都在讨论这件事儿吗？咱们放风声出去，利用网络舆论给他们压力。"

"不行。"邹遥遥皱眉打断。

秦易看向她："为什么不行？你现在是杜太太，人家都欺负到你头上来了，还不出面反击，你让老杜的面子往哪儿搁？"

邹遥遥解释说："如果这么做，管特那只老狐狸自然会利用网络舆论，把所有责任推给风凯。"

秦易啧了一声："这事儿本来风凯也有责任。遥遥，受伤的可是你，你就真的不想讨回一点公道？"

"想啊，怎么不想？"邹遥遥舒出一口气，跟秦易解释说，"但萧老爷子为了这场比赛筹备了很多年，如果我们莽然行事，就等于毁了萧老爷子的心血。"

这话听得萧清清心里一暖，她牵住邹遥遥的手说："师父，你对我爷爷真好。"

邹遥遥一脸认真地道："我尊重每一个真心推广马术运动的人。"

她大义凛然的一席话，倒让秦易咋舌："遥遥，你跟老杜在一起待久了，被他洗脑了？我怎么越瞅你们越像一对儿？"

"难道我们不是一对儿？"杜黎一双浓眉轻拧，看他的目光冰寒，他淡淡扫了一眼秦易，接着邹遥遥的话解释，"目前我们可以肯定一点，管特想利用这件事一箭双雕。"

萧清清歪着脑袋问："师母，其实我还是不懂，风凯以后如果不能再举办比赛，管特会有什么好处？"

坐在一旁沙发上的苏悦终于开口："前天我跟东云省马术协会会长一起吃饭，他透露，管特明年夏季也打算搞一场比赛，应该和他打算搞的这场比赛有关。"

这点，其实邹遥遥也不明白，她看向杜黎，一双眼睛里求知欲相当旺盛，小眼神就跟阿帕奇摇尾求食时的眼神似的。

杜黎的心脏仿佛被一只小毛爪一挠，痒痒的，鬼使神差地伸手揉了揉她的脑袋。

邹遥遥一扭头，将他的手甩下去："你不嫌我的头油啊？"

"不嫌。"

杜黎温柔地看了她一眼，才又解释："风凯速度赛马举办得很成功，A 市赛马的热度已经被带了起来。如果第二届风凯速度赛马不能再举行，他不仅会失去竞争对手，而且会享受到风凯速度赛马遗留的热度。还有，他想利用 A 市赛马在内陆试行'马彩'。"

紧接着，杜黎目光一沉，语气也很阴冷："这笔债我会让他们慢慢还。"

萧清清听不太懂，抓了抓脑袋："慢慢还，是不是太便宜他们了？"

"是有些复杂，我也听得头大。"邹遥遥握拳，一发力小臂却疼起来，她嘶了一声。

杜黎勾勾嘴角："当然，有机会还是先揍他一顿解解气。"

出院当晚。

为了除掉进医院的晦气，杜黎请大家去应食轩吃饭。

文涛提前定了包间。

应食轩位于涪陵江畔，是别具一格的中式四层小楼建筑，造型宛如古塔，八只檐角吊着精致的古风铃灯，彻夜明亮，微风一吹，叮叮作响，音色清脆。

这里的主厨是国宴总厨，做的菜菜色一绝，包间十分难定。

杜黎将车停在门口，服务生替他们开门，杜黎先下车，绕过车头去另一侧接杜太太。

萧清清和秦易也先后下车。

邹遥遥一双膝盖还肿着，走路一瘸一拐的，跟拿歌喉换来双腿的美人鱼似的，每走一步膝盖都隐隐刺疼。

她扶着杜黎的胳膊走路，杜黎全程搂着她的腰，略微使劲儿将她往上提着，让她的双腿省力。

秦易与萧清清并肩走在后面，盯着前面走路都腻腻歪歪的两人，感慨道："走个路都腻歪成这样，恶心不恶心。"

萧清清给了他一记白眼："你这是嫉妒，单身狗。"

秦易推了一下她的脑袋："小丫头懂什么，一边去。"

小丫头捂着脑袋，一脸委屈："我十三岁了！不是小丫头了！"

"乳臭未干，去去去，赶紧跟你师父师母先上楼，我在这里等苏悦和萧承，一会儿上来。"秦易将她推进电梯。

等电梯门合上，小丫头揉着脑袋跟杜黎告状：“师母，秦易又欺负我！”

杜黎安慰她：“大龄单身狗，有点变态，你跟他计较什么？”

小姑娘立刻弯弯嘴角，得意地道：“也是，他这么大年纪还没老婆，真可怜。”

二十分钟后，萧承和苏悦也抵达应食轩。

上了楼，不见秦易，苏悦开口问：“秦易人呢？”

这时，杜黎接了一通电话，挂断后，他跟萧承说：“萧承，你跟我下趟楼。你们三个留在楼上，先点餐，我们一会儿上来。”

萧承一脸迷惑地跟着杜黎进了电梯，问他：怎么了？你有什么事要私下跟我说吗？

“倒也没有，”杜黎扭过脸问他，“打架你行吗？”

萧承瞪大眼，比画手语：我不会打架，杜先生，小悦不喜欢我打架，你另外找人吧。

电梯在三楼打开，萧承步子一跨就要往外走，却被杜黎抓着后衣领，用力将他给拽了回来。

杜黎将电梯门关上，过了几秒，电梯门又打开，他直接将萧承推了出去。

二楼走廊上，有人起了争执，工作人员正在调解。

一个醉酒的男人指着女孩的鼻子骂道：“臭娘们，给我滚，你说我们老板调戏你，你有证据吗？”

女人抽泣，嗓音尖锐：“怎么没证据，你们调监控录相！他就是非礼我！我要报警，把你们都抓起来！”

萧承被杜黎大力推出去，一个趔趄将人群撞开，进入人圈内。

有人认出了萧承。

“哟，这不是我们的哑巴骑手萧承吗？怎么，来英雄救美？”

萧承一脸茫然，还没来得及回头看所谓的“美人”，人家就已经主动凑上来搂住他的脖颈，趴在他胸口哭诉，反手一指身后的中年男人：“哥哥，就是他非礼我！”

萧承说不出话，一慌神，将怀里的“女人”推开，看清是戴假发且浓妆艳抹的秦易，吓了一大跳。

秦易双手一托胸，性感地晃了晃。

一群男人直勾勾地看着，直吞唾沫。

萧承：“……”这是什么情况？

杜黎走进人群，当着众人的面儿，冷着脸，毫不犹豫地给了管特一个响亮的巴掌，继而拎住管特的衣领，将醉醺醺的男人抵在墙上，又是重重一拳挥过去：“连我干妹妹也调戏，找死！”

男人目光阴鸷。

管特捂着滚烫的脸颊，一脸迷茫，被酒精麻痹的他脑筋转得有点慢。

他的助理一看是杜先生，也愣住了，半晌后才拉住杜黎说：“杜先生，这其中怕是有误会，您松开我们老板，我们好好说。”

秦易蹭过来，趴在杜黎背上，又哭哭唧唧：“哥哥，这个老流氓吃我豆腐，还说我很好……”他一跺脚，娇嗔一声，“人家不要活了啦，人家要去跳楼！”

这一声娇嗔，让杜黎和萧承起了一身鸡皮疙瘩。

其他不知情的男人，骨头都酥了。

秦易说着就推开窗户，一副“我要跳楼”的架势，谁也拦不住。

工作人员赶紧将他拉住，萧承虽然一脸嫌弃，但还是装模作样地将他的腰抱住，秦易顺势又扑进了萧承怀里哭，还不停地拿小拳头捶他的胸口。

萧承：“……”真想把他给丢下去。

秦易在那边哭得要死不活，杜黎怒目猩红，一副“亲妹妹被禽兽玷污”的愤怒模样，他抬脚将管特的助理踢开，又是一拳打在管特腹部。

这一拳极狠，管特胃里的酒被打得吐出来，酒也醒了大半。

管特指着杜黎的鼻尖，怒道：“杜黎，你给我松开！你不要欺人太甚！”他又看向助理，“愣着干什么，给我拉开！”

杜黎掐住管特的嘴，冷笑一声，随后巴掌、拳头一齐伺候。

萧承看呆了。

秦易趴在萧承胸口悄声说：“老杜打人真的一点儿都不手下留情啊。”

第十一章
表里不一的杜先生

01.

这事儿闹得沸沸扬扬，最终是应食轩老板亲自来调解，杜黎才肯松开管特。

管特酒醒了大半，捂着红肿的脸，口齿不清地指责道：“你……你欺人太甚！打了人想走？我要告到你坐牢！李佘，给我报警，谁都别想走！”

一旁的秦易只顾看热闹，忘了哭，闻言，趴在萧承的胸口又哭起来，上气不接下气地抽泣道：“哥哥，人家连男朋友都没谈过，却被禽兽毁了清白，我不要活了啦。”

管特矮杜黎一个头，方脸小眼、酒糟鼻、啤酒肚，一副“油腻中年人”的形象，他抬手愤怒地指着秦易：“你胡说什么？碰一下就毁你清白了？你是什么年代的贞节烈女？”

秦易抬起脸看他，尖着嗓门道：“你对我做的那些事还要我说吗？！反正刚才也没人在场，你想怎么狡辩都行了，监控肯定拍得清清楚楚，你报警吧，你告我哥哥打人，我告你强奸未遂！”

他说话时很激动，大概是为了凸显自己的娇气，不断拿小拳头捶萧承的胸口。

两人身高差不多，秦易是强行依偎在萧承怀里，被他拿拳头捶了一会儿，萧承连连咳嗽，差点没把卡在喉咙里的一口鲜血吐出来。

杜黎也冷哼一声，吩咐萧承："老萧，你发短信给文涛，让他联系打性骚扰官司出名的律师，无论花多少钱，我都要讨回公道！"

餐厅老板应笙南粗略了解事情的经过后，将管特拉至一旁，小声对他说："管先生，我们餐厅设有监控，三百六十度无死角，如果秦小姐所说属实，报警的话，你占不到任何便宜。"

应老板不想把事闹大，也不希望自己餐厅中出现警察，影响餐厅口碑。

应老板见他没说话，继而转过脸看向杜黎，调解道："杜先生，这事儿如果真的闹去警察局，大家都不好看，您看，能否给我这个面子？"

杜黎掏出手帕，一边擦手，一边说："我也不是得理不饶人的人，想和解，可以，跟我妹妹道歉。"

应老板周旋在两人之间，几番调解。管特醉酒，思维混乱，跟秦易道了歉。

随后管特被助理扶走。

萧承搂着秦易上了四楼，进入包间，松开他的腰，秦易立刻像条水蛇一样黏着他，声音尖细妩媚："哎哟，人家想要抱抱嘛。"

身后的杜黎关上门，闻言浑身发凉，猛起鸡皮疙瘩。

屋内的三名女性顿住了。

苏悦刚往嘴里塞了一块绿豆糕，惊得嘴一张，绿豆糕摔在桌上，碎了一桌。

女人的神情由震惊转为不可思议，继而拍桌起身，红着眼眶瞪着他。

萧清清替女神不值，指着萧承骂道："萧承哥，你太过分了，你想拒绝苏悦姐姐，也不用找这么一个女人吧？居然还公然带上门。"

萧承冲她挥挥手，手立刻被秦易摁住。

杜黎绕过两人，走到四方桌坐下，兀自端起茶杯狂喝几口，压压惊。

邹遥遥盯着秦易，总觉得眼熟。

这个"女人"穿着平底鞋，身高却与萧承相差无几，腿长腰细，臀翘胸大，身段儿妖娆。

邹遥遥自愧弗如。

啧……人间尤物啊。

苏悦红着眼眶瞪萧承，男人想解释，却有口不能言，他着急之下推开秦易，跟苏悦打手语：他是秦易！

三名女性瞠目结舌。

秦易松开萧承，恢复本音，大大咧咧地坐下："被揭穿多没意思。老杜，我今天晚上表现得怎么样？有没有鸡腿吃？”

杜黎嘴角一弯：“秦小姐演技不错，可以考虑进军演艺圈。”

邹遥遥目瞪口呆，好一会儿才缓过神：“你们这是干吗去了？”她上下打量着男人，“你这胸？”

秦易将手伸进衣服里，当着他们的面儿，从里面掏出胸罩，继而将一层层将硅胶假胸撕了下来。

萧清清揉着小心脏感慨：“‘女装大佬’啊，你去开直播，一定火。”

苏悦反应过来，起身将萧承拉到自己身旁坐下，冷冷地扫了一眼秦易，扭过脸跟萧承说：“以后离他远点。”

遭受鄙夷的秦易捂着胸口，一脸受伤：“干什么呀，怎么就要离我远点了？我今晚可是立了大功好不好？”

苏悦给他一记白眼，警告说：“以后离我们萧承远点。”

杜黎大致讲了一遍今晚的事，这个馊主意是秦易想出来的，找女孩去太吃亏，他长得秀气，由他来扮女孩最合适。

管特喝了酒，被他随便一撩拨，就落进圈套。

秦易得意地道：“男人的弱点永远都是女人，哪个男人能抵抗送上门的大胸女人？”

都说三个女人一台戏，三个男人戏也挺足。

邹遥遥看向杜黎，男人的神色依旧正经，刚才却带着萧承、秦易演了一场幼稚的戏。

饭后，秦易喝了点酒，杜黎让司机送他回去，自己与邹遥遥打车回家。

出租车只停在别墅区大门，从大门到家门口，还有几百米的距离。一下车，寒风一吹，邹遥遥冻得缩脖子，鼻尖冰凉，杜黎脱下外套给她披上，搂着她的肩，让她省力前行。

大概是穿得太少，夜里风又寒，邹遥遥刚走进大门，便停下来，弯腰揉了揉膝盖。

杜黎皱眉问她：“怎么？”

“大概今天活动得太多，这会儿有点疼。”邹遥遥抬眼看他，揉着膝盖说，“不然……我们歇会儿？”

杜黎盯了她一会儿，扶着她去旁边的花台坐下，继而在她跟前蹲下，一拍肩背说：“我背你回家。”

“啊？”邹遥遥一愣，“那……多麻烦？”

杜黎没有回头，声音严厉："上来。"

"哦。"邹遥遥趴在他身上，搂住男人的脖颈。

杜黎小心翼翼地抓住她的腿，背着她往回走。

昏暗的路灯将两人身影拉得又细又长，两人一路无话。

邹遥遥在杜黎背上，盯着影子无聊，伸出一只手，在杜先生头顶竖起一个V，从影子里看，宛如两只兔子耳朵。

她觉得有趣，勾了勾手指，"耳朵"也勾得十分生动。

她以为杜黎没看见，男人却突然轻咳一声。

邹遥遥以为他生气了，连忙补救："开个玩笑，别生气，保证没有下次了。"

"嗯。"

邹遥遥将下巴随意搁在他头顶，跟他道谢："杜黎，今晚的事，谢谢你。"

他心跳加速，脸颊发烫。

杜黎竭力让气息稳下来："跟我还客气？不拿我当内人？"

"内人？"

"屋内之人。"

管特被揍，邹遥遥没能目睹，觉得挺遗憾，可她一想到那个情景，又觉得很爽。

她下意识地掐住杜黎的耳垂，轻轻把玩揉捏："杜黎，有个事情我想跟你商量下。"

"嗯？"

"这次我拿了不少奖金，我打算全部捐给特殊儿童。按照公司的合同，我得把奖金给俱乐部一半，你看，这一半能不能不扣？到时候我以你的名义捐，如何？"

说话间两人已经到家门口，杜黎背着她穿过院子，走进屋内。

玄关处，阿帕奇摇着尾巴迎上来。

杜黎单手打开灯，背着女孩进去，将她放在了沙发上。客厅已经重新装修过，散味儿这么久，已经没有漆的味道。

杜黎立在她的跟前，一边卷衬衣袖，一边说："你等我一会儿，我上楼去给你打盆水。"

"哦。"

等杜黎上了楼，她才开始纳闷，给她打盆水干什么？

杜黎将一个装满药水的木盆放在邹遥遥的跟前，在她跟前蹲下，伸手进去试探水温，觉得合适。

他握住她的脚，抬眼对她说："水温可以，我帮你脱鞋，你泡会儿脚。"

阿帕奇凑过来，舔了舔洗脚水，被苦得嗷嗷叫，以为杜黎要下毒毒死它，立刻夹着尾巴去阳台缩成了一团。

邹遥遥一脸震惊，被杜黎的反常吓到，她下意识地一缩脚："这水里是什么药啊？你要真不舍得捐掉奖金，我只捐我自己那份儿就好，你不用毒死我吧？"

"这么能想，怎么不去写小说？"杜黎握住她的脚腕，"今晚揍过管特，很不舒服，洁癖可能复发。"

"哦……所以你才想给我洗脚，锻炼一下意志？"

"嗯。"杜黎握住她的脚腕，轻轻抬起来，替她将鞋袜脱掉。

她的脚背也受了伤，有红肿，杜黎皱着眉看了一会儿，心口宛如被针扎了一下。

他捏着她的脚腕轻轻揉捏："你把钱捐给特殊儿童，有什么详细规划？"

"自闭儿童群体需要大量金钱治病，我想把这些钱捐给他们的父母。"脚踝被杜黎揉得有点疼，她嘶了一声又说，"嗯……你轻点。"

杜黎替她轻摁脚踝的动作没停："你目前接触了多少个这样的儿童？"

邹遥遥不假思索地道："十五个。"

杜黎取了毛巾起身，擦擦手说："即使你捐了钱，这笔钱也不一定能用到孩子身上，所以，这笔钱，我不赞同捐。"

拉赞助失败，邹遥遥叹气："好吧。"

杜黎建议说："与其直接捐钱，不如做点实际的。"

"嗯？"

杜黎说："帮助他们治疗，举办一场特殊的马术比赛。"

"什么比赛？"

杜黎："自闭症又称孤独症，他们对人是封闭状态，人打不开孩子的心扉，为什么不试试用动物呢？"

邹遥遥好像明白了，问他："所以你是打算……为自闭症儿童举办马术比赛？让他们享受马术运动的乐趣，享受比赛的乐趣？"

"嗯。"

邹遥遥正想说话，背痒，扭了扭肩："啊……杜黎我背痒，你快帮我挠挠。"

杜黎挨着她坐下，隔着衣服，抓了抓她的背。

邹遥遥在医院待了这么多天，没洗头没洗澡，觉得自己的头发油得都能炒一盘菜。

她一脸崩溃：“不行，我要洗头洗澡。”

“怎么洗？”杜黎皱眉看她，“我这里没有浴缸，忍一晚上，明天我找护工来帮你。”

邹遥遥：“那……我先洗个头吧。”

“你的胳膊能抬起来？”杜黎扫了一眼她的头，一脸嫌弃，无奈地道，“我帮你洗。”

邹遥遥一脸震惊：“这么油的头，你不嫌弃啊？”

杜黎伸手过去，轻轻地揉着：“权当治病了。”

邹遥遥：“……”

如果不是他洁癖反复，她都快怀疑他爱上自己了。

02.

杜黎拿了一张矮凳进浴室，扶邹遥遥坐下。

邹遥遥俯下身，胸口压着膝盖，尽量让散开的头发落进盆里。杜黎弯下腰，手指在她的乌发里穿插，一撮撮捋顺后，取过花洒，用手试过水温后将她头发淋湿，问：“水温合适吗？”

“合适。”由于趴着的姿势很压迫，她的声音略有嘶哑感。

男人动作很温柔，力道适中，头皮穴位被压得很准很舒适，她问：“杜黎，你按摩手法不错……以前开过按摩店吗？”

杜黎挤出洗发水，在掌心打出泡沫：“第一次给人按摩。”

“我的杜先生果然天赋异禀，骨骼清奇。”

杜黎笑了一声，接下来的话说得十分认真：“只有我的杜太太才能独享这种待遇。”

邹遥遥居然被他这句话给撩拨到，一脸无奈地说：“可惜，我是假的杜太太。杜黎，你这种‘人设精’真的怪可爱，演什么人就像什么人，有时候觉得你温柔儒雅，是好丈夫；有时候觉得你非常严厉，是刚正不阿的老板；有时候又觉得你是个小气鬼。到底哪一个，才是真的你？”

男人给她抓头发的动作顿了一下，好半晌，他才回答：“都是。”

包袱背久了，已经长进他的肉，角色扮演久了，他便成了那个角色。可他即使人前表里不一，此刻在她面前，却是最真实的一面。

他心里想对她好，便就这样做了。

杜黎替她将头发上的泡沫冲干净，用毛巾给她包住湿发："可以了。"

邹遥遥将腰直起来，闭着眼仰着面："啊！杜黎，我眼睛里进了泡沫。"

杜黎将毛巾打湿，给她洗脸，轻轻替她擦拭眼睛，又替她将脖颈、锁骨处遗留的泡沫也擦干净。

"好点了吗？"

"嗯嗯。"邹遥遥不适地眨眨眼，仰面望着他，"好点了。"

杜黎给她洗头、擦眼睛上的泡沫等动作，宛如小时候老邹给她洗头，老邹也会仔细给她擦眼睛和脖子上的泡沫。

杜黎将湿毛巾搭回去，又取过吹风机，替她吹干一头湿发。

男人一只手操控吹风机，一只手乱揉她的长发，等到头发半湿半干，她从镜子里看见了宛如梅超风的自己。

邹遥遥伸手在杜黎的大腿上拧了一把："杜先生，你是故意报复吧？"

杜黎皱眉，面对自己的"杰作"，又尝试着揉了揉，想给她把头发揉顺畅，然而越揉越糟糕，女孩的头发本就干燥，被他这么一折腾，打了结。

邹遥遥指着一头乱发："你负责给我梳好，否则你今晚别想睡得安宁。"

杜黎一挑眉："杜先生还有家庭地位吗？"

邹遥遥巧辩："怎么没有？"

杜黎取过发梳，对着她的一头乱发，一边纠结从何下手，一边点头，自我调侃："也是，在家我想遛狗就遛狗，想给太太做饭就做饭，想给太太洗头便洗头，这么有家庭地位的男人，真是少见了。"

邹遥遥："……"

说得这么委屈，怎么感觉是她欺负他似的？

杜黎尝试给她梳头发，却疼得她嗷嗷大叫，阿帕奇听见主人的惨叫声，以为主人被欺负，眼神如虎凌厉，龇着利齿风一样冲上楼，将浴室门给撞开。

它站在门口，看见杜黎拿着它的小粉梳给邹遥遥梳头，凌厉的眼神立刻变得委屈。

阿帕奇的"玻璃心"仿佛碎掉，感觉自己失宠，心酸地嗷了一声，拿一双湿湿的眼睛看他。

杜黎就这么在狗委屈的注视下，替女孩将头发给梳顺了，感觉压力不小。

杜黎扶着邹遥遥回卧室，阿帕奇心情低落地爬上了杜黎的床。

然而它蜷缩在杜黎床上等了五分钟、十五分钟、三十分钟、四十分钟……杜黎仍然没回来，直到听见隔壁传来邹遥遥的声音——

“啊……杜黎！我求求你轻点！”

“啊……杜黎，我杀你全家还是烧你祖坟了？你轻点啊！疼疼疼……”

独守空床的狗子瑟瑟发抖，心凉，身体也凉。

它是不是彻底失宠了？

阿帕奇等了杜黎四十分钟，而杜先生依然没有回房，它宛如吃了一锅醋，心脏酸疼又心情怅然，跳下床，从柜子里叼出自己的粉红小书包，下楼开门，离家出走。

后院的米格趴在稻草上，睡得正香，腹下突然拱进一只温热的毛团子。

它睁眼一看，阿帕奇在它腹下缩成了一团。

米格马脸茫然，完全不知道这只狗到底受了什么委屈。

杜黎给邹遥遥做完一套按摩，邹遥遥整个人已经呈虚脱状态趴在床上。

男人伸手摸摸她的后脑勺，她有气无力地反驳：“请杜先生拿开你的爪子，我不是阿帕奇，我的头也不是狗头！”

杜黎轻咳一声：“抱歉。”

邹遥遥舒出一口气，困得上下眼皮直打架，她让杜黎回卧室早点休息，而杜黎却抱了东西来她房间，在她床下打起了地铺。

她的脸颊贴着床垫，直勾勾地盯着蹲在床边打地铺的杜黎：“杜先生，你这是做什么？”

“今晚我睡你这儿，晚上如需帮助，叫醒我，我睡眠浅。”杜黎跪在乳胶垫上，将手里的棉被抖开。

邹遥遥：“你不怕脏？”

“总要学会克服。”他跪在床边，抬手触摸到床头的开关，盯着她那颗从棉被里露出的脑袋说，“晚安。”

邹遥遥打了个哈欠：“晚安。”

啪嗒一声，灯光骤灭。

室内陷入一片黑暗，邹遥遥很快睡熟，可怀揣心事的杜黎，却怎么也睡不着。

后半夜，邹遥遥裹着棉被从床上滚下来，好在这张床是榻榻米款，不高，加上杜黎在床边铺了乳胶床垫，她摔下来也毫发无损。

杜黎发现，杜太太睡眠很深，一旦睡熟，外界条件很难吵醒她。

偏她睡觉不老实，将自己的被子踹到了脚那端，杜黎如何伸手都摸不到她的棉被，索性将自己的被子分给她一半，让她进了自己温暖的被窝。

梦里的邹遥遥蹲在一望无际的雪地里，四肢冰冷，就快被冻死时，面前突然出现了一团火球。

杜黎身上滚烫，像只火球，吸引着浑身冰冷的邹遥遥往他怀里缩。

他用脚触碰女孩的脚，凉凉的，一双脚主动送过去给她贴，供她取暖。他的手触碰到女孩的指尖，凉得宛如冰块，当下握住，塞进自己的衣服里，为她传递温热。

女孩的手搁在他的腹部，很快变热。

凌晨四点钟，女孩的手重重地打在了男人的小腹上。

被她这一猛拍，睡梦中的杜黎乍然清醒，疼得闷哼一声。

03.

邹遥遥翻了个身，将手抽回，离他远了些。

杜黎盯着女孩的后脑勺，心脏跳得飞快，他逐渐靠近她，手搭在女孩的腰部，将她抱住。

邹遥遥被他弄醒，睡意还没完全消散，语气冰冷，警告他："你是想让我砍掉你的手？"

黑暗中突然传来女人阴森森的声音，杜黎吓得头皮一紧，喘息声粗而重。

"杜太太，"杜黎不再跟她拐弯抹角，直接说，"我想做个男人。"

男人语气坦诚，她居然有点想……成全他？

她对着杜黎近在咫尺的面孔，目光变得柔和。

男人见她没有说话，缓缓地握住她的手，紧紧扣住。

邹遥遥的每一寸肌肉都绷紧。

杜黎湿凉的嘴唇贴在她的脸颊上，导致她的身体猛地一颤。

她脚背绷直，甚至不敢再动。

突如其来的幸福宛如一块砖砸在杜黎的脑袋上，让他有片刻的眩晕感。

男人翻身吻住她的嘴唇。

静默的空气中，仿佛听见咔嚓一声，与此同时，邹遥遥发出一声惨叫。

她瘫在床上，颤着声音道："杜黎，我胳膊……好像骨折了。"

那声仿似骨头错位的咔嚓声，杜黎也听得分明。

他亲爱的杜太太带他上了一辆“假车”，此刻的他也想和阿帕奇一样，背着粉红小书包离家出走！

杜黎爬起来摁开灯。

屋内灯光骤亮，杜黎将她抱上床，拉过她那条胳膊，替她检查伤势。

片刻后，他舒出一口气：“没骨折，只是拉扯到了受伤的地方，我差点被你吓出心理阴影。”

邹遥遥打量着赤着上半身的杜黎。

男人胸肌紧实，八块腹肌块块分明，身材养眼。

“看够了吗？”杜黎皱眉看着她，一脸严肃。

邹遥遥脸一红，也同样严肃地盯着他：“杜先生，你可以再流氓一点。”

杜黎掀开她的被子，准备做个彻底的流氓。

“别动我。”邹遥遥肩一颤，语气有些不耐烦，“睡觉。”

杜黎拧着一双浓眉，声音凝重：“遥遥，如果我说，我很喜欢你，你信吗？”

“不信。”邹遥遥闭上眼，已经不想跟身后的人说话，“我困了。”

其实她一点都不困。

仔细想想，刚才的她一点也不理智，她应该拒绝。

毕竟她和杜黎共处一个屋檐下，今晚他们在一张床上接吻，明天起来之后，真的可以若无其事吗？

杜黎从身后搂住她，男人的胸膛紧贴她的脊背，凑在她的耳边低声说：“遥遥，我不只是单纯地想做个男人，我是想做你的男人。”

耍流氓就耍流氓，还说得这么冠冕堂皇，是不是太过分了？在这种情况下，即便男人说“我爱你”，她也觉得毫无可信度。

邹遥遥拿后脑勺对着他：“杜黎，我知道解决了你的洁癖，你会想释放自我。可你怕是找错对象了，我们俩这关系，如果真的越界，以后相处恐怕会很尴尬，所以……以后就别了吧。”

杜太太这是拒绝了他的表白？

第十二章
想与你在美丽的地方结婚

01.

翌日。

杜黎在马厩里找到了阿帕奇，狗拿粉红小书包当枕头，和米格睡在同一片稻草上。此情此景，看得杜黎心脏疼，连跨越种族的动物都能如此恩爱，为什么杜太太就不能对他好点？

杜黎建了微信群，拉萧承和秦易进群当军师。

他简单交代了一下自己的苦恼，并且委婉地说出了昨晚发生关系失败的事。

秦易看见消息，一口水喷在助理的脸上。

天下第一帅的小易：“杜黎，你是不是个男人？人家萧承第一次和苏悦睡同一张床都没忍住，你居然能忍住？”

萧承：“我们喝了酒。”

天下第一帅的小易：“要么是她的胸不够大，要么是你无能。”

Rod：“滚。”

天下第一帅的小易：“你居然叫我滚？没娶老婆的时候叫人家小甜甜，有了老婆动不动就嫌弃人家。委屈，哼！”

萧承：“好了，大家和气点。杜先生，也许你需要做点什么，让她明白你是真的喜欢她。你和她第一次约会在什么地方？你第一次跟她表白，是在什么情况下？你送她的第一份礼物又是什么？女孩很在意这些小细节。”

杜黎想了想，然后觉得头非常疼。

Rod：“没有约过会，也没正经给她送过礼物，第一次表白……是在昨晚。”

天下第一帅的小易：“你活该单身，你活该被拒绝。”

萧承：“我比较同情杜太太。”

杜黎坐在办公室，无心工作，握着手机跟两个有经验的男人聊天，他握着手机盯了数十秒，最终下定决心，跟这两位前辈“取经”。

秦易是“撩妹老油条”，在这方面，他的经验绝对足。他给杜黎灌输了一些“油腻的撩妹技巧”，每一条技巧都充斥着骚气。

萧承给不出什么实在的经验，只是跟他说，要对女孩细心，生活方面要照顾得面面俱到。

杜黎思来想去，觉得秦易的“油腻撩妹技巧”比较靠谱。

自从那晚之后，邹遥遥发现杜黎仿佛变了一个人。

男人洗完澡，跟她坐在一张沙发上看电视，得打个发蜡，收拾得干干净净，居家服特意挑了风骚款。

邹遥遥虽然有伤，但也会和杜黎去健身房做一些复健运动，以前杜黎还会穿一件背心，而这几天，他浑身上下只有一条短裤，汗水顺着腹肌纹路流下来，非常漂亮。

晚上八点，他还没回家，邹遥遥问他什么时候到家，打算点份外卖。

十分钟后，杜黎安排了车，说要带她去一个特别的地方。邹遥遥刚上过药，出门只能穿拖鞋、宽松的居家服，就这样一副居家打扮，被带到了高档餐厅。

杜先生西装革履，打扮绅士得体，邹遥遥跟他站在一起，宛如英国绅士和不修边幅的中年大婶。

两人着装不统一，却就着小提琴手的浪漫曲子共进了晚餐。

这顿豪华晚餐，吃得邹遥遥如坐针毡，她以最快的速度吃完，找个借口早点回家。

她被杜先生扶出餐厅，门口不知何时多了一个心形的蜡烛圈，里面铺满了花瓣，正中躺了一个尺寸不小的礼盒。

杜黎扶着她走进蜡烛摆成的爱心圈，弯腰捡起礼盒，递到她的手里。

四周围观的人以一种“哇！好浪漫！”的夸张表情盯着他们，邹遥遥窘迫不已，恨不得找地缝钻，迅速捧起礼盒挡住自己的脸，小声对杜黎说："快走吧快走吧，丢死人了。"

杜先生心碎得彻底，觉得难以呼吸。

上了车，邹遥遥如释重负般松了口气，扭过脸问他："刚才没人拍照吧？"

杜先生心凉，面孔冷漠："没。"

那些都是他请来起哄的临时演员。

按秦易的计划，待邹遥遥拆开礼物露出喜悦的表情后，演员们扮演围观群众，迅速起哄"亲一个、亲一个"，在这种氛围下，男女主角必然不会拒绝接吻。

然而杜太太完全不按剧本走，这个计划以失败告终。

三番两次"撩妹"失败，原定周末给众人展现手艺的杜黎，一点做饭的心情都没了，索性以"身体不适"为理由，把待客这事儿给推到了年后。

萧清清失落地发朋友圈，遗憾期待已久的"师母宴"泡汤了。

秦易建了一个小群，除却两个当事人，关系稍好点的人都被他拉了进来。

他在群里说："清清丫头，你是不是傻？你真的以为你师母身体不适啊？他明显是情场失意啊！"

清清是棵草："情场失意，什么情况？我师父和师母感情不和？"

天下第一帅的小易："你知道他们是相亲结婚吗？感情很淡的！"

秦易比较委婉地说了一下两人的现状，尤其是现在杀出一个"国民男神"的暗恋对象，杜黎的地位更是岌岌可危。

清清是棵草："那怎么办？我师父和师母不能离婚，你们快想想办法啊！"

邹遥遥的身体恢复得比医生预估得快，没两个星期，便能自己走动甚至骑马了，但训练时间不宜过长。

二月份，东云省马术协会要举办马术联赛，她的伤没痊愈，速度赛马不能参加，杜黎给她报了盛装舞步项目。

邹遥遥并不擅长这个项目，对这个项目也不抱希望，重在参与，她所期待的是明年北京的比赛，如果赢了那场比赛，她就可以前往意大利参加锡耶纳赛马节。

她是速度赛马的热衷者，去参加锡耶纳的高难度比赛，是一个她想了很多年的愿望，一直没机会实现。

邹遥遥拿下了风凯速度赛马的冠军，苏悦遵守承诺，推荐斯凯夫妇教她马术。

斯凯夫妇定居在A市的城郊，和萧承一样，圈地建房，有院有马厩，还专门围了一片训练场地。

邹遥遥以为夫妻俩属于那种非常严肃且刻板的英国人，没想到夫妻俩相当随和，与她想象中的模样恰好相反。

苏悦将车停在斯凯夫妇家门前，两人并肩步行进入，院子里没有绿化植物，却划出很多方块地，种满了当季的蔬菜。

青翠娇嫩的豌豆尖、刚刚冒黄花的油菜整整齐齐地长在地里，看着喜人。

院子里有母鸡四处寻食，也不惧人，看见有人过来依旧迈着闲散的步伐。

不远处的菜地里站了两个老人，正弯着腰做农活。

苏悦喊了一声“爸妈”，一对老人立刻直起腰，看清是苏悦，脸上绽开笑容冲她挥挥手。

走近了之后，邹遥遥才发现，这对白人夫妇穿的是中国特色的中山装，袖子高挽，手上满是污泥。

邹遥遥礼貌地同他们问好，并用英文说：“你们好，我是邹遥遥。”

斯凯夫妇也礼貌地冲她颔首，分别用蹩脚的中文做自我介绍。

“妮昊！我脚立减国。”

“妮昊！我脚障轰媚。”

这个自我介绍，听得邹遥遥云里雾里。

苏悦笑着跟她翻译说：“我爸是告诉你，他叫李建国；我妈是告诉你，她叫张红梅，这是他们的中文名字。”

邹遥遥一瞬间反应过来，连忙对二位深鞠躬：“李叔叔好，张阿姨好。”

这两位的儿子儿媳都是中国人，她不太明白二老为什么会取这么……有个性的中国名字。

话毕，一行人进了客厅，在二老去厨房洗茶具沏茶的空当，苏悦小声解释：“爸爸呢，觉得建国这个名字非常大气，而妈妈喜欢红梅，便取了这个名字。名字而已，二老喜欢，我们做小辈的也不多劝。”

邹遥遥了然。

中午，邹遥遥和苏悦一起跟老人吃了顿饭，在饭桌上就把“拜师学艺”的事儿给定下来了。

这对白人夫妇不收她任何金钱，但是作为报酬，邹遥遥学完马术之后不能立刻回家，必须得帮忙打理菜地里的农活以及打扫马厩的卫生，还要负责给后院的三匹马洗澡，再加上米格，就是四匹马。

邹遥遥估算了一下外面菜地的面积，又想了一下四匹马的体格，吓得一口菜掉进了碗里。

金发碧眼的白人李建国先生，笑眯眯地往她碗里夹了一块不是那么好看的红烧肉："妖妖，柔果你木能完成这些任务，你可以去和别人学习，没关系的。"

遥遥，如果你不能完成这些任务，你可以去和别人学习，没关系的。

邹遥遥想了一下，用流利的英文问："李叔叔，我可以请帮手吧？"

对方不再用蹩脚的中文，下意识地用英语接话："可以，但只允许你的亲人帮忙，而且只允许有一个帮手。"

让大宝和姐夫帮忙不太可能，邹遥遥思前想后，问李建国先生："丈夫可以吗？"

李建国先生冲她挑眉："Okay，妖妖小姐。"

邹遥遥忙往嘴里塞了几口米饭，差点没噎死自己。

杜先生，考验你对我是不是真爱的时候到了。

02.

二月七日的马术联赛，萧承报名了速度赛马和盛装舞步两个项目。

这两个项目压根不是一个类别，鲜少会有人同时报，有萧承在，邹遥遥觉得压力很大，毕竟马术三项赛是她的弱项，她和萧承压根不是一个级别的。

马术联赛集聚了全东云省的马术俱乐部的骑手，报名没有门槛，只要是省马术协会的注册会员，都可以参与，这次马术联赛比赛成绩优异的，可以代表东云省参加北京马术三项赛。

马术三项赛分别为：盛装舞步、越野障碍、场地障碍。

这些都是萧承擅长的，也是邹遥遥的弱项，即便她跟着斯凯夫妇学习，但想超越萧承，依然不太现实。

回到家，已经是下午六点。

今日的温度略有上升，夕阳将小区绿化道映照出一片暖金色。

中途遇见保安，跟她打招呼：“杜太太，杜先生在喷泉广场那边遛马，你要过去吗？”

“遛马？”

邹遥遥抬起手腕看了眼时间，现在才六点十分，往常这个时候杜黎还在公司，今天怎么回来得这么早？

邹遥遥折回，往喷泉池走去，刚拐弯，便听到身后有人叫她的名字，一回身，看见一个戴耳罩的金发少年冲她挥手，踩着滑板由远及近。

等金发少年靠近，她才看清对方是谁，惊讶地道：“陈榆阳？”

陈榆阳脚落地，摘掉耳罩挂在脖子上，冲她笑着说：“是我，你怎么在这里？”

“我家住这儿，”邹遥遥上下打量打扮得宛如少年的男人，“应该是我问你，为什么在这里吧？”

陈榆阳笑的时候露出两颗小虎牙：“我家也住这儿。”

“这么巧？”邹遥遥用一种质疑的眼神打量他。

陈榆阳点头：“嗯，挺巧。这里安保不错，许多圈内人都住这里。你家是往这边走吗？”

她摇头，望着不远处的喷泉说：“我去喷泉广场找我先生。”

陈榆阳眼神暗淡了一下，旋即用笑容掩盖。

他弯腰将滑板拿起来，夹在腋下，抬起下巴看向喷泉广场：“我住那后面，一起走？”

她想拒绝，可转念一想，两个人之间也没什么，刻意避讳反而引人遐想，便点头同意，与他并肩而行。

沿着这条狭窄的绿化道走了五分钟，眼前豁然开朗，喷泉广场占地面积不小，夕阳笼罩着喷泉池，浮光跃金。

这个时间点，广场上有一群老人戴着耳机跳“无音广场舞”，相邻的草坪上有不少人在那里遛狗。

杜黎身高腿长，在老人们棉袄、毛衣的衬托下，他单薄的格子衬衣和黑色西装裤尤其扎眼。

他一只手牵着马缰绳，一只手抓着狗子的自动伸缩牵引绳。

在这个寒冷的季节，杜先生额头居然汗涔涔一片，他将衣袖挽至胳膊肘，小臂因为攥着缰绳发了力，紧实如壁。

米格的身高接近两米，背部肌肉绷得扎扎实实，棕红的皮毛被夕阳赋予了一层高级质感，优雅地站在那里，被一群遛狗的大爷大婶围观和拍照。

有个大婶举着手机一边拍照一边问杜黎："这马真高啊，是国外品种吧？长得可真漂亮。"

四周人群越来越近，杜黎皱眉："各位，麻烦离它远一点，禁止拍照。"

众人见马儿性格温和，压根听不进杜黎的话，大爷大婶更加肆无忌惮，凑过去与米格合照。

杜黎沉着一张脸，再三警告，却毫无作用。

这些人听不懂人话？

有个小孩拽着爷爷的衣角，用小奶音指着米格说："爷爷，它长得好像独角兽哦，我好喜欢，你买给我好不好？"

年逾八十的大爷弯下腰跟孙子解释："这是马，不能养家里的。"

小孩抱着胳膊一噘嘴："哼！爷爷你骗人，这个叔叔就养家里了！为什么我们不能？"

老大爷一脸尴尬。

系粉红领带、背粉色小书包的阿帕奇趴在一旁，没有人围观它，它有点受伤。

有个大婶上前攥住米格的"麻花辫"，背对米格，摆出剪刀手的姿势，催促站在人圈里的老伴儿："老头，快给我拍个合照，再拍个视频发朋友圈！"

米格感受到阿帕奇情绪低落，迈着优雅的步子朝它走过去。

杜黎怒不可遏："阿姨，麻烦您松开我的马！"

体格高大的米格一动，吓得合照大婶哇的一声叫出来，指甲刮到米格的皮肤，米格受到刺激，翻蹄嘶鸣，吓得众人往后一缩。

米格甩着长尾在原地转圈，一用力，缰绳从杜黎手上滑走，尾巴打在男人的脸上。

米格略有失控，邹遥遥见状，将包丢给陈榆阳，冲了过去。

几十米的距离，她冲过去需要时间。

小孩吓得坐在地上哇哇大哭，杜黎上前抱住小孩，利用脊背替他挡住危险。米格抬起一双前蹄，就要冲着男人的脊背踩下去，阿帕奇见状迅速冲过去，趴在男人背上，英勇救主。

阿帕奇吓得闭上眼，死就死吧！

米格及时收蹄，却仍在原地打转。这时候一个女孩从人群中冲出来，上前牵住马儿的缰绳。

"乖，安静下来，安静下来。"女孩紧攥着缰绳，盯着马儿一双眼，因为害怕，牙齿止不住地上下磕动。

米格终于安静下来。

邹遥遥喘息一声，冲过人群，来到女孩和米格跟前：“我是它的主人，交给我吧。”

女孩略有质疑地看了杜黎一眼，见男人没有否认，才将缰绳交给了她。

邹遥遥接过缰绳靠近米格，马儿勾下头，拿马脸去贴邹遥遥的脸，她一边抚摸米格的马嘴，一边言语安抚：“没事。”

杜黎将小孩抱起来，还给老爷子，嘱咐说：“看好孩子。”

老爷子舒出一口气，抱着小孩迅速离开。

人群也逐渐散开。

阿帕奇仰着脖子盯着米格，小眼神可怜，也要求“贴贴脸”。

米格将脖子勾得很低，马嘴温柔地在它狗脸上贴了贴。杜黎回过身看见这一幕，居然被这一高一矮的两只动物萌到。

他的目光扫过杜太太，停留在及时出来牵马的女孩身上，跟她道谢：“谢谢。”

女孩身高一米六七左右，比邹遥遥略高一些，是个皮肤雪白、五官漂亮的姑娘，扎着马尾，一身运动装束，她冲着杜黎颔首，弯着温柔的眉眼回道：“不客气，应该的。只是下次不要在公共场合遛这个大家伙了，太危险。”

杜黎冲她点头，一副受教的绅士模样。

女孩主动伸手与他示好：“哦，对了，我叫林雪，您的邻居。”

“邻居？”杜黎盯着女孩的手，双手下意识地攥成拳，他犹豫了一会儿，才与对方握手，“杜黎。”

邹遥遥将两人的举动看在眼里，在内心翻了个白眼，看来杜先生的洁癖是完全好了呢。

林雪点头，解释：“您可能已经忘记我了。三年前，我们见过一次。不过我已经三年没回国，您不记得我也很正常。”

杜黎仿佛想起什么，哦了一声：“我常年在国外，今年才回国定居。”

陈榆阳抱着邹遥遥的包走过来，先跟杜黎点头示好，然后才将包递给邹遥遥。

在这里看见陈榆阳，杜黎的眼神立刻变得冰冷，扫了一眼那个情敌抱过的包，一天的好心情瞬间跌落谷底。

杜黎皱眉问他：“你怎么在这里？”

陈榆阳抬手一指不远处的独栋别墅："那是我家。"

杜黎在内心冷笑一声，情敌为了抢他老婆，把家都搬来这里了吗？

他内心突然萌生出一个邪恶的想法——回家烧个客厅，搬去酒店。

"你是……FOX 陈榆阳？"林雪盯着陈榆阳，惊讶地出声，她伸手过去与他示好，"你好，我是林雪。"

陈榆阳并未与她握手，只是礼貌性地冲她点点头，转而看向邹遥遥："我还有事，先回家了，改天见。"

"改天见。"邹遥遥冲他点头。

目送林雪和陈榆阳离开，两人牵着马和狗并肩回家。

杜黎的醋坛被掀翻，阴阳怪气地道："这个陈榆阳对杜太太真的很痴情，如果你们旧情复燃了，杜太太有什么打算？"

邹遥遥扭过脸，以一种看神经病的目光打量他："杜先生的洁癖也治好了吧？看你跟姑娘搭讪越来越熟络了呢。杜先生一表人才，风流倜傥，遛个狗都能勾搭到漂亮姑娘，那杜先生以后有什么打算？"

杜黎一口鲜血差点喷出来，有把这个女人摁在马背上亲的冲动。

走到家门口，杜黎用指纹刷开铁门，继而冷哼一声："跟老情人同住一个小区，倒是有更多机会'偶遇'了。"

男人的语气让邹遥遥略不爽，她反驳道："杜黎，你故意跟我抬杠是吧？"

杜黎："不敢。"

邹遥遥气得松开缰绳，一拳朝他挥过去，却反被男人接住。

男人的手掌裹着她的拳头，炙热而有力。

米格停在原地看着两人，阿帕奇感受到两人的剑拔弩张，用嘴叼起地上的缰绳，默默地牵着米格进了院子。

邹遥遥将手收回来，深吸一口气警告他："杜黎，你别跟我阴阳怪气，我跟陈榆阳只是碰巧遇见。"

杜黎挑眉，一副信你才见鬼的样子。

"碰巧遇见杜太太就让他拎包？"

他都没拎过杜太太的包，那个男人，凭什么能拎？凭一头风骚的金毛？

邹遥遥懒得同他讲话，去后院拴马。

等她从后院回到屋内，餐桌上居然摆了一桌丰盛菜肴。杜黎刚洗过手，边用消毒纸巾擦手，边对她说："过来吃饭。"

"你吃吧，我没胃口。"邹遥遥径直往楼上走，到楼梯口又顿住，回过头跟他说，“对了，我已经见到斯凯夫妇，定了每周五到周末去他们那里学习，但他们有一个条件，我需要你的帮助。”

邹遥遥大致跟他讲了一下斯凯夫妇的苛刻“报酬”。

杜黎听她说完，没有立刻回复她，而是说：“先吃饭。”

邹遥遥的目光落在男人那双指骨分明的手上，脑子里闪过他和其他女人握手的情景，心里涩得不是滋味儿。

“不吃，知道有点为难你，所以你爱去不去吧。”她丢下这句话便上了楼。

邹遥遥回房洗了澡，倒头便睡。晚上九点杜黎来敲门，问她要不要一起出门看烟花。

她睡得正香，扯过被子遮住脑袋，翻身又睡了过去。

迷迷糊糊间，她听见外面有放烟花的声音。

午夜一点钟，邹遥遥被一个噩梦吓醒。

她爬起来，去杜黎的房间上厕所，出来时看见男人抱着枕头已经睡得很熟。她盯了一会儿他的后脑勺，忽然觉得熟睡的他背影有点落寞。

回到房间，邹遥遥没了睡意，打开手机刷朋友圈。

她翻到杜黎十一点发的一条动态。

杜可爱：“又老了一岁。”

下面是他们共同好友的祝福：

萧承：“杜先生生日快乐。”

苏悦：“老杜生日快乐，今年的生日是不是很幸福？”

天下第一帅的小易评论苏悦：“当然幸福！他居然推了和我的约会，单独回家跟老婆过生日！呵呵……说什么要跟老婆过二人世界，见色忘义！”

萧清清：“师母过生日，师父居然没有发朋友圈？哼，怕我们去抢师母的生日蛋糕吗？”

看完这条朋友圈，邹遥遥下意识地捂住胸口，心里闷得慌。

想着昨天的事，邹遥遥几乎彻夜未眠。

由于斯凯夫妇住在城郊，离市区较远，凌晨五点邹遥遥便开车离家。她走的时候，看到昨晚那一桌的菜纹丝未动地摆在那里，顿时觉得罪恶感压顶。

去斯凯夫妇农场的第一天，这对夫妻并未教她任何马术知识，只是让她清扫马厩，摆放饲料。

下午六点，眼看天色渐黑，农场里的活儿才做了一半。斯凯夫妇出门会友，偌大的农场只剩她一个人。

七点半左右，天彻底黑下去，她从马厩出来，抬头便是漫天星辰。

她将铁锹插进土里，掏出手机，盯着杜黎的电话号码发呆，良久，拨了出去。

而神奇的是，杜黎的电话铃声居然在她耳畔响起，那声音由远及近，越来越清晰。

她抬起头，看见不远处一个男人穿着迷彩服，拿着一把铁锹朝她走近。

邹遥遥想起昨晚的事，心脏仿佛被钝器狠击了几下。

03.

男人手握一柄铁锹，衣袖挽至胳膊肘，迷彩裤扎进短靴，一身干净利落的帅气打扮。

见惯了男人穿正装，很难得见他这样偏硬汉的打扮。

农场的灯光不太亮，男人半张脸埋在阴影里，他天生严肃的面孔仿佛同这个季节的空气一样冰冷。

冷风一吹，邹遥遥打了个寒战，她双手握在一起搓了搓。

杜黎停在她跟前，将铁锹插进土里，握过她的双手，帮她搓了搓，又捧到嘴边哈了口热气，低声说：“有点工作需要处理，来晚了。”

他声音一顿，然后又问：“还有多少活？”

男人掌心炙热。

大概是出于愧疚，她迅速将手抽回来，低着头，不敢看他的眼睛：“嗯……还没给米格洗澡，它今天刚搬过来，它的隔间也没收拾，后院堆积的垫料我也没来得及背回室内，还有……斯凯夫妇让我洗的菜，也还没洗。”

杜黎看了眼她身后的马房，沉默片刻，开始分工：“你去洗菜。”

她思考片刻，才说：“不如……你去洗菜？马房里特别脏，味儿也很大，我怕你……”

杜黎打断她：“脏累的活，理应由男人来做。”

邹遥遥抬眼望着男人，眼神闪烁，心里仿佛压着一块石头，让她抑郁难舒。见他坚持，良久，邹遥遥点头说：“那……我们分工合作吧。”

“嗯。”杜黎重新握回铁锹，往马房里走。

邹遥遥与他方向相反，她走了几步又停住，回头看到杜先生的背影。

对于昨晚的事，他没有半句怨言，甚至没提一句，邹遥遥的愧疚感不减反增。

快到十一点，邹遥遥将两桶红萝卜洗干净，整整齐齐地码在四只大盆里。

她打扫厨房，看见有烘焙工具，做蛋糕的材料也一应俱全，突然萌生了做蛋糕的想法。

她给李建国先生拨通视频电话，李建国先生在镜头里对她招呼：“哈喽，妖妖！今晚我和红梅不回家，你走的时候记得帮我们锁门哦。”

邹遥遥点头答应，犹豫片刻，才开口说：“李叔叔，我可以借用你们的厨房吗？我想给我先生补做一个生日蛋糕。”

李建国先生闻言捂着胸口，仿佛被甜蜜之锤击中。

他表情夸张，用蹩脚的中文道：“哦哦，杜先生太幸福了，居然可以吃上太太亲手做的蛋糕！厨房你随便用，不过要小心，别烧了我家厨房哦。”

邹遥遥连忙举起两根手指发誓：“不会不会，保证不会烧了厨房！”

李建国先生眯着眼笑道：“祝你好运。”

“谢谢。”

挂断视频电话，邹遥遥迅速给父亲打了一通视频电话。

邹廷深在国外拍戏，他那边是清晨，闺女一通视频电话打过来，打断了他的梦。

接通视频电话，他揉着惺忪的睡眼，一脸严肃地问：“二宝？”

“老邹。”电话这端的邹遥遥拍了一圈厨房设备，简单交代了一下打这通电话的目的。

邹廷深听完闺女的求助，揉了一把头发，掀开被子光脚下床，去隔壁房间叫醒助理，然后走进厨房。

助理举着手机给他拍摄。

视频里，邹影帝全身上下只穿了一条短裤，赤着上半身、光着脚立在厨房里摆弄模具。

助理举着手机提醒他：“深哥，要不，你先穿件衣服？”

话刚说完，视频里的姑娘发出声音：“这里又没外人，别穿了，快点老邹，我时间不多。”

他翻出烘焙工具，对着镜头开始给闺女讲解：“遥遥，你听我说，你取最小的模具，三十分钟内做出一个蛋糕不是问题。你按照我的要求，把需要的工具、材料全部摆出来，然后跟着我的步骤来，我怎么做，你便怎么做。”

为了让闺女成功做出这个蛋糕弥补女婿，邹廷深亲自下厨，一步步详细教学。

邹遥遥将手机固定在置物架上，按照父亲的指示将需要的材料和模具全部取出摆在备餐台上，又按照他的步骤，将材料称量好，倒进一只只小碗里备用。

鸡蛋的蛋黄和蛋清需要分离，蛋清需要加糖和柠檬汁，充分打发成奶油状，这个过程邹遥遥操作不熟，蛋清奶糊溅了一脸。

在打发蛋清的过程中，烤箱预热完成。

她十分钟内将所有工作完成，手忙脚乱地将面糊、奶油糊混合倒进模具里，震出气泡后，推进烤箱。

她盯着烤箱，终于舒出一口气，冲着手机比了一个 OK 的手势：“谢了，我万能的老邹。”

视频里的男人将手擦干净，接过助理递来的睡袍穿上，语重心长地对她说：“遥遥，你不是小孩，夫妻感情是相互的，丈夫对你付出，如果长久得不到回报，他也会心寒，所以这次你一定要诚心跟小杜道歉，知道吗？”

邹遥遥一边擦洗烘焙工具，一边一副受教的样子冲视频里帅气的老爸点头：“嗯。”

挂断视频电话，邹遥遥趁着二十分钟的烘焙时间，又打发了一盒奶油，利用蓝莓酱将奶油染出颜色。

蛋糕出炉稍微放凉，她用奶油在上面写出歪歪扭扭的一行字：杜先生，生日快乐，原谅我。

文字后面画了一个哭泣求原谅的丑表情。

邹遥遥又从橱柜里翻出几根可食用的蜡烛，插在这个其貌不扬的蛋糕上。一切准备就绪后，她将蛋糕端到餐桌上摆好，怀揣着小激动去了后院。

在邹遥遥做蛋糕的这段时间里，杜黎将垫料全部搬回马房，并且给每一匹马都重新铺了两层垫料。将马房收拾干净，他牵米格回马房时，马儿忽然止步。

杜黎翻上马背，驭马进入马房里的小隔间。

进入小隔间，杜黎准备下马，米格忽然转了个圈，将杜黎从马背上甩了下去。

杜黎重重地跌在垫料上，身下的麦秆扎得他脖颈一阵刺痛。

米格抬起一只蹄，朝他胸口踩下去。

杜黎过于疲累，反应迟钝，甚至没有迅速做出反应来闪避。他仿佛预见了被马蹄踏碎胸脯的情景，然而出乎意料的是，米格将蹄子搁在杜黎胸脯，只是轻轻一踩又一踩，宛如按摩。

跟他玩？杜黎不解。

米格低下头部，湿润的鼻孔贴了贴男人的额头，冲他亲切地打了个响鼻。

它的鼻孔干净温热，惹得杜黎心一软，他用手抱住马嘴，拍了拍，笑道："好家伙，不枉我替你洗澡和收拾卧室。"

米格在杜黎身边卧下，马嘴杵在他胳膊上，温柔吐息。

身下的垫料杜黎刚换过，干净清爽，他躺在上面，鼻尖萦绕着淡淡的麦秆清香。工作一天又加上两个多小时的体力劳动，已然筋疲力尽，疲累使他忘记了细菌这种东西，他枕着米格的腹部，很快睡了过去。

熟睡之后，他身上的热汗变凉，冷风从通风口灌入，冷得他打了个哆嗦，缩成一团。

米格用嘴将一堆麦秆拱到他的身边，试图让男人更暖和。

邹遥遥从外面跑进来，看见杜黎枕着米格睡着了，大概是太冷，他的身体微微蜷缩。

男人的肌肤被米格的皮毛衬得白皙发亮，五官在白炽灯光照射下，越发清冷，这个男人的面容天生高冷严肃，可内心却恰好相反，炙热天真。

邹遥遥小心翼翼地走过去，蹲在他身边，盯了他一会儿，打算叫醒他。

她伸出一根手指，戳了戳男人高挺的鼻尖，轻声叫他名字："杜黎？"

男人熟睡中，只是略微皱眉，并未立刻醒过来。

他冰冷的体温从女孩指尖传递至感官神经，令她心脏一拧。

她将手腹贴在男人面颊上，一样冰凉，吓得她直接去探鼻息，她的指尖感受到男人鼻息的温热，才略微松了口气。

邹遥遥握住杜黎的手，发现他的手指也很冰冷，不似往常炙热，她连忙用双手捧住他的手，握住搓了搓，放到嘴边哈热气儿。

她的动作幅度实在太大，杜黎被她搓醒，睡眼惺忪，皱眉看她："你在做什么？"

听见男人的声音，邹遥遥抬起脸，红着眼眶看他："你暖和点了吗？"

"嗯。"男人坐起身，反将她的手握住，"这里已经收拾干净，时间不早了，我们回家。”

男人的掌心强劲有力，一旦握紧她的手，就仿佛裹住了她的小世界，让她内心充斥着安全感。

她拉着杜黎站起来，让他转过身去，替他将背后沾上的麦秆碎屑拍掉。

“好了，”邹遥遥拽着他的衣袖，拖着他走出马房隔间，她给隔间栅栏上了闩，转身问身后的男人，“你饿了吗？我做了点东西，想请你吃。”

“不饿。”杜黎垂眼盯着她，往前一步，贴近她。

邹遥遥下意识地往后退了一步，背部抵着栅栏铁门。

两人近在咫尺，男人身上的荷尔蒙气息令她血液沸腾，心跳加速，她不敢直视男人的眼睛，低头去看别处，莫名慌张地道：“杜黎，昨天晚上，我真的很抱歉，我不知道是你的生日，我……对不起，我知道你昨天很委屈，真的抱歉……我……”

她话没说完，就被打断。

“真想表示歉意？”

她点头，嗯了一声。

杜黎双手张开，一把将女孩抱进怀里。

两人身高有差距，邹遥遥脸颊贴着他的胸膛，随着男人双臂收紧，她生出一种无比踏实的安全感。

男人温柔的声音在她头顶响起：“有你的一个拥抱，什么委屈，我都能受。”

邹遥遥能听见男人的心跳声。

怦怦，怦怦，一下又一下。

这些响声钻进她耳朵里，让她心疼，她的胸腔涌着满满的酸胀感，眼眶也莫名发热。

想起他的委屈，她难受得想哭。

杜黎在她发顶亲了一口，松开她：“不委屈了，我们回家吧。”

邹遥遥红着眼眶，看了他一会儿，抓住男人的手腕，一言不发地拖着他往前院走，她不敢说话，担心一说话眼泪便夺眶而出，她的心一向脆弱，见不得谁受委屈，也见不得谁情绪低落。

她将杜黎带到门前停住，扭过头对他说：“杜先生，你闭上眼，我想给你一个惊喜。”

“嗯？”

杜黎虽然疑惑，但依然很听话地闭上了眼睛。

邹遥遥推开门，握住他一根手指，小心翼翼地牵着他走进餐厅，还好，蜡烛未燃尽，她松开杜黎："好了，睁开眼看看。"

杜黎睁开眼，屋内没有开灯，唯一的光线来自于几根蜡烛，他盯着插蜡烛的"器皿"看了半晌，后知后觉："蛋糕？"

"嗯。"邹遥遥将蛋糕往他跟前推了推，"来，吹灭，许愿，祝你生日快乐！"

杜黎扫了一眼外形丑陋的蛋糕，那哭泣的表情令他动容："你做的？"

"嗯……不太好看，但味道应该不错。"邹遥遥不好意思地抓抓后脑勺，双手合十，说话时没什么底气，"我也只能做到如此了，我在烹饪这方面没有天赋。"

杜黎嘴角一翘，眉宇间的冷淡神色散去，露出久违的笑容，他伸手，在女孩的头顶揉了揉："辛苦了。"说完，对着蛋糕闭上眼，开始许愿。

邹遥遥一边鼓掌，一边唱生日歌，她唱歌走调，愣是将一首生日歌唱出了平铺直叙的味道。

伴着杜太太不着调的生日歌，杜黎许完愿，在蜡烛燃尽前睁开眼，迅速吹灭。

邹遥遥打开餐厅灯，取过餐刀递给他："你的生日蛋糕，你切。"

杜黎从她手里接过蛋糕，切了一小块先递给她，随后才给自己切了一块。

两人端着生日蛋糕去了阳台。

阳台上吊着一个秋千，邹遥遥端着蛋糕坐上去，让出一半空位给杜黎。

男人也跟着她一起坐在秋千上，长腿支撑地面，以防秋千荡起来让两人跌出去。

邹遥遥目送杜黎将蛋糕送进嘴里，心跳得很快，等他将食物吞入腹中，才一脸期待地问："味道怎么样？"

"你自己尝尝。"男人又挖了一勺，递到她嘴边。

她毫不犹豫地含住他递来的勺子，等将食物吞进腹中才后知后觉……那只勺子是杜先生用过的，她一脸惊恐地看着杜黎，杜先生却若无其事地继续用她含过的小铁勺吃蛋糕。

杜黎又吃了两口，才点评说："虽然其貌不扬，但味道不错，第一次做？看来你很有烘焙天赋。"

味道确实比她想象的要好，没有太甜，兴许是原材料不错，口感也没有太腻。

阳台上的布局很有格调，不仅有秋千，还有几种不同类型的乐器。

国外乐器有吉他和小提琴，国内乐器有长萧和竹笛。

杜黎扫了眼那些乐器，扭过头问她："杜太太会乐器吗？"

大约是戳到了某人的痛处，她被一口蛋糕噎住，猛咳了几声，摇头。

杜黎替她拍背顺气，又笑着问："那，杜太太有什么才艺？"

邹遥遥一口气卡在喉咙，差点没一翻白眼晕过去，她犹豫片刻，才开口问他："打拳算不算才艺？"

杜黎被她的回答堵得一脸无语，然后起身，将餐盘搁下后取了墙上挂着的吉他。

邹遥遥连忙道："我不会弹吉他。"

杜黎在秋千对面的高脚凳上坐下，开始调试吉他弦，指尖溢出一阵乱音："杜太太，想听什么歌？"

她一脸迷茫地摇头："我很少听歌。"

杜黎看她的眼神有点奇怪，仿佛在看一只老古董，他叹息一声，拨动吉他弦："那就唱一首老歌，鹿哲的成名曲《鱼》。"

"好，我不挑。"她搁下餐盘，双手抓着秋千绳索，脚尖一点，跟着荡起来。

吉他音很低沉，紧抓人心。

男人就着动听的弦乐开嗓，第一句，惊为天人。

邹遥遥被震惊，男人富有磁性的歌声敲打着她的心。

我从梦海游过，

望你容颜沉默。

你漂过那片海，

连荒凉岛屿，都变成梦幻颜色。

我多想陪你看潮起潮落，

多想陪你看星星陨落……

唱到高潮处，杜黎有节奏地拍打吉他的木质部分，发出咚咚的节拍声。

这一下一下的节拍，宛如拍在她的心脏上，她捂着胸口，那里仿佛被什么东西填满，胀得几乎要溢出来。

男人英俊的眉眼被动听的音乐晕染成梦幻色彩，她的眼睛里仿佛加了滤镜，周围的环境变成了粉色。

我游过最远的岛，到过遥远的星，

从未进过你的天地，那是我唯一的遗憾。

你的世界太小，我的鱼翅太大。

我愿化身雀鸟，

你的心却再无我容身之地。

……

他们头顶是透明的玻璃，抬眼便能看见漫天星辰。

邹遥遥仰头看天。

他盯着女孩，音乐变得无声，眼里心里满满都是她。

歌词结束，音乐没有结束，他将歌曲最后的两句念白临时做了改动，以朗诵的节奏，用低沉磁性的声音缓缓念道：

我想在你心里有一席之地，

想翌日清晨，

睁眼便能凝视你的眉眼和嘴唇，

也想与你共度余生，在美丽的地方结婚。

音乐戛然而止，他凝视女孩的眼神变得越发温柔，厚重的情感与这夜色融为一体。

“杜太太。”

邹遥遥的目光被拉回，盯着男人那双温柔的眸子，被他深情的目光吸引过去。

“嗯？”

杜黎轻吸一口气：“我想和你在美丽的地方结婚。”

第十三章 恐怖直播

01.

“啊？”邹遥遥脑子没拐过弯，一瞬愣住。

她被男人盯着，大概过了十几秒才反应过来，杜黎的表白太正经，也过于煽情，她脑门宛如被板砖砸了一下，无法思考。

“杜太太，你还不明白我的意思吗？”杜黎将吉他挂回墙上，走到她的跟前，单手抓住一根秋千绳，垂首对她说，“邹遥遥，我想跟你真的结婚，你明白吗？”

她被噎住，压根不知道该说什么。

她胸腔里压抑的情绪一瞬间就没了，变得空落落的，什么都不剩。

邹遥遥抬头，用一种无辜的眼神看着他，吞咽一口唾沫：“可是杜黎……我对你，没那个想法。”

闻言男人皱眉沉默，好不容易变好的心情又跌落谷底。

此刻的气氛严肃得可怕，邹遥遥望着他，紧张得四肢发麻。

杜黎双眼利如鹰隼，直勾勾地盯着她，几乎要用眼神吞了她，连骨头渣都不剩下。邹遥遥被他盯得浑身发毛，立刻起身往客厅走：“好了，时间不早了，我们回家。”

这一宿，两人隔着一面墙，各自辗转难眠。

邹遥遥抓着枕头，睁眼闭眼全是杜黎，不明白要怎样做，今晚她只是想好好道个歉的，真的没想到会搞成最后那样。

她抓着手机，屏幕里停留着和杜先生的聊天界面。

她打出一串字，又删掉，反复多次。

凌晨两点钟，她决定把打出的一行字发出去，与此同时，她也收到了杜先生的消息。

Rod：“今天很抱歉。”

邹家二爷：“对不起，我只是想给你补过一个生日，没想到会闹成这样。”

原本两人发出消息只是为了让自己心里好受一点，现在这种情况，他们压根不知道怎么回复了。

邹遥遥咬了咬嘴唇，深吸一口气又打字道：“和那天晚上一样，就当没发生过吧。”

对方沉默了大概半个小时。

Rod：“嗯，晚安。”

邹家二爷：“晚安。”

为了真心诚意地给他道歉，邹遥遥决定再送男人一份生日礼物，她上D&M官网扫了眼男装，一眼看到一件黄色冲锋衣，这款仿佛今年很流行，迅速下单。

邹遥遥给客服留言，让他们写张“杜先生生日快乐”的字条，地址留的是杜黎的公司。

第二天下午。

杜黎开完会回到办公室，助理端着一只礼盒递给他：“老板，有人送了这个过来。”

“是什么？”杜黎翻阅着文件，没有抬头。

杜黎今天像火焰山似的，在会上已经发飙数次。文涛收到快递，见寄件人是杜太太，想着老板娘应该会让老板开心点，迅速送了过去。

杜黎接过礼盒，打开，里面躺着一件衣服。

D&M是国际大牌，一向走在时尚最前沿，他们家的东西不便宜，山寨版一大堆，这件黄色冲锋衣的山寨版已经烂大街，加上有点像送外卖的衣服，在即将入春的季节里，已经不流行了。

杜黎起身将衣服抖开，盯着看了几秒。

文涛见他神色有点奇怪，连忙说：“老板，这衣服已经过时了，您身材虽然好，但穿出去有点……我帮您收起来？”

“不用。”杜黎将衣服递给他，当着他的面脱掉西装外套，继而将这件黄色冲锋衣套在了身上，将拉锁一拉到喉咙，把这件衣服穿得正正经经。

虽然老板有颜值，但皮鞋、西装裤搭黄色冲锋衣，实在有点一言难尽，也不符合老板“霸道总裁”的人设。

老板今天这是……受了什么刺激？

杜黎将手机递给他：“来，帮我拍张照。”

文涛以为自己听错了，啊了一声，手一抖，手机差点落地。

杜黎：“站远点，我要全身照。”

“哦……”文涛连忙往后退了一步，给老板拍了张照片。

老板穿着黄色冲锋衣，一本正经地将双手背至身后，立在书柜前，他身边是厚重的桌子和老板椅，他这身打扮，怎么看怎么不对劲。

杜黎将照片发了朋友圈。

文涛回到办公位，拿起手机刷朋友圈，很快翻到了老板发出这张照片的动态。

老板：嗯，老婆送的衣服，很喜欢。

文涛：“……”

老板疯了吧？

半个小时后，这条动态成为杜黎朋友圈里史上点赞、评论最多的。

天下第一帅的小易：“哈哈哈，你要“撒狗粮”换身好看的衣服好吗？这真的是邹遥遥送你的衣服吗？她真的不是故意整你吗？”

清清是棵草：“哈哈哈哈，师母，我不行了，师父的眼光真的……”

小悦：“……”

萧承：“换条裤子，可能会更搭配一点？”

这条动态惊动了杜老爷。

杜老爷：“乖孙，这件衣服虽然很好看，可是你不觉得自己真的很像送外卖的？”

邹遥遥练完一圈马术，趁着休息空当刷朋友圈看见这条动态，也愣住了。

确实……挺像外卖小哥。

不过杜先生真的很帅，是最帅“外卖小哥”，没有之一。

她也是看了下面的评论才知道，原来这件衣服已经烂大街，而且是D&M设计史上最受争议的一件衣服。

邹遥遥举起两根手指，对天发誓：她真的不是故意的。

这时，秦易连续在聊天群发了几条消息。

天下第一帅的小易：“@全体成员 我投资的鬼乐园这周三正式开张，邀请大家做第一批游客。”

小悦：“什么？”

萧承：“？？”

清清是棵草：“二易哥！鬼乐园居然是你投资的？跪求三十张门票，我要请同学一起玩儿！”

天下第一帅的小易：“臭丫头，你又不缺钱，自己买票好吗？”

邹家二爷：“鬼乐园是？”

秦易转发了一份资料到群里。

鬼乐园是一个占地几千平的鬼屋主题冒险乐园，是全国最大的鬼屋，里面设置的关卡为解密模式，目前依官方测试的数据，想全部通关，可能要耗费四天四夜。

其恐怖的环境塑造非常逼真，让你身临其境感受恐怖逃生。

这是一个迷宫，也是一个鬼屋。

天下第一帅的小易：“别废话，你们到底去不去？别不敢去啊！”

清清是棵草：“谁不敢去啊，期待很久了。”

小悦：“我去。”

萧承：“那我也去。”

邹家二爷：“我OK。”

天下第一帅的小易：“@Rod你呢？去不去？知道你在窥屏，你缩着半天不吭声，是怕了吗？哦，对了，陈榆阳作为代言人，也会去。”

Rod：“去。”

02.

杜黎连恐怖片都不敢看，他敢去鬼屋？确定不是受了刺激？

宣传广告里有很多鬼屋实景照片，每一张都极其恐怖。工作人员的鬼怪、丧尸特效妆容逼真，仅仅看图片，已经让人不寒而栗。

她点开杜黎的微信，在对话框里打出一行字——你就别去了吧？我怕你被……

对话框里字打到一半，她又停住，删掉。

邹遥遥坐在训练场外的长椅上休息，搁下手机。

李建国先生拎着一瓶水过来，用蹩脚的中文问她："妖妖，你今天状态很不对，发生了什么事？"

作为过来人，长辈一眼看穿了她的心思。

邹遥遥从他手里接过水，舒出一口气："抱歉教练，我下午会努力调整情绪。"

李建国转用流利的英语："骑手有各种情绪很正常，用你们中国话来说，这叫七情六欲。但是作为骑手，首先要学会收敛自己的情绪。因为你不是个体，你的情绪和气场会严重影响到你的战马。"

十岁那年，邹遥遥第一次和干爹老东看中国国际马术节的盛装舞步赛，观赛现场以大爷大婶居多，"熊孩子"在观众区域肆意喧闹。

彼时，邹遥遥以为他们都是马术爱好者，可打听之后大为吃惊，原来这个比赛的观众票几乎无人问津，赛方担心没有观众会令选手们尴尬，所以采用送票制度。

而第二天的速度赛马，却与盛装舞步恰恰相反，座无虚席，选手和赛马跑过终点时，全场沸腾，场面相当热烈。

也是因为感受到观众那股被带动的热血，邹遥遥才决定将重点放在速度赛上，也因此爱上纵马疾驰。

可现在一想，难道不是因为速度赛比场地赛更简单吗？

她吐出一口气，虚心受教，点头说："下午的训练我一定控制好情绪。"

李建国眯着一双碧眼看着她，用蹩脚的中文说："孺子可教。"

中国马术现在处于一个尴尬的境地，有条件的马术爱好者一般都请国外教练。外教大多严苛，像斯凯夫妇这样知名又善解人意的温和教练，实在不多。

她刚在心里夸完教练"温和"，李先生便拍拍她的肩，说："因为你没有很好地控制情绪，浪费了我和米格一早晨的光阴和体力，下午不用训练了，罚你去清扫马房。"

邹遥遥："……"

马房臭烘烘的，不是每个人都能忍受。

邹遥遥想起昨晚杜黎帮她收拾马房，心里又乱成了一团麻。

晚上，邹遥遥洗漱后躺回床上，精疲力竭，望着天花板发呆。

一安静下来，她脑子里立刻闪过杜黎白天发的那条朋友圈，他大概只是为了应付亲朋好友吧？

脑子被杜黎填得满满当当，心烦意乱，她取过枕头压住自己的脸，一通呜呜乱叫。

邹遥遥毫无困意，索性起身下楼，打算出去遛狗，散散心。

阿帕奇听见她的脚步声，迅速从杜黎房间钻出来，摇着尾巴颠颠儿跟她下楼，主动叼来牵引绳和粉色小书包。

邹遥遥替它套上牵引绳和书包，狗耳朵向后压褶，跟她卖乖耍宝。

她盯着狗一双卖乖的眼睛，居然又想起杜黎。

疯了，她真是疯了。

八点半，广场的音乐喷泉还在继续运转，路灯照得草坪亮如白昼。

邹遥遥手插进居家服双兜里，漫无目的地在草坪上溜达。

小区只有别墅，人口不多，这个时间点广场上人影寥寥，只零星有几个练太极的大爷。

邹遥遥找了个公园椅坐下，盯着远处发呆，阿帕奇也在她跟前蹲下，宛如保镖一般守着主人。

陈榆阳录完歌回家，经过喷泉广场，远远地看见坐在长椅上的邹遥遥。

他还未靠近，阿帕奇喉咙里就已经发出警告的呜呜声，用极度不友好的眼神瞪着陈榆阳。

“阿帕奇。”

邹遥遥喝了一声，制止阿帕奇。

阿帕奇立刻趴下，虽然没了敌意，却全程翻着白眼打量陈榆阳，它眼睁睁地看着陌生男人靠近邹遥遥，甚至挨着她坐下。

陈榆阳见她发呆，关切地问道：“心情不好？”

她摇摇头。

陈榆阳从兜里掏出一盒糖，举在她跟前晃了晃：“吃糖吗？”

她看了一眼，是她喜欢的口味，点头。

陈榆阳推开盒盖，邹遥遥下意识地将手摊开，伸了过去。

他捏住糖盒的手轻微一抖，几颗压片糖落在女孩的掌心。

这一系列动作，宛如幼儿园小朋友摊手向小伙伴要糖，也像天真无邪的小时候。

邹遥遥将几粒糖果全扔进嘴里，嘴里溢开酸酸甜甜的味道。

“记得大一军训那事儿吗？”

邹遥遥点头：“记得啊。”

男生们讲话难听，嘲笑陈榆阳像女人，班里有个女同学是陈榆阳的高中同学，一进大学便肆意散播他的身家背景。

陈榆阳没有父亲，妈妈是个疯子，高中读书靠校长救济，上大学的学费也是老校长赞助的。

那会儿陈榆阳性格内向且懦弱，敢怒不敢言，邹遥遥看不过去，一脚将带头骂人的男生踹出方队，最后全班被罚跑十圈，做一百个俯卧撑。

因为老东去世，邹遥遥受打击剃了寸头，加上她行事大大咧咧，整个一小男生形象。

班里同学将假女人陈榆阳和真爷们邹遥遥强行凑成一对，他们是班里饱受贬义的一对。

大二的时候，很多外系女孩来给陈榆阳递情书。

历史系的系花在有男友的情况下来给陈榆阳递情书，学校里莫名就有了“陈榆阳当第三者”的传闻。

系花的体育系男友拎着陈榆阳打了一顿，而他身体单薄，怎么可能杠得过体育系男生？

邹遥遥替他出头，和体育系的男生一打成名。

夏天，夕阳斜下，天台上的风阵阵凉爽。

两人坐在天台上吹风，邹遥遥撕开一个创可贴，替他贴在嘴角的撕裂处：“为什么不还手？”

她用指腹压了压创可贴边沿，用力过猛，疼得陈榆阳啧了一声：“不是他的对手。”

“你真的勾搭了人家女朋友吗？”邹遥遥盯着男生精致的脸。

他低眉垂眼、楚楚可怜的样子，让她想起了《霸王别姬》里的程蝶衣，一双眉眼细致漂亮，抿唇垂首时，真像一个女娇娥，让人心生保护欲望，不忍他被欺负。

邹遥遥又撕开一个创可贴，给他贴在额头上，小声嘟囔：“怎么会有你这么懦弱的男孩子？以后我保护你，谁欺负你，告诉我，我揍他。”

女孩拍拍他的肩："以后二爷罩着你。"

陈榆阳抬起下巴，用一双乌黑莹亮的眼睛看她。

从他懂事起，自卑就刻进了骨子里。

邹遥遥是第一个说要保护他的女孩，她就像一颗冬日的小太阳，给他光与热。

陈榆阳人生中吃的第一个生日蛋糕，是邹遥遥送的。

那天晚上，女孩知道是他的生日，裹着羽绒服顶着风雪跑了半座城，在市中心一家甜品店找到了那块三寸的小蛋糕。

邹遥遥打电话叫他下楼的时候，已经午夜一点。

他揉着惺忪睡眼从宿舍楼里走出去，阵阵冷风袭来，冻得他直打哆嗦。

路灯下的女孩鼻尖冻得通红，端着一只小蛋糕冷得原地直蹦。

看见他出来，她立刻迎上去，将小蛋糕递给他："陈榆阳，生日快乐！祝你学业有成，前程似锦，能赚很多很多钱，给妈妈治病！"

陈榆阳盯着立在原地的女孩，身体单薄得几乎要被风吹走。

分明天寒地冻，可他眼眶却滚烫。

他接过小蛋糕，端在手里。

邹遥遥从衣兜里摸出小蜡烛插在上面点燃，双手合十说："许愿。"

他合眼许愿，她唱着不着调的生日歌。

她问陈榆阳许了什么愿？

陈榆阳抿抿唇，摇头，表示不能说。

其实他的愿望很简单，赚很多钱，有足够的力量，希望有一天能保护眼前的这个女孩。

大学第三年，陈榆阳去酒吧唱歌，赚的钱已经足够还给校长，也足够念完大学。

他开始染发，穿名牌，宛如变了一个人。

邹遥遥依然是原来的模样，留着寸头，性格张扬。陈榆阳的颜值和气质都已经成长到令同校女生痴迷的程度，关于他母亲是疯子的传言也逐渐消失。

可有一个更让人"毁三观"的谣言跳了出来，在学校论坛传得沸沸扬扬。

陈榆阳被富婆包养。

有人拍到陈榆阳在酒店外与"富婆"拥抱，这件事闹得很大，全校皆知，迫于舆论，校方出面声明会着手调查。

陈榆阳开始三天两头不上课，邹遥遥见他的次数也越来越少。

全世界都在讨论、质疑陈榆阳时，只有邹遥遥义无反顾地相信他。

她找了人调查，追查到发帖人是看不惯陈榆阳的体育系男生。为了替陈榆阳出口恶气，第二天邹遥遥反将体育系男生同时脚踩三条船的铁证发至论坛。

也因此，有了后面她单挑体育系学长的恶劣事件。

邹遥遥被开除学籍，可体育系的那几个男生，仅仅只是在全校师生面前检讨。

很久之后她才知道，原来体育系男生的父亲是校董，她被开除，也是被算计的。

在离开学校那天，邹遥遥约了陈榆阳，她想告诉陈榆阳，任何时候，只要有她在，就没人能欺负他。

年少轻狂，她是真的想保护那个男生一生一世。

可陈榆阳并没有赴约，自此消失两年。

思绪拉回，邹遥遥抬眼凝视前方，无限感慨："想想以前念书的时候，做出好多幼稚的事，我居然为了你打群架，最后被勒令退学，真是人不轻狂枉少年啊。"

陈榆阳盯着女孩的侧颜，嘴角一勾，轻笑一声："你知道我为什么会突然离开吗？"

"嗯？"邹遥遥看他一眼，又摇头说，"算了，不想知道。"

"那，你想知道当年捧我的是谁吗？"陈榆阳又问她。

邹遥遥一愣，惊愕地扭过脸望着他。

陈榆阳嘴角一扯，低声说："是龚琳老师，我的恩师。"

"龚琳？"

龚琳是娱乐圈里知名的音乐制作人，国家一级演员，一年前因乳腺癌去世。

公司给陈榆阳定的是"阳光少年"人设，可这与他的实际性格恰恰相反，陈榆阳在她面前始终笑不出来，仿佛回到了很多年前，只想把最真实的一面展现给她。

他深吸一口气，说："妈妈病重，需要钱，恩师答应替我妈妈治病，唯一的条件，是让我出国，与国内一切人与事断绝关系，FOX的热度是恩师的团队打造出来的。"

他现在的团队、经纪人，也都是龚琳的。

邹遥遥长舒一口气，仿佛多年郁结顷刻消散：“所以，你和我断绝了联系。”

“嗯。”

他们出身不同，追求不同，所以最终成为了两条不相交的平行线。

陈榆阳盯着女孩的侧颜，声线温柔似水：“我现在可以保护你了。”

邹遥遥一脸疑惑地看着他，她看起来需要保护吗？

陈榆阳顿了片刻，又说：“可是，已经晚了。”

邹遥遥盯着男人的脸，似乎想明白了什么。

对杜黎的感情她摸不清，可对陈榆阳的感情她却看得透彻。

时至今日，这个男人已经不需要她的保护，她仿佛完成了一种使命，没有任何遗憾。

她忽然笑出声，收紧牵引绳起身，对他说：“我回家了。”

邹遥遥起身走了两步，被身后的男人叫住：“遥遥。”

“嗯？”她回头。

她长发披肩，已经不再是当年那个大大咧咧的寸头女孩，他也不再是当年那个胆怯自卑的少年，可有一点，他从未变。

他依然喜欢她。

“如果他欺负你，你告诉我。”他喉咙里仿佛卡了什么东西，哽了一下，声音低得很深情，“我能保护你。”

“不需要。”邹遥遥牵着狗转过身，冲他露出一口小虎牙，笑着说，“这世上除了我的亲人，我先生是对我最好的人，他会给我做饭吃，会问我受伤了疼不疼，有多疼，他照顾我细致入微，在他面前，我不用逞强，甚至没有机会举起自己的拳头。”

邹遥遥盯着陈榆阳的一双眼睛，认真地说：“他会保护我，他是我的拳头。”

杜黎就是有这样强大的力量，当他握住你的手，掌心的炙热就仿佛裹住了你的全世界，让你感到无比踏实。杜黎与陈榆阳是两种不同的人，却有一个相似点，杜先生的内心其实也非常脆弱。她又开始想这些日子杜黎对她的付出，他会不会觉得心寒？会不会觉得她是头白眼狼？

所以，她对杜黎的感情，真的不是男欢女爱吗？

她曾经以为，对陈榆阳的感觉是怦然心动，是喜欢，可现在发现，那只是保护欲作祟的结果。

她以为，对杜黎的感情是友达以上恋人未满，可是现在，她却又不甘他们的感情只停留在这个阶段。

邹遥遥不明白，为什么人类的感情可以这样复杂？

复杂到……她回到家看见餐厅里穿黄色冲锋衣的杜黎，鼻子突然一酸，想哭出来。

她不是多愁善感的人，为什么会这样？

杜黎刚到家，去酒架上取了一只水晶杯，打算给自己倒杯酒。

刚取了杯，再回身，看见杜太太披散着一头乌发，穿着粉色款居家服，踩着熊头毛拖鞋，牵着阿帕奇杵在玄关口。

她直愣愣地杵在那里，神色略微不对，仿佛在外受了什么委屈。

杜黎见她这样，心里一阵悸动，搁下酒杯走过去。

他低声问她："怎么了？"

她满脸委屈地望着他。

杜黎被她一脸委屈的样子搞得手足无措，想去抱抱她，可想起她昨天的话，又忍住。

邹遥遥以为杜黎要给她一个爱的抱抱，然而并没有。

她摇摇头，说："没，有点累，我先去睡了。"

杜黎点头，侧身给她让开一条路，等她走到楼梯口，对她说："明天我会出差，下周一回。"

"哦。"邹遥遥没有回头，径直上楼进了房间。

她躺回床上用枕头捂住脸，脑子里依然是杜黎的面孔，挥之不去。

邹遥遥同学，是你说对人没感觉！你到底在想什么啊？

她拿枕头捂住脸，给自己贴上了"心机婊""打脸狂魔"的标签。

有一种绝症，叫肝肠寸断后悔到死。

03.

杜黎凌晨四点的飞机，走的时候给她做了早餐，牛奶杯下压着字条：牛奶热热再喝。

这一别四天，每天对她来说都是煎熬。

在马背上她尚且可以忍受那种莫名空虚的情绪，可下了马，注意力一旦松散，她整颗心都仿佛被掏空，急需被什么东西去填满。

每天除了训练，马房里事无巨细，都由她做。

斯凯夫妇除了培训她技巧之外，还着重培养马儿与骑手之间的感情与契合度。只有了解马儿的行为习惯，才能更清楚它们在想什么，这是斯凯夫妇一直以来传达给学生们的观念。

三天不见杜黎，邹遥遥的情绪彻底不受控制，影响到训练。

李建国先生给她放了假，在她没整理好心情之前，不许回农场，也不许去碰米格。

邹遥遥宛如被勒令休学的学生，她也急需解决当下的状况，让生活回到正轨。

夜晚，她躺在床上，头枕着阿帕奇，捧着手机不断戳屏幕。

黑屏，戳亮。黑屏，又戳亮……反复多次。

等到十二点，仍然没收到杜先生的消息，她觉得这一次杜先生可能真的对她心寒了。

她……完了。

她心头压着事，所以毫无睡意，为了解决问题，她私戳苏悦，问："在吗？"

苏悦："嗯？怎么还没睡？"

邹家二爷："我想跟你咨询点事，关于感情方面的。"

苏悦："你问我这种问题？我自己的感情问题还没解决，你咨询我？等我什么时候和萧承复婚，你再来咨询我。"

邹家二爷："好吧。你早点休息，晚安。"

苏悦："等等，你是和老杜发生了什么？别人的事情我兴许不能帮你参考，可老杜那个人，我还是有点了解的，你且说说，看我能不能帮你。"

邹家二爷："嗯……其实，我和杜黎是协议结婚。"

苏悦："什么？！"

邹遥遥把她和杜黎的草率婚姻简单交代了一下，又说了一下前几天杜黎告白，以及自己心烦意乱的事。

苏悦："傻姑娘，你是爱上了老杜不自知。老杜也是个愣头青，哪有追女孩这么猛的？他在遭受一次挫败后就对你这么冷淡，我猜有两个原因。"

邹家二爷："嗯？"

苏悦："要么是背后有高人指点，吊你胃口，故意对你冷淡，好让你回心转意；要么他是真的已经心寒，放弃了追求你。如果是前者，那我们就得想办法应对，你作为女孩不能处于被动。如果是后者，那你就得跟他死磕到底，厚着脸皮去把他给追回来。"

邹家二爷："那要怎么才知道他有没有高人指点？"

苏悦："嗯……老杜交心的朋友没几个，我猜这个高人是秦易。最近秦易和萧承走得近，我用美人计去帮你打探一番，你等我。"

苏女神发完这条消息，就销声匿迹了四十分钟。

而与此同时，另一边。

杜黎捧着手机也是心痒难耐，控制不住地想拨通邹遥遥的视频电话，想看看媳妇儿。

然而群里的两位军师及时阻止了他。

萧承："杜先生，欲速则不达，想要知道杜太太对你的感情，就得耐得住性子，假装不再喜欢她。如果她真的喜欢你，你的突然冷淡会让她心慌，辗转难眠。当相思成疾，她熬不下去时，就会主动和你联系。"

天下第一帅的小易："老萧说得对！老杜，这事儿你得听我们的，想知道遥遥是不是真的喜欢你，就得用这个办法。女孩的心思我还是懂一点的，你对她好时，她就是'我怎么可能喜欢你呢'的状态，等你对她稍微冷淡一点，她就开始心痒难耐，变成了'你居然对我这么冷淡？你怎么可以对我这么冷淡'的状态。"

萧承发了一个"点头"的表情，表示很赞同秦易的分析。

天下第一帅的小易："真的，老杜，你信我！"

杜黎握着手机沉默片刻，也觉得秦易分析得有道理。

毕竟，秦易睡过的女人，比他认识的女人还多。

苏悦肩负重任，穿着睡衣爬上了萧承的床，她香肩半露，一脸媚态，咬住性感的下嘴唇，冲着坐在床上玩手机的萧承抛了个媚眼。

萧承吓得手一抖，手机落在被褥上。

他皱眉，冲她打手语：小悦，说好分房睡，你怎么……

苏悦抓过他的手机，迅速下床跑回房。

画面转变太快，萧承愣了好一会儿才反应过来：苏悦抢走了他的手机！

他赤脚下床追出去，去敲苏悦的门。

苏悦用背顶着门，随便猜了一个密码，解锁成功，迅速翻了翻他的聊天记录。

恰好看见了他们的群聊。

苏悦：“……”

这群男人，啧啧，果然蛇鼠一窝。

苏悦将聊天记录全部截图之后转发给自己，然后删除截图，打开门将手机还给萧承：“你的密码是多少？你最近一直抱着手机，是在跟哪个小妹妹聊天？”

她装作不知道密码，装作没看过聊天记录。

萧承收起手机，跟她打手语：小悦，你得承认一个现实，我们已经离婚，应该有自己的生活。

苏悦挑眉：“好好好，你说什么就是什么，我睡了，晚安！”

说完回房关上门，给了萧承一个冷冷的门板。

萧承盯着门板，一脸莫名其妙。

她今天晚上是怎么了？怎么那么反常？

大概四十分钟后，邹遥遥收到了苏悦的回信。

苏悦：“果然有高手指点，我把聊天记录转给你，自己看！老杜明天回来吧？你把握机会去撩拨他，和他暧昧，让他再主动一次。”

看完几个男人的聊天记录，邹遥遥心里直骂秦易小鳖孙。

邹家二爷：“可……如果诱惑他主动，对他不公平吧？而且，上次是我不对……这次应该我去表白。”

苏悦：“你傻啊，作为一个成年人，你只需要跟他暧昧，剩下的让他自己去体会，懂吗？”

邹家二爷：“可……他知道真相后真的不会弄死我吗？”

苏悦：“弄死你不敢说，让你下不了床……倒有可能。”

邹家二爷：“……”

周一下午鬼乐园的开园仪式，主办方邀请了FOX陈榆阳以及去年演仙侠剧大火的赵莹剪彩。

苏悦、萧承在网络上已经有一定知名度，他们作为特邀嘉宾参与此次开园活动。开园的剪彩仪式上，有媒体注意到邹遥遥和萧清清。

一个是风凯速度赛马冠军，一个是全国青少年马术比赛的冠军。

开园仪式结束后，陈榆阳和赵莹会带着几位嘉宾进鬼乐园体验，全程摄像机跟拍，官方会将此次视频发至网上，用作宣传。

参与活动的总共八个人，陈榆阳、赵莹作为队长，而苏悦、萧承、秦易、邹遥遥、萧清清、杜黎作为队员。

杜黎姗姗来迟，赶上了探险第一波。

由于鬼乐园规模宏大，全部玩一遍最少需要四天，所以这次活动秦易选择了最简单的一个主题关卡——惊魂追踪。

这个主题集恐怖、惊悚、解密为一体。

这个关卡有个故事背景：

一艘载满学生的旅游船遭遇海难，九名学生流落荒岛。在荒岛的第一夜，他们被困迷宫，而迷宫给出预示——只存活一个人时，那个人可以活着离开荒岛。

九个人对天发誓要一起努力闯出迷宫，可是第二晚，一个叫柚子的女学生被杀，而凶手就在仅剩的八个人当中。

幸存的八个人，每一个都看似无害，到底谁才是凶手呢？

迷宫里危机四伏，他们不仅要对付鬼怪，也要提防被“凶手”杀害。

八个人用抽签决定谁是凶手，凶手负责破坏解密关卡的线索，并“杀人”。“死掉”的人会被关进一个恐怖的暗室，那里会不断制造恐怖氛围，“死掉”的人要在那里面饱受摧残，直至游戏结束。

大家从视频里欣赏过那个恐怖的暗室，谁都不想“死掉”，也不想被关进去。

进入“惊魂追踪”，冷风迎面吹来，他们脚下是沙地，里面没有灯，借着绿森森的荧光指标，勉强能看清几棵椰子树。

他们耳畔能听见古怪的叫声和海浪声，那些诡异的声音是4D环绕音效，让人有身临其境之感。

众人头顶飞过一只不明物体，哗的一声，不明物体的翅膀贴着邹遥遥的额头飞了过去。

这一下让她始料未及，吓得她哇的一声抓住身旁人的胳膊。

陈榆阳低声安慰她：“别怕，只是一只仿真蝙蝠。”

邹遥遥惊魂未定，扭过脸才发现原来身边站着的是陈榆阳。

秦易调侃说：“这才刚到门口你就吓成这样，待会儿进了迷宫确定不会吓得半身不遂吗？”

萧清清小步走到邹遥遥身边，挽住她的胳膊，瑟瑟发抖：“师父，我怕，这里的环境塑造也太逼真了吧？尤其是这个音效，好吓人……”

看恐怖电影邹遥遥一点儿也不怕，可置身鬼屋，这些一惊一乍的东西，却让她有点招架不住。

她正想开口安慰小姑娘，只听身后有男人冷哼一声，用讽刺的口吻说道：“一只蝙蝠至于吓成这样？杜太太，你这么反常，该不会你就是凶手吧？”

杜黎这语气，她听了想打人！

冷淡战术就冷淡战术！干吗阴阳怪气地跟她说话？

大家继续往里走，邹遥遥反击道：“杜先生这是在吃醋？”

杜黎：“……”

吃醋？她难道到现在都没发现，他对她超冷淡吗？

苏悦啧啧一声：“行了行了，你们夫妻俩在这种环境下就别秀恩爱了，咱们得赶紧走出去！尽快找到谁是凶手。”

萧清清抱着邹遥遥的胳膊，邹遥遥抱着苏悦的胳膊，苏悦抱住萧承的胳膊，萧承也有点害怕，抱住了秦易的胳膊。

秦易手忙脚乱，抱住了杜黎的胳膊。

杜黎也觉得这地儿邪气，可怕，十分可怕！

他左右张望，发现除了陈榆阳无人可抱……一咬牙，抱住情敌的胳膊，誓死不撒手！

一有危险就推他出去，哼。

第十四章 意外胜利

01.

他们身处仿真的沙滩上，地面上的贝壳泛着荧光，摆成地标，顺着贝壳地标往前走，就是迷宫入口。

想进迷宫就得先找到开关的线索。

赵莹在前面寻找线索，而剩余的人却在后面串成了一串“羊肉串”。

陈榆阳被人抱住胳膊，下意识地扭过头打量身后的人，由于他和杜黎身高差得不多，两人的脸距离又极近，他的鼻尖碰了一下杜黎的鼻尖。

他嚯的一声条件反射地朝后一缩。

他用力抽了几下，没能将胳膊从杜黎的束缚里抽出来，这男人的体格比他强壮，力道很足。

一旦想到杜黎是他心爱女人的老公，陈榆阳心里便不是滋味，他正要呵斥对方让他撒手，前面观察线索的赵莹突然吼道：“我找到进迷宫的线索了！但我看不太懂，你们过来看一下。”

赵莹一回头，看见了以陈榆阳为首的“羊肉串”，几个人宛如在玩老鹰捉小鸡般串成了一列。

陈榆阳往前跨一步，后面的人也纷纷跟着移动，队伍摆起来像条小蛇。

赵莹：“……”

赵莹指着迷宫入口上方的一处光亮，说："你们看，整片场地，就只有那上面有光，圆心中间有一个钥匙图案，你们个子高的伸手上去摸摸，看看那是不是按钮。"

话刚说完，后面的邹遥遥伸长脖子说："让杜黎去吧，他个子最高。"

其实她是想看杜先生哇哇大叫的样子。

杜黎："……"

男人腹诽，杜太太有本事在后面放冷炮，有本事上前来吗？保证亲你！

陈榆阳明显感到男人抓他手臂的手紧了紧，杜黎这是在紧张？害怕？

他嘴角勾了一下，在内心鄙视男人的胆量，开口对邹遥遥说："我来吧。"

陈榆阳正欲往前跨一步，杜黎却抓他抓得更紧了。

由于光线太暗，后面的人压根看不见前面的人做了什么动作。苏悦催促："快点进迷宫吧，咱们不能在入口处浪费时间。"

见前面好半晌没动作，萧清清发出质疑："前面的大老爷们不会是害怕吧？"

陈榆阳正要辩解，杜黎却抢先说："大老爷们儿怕什么？"随后松开他的胳膊，在他肩头拍拍，"我在你身后，为你保驾护航。"

他说得大义凛然，陈榆阳一脸无语。

怎么会有这么不要脸的男人？怪不得邹遥遥会不开心。

陈榆阳在众人的注视下走向前，抬手去摸入口上方的钥匙孔。果然，那个图案是个按钮，他往下轻轻一压，大门伴随着轰隆隆的声音朝两边打开。

迷宫入口的大门打开，赵莹往后一站，横插在杜黎和陈榆阳之间。

杜黎严眉肃目，用一根手指戳戳赵莹的肩膀："女孩去后面，前方危险。"

杜先生的提醒让赵莹心头一暖。

杜先生是十八线女演员们梦想攻下的目标，这个男人颜高多金，据说，他除了脾气不太好，其他条件都不错，绝对是圈内排名第一的金主。

能抱上这条大腿，女演员们从此带资进组不是梦。

然而大老板已婚，妻子是邹影帝的二闺女。赵莹是邹影帝旗下的女演员，纵然她对杜先生有那个心思，也不敢挖老板女儿的墙角。

赵莹去了队伍末尾，排在萧清清后面，抱住了小姑娘的胳膊。

萧清清身后多了一个人，心里终于踏实。然而赵莹发现……后面比前面可危险太多了，一个不留神，就会被鬼怪给抓走好吗？

一阵阴风袭来，赵莹脊骨发凉。

杜先生真的不是故意把她丢到后面的吗？

……

迷宫里道路很窄，四通八达。

以陈榆阳为首的队伍慢慢朝里进入，走到一个岔路口，为首的人停下，说："这里是岔路口，只有一条道是正确的，我们走哪边？"

这个迷宫每一个小关卡都会提供线索，想知道哪条道路是正确的，八个人就得合力找到线索。

陈榆阳扭过头看向杜先生，一脸诚恳地向他建议道："杜先生，你是商人，头脑应该比我们灵活，你来找找线索？"

这条岔路口没有灯光，一眼看过去黑压压一片，压根看不见什么明显线索。

情敌这个套下得非常完美，如果他不能找出线索，带领大家找到正确的路，显然会毁了他这么多年的学霸人设。

苏悦也道："是啊，老杜，你在学校年年拿奖学金，这么聪明，一定可以找到线索的吧？"

邹遥遥也添油加醋："杜先生该不会徒有虚名吧？"

萧清清插嘴："师父，我怎么觉得你老针对我师母呢？我师母这么聪明，怎么可能找不到线索！"

众人七嘴八舌，杜黎肩负重任地松开了陈榆阳。他往前走了一步，一脸凝重地仔细去看岔路口的三道拱门。

拱门上没有一丝光亮，而他们脚下却有贝壳莹莹发光。杜黎总觉得脚下的沙土触感有点不同，他往后退了一步，低头用脚尖踢了踢沙土。

他的脚尖触动了沙土下的开关，啪的一声，两面墙上各显出一行字。

左墙："八人相叠。"

右墙："出路在前。"

盯着两面墙上的字，邹遥遥发出疑惑："什么意思？出路在前？可这三条路都在前方啊。"

苏悦摇头，说："没这么简单，第一句，应该意有所指。"

秦易一头雾水："说好的鬼屋呢？一路走过来没看见一个鬼，全猜谜语了。谁想动脑子啊？顾客都想体验刺激的鬼怪追踪好吗？”

对于这种模式，杜黎倒是松了口气，能用脑子和钱解决的问题，就都不是问题。

“线索到底是什么？我们八个人，要怎么叠呢？”萧清清捏着下巴尖儿，侦探思考脸。

杜黎注意到墙上忽然亮了一个“八”字，他忙喊了一声“1”。

果然，墙壁又亮了一下，显出数字“1”。

杜黎瞬间明白，吩咐大家：“从我这里开始，大家一起报数，让所有数字都亮起来，这些亮起来的数字，应该是正确道路的提示。”

大家纷纷点头。

从杜黎开始报数。

“1。”

“2。”

“3。”

“4。”

“5。”

“6。”

“7。”

赵莹的身后有人顿了一下，喊出数字“8”。

身后那人仿佛离赵莹很近，气息宛如风一样打在她的耳背上，莫名有种阴森感。

大家依次报数，墙壁上的数字也跟着亮起来。这串数字一亮，形成了一个箭头，而箭头所指的方向是右边的那条通道。

众人相互抓着胳膊，继续前行。“福尔摩斯”杜黎自动退回“羊肉串”队伍中，甘为第二，让陈榆阳打头阵。

为了缓解阴森的氛围，邹遥遥开口说：“咱们八个人都别愣着不说话啊，都出点声好不好？”

秦易附和：“遥遥说得对，来个人唱首歌？”

“等等。”队伍中间的苏悦突然发声，制止大家继续前行。

邹遥遥抱紧了她的胳膊，问：“怎么了？”

苏悦吞了口唾沫，脊背一僵，问：“我们有九个人吗？”

秦易："怎么可能？我们只有八个人！报数也只有八个人啊！"

苏悦的声音明显颤抖起来："按理说，我们的末尾报数应该是7。"

赵莹没反应过来，她反问："为什么？我是'7'啊，我身后的人才是'8'。"

大家都沉默下来，四周静得可怕。

萧清清小声说："我们是有八个人没错……可萧承哥，不能发声啊。而且从始至终我们都没有变动过排列顺序，我是倒数第二个，赵莹姐姐你是倒数第一个，你身后怎么可能还会有人？"

赵莹头皮一麻，扭过头，对上身后一袭红裙的"女人"，她的头发遮住了脸，压根看不清五官。

赵莹颤着声音问道："你……你是谁？"

红衣无脸女人慢慢凑到她的耳边，语气阴森森地说："我是柚子啊。"

赵莹："……"

秦易一头雾水："柚子是谁啊？"

即便这只是游戏，可身处这样的环境，萧清清依然无法抑制内心的恐惧，她颤颤巍巍地道："是那个……在第一夜被杀害的女生。"说罢，尖叫一声，拔腿就跑。

反应过来和没反应过来的人都跟着哇的一声大叫，陆续往前跑。

"羊肉串"队伍彻底解散，大家都争先恐后地往前跑。

赵莹被"柚子"拖走，连一句"救命"都没来得及叫出口。

混乱奔逃中，杜黎抓住邹遥遥的手腕，拖着老婆一起往前跑。大约一分钟后，他们跑出窄道，来到一处没有门的开阔石洞。

一进石洞，漆黑一片，辨不清方向，众人压根无法继续前行。

杜黎觉得这里如果有光线，一定会是恐怖的场面，他眉头一紧，将老婆拉进怀里抱紧。

嗯……不对……这身高不对，手感也不对。

他怀里的"老婆"也顺势抱住他的腰身，贴着他的胸膛撒娇："老杜，我怕……"

这声音？秦易！

杜黎心一跳，把怀里的秦易推了出去，顺势踹了一脚。

秦易被踹出去，身体不受控地朝墙扑过去，顺势抱住了一具尸体。

他不知道是触动了哪里的开关，洞内亮起诡异的绿光。秦易借着绿光看清了手里的东西，然后哇的一声叫出来。

萧清清看不惯秦易哇哇大叫的样子，拍了一下他的肩："你叫什么啊？吓死我了……"

"你说我？刚才是谁尖叫一声拔腿就跑，带乱了大家的队伍？"秦易反斥道。

萧清清哼哼唧唧地辩解："我……我那是为了带动游戏氛围。"

苏悦："好了好了，大家别吵，我们是不是走错路了？这里怎么什么也看不见？"

杜黎环视一圈，看见邹遥遥站在陈榆阳身后，便大步跨过去，横插在两人中间，成了一道完美的三八线。

诡异的绿光渐渐照亮这个山洞。

石洞四壁挂满了血淋淋的无头尸体，特效逼真，空气里仿佛充斥着血腥味儿。下面摆放着一个木棺，配上恐怖音效和地上莹莹的绿光，以至于大家都愣在当场。

杜黎环视一圈，脸色一白，转身抱住矮他一个头的姑娘，震肺一吼："老婆别怕！"

邹遥遥的头被男人抱住，五官被摁在他的胸膛上，差点窒息。

"……"

到底是谁在怕？

杜黎双眼紧闭，身子止不住地发颤。邹遥遥感受到男人的恐惧，伸手将他环抱住，安慰性地拍拍他的背。

苏悦也吓得抱住萧承。男人将女人圈在怀里，拍拍她的背，无声地安慰：别怕，我在。

秦易和萧清清也吓得不轻，前者想去抱萧承，后者想去抱邹遥遥……然而两人分别看见了虐心的一幕。

两人对视一眼，哇的一声，抱住对方的头，痛哭流涕。

秦易："清清丫头！"

萧清清："二易哥！"

陈榆阳回头看见杜黎紧抱着邹遥遥，轻咳一声："继续往前走吧。"

萧清清和秦易相互抱着索取安全感。因为没了赵莹，陈榆阳彻底落单，他打头阵走在前面，杜黎搂着邹遥遥的肩走在后面。

众人才走了几步，"无头尸"们从墙上剥落，纷纷落地，朝众人围攻过来。

杜黎啊了一声，吓得头皮一麻，激动之余将陈榆阳推给了无头尸。

邹遥遥被杜黎自私的动作惊呆了，她瞪大眼：“杜黎，你干吗？”

杜黎没给她发火斥责的机会，一把将她扛起来跑到出口。

他在出口找到开关，单手摁下开关。

触动机关，大门缓缓合上，剩余的人被关在了里面。

秦易被“无头尸”拦住，眼看着逐渐合上的大门急得大骂：“老杜，你这个浑蛋！快打开门！”

扛着老婆的杜黎被笼在一股幽幽绿光里，他冲里面的人做出“拜拜”的动作，嘴角一勾，浑身邪气展露无遗。

他这个笑容令人毛骨悚然。

伴随着尖叫声，大门终于合得不剩一丝缝隙，杜黎将邹遥遥放下，松了一口气。

邹遥遥的拳头捏得咔咔作响，瞪着他：“杜黎，你是凶手！”

杜黎一耸肩：“是我。”

邹遥遥：“阴险、卑鄙小人！你为什么要救我？”

“你离我最近啊。如果只剩我一人，这游戏就结束了，”杜黎一步步将她逼至墙角，“就这么结束，多没意思？”

他戳戳太阳穴，嘴角一勾：“得靠这儿走出去，才有成就感。”

邹遥遥盯着他身后，瞳孔突然放大。

她抬起手，指了指他身后：“杜……杜黎……你、你、你身后……”

“吓唬我。”杜黎左眉一挑，“你以为我是真的怕？”

邹遥遥看着他身后逐渐靠近的“鬼”，咬着嘴皮，紧贴墙壁。

一只手搭在杜黎肩上，他下意识地一耸肩，将那只手给拍了下去。

冰冷的触感让他浑身的毛孔张开，他的头皮也跟着一阵酥麻，整个人都僵住了。

刚才还一脸邪气的冷酷杜先生，突然抓住女孩的双肩，带着她一转身，将她推到“鬼”的面前。

男人弯腰躲在她身后，邹遥遥被男人这一推，鼻尖撞在“鬼”的脸上，疼得她啧了一声。

邹遥遥：“……”

这不是真爱吧？真爱会推她出来挡“鬼”？

杜黎显然被吓到，说话的语气前后判若两人："杜太太，我爱你！快走，这地儿我一刻不想待。"

邹遥遥："杜先生，求你用肢体语言说爱我好吗？"

杜黎抱着她的胳膊瑟瑟发抖："好好好……回家要怎样就怎样。"

杜黎走出鬼屋的那一刹，脸色惨白。

其他人因为被"无头尸"围攻，游戏失败，都被关进了小黑屋。二十分钟后，游戏结束，众人一出来，都愤愤地盯着杜黎。

在鬼屋里直击心灵的恐怖遭遇让秦易双腿发软，他扶着萧清清的肩膀站直，鄙视他："老杜，我真没想到你是这种人！"

苏悦在小黑屋里也被吓得不轻，手在胸脯上轻拍着，斥责杜黎："老杜，你刚才真的太过分了，大家都被你骗得团团转。"

萧清清也附和："是啊！师母，你今天真的很过分！师父，你不许偏袒师母，晚上罚他跪搓衣板。"

萧承也皱着眉，冲他打手语：杜先生，你真的很过分。

邹遥遥想起刚才杜先生推她出去挡"鬼"，心塞得想哭，她宁愿杜黎把她丢给"无头尸"，和大家一起关进小黑屋。

她怎么会有这么坑人的老公？

面对众人的指责，杜黎无动于衷，一脸正色地整理被鬼怪们扯乱的衣衫，恢复严厉老板的形象。

众人没想到的是，他居然恬不知耻地为自己刚才的缺德行为做了相当有理的阐述："既然是游戏，就得遵从游戏规则，扮演好自己的角色是我的义务，如果不好好演，是对你们不负责。"

众人："……"

不得不说，这个男人严肃地陈诉某件事情时，的确有点特殊的魅力。但即便如此，邹遥遥还是想一脚踹过去。

两天后，成片剪辑出来，秦易把成片奉献给杜大老板过目。

杜大老板接到这支视频，一帧不落地看完，表示不太满意。

剪辑师刻意剪辑出"陈榆阳有担当"的形象，在陈榆阳的对比下，杜黎的形象大打折扣，被剪辑成了"表里不一"的阴险小人！

鬼知道他做这些只是为了让大家的游戏体验感更真实。

剪辑师偏袒陈榆阳，对他来说很不公平。

对此，杜先生很有意见。

剪辑师又顶着压力，把片子重新进行剪辑，为了凸显杜先生的“聪明”，剪辑师刻意弱化陈榆阳。

杜黎推邹遥遥出去挡“鬼”的片段，被保留下来。推老婆出去挡“鬼”，这个片段他看过之后，自己都觉得过分。当时他潜意识里觉得这样做对老婆无害，但现在仔细想，这种行为可能会在无形之中让老婆心寒，让老婆觉得真的遇到危险的时候，他也会这么干？

思及此，他决定让这段保留，警示自己以后不许做类似过分的事，即便没有危险也不行。

这段，剪辑师给予了重点加工。

成片出来以后，秦易捏着下巴感慨：“老杜，你的偶像包袱很重啊？不过，你这么算计大家，这支片子一出来，陈榆阳的粉丝得怼死你，你确定要这样？”

杜黎无所畏惧，他会怕吗？

决定演好凶手的时候，他就猜到了会引起大家的不满，但是认真对待每一个角色，是他的基本态度。

事实证明杜先生是“吸粉体质”，他有颜值有脑子，确实不怕。

在宣传片里，杜先生的狡猾成为一大特色。

杜先生拿老婆挡“鬼”的片段，被剪辑师做了美化，配上了很萌的音效和文字，成功替他化解尴尬的同时，还为他圈了一圈粉丝。

这支宣传片类似真人秀，粉丝们冲着陈榆阳和赵莹去看，有不少人却爱上了“阴险狡猾”的杜先生。

评论区的网友嗨翻天：

喵小羽：“这是我看过最毛骨悚然的真人秀，没有之一。以及杜先生真的很……特别啊，拿老婆挡“鬼”，有点可爱。这个杜先生是？片子里没给介绍。另外，表白陈榆阳！”

三月温雯：“我们的小狐狸陈榆阳在里面很有担当！希望小狐狸多多参加真人秀。以及……这位杜先生戳中了我的点，他前面一本正经地狡诈，后面一本正经地害怕。”

当然，有人的地方就有江湖，有网友的地方就有“喷子”。

也有网友故意挑刺。

小呆呆童鞋：“这个后期没毛病，打着陈榆阳和赵莹的名义让粉丝们来看，然而赵莹女神的镜头却不如这位杜先生。相较之下，杜先生才是主角吧？想知道他是谁，后台不小吧？一张整过容的脸，也想蹭赵莹和陈榆阳的热度上位？也不问问粉丝们答不答应。”

……

陈榆阳和赵莹的影响力度不小，这支视频很快转发量超过三万。视频关注度越高，网上对杜黎的讨论声就越多，杜黎在一夕之间成了网络红人。

杜黎是童星出身，和邹遥遥一样，但他以前的童星身份的微博账号已销号很久，现在他只有一个微博账号，也是目前唯一在用的一个。

他的微博粉丝寥寥，只关注一些马术俱乐部以及播报马术赛事的官方微博，没有原创内容，微博里，除了点赞就只有转发。

即便网上抨击他的言论不少，他也没发微博说一个字，他心系杜太太的比赛，压根没心思关心网络舆论。

他刷到那条讥讽他是整过容的脸的微博时，举起镜子，捏着下巴仔细照。

什么整过容的脸，分明是天生丽质难自弃。

从鬼屋回来以后，杜太太将精力投入到比赛上。

赛事越来越近，邹遥遥为了集中精力练习，索性暂住农场，和杜黎分开住。

采用冷淡战术的杜先生冷着冷着突然发现，老婆好像真的越来越冷了。

杜黎：……

东云省共有二十二个市，参加此次马术联赛的总共有二十三个马术俱乐部。

这次马术联赛会根据比赛成绩，评选出排名前十的马术俱乐部，省马术协会会从这十个俱乐部里，挑选出六名成绩优异的选手，组建东云省马术队，前往北京参赛。

比赛前一天的下午，邹遥遥带米格去赛场熟悉场地。

盛装舞步赛在A馆举行，提前来熟悉赛场的成员有很多，工作人员为了维持现场秩序，给选手们发了号，让他们排队在场地外面等。

二月天气还寒，冷风刺骨，骑服御寒作用不大，骑手们在外牵着马等，十分辛苦。

邹遥遥和萧承分别拿的是12号、13号，略微靠后，偏偏排在他们前面的是管特俱乐部的骑手，那些人刻意拖延时间，让他们挨冻。

萧承牵着爱驹凤凰，对身后的邹遥遥打手语：遥遥，你去休息室里面坐一会儿，我在这里替你看着米格。

邹遥遥攥着缰绳，合掌搓手，冻得直跺脚，她摇头说："不了，等一会儿吧，忍忍就过去了。"

她把缰绳拴在栏杆上，翻过栏杆，去阶梯上坐下。

杜黎知道老婆下午会来熟悉赛场，一早便蹲守在A馆休息室内，他通过休息室的落地玻璃窗往下看，正好可以看见坐在台阶上搓手的杜太太。

文涛顺着老板的视线往下看，善解人意地道："外面这么冷，我让人送杯热咖啡过去。"

"嗯。"杜黎点头，"去准备热咖啡，我去送。"

由于风凯速度赛马的成功，这次马术联赛，马术协会邀请了陈榆阳作为开幕式嘉宾。

陈榆阳最近风头正盛，网络上关于他的营销内容、公关稿满天飞，陈榆阳的粉丝黏性相当恐怖。当然，也有人爆陈榆阳过往的黑料，诸如大学被富婆包养、妈妈是疯子之类的谣言，多不胜数。

关于被富婆包养的事情，陈榆阳工作室早就发过声明，众所周知，包养一说，纯属污蔑。

而关于陈榆阳的"疯子妈妈"，陈榆阳默认。但这一件事不仅没能对陈榆阳的名声造成打击，反而令粉丝们更加心疼他。

B区速度赛道那边在彩排开幕式。

邹遥遥在A馆外等待进赛场时，听见B区传来陈榆阳的歌声。

她坐在台阶上，居然听得出了神，跟着旋律哼唱。

这首歌当年红遍大街小巷，她这会儿跟着哼唱毫无压力。

如果她没记错，这首歌叫《爱上那个假小子》。

杜黎握着咖啡杯从楼上下来，听见陈榆阳的歌声，内心一万个鄙视。

乱七八糟的旋律、庸俗的歌词，就这种歌，居然会有人喜欢？现在歌坛这么混乱，随便一个会唱歌的人都能当歌星了吗？

杜黎刚下楼梯，听见身后有人叫他"杜先生"。

他回头往后看，看见一个手里捧着照相机的姑娘。那姑娘身材高挑，肌肤雪白，往那儿一站挺扎眼。

林雪朝他小跑过来，喘了口气，在他跟前停下，笑道："真是您啊，能在这里遇见您，真是巧了。”

杜黎盯着眼前这个女孩，在脑子里搜索半晌才想起她是谁。

邻居？

男人穿着一套严肃的西装，手里握着一杯咖啡，打量她的眼神锐利而冷漠，仿佛在看一个不怀好意的陌生人。

林雪冲着他伸出手，笑的时候露出两颗小虎牙：“杜先生忘记我是谁了吗？那就容我做个自我介绍吧，《中国马术》杂志的记者林雪。”

这个女孩皮肤很白，连她伸过来的手也白得晃眼。但杜黎并不想跟她握手，他赶着给杜太太送热咖啡，跟林雪握了手还得去洗、去消毒，如此折腾一番，再送咖啡过去，差不多已经凉了。

他一脸冷漠，眉眼极具距离感，嗓音严肃低沉：“你好。”

林雪尴尬地将手收回，跟他聊天：“比赛不是在明天吗？杜先生，您是嘉宾？”

“嗯。”杜黎回答得很简短。

他握紧了手里的咖啡杯，仔细感受了一下咖啡的温度，抬眼去看杜太太的方向，对女孩道：“我赶时间，回聊。”

林雪是个机警的女孩，她懂察言观色，顺着男人目光的方向看了眼，便什么都明白了。

她问：“杜先生这是去给杜太太送咖啡吗？”

杜黎点头。

“杜先生真是细心呢。哦，对了，我是来给您送钱包的，”林雪从挎包里掏出一个钱夹，递给杜黎，“喏，您的钱包，我在彩排开幕式那边的休息后台捡到的。”

杜黎皱眉扫了眼黑色男士钱夹，语气很冷：“这个钱夹不是我的。”

“啊？”林雪将钱夹展开，露出里面的一张寸头女孩照片，“这难道不是您太太吗？”

杜黎扫了一眼照片，神色微有变化，他顿了一会儿，伸手接过钱夹，跟林雪道谢：“谢谢，这是我太太的钱包。”

林雪把钱夹递给他，不忘夸道：“您太太真酷！”

必须酷！杜黎收起钱夹，握着咖啡杯朝邹遥遥走过去，途中，他打开钱夹抽出了放在最里层的身份证。

身份证显示为中国籍男性，上面还有一个让他觉得特别碍眼的名字——陈榆阳。

杜黎将老婆的照片抽出来，顺手将钱夹搁在垃圾桶上。

邹遥遥坐在阶梯上，老远看见杜黎握着一杯咖啡走过来，半路还顺手搁了一件东西在垃圾桶上。

这几天她一直忙于训练，这会儿看见他，怪想念的。

杜黎走到她跟前，将咖啡杯递到了她手上。邹遥遥很有心机地顺势握住了男人的手指，很快又松开："谢谢杜先生。"

这个看似不经意的握手指动作，撩拨得杜黎热血沸腾。

杜太太就不能好好取个咖啡？

杜黎的内心如狼似虎，却要装成若无其事的谦谦君子样子。

邹遥遥捧着热咖啡暖手，伸长脖子往前面瞅了眼，盯着队伍里的骑手和马，抱怨道："前面也太慢了吧？后面的人都快冻死了。"

"杜太太姗姗来迟，怪得了谁？"杜黎瞥了她一眼，挨着她坐下，"活该。"

邹遥遥扭回头看向杜黎："你就不能心疼心疼你太太？说风凉话合适吗？"

"我只心疼我的女人，你只是我名义上的太太，凭什么让我心疼？"杜黎冷笑一声，"你这么难追，哪个男人敢心疼？"

邹遥遥咬着咖啡杯，冲他翻了个白眼。

B区那边传来陈榆阳的歌声，这是第二遍彩排，陈榆阳重新唱了一遍《爱上那个假小子》。

当杜黎听到"爱上那个小寸头，爱上浓眉大眼的假小子"的时候，攒了二十七年的醋坛子，全翻了，气得胃绞疼。

这首歌的曲子确实不错，调子朗朗上口。邹遥遥手里捧着一杯温热的咖啡，轻晃脑袋，跟着哼出声。

她正沉醉在这首歌的曲调里，杜黎的手突然搭过来，握住了她的手腕。

邹遥遥一愣，扭过脸，一脸疑惑地看他。

杜黎将她的右手拉过来，抓着她腕骨的手很自然地往下一滑，与她五指相扣。

邹遥遥被他搞得有点蒙了。

杜黎握紧她的五指，一脸正色地道："你是我的。"

他语气严肃，神情刻板，动作流氓，结合在一起，她居然感觉到了撒娇的味道？

邹遥遥一脸疑惑地看他。

男人嗓音低沉，天生低音炮。

这样冷的冬天，他掌心却温热又厚实，让她很有踏实感。

“至少在这两年里，你是我的，我不允许你去想其他男人，”杜黎喉结一滚，一脸凝重地望着她，“他陈榆阳可以喜欢寸头的你，我杜黎也可以喜欢光头无发的你，无论你什么模样，我都喜欢，我对你的喜欢，不比他少。”

猝不及防的表白？这个反转是不是太快了点，刚才不是还在怼她吗？

这男人变脸怎么比翻书还快？还有，她为什么要剃光头？

邹遥遥内心甜蜜了一把，嘴角浮出一抹笑容，得意不过三秒，她反应过来一个问题。

“你怎么知道我留过寸头？”邹遥遥问他。

杜黎挑眉：“我这么喜欢你，想知道你的过去，不难吧？”

02.

“喊。”邹遥遥起身，顺势也将男人从阶梯上拽起来，仰着头冲他挑眉说，“像我这么难追的女孩子，怎么能劳烦您费心啊？”

邹遥遥没有拒绝，也没有做任何反抗动作，反而用双手握住他一只手。

女孩的心思他不敢探问，她嘴上虽然没有任何表述，但从她这么顺其自然的动作来看，应该是接受了他的喜欢？很明显，她是同意了他得寸进尺地耍流氓。

杜黎连日来的郁闷情绪得以宣泄，好像自己的冷淡战术起了作用，有一种守得云开见月明的感觉。

“快排到我了，我先下去准备。”邹遥遥往队伍的方向看了眼，松开他，将喝过的咖啡杯塞回给他。

她正要走下阶梯，杜黎抓住她的手腕，将她往回一拽，顺势拉回怀里。

女孩的脸撞在他胸口，这种感觉让他觉得踏实。

他想起陈榆阳，紧紧圈了她一会儿，然后才恋恋不舍地松开，他垂眼看她：“今晚回家吗？”

“嗯。”邹遥遥点头，“今天晚上不用训练。”

杜黎粲然一笑。

邹遥遥仰头看着他，发现杜黎笑的时候，嘴角居然有两只不是那么显眼的酒窝。

她忍不住抬起双手去掐男人的脸颊：“哇，杜先生你有酒窝？”

杜黎被她掐得心神荡漾，微微一侧脸，一低头，在邹遥遥的爪子上亲了一口：“我的酒窝都是爱你的形状。”

邹遥遥：“……”

杜先生突如其来的“亲吻”动作，让她浑身跟着一颤，连忙缩回手，显然还不太习惯杜先生在大庭广众之下这样亲她。

“你先去休息室等我，结束后我去找你。”

“嗯。”

杜黎目送女孩走下阶梯，又目送她骑马进入赛场。

他握着空空如也的咖啡杯转身往回走，经过垃圾桶时，他看见被他搁在垃圾桶上的那只钱夹已经消失。

他相信，陈榆阳的钱夹在被人捡到之后，会被人给送回去。

杜黎猜得不错，陈榆阳的钱包确实被人送了回去。

开幕式彩排结束。

一向温柔和气的陈榆阳居然在后台对着助理大发雷霆。

男助理被他生气的模样吓得直冒冷汗，一个劲儿跟他道歉：“阳哥，你先别急，既然能找到钱夹，就一定能找到那张照片，我回去找找。”

陈榆阳怒目猩红：“找不到自己滚蛋！”

助理颤颤巍巍地点头。

刚才陈榆阳一接过钱夹，就下意识地去看里面的照片。

从前放寸照的地方空空如也，一瞬间，他感觉天塌了一半。

这两年，他遭遇了很多事，失去母亲、失去恩师、遭逢逆境，这张照片是他唯一前行的动力。

于他来说，丢掉的不仅仅是一张珍贵的照片，而是一个信仰。

他不信佛，也不信道，甚至没有兴趣去研究科学，能让他击败负能量走出困境的信仰，只有她。

陈榆阳平静下来，又去检查钱夹里其他的东西。

他发现钱夹里除了一张照片，什么也没少，包括那几张崭新的钞票。

他似乎想到什么，抬眼问助理："钱夹是在哪儿找到的？"

助理："A馆外的垃圾桶上，被人端端正正地搁在上面。"

"A馆？"

助理点头："嗯，盛装舞步的赛场。"

陈榆阳心里有一个猜测，他扭头看向这里的工作人员，询问："那边有没有监控？"

工作人员想了一下，然后说："如果是在那边的话，应该会有。陈老师，我这就联系保安室，给您看看监控录相。"

"我跟你一起去。"陈榆阳拎过外套披上，同工作人员一起出了后台。

他们离开后，后台里两名主持人针对陈榆阳刚才的行为进行了讨论。

女主持人："什么情况，陈榆阳有女朋友？听描述，还是一个寸头姑娘？"

男主持人："应该是前女友。如果真的是现任，照片丢了，回去再让现任补拍一张塞进去就是了，何必这么大动干戈？"

杜黎靠坐在休息室里的躺椅上，举着邹遥遥那张小寸头的寸照发呆。

杜太太年轻的时候，真是炫酷又张扬。

其实杜太太这样的女孩，才称得上天生丽质，连寸头也这么可爱。

寸照里的女孩嘴角微扬，笑容羞涩，杜黎居然也跟着勾了勾嘴角。

可他想起这张照片是从情敌的钱夹里拿过来的，瞬间乌云盖顶，心情也变得不是滋味儿。

邹遥遥推门进来，见杜先生坐在落地窗边发呆，心事重重。

她轻着步子走过去，在他肩头拍了拍："在看什么？"

杜黎手心朝下一翻，把手里的寸照遮起来。

但他做出这个动作时，明显已经晚了，邹遥遥看见他手里握着一个女孩的照片，伸手过去，握住男人苍劲有力的腕骨。

"你在看女孩的照片？"邹遥遥蹲在他跟前，抬眼望着他，"哇，杜黎，你好棒，一边撩拨我一边偷看女孩照片？"

邹遥遥试图掰开他的手。

杜黎手攥得更紧，没有要松开的意思。

"你给我松手！"

杜黎也一脸严肃："杜太太，你的行为很刁蛮。"

邹遥遥真想一个大耳刮子给他抽上去："我刁蛮？大哥，是你说喜欢我，是你在撩拨我！现在我接受了你的喜欢，你在这里偷看女孩照片却不带我一起看，自不自私？"

姑娘气得面红耳赤："你现在连张女孩照片都不给我看，以后夫妻生活岂不是要翻天？是不是不把我放在眼里了？"

杜黎："……"杜太太你就好好吃个醋，能憋死你啊？

杜黎将手翻上来，摊开掌心，露出里面一张已经被攥得有些发皱的寸照。

邹遥遥看见男人手里的照片，愣住了，一脸惊愕地看他："这张照片你哪儿来的？"

他老实回答："情敌的钱夹。"

邹遥遥伸手抓住他的耳朵顺时针一拧："你这么大个老板，居然去偷钱夹？我要报警抓你！"

被拧住耳朵的杜黎，宛如一只被欺负得毫无还手余地的蔫老虎。

好好的森林之王，被折腾成了这样。

杜黎把这张照片的来源跟她讲了一遍，以为会得到老婆的谅解，没想到老婆更加气势汹汹地去掏电话。

"你不信我，你真以为我偷了人家钱夹？"杜黎皱眉看着她，"你还真想报警？"

电话拨通，邹遥遥问："请问是陈榆阳的手机吗？"

那边顿了一下："啊，是……您是？"

杜黎一脸纠结地看着她。

老婆居然当着他的面给情敌打电话？心好痛。

邹遥遥："我是杜黎的太太，找他有点事，他现在方便接电话吗？"

杜黎的心情稍微好了一点。

另一边。

助理看了眼还在和保安一起看监控录相的陈榆阳，不敢上前给他递手机，小声回绝："不好意思，杜太太，阳哥现在有点事，不方便接电话。"

陈榆阳耳朵一动，灵敏地捕捉到那声"杜太太"。

他猛地扭回头，看向助理："谁的电话？"

助理捂住听筒，小声说："杜太太。"

陈榆阳立刻直起腰朝他走过来，粗暴地从他手里夺过电话。面对火药味浓重的陈榆阳，助理的心都要碎了。

陈榆阳握住电话，喉结一滚："是我。"

听见电话听筒那边传来的男人声音，邹遥遥心一沉，跟他说："嗯……陈榆阳，有件事我要跟你说。"

"照片被你拿走了，是吗？"

邹遥遥握着手机点头："对，钱夹被我先生捡到了，他这个人有点神经质，我让他把钱夹给你送回去，他却搁在了垃圾桶上，我替他跟你说声抱歉，还有那张照片，我拿走了，那本来也是我的东西。"

陈榆阳那边陷入沉默。

邹遥遥忙说："我让我先生亲自给你道歉！你等等！"

她把手机递到杜黎耳边。

杜黎黑着脸看她。

邹遥遥揪住他的耳朵，他无动于衷，更拉不下脸。

她跟他打手语：你说不说？

杜黎回以手语：不！

邹遥遥一起身，跨坐在他腿上，冲他笑了笑。

杜黎："……"

杜黎吞了口唾沫，压着沸腾的狼血，非常诚恳地跟电话那端的人说："陈先生，这件事我表示抱歉，但我也希望你能体会一个男人的心情，自己老婆的照片出现在一个陌生男人的钱夹里，作为一个丈夫，我会怎么想？下次请您看好您的钱夹，如果这只钱夹落在居心叵测的人手里，后果会怎么样，不用我说吧？"

陈榆阳："……"

邹遥遥收回电话，从他身上起来，转身去落地窗前继续打电话。

电话那头的陈榆阳沉声说："遥遥，难道你连这点念想都不留给我吗？"

邹遥遥声音严肃："陈榆阳，我以为这道坎儿你已经走过去了。"

"可我只想留一个念想。"陈榆阳明显哽咽一声。

邹遥遥的手抖了一下，仿佛能感受到电话那端的人有多委屈。

这样做固然残忍，可她别无选择。

她继续说："陈榆阳，请你理解，我现在喜欢的只有杜黎。"

陈榆阳听她讲完，沉默了一会儿才说："那张照片，你能还给我吗？

它跟了我两年，我对它有感情。”

她握着手机摇头：“抱歉，以我现在的立场，不行。”

挂断和陈榆阳的这通电话，邹遥遥终于松了口气。

邹遥遥望着天边的夕阳，想起了大学时期。

学校要求每个人交两张寸照，邹遥遥拉着陈榆阳一起去拍照，寸照刚洗出来的时候是一整版。

老板忙前忙后，陈榆阳怕邹遥遥等得着急，就自己动手去裁剪照片。

男孩手很巧，做什么都能做得很好。

他把每一张照片都裁剪得整整齐齐，邹遥遥在旁看着，哇的一声：“陈榆阳，你也太棒了吧？除了会做饭，居然还会裁剪照片？”

陈榆阳在给她装照片的时候，悄悄藏了一张。

大概从那个时候开始，他就开始喜欢这个假小子了。

大学那会儿，邹遥遥的吃穿用度虽然都很节俭，但从她的谈吐里，陈榆阳清楚地明白两人之间有很大差距。

譬如女孩会拉着他一起去看马术比赛，可他压根看不懂盛装舞步的舞步。

譬如女孩在饿的时候会揉着肚皮说：“唉，好想吃卡夫丹岛的椰子饼啊，真饿……”

他从未出过省，甚至不知道卡夫丹岛在哪儿。

班里的女同学会炫耀刚买的包包，她不经意地瞥了一眼，然后低嗤一声，小声说：“A 货也值得炫耀？”

他和女孩在周末约了一起去看海棠花，他们在海棠公园遇见老外，女孩会用很流利的英语和老外交流，她的口音明显是常年生活在国外。邹遥遥从没跟他讲过家里的事，但从这些生活细节，陈榆阳很清楚地明白，他跟女孩之间不止隔了一条鸿沟。

即便喜欢，也从不敢轻易去说这些事。

因为在他心里，喜欢是一辈子的事，在他没有条件给她幸福的情况下，他宁愿以朋友的身份待在她身边。

她生来就是一只凤凰，而那时候的他只是一只见识浅薄的井底蛙。

等这只井底蛙终于跃出井底变成了王子，井外的公主却早已不见影踪。

邹遥遥整理好情绪回过头，对上杜先生那双充满欲望的眼，禁不住打了个寒战。

杜先生拍拍大腿，示意她坐过来：“杜太太，我们可以开始谈谈造人计划了。”

邹遥遥一拳朝他挥过去。

杜黎抬手接住，用掌心裹住她的拳头，笑道：“跟你在一起这么久，厨艺没什么长进，空手接拳头的本事倒是越发炉火纯青。”

邹遥遥收回拳头，踢了一下男人的膝盖：“快起来，回家。”

她弯腰将搁在地上的背包拎起来，甩在肩背上，往外走。她走到门口，男人也起身踩着她后脚跟紧跟上来，牵住了她的手。

邹遥遥回头看他，对上杜先生那双温柔的眼睛，一瞬间，心软得一塌糊涂。

男人握住她的手，不忘用另一只手去揉她的脑袋，他压着嗓音，低声说：“一起回家。”

这四个字，绝对是邹遥遥在这个冬天听过最温暖的话。

杜先生掌心的温度总是那么炙热，给人足够多的幸福感，让人舍不得松开。

回到家里，阿帕奇摇着尾巴来迎接他们，发现两人牵着手甜甜蜜蜜，觉得还是不要打扰两个人，默默地叼着一个骨头玩具去了客厅。

知道杜太太今晚要回家，杜黎特意让人提前送了她爱吃的蔬菜到家里。

杜黎去洗菜，依然改不了一根根洗豆芽的毛病。

邹遥遥挽起袖子系上围裙来厨房帮他，想给他打下手。

她从冰箱里取了新鲜牛肉，洗好，搁在案板上正准备动手去切，男人的身体却从她身后压了过来。

男人双手从她的腰绕至前方，握住她的手，从她手里夺过了菜刀，贴着她耳背说：“我来。”

杜黎从她手里取过刀，下巴搁在她的头顶，以一种特别悠闲的姿势切菜。

邹遥遥一矮身，从杜黎的腋下钻出来，逃离他的禁锢。

杜黎继续切菜，邹遥遥取了锅具，尝试着帮他炒菜。

她刚要去拧燃气灶开关，杜先生脸色立变，冲过来阻止了她拧开燃气的动作，甚至一把将她抱起来。

邹遥遥的身体突然失重，双脚腾空，等她缓过神，已经被杜黎抱去了吧台上。

她在吧台上端端正正地坐好，吊着一双腿，被男人指着鼻子警告：“以后厨房的刀具、燃气灶你都不许碰，知道吗？”

他的手指上沾着冷水，触在鼻尖冰凉，她的脖子下意识地往后缩了缩。

她居然被杜先生霸道又严肃的样子逗笑。

她盯着男人一双眉眼，用手指勾了勾他的下巴，动作有调戏意味，语气却很认真：“杜黎，谢谢你。”

女孩的语气略有停顿。

“谢谢你一直以来对我这么好，我不会做饭，但我可以给你打下手，开个燃气灶而已，不至于烧了厨房。”

杜黎对杜太太烧客厅的事心有余悸，即便她如此说，依然不敢放手让她去做。

他们的命很要紧。

杜黎吐出一口气，看她的目光仔细认真，他心里压着许多话，却又说不出口。他双手是湿的，不能去抱女孩，索性将下巴伸过去，搁在她肩上，蹭了蹭。

“遥遥。”

“嗯？”

“也谢谢你，让我做回自己。”男人一侧脸，鼻尖和嘴唇贴着女孩温热的脖颈。

他轻嗅女孩的体香，说：“会做饭的女人有很多，贤惠的女人也有很多，我并不希望我的太太为我做任何改变，在我面前，你只需要做你自己，开心就好。你懒，我勤快；你不会做家务，我会；你不会赚钱，我会赚。我希望你做杜太太能开开心心，没有任何烦恼。”

“哇，杜黎，嫁给你我会变成废人。如果我真的好吃懒做，变成废人，脱离了你的世界，你还会喜欢我吗？”

“杜太太怎么会让自己成为废人？”杜黎轻轻吻了吻她的耳垂，呼吸一下又一下喷溅在她的耳垂上，“我希望杜太太可以去追寻自己喜欢的东西，让人生更完整，以后我是你的男人，想要什么，告诉我。”

“我想要的东西，远比名牌包要昂贵，如果你都买给我，恐怕会破产。”邹遥遥单手捞住趴在自己肩上的男人。

邹遥遥低估了杜黎的身价。

杜黎笑了一声：“我单身这么多年，不太会花钱，一不小心就成了身家数百亿的黄金单身汉，有个会花钱的太太正好，算是取长补短了。”

邹遥遥：“……”

这算哪门子的取长补短？杜先生这个炫富方式，真的是好棒。

杜黎深吸了一口女人身上的香味，直起腰，盯着她一双眼睛问：“遥遥，你今天对陈榆阳说的话，都是真的吗？”

女孩一愣，点头：“嗯。”

杜黎看她的眼神很温柔，像烈犬一样撒娇：“杜太太，杜先生从没追过女孩，也没谈过恋爱，在这方面经验实在不足，如果以后有做得不妥当的地方，望你指正。”

“我也是第一次谈恋爱啊，”邹遥遥掐着他的一双耳垂，用指腹轻轻揉搓，“杜黎，我知道你介意陈榆阳的存在。我承认，我和陈榆阳以前关系很好，但我们始终都是朋友。我既然选择了你，从此以后，你就是我最重要的人，你不用介意他。”

她的手搁在胸口，一字一句说得虔诚认真：“杜黎，请你相信我，不要再去吃那些莫名其妙的醋，好吗？”

“好。”杜黎在她额头印下一吻，“对了，关于为自闭症儿童举办马术比赛的事，我已经让人去做，预计明年五月中旬举办。所有来报名参赛的特殊儿童，都能免费学习马术，并且可以获得长期骑、喂养一匹马的资格，让孩子有固定的马伴。”

邹遥遥冲他眨眨眼：“长期？教练的费用就不是一笔小数目。”

杜黎勾了勾嘴角：“这点费用我还是可以承担的，我想要把杜太太想做的事，做到最好。”

邹遥遥圈住他的脖子，声音变成了小女人的温柔：“杜黎，谢谢你。”

“真的想谢我？”杜黎搂住女孩的腰，脸凑过去，鼻尖顶着她的鼻尖，“真的想谢我，就给我生一个小宝贝，好吗？”

“哇。”邹遥遥坐在吧台上，晃着一双腿，“可我自己还是个宝宝，我压根不会带小孩。”

杜黎吻住她的嘴唇，喉结微滚，低声道：“你负责生，我负责带。”

“你哪儿有时间带孩子？你平时那么忙，要开各种大小会议，文件都看不完吧？”邹遥遥拿额头顶着男人的额头，叹气。

两人近距离相对，呼吸都喷在彼此的面颊上。

他们脸颊已经滚红，谁都没有再说话，房间里很静，最后只能听见两人粗重的呼吸声。

这样的沉默大约维持了数十秒。

杜黎说："今晚，杜先生不想做饭。"

邹遥遥也红着脸说："今晚，杜太太也不饿。"

女孩话音刚落，杜黎抓住她一双腿，将她整个人从吧台上抱了下来。邹遥遥紧搂着他的脖子，双腿盘在他腰上，仍由着他将自己抱上了楼。

客厅里，趴在沙发上玩骨头的阿帕奇，看着奇怪的两个人，觉得莫名其妙。

狗儿先生就这样端着杜太太上楼，不怕从楼梯上滚下去吗？人类的世界果然复杂。

杜黎连门也顾不上关，径直将女孩抱去了床上。

男人沉重的身体覆上来，吻住她的嘴唇。

他温柔的吻，落在她的额头、眉梢、眼睛、鼻梁、面颊……

男人嘴唇贴着她耳郭，轻声哄着她，然后彻底填满了她的身体。

……

她睡在杜黎怀里，安全感十足，即便地震天塌，就这样缩在他怀里就很满足了。

在这个男人身边，她会记得自己是个姑娘，一个需要被他呵护的姑娘。

可就在两人温存的时候，互联网上出现了一个重磅炸弹。

晚上十一点，杜黎接到电话。

他将被邹遥遥压住的胳膊抽出来，摁开床头壁灯，取过手机。

群里也炸成了一锅粥。

天下第一帅的小易："@ Rod @ Rod @ Rod @ Rod @ Rod @ Rod "

天下第一帅的小易："老杜你人呢？网上都传疯了，你好歹露个面啊！"

清清是棵草："师母，这种时候你一定要站我师父这边！你别信那些媒体，他们就喜欢瞎说！"

萧承："会不会是……管特搞出来的幺蛾子？"

天下第一帅的小易："不像。遥遥和陈榆阳也真是心大，坐在这么明显的地方，好歹找个隐蔽的地方啊！我的建议是沉默，让陈榆阳那边的公关处理，他是公众人物，事业又在上升期，处境比遥遥危险。”

杜黎挂断助理的电话，犹豫了一下，还是选择上了微博。

微博上的热门话题，全是 # 陈榆阳与已婚女偷情 # 的消息。

而他们所谓的“实锤”，是一个视频。

视频分辨率不高，但他大致可以看清视频里的环境，是他们小区的喷泉广场。

陈榆阳和杜太太坐在长条椅上，两人坐得很近，杜太太朝陈榆阳摊开了手，陈榆阳居然……握住了她的手。

杜黎仔细看了几遍，没觉得那个动作是“暧昧地握手”，但又看不清到底是什么动作。

微博内容声称陈榆阳与杜太太有染。

陈榆阳的粉丝护犊子，大力辩解。

狐狸狐狸小狐狸：“营销号别添乱好吗？谁跟已婚妇女偷情这么正大光明？视频这么不清楚，你怎么就看出来是‘暧昧地握手’？不可以是朋友间的问好吗？”

要给陈榆阳生小狐狸：“握个手就成第三者了？呵呵。”

……

八卦营销号发出这条视频微博后，陈榆阳工作室立刻发了律师函声明。

粉丝们刚松一口气，营销号继续爆料。

不仅发出了邹遥遥和陈榆阳在大学时代的合照，也发出了他们同学的匿名投稿。

匿名人爆料称，陈榆阳和邹遥遥在大学时期几乎形影不离，全系师生几乎都知道他们是一对儿，而且说了很多关于两人上大学期间的事。

包括邹遥遥为爱群挑体育系男生的事，包括她被开除……

这事儿闹得很大，邹遥遥和陈榆阳被扒了一个底朝天。

杜先生被扣上了“绿帽子”，合作伙伴们发来慰问，其中几个身价不菲的大佬表示，愿意给他介绍更好的女孩。

杜先生养了多少年的“面子”，仿佛在一夕之间消失得干干净净。

杜黎看完网上和微信里的消息，控制住情绪。

他取过邹遥遥的手机，去了书房，取来工具把她的手机拆开，破坏了手机里的一个元件，又重新装好，给她的手机制造了一个“突然损坏”的假象。

他将损坏的手机搁回她枕边，先发消息吩咐助理去做事，然后才发消息去群里。

Rod：“在比赛之前，这件事谁也不许跟她提。”

天下第一帅的小易：“这事儿你觉得能瞒住？”

Rod：“一上午应该没问题，我不希望这些事影响到她的比赛。”

03.

比赛当天，邹遥遥起得很早，下楼就吃到了杜先生的爱心早餐。

杜先生的厨艺忽上忽下，不过，就算他厨艺下降，也比她做得好吃。

早餐过后，去赛场的路上，邹遥遥掏出手机想看看今日新闻，却发现手机始终停留在白屏界面。

她抱怨道：“没道理啊，我走的时候充过电，怎么会一直白屏？”

“我看看。”杜黎从她手里接过手机，检查后说，“应该是元件损坏，里面有重要资料吗？”

女孩点头。

杜黎把她的手机收起来：“修好了给你。”

邹遥遥双手合十祈祷：“希望里边的东西别丢。”

“不会，”杜黎握住她的手，提醒她，“今天比赛加油，这是你人生中的第一次盛装舞步赛，一定要以最好的心态比赛，知道吗？”

“知道。”邹遥遥咧嘴一笑，露出两颗可爱的虎牙，“放心，我一定会竭尽全力，不会给米格和杜先生丢人，杜先生这么好面子，我一定要保住杜先生的面子！”

女孩伸手捏了捏杜黎的面颊。

杜黎握住她的手腕，心事沉沉，眸子里嵌满温柔：“遥遥。”

“嗯？”

“以后，”他顿了一下，喉结微滚，“杜太太的一切都会比杜先生的面子重要。”

邹遥遥望着他，清亮的眼睛一眨又一眨。

一夜之间，男人身上似乎多了一点“真男人”的成熟。

早上九点钟，A 区盛装舞步的裁判、主持人就位，观众席人满为患。

盛装舞步这个项目，在国内观众一向很少，所以台下坐的，一多半是萧承的粉丝，其中一小半才是真正的盛装舞步爱好者。

盛装舞步初赛共有十七名骑手，邹遥遥是第六个，也是队伍里两个女生中的一个。

从更衣室到备赛进场，这个过程她接触到的也只有工作人员和李建国先生。排在她前面的5号是管特俱乐部的骑手于光，这个于光家里有点背景，听说为人不错，骑术也不错。

4号进场馆，5号在备赛场地里进行打圈练习，6号的邹遥遥被一米高的铁栅栏横隔在备赛场地外，等待进场。

邹遥遥骑在高头大马上，视线开阔。

“杜太太，好久不见。”

邹遥遥身后传来熟悉的声音，她下意识地皱眉，闻声回头，看见管特和他带来的外教。

工作人员替管特和外教打开人行通道，让他们进入备赛场地。

管特个子不高，人到中年，满脸横肉，一副奸诈小人模样。邹遥遥本来心情不错，看见这个“老奸诈”，好好的心情顿时被毁。

她居高临下地斜眼打量老奸诈，几乎磨着后牙道：“管老板，好久不见。”

管特一脸轻松地问候她：“杜先生还好吧？”

“不劳你费心，”邹遥遥送他一记白眼，仿佛连跟他说话都觉浪费体力和表情，“好得不得了。”

管特笑了一声：“杜先生可真是宽厚仁义，杜太太给他戴了这么大顶绿帽子，他居然还‘好得不得了’。啧啧啧，杜太太驭夫有方啊，这事儿网上闹得沸沸扬扬，要搁我身上，我可受不了。”

管特连连摇头，带着外教进入备赛场地。

邹遥遥一头雾水。

备赛场地里面，5号在外教的指导下驭马复习舞步路线，从对方的练习状态来看，这个于光表现确实不错。

李建国先生姗姗来迟，立在马旁，望着里面的5号分析说：“5号的马不是太稳定，你超越他不是问题。”

管特的话令邹遥遥百思不得其解，因为想这件事，她发了会儿呆。

李建国见她出神，含住口哨，用力一吹，将她的思绪拉回，他拿出教练的威严，用他的母语呵斥道："马上就要比赛，你在想什么？！"

邹遥遥回过神，跟教练道歉。

李建国语气愤怒："你跟我道什么歉？你是我带过情绪管理最差的学生，这点情绪都控制不好，将来怎么参加大赛？"

这是她训练以来，教练最严肃的一次，这也是他真正意义上的发飙。

邹遥遥也听出李建国先生话中有话，她问："所以网上到底发生了什么？"

来之前，杜黎已经嘱咐过李建国，让他不要跟她提网上那件事，让她专心比赛。

"你真的想知道？"李建国冷哼一声，"我怕你知道以后，就此止步。"

邹遥遥似乎意识到什么，她沉默一会儿，对教练说："我有权利知道，不是吗？即便你们在初赛时瞒得了我，也瞒不过复赛、决赛。你也说了，我是你带过情绪管理最差的学生，那为什么不借此机会，让我锻炼一下呢？哪怕就此止步，与胜出无缘，这也算是一个宝贵的经验，不是吗？"

的确如此，李建国看她的眼神很复杂。

他将昨晚互联网上发生的大事件，简单跟她叙述了一遍。

邹遥遥深吸一口气，她完全没想到，事情会发展到这种地步。

虽然她没有看见那些网友的评论，但已经能预料到这场闹剧在网上演绎得有多疯狂。

难怪，她的手机会无缘无故坏掉。也难怪，杜先生早上心事重重。更难怪，管特会跟她说那些话。

场馆内，4 号比赛结束，5 号入场，邹遥遥进入备赛场地和米格一起备赛。

她骑着米格尝试着走了两圈，都不在状态。其实她并不担心这件事对自己的影响，而是担心对杜先生的影响。

杜先生圈子很广，身边的人个个身价不菲，这些人也很难有杜黎这么好的品性，他们在暗地里会怎样嘲讽杜黎？

杜先生一世英名，居然被老婆败坏。

瞧，杜先生看女人的眼光果然有问题，果然娶了一个坏娘们儿。

外人怎么骂她不要紧，她最怕的，是杜黎听见身边的非议难受。

5 号下场，备赛区铁栅栏一开，李建国示意她赶紧上场比赛，速战速决！

盛装舞步在长六十米、宽二十米的平整沙地上进行。比赛沙地被围起来，邹遥遥沿通道入场，经过观众席，绅士地与观众们打招呼。

女孩五官清丽，为了配套燕尾服，特意化了淡妆。

观众席里，杜黎仔细观察杜太太，她的状态很差劲儿，甚至不如平时。

教练给杜黎打了个电话。

杜黎意识到问题的严重性，立刻举起一早准备好的告白牌。

红底白字，上面的字体很显眼，是一个“狗”字。

紧跟着，杜黎身边人也纷纷起身，同他一起举起了告白牌。整个观众区，被白底红字填满，抬眼便可看见，十分显眼。

广播里还在宣读 5 号的比赛成绩，邹遥遥在入口等待进场。

她抬眼扫向观众席，看见了两行显眼的字。

场馆里很安静，那些字无声却似有声，蕴藏着无穷力量。

“杜太太，加油，杜狗儿先生等你凯旋，爱你。”

那一瞬间，邹遥遥鼻子一酸，眼眶一热，差点哭出来。

比赛铃铛一响，音乐响起，邹遥遥深吸一口气，驭马进入中间场地。

她摒弃一切杂念，努力集中被分散的注意力。

杜黎最讨厌“杜狗儿”这个小名，这场比赛会在地方台直播，他如此宣扬小名，就是为了告诉她：面子算什么，杜太太最重要。

邹遥遥好像理解了他的意思，迅速整理好了情绪。

她骑着米格停在中间场地，冲着裁判席做了一个英式的绅士鞠躬动作。

米格在绅士的杜太太的驾驭下，也顿在原地，优雅的头部微微一点，马尾轻甩，冲裁判席做出一个绅士的“鞠躬”。

观众席里有看不懂舞步路线的观众，可当他们看到马儿表现出的绅士动作时，立刻被马儿及人身上的高贵气质所吸引。

盛装女孩，高贵马儿，完美演绎了优雅绅士。

邹遥遥骑着米格在圈内按路线有节奏地慢跑步，连贯做出后腿慢步、变换方向、斜横步、原地快步、旋转以及高级花式骑乘等动作。

伴随着音乐，邹遥遥不断推进米格的动作。

刚上场时，观众对米格的表现并不看好，他们觉得这匹马除了体型优美外，服从力远远不够。

在邹遥遥完成了一半动作后，观众被米格的高服从度以及舞步路线折服。

马背上的女孩美丽绅士，在她的辅助下，马儿转圈的图形从圆形变换为蛇形，再变成“8”字形。

观众席里的杜黎被赛场的杜太太所吸引。

人着盛装，马走舞步，在动感的音乐里，邹遥遥与米格融为一体。舞步虽然复杂多变，但一人一马都表现得气定神闲，动作完成得很连贯，极具张力与韵律。

杜太太出身名门，却没有大小姐的架子，挽起袖子就能铲马粪，平时低调到旁人很难将她与“杜太太”联系在一起。而她的高贵镌刻进骨子里，平时深藏，在这种特定的环境下却一展无遗。

如果说在速度赛场上，杜太太是英姿飒爽的女将，那在盛装舞步的赛场上，她就是风度翩翩的骑士。

完全不同的两种风格，都是她。

她身下的米格与生俱来一种高贵气质，在女孩的驾驭下，展露无遗。

杜太太在十二分钟内完成了所有动作。

裁判会根据动作的优劣，评以0-10分。

邹遥遥和米格做完所有动作下场，全场掌声如雷。

即便是不懂马术的人，也被她的风度和气质深深吸引。

在回备赛区的路上，邹遥遥与观众区挥手，瞬间让现场气氛活跃了起来。

主持人的声音在广播里响起：“莱云马术俱乐部选手邹遥遥和她的赛马米格为我们带来了非常优秀的表演，我们的邹遥遥也是非常优秀的速度赛马骑手，稍后我们会公布她的成绩。”

在赛场上，邹遥遥的精神力高度集中，完全与马融为一体，忘却自我。

这会儿一出赛场，刚从马背上翻下来，她就双腿一软，差点跌倒，还好教练手快地扶住了她。

老婆在赛场上的表现可圈可点，杜黎翻过栏杆，激动地朝老婆冲过去，将她抱起来，转了一圈。

观众席上也传来一片唏嘘声，纷纷起身围观他们这边，拿起手机录视频拍照。

杜黎抱着老婆转了几个圈，将她放下后，又捧住女人的脸，俯身吻住她的嘴唇，松开后，他夸道：“杜太太，你很棒。”

邹遥遥双颊绯红，看了眼观众区的方向，拉着他走到墙后，避开了观众席的视线。

她小声说："比赛结果还没出来，好话别说太早，后面还有很多高手，萧承还没上场呢。"

一旁的教练插话："如果你接下来都保持这个水平，进决赛没问题，你今天的表现，很棒。"

得到教练的夸奖，邹遥遥有些飘飘然，但她清楚地明白，今天可以超常发挥，全靠杜先生的鼓励。

她捧住杜先生的脸，踮起脚尖在男人的嘴唇亲了一口："谢谢你，杜先生。"

杜黎此刻胸腔里压着对杜太太的钦佩，今天在赛场上的杜太太与平时不同，四射的魅力不仅令他臣服，也让现场观众折服。

他也顾不得这里人多眼杂，直接将她打横抱起。

邹遥遥的身体突然腾空，吓了一跳，哇地叫出声，她红着脸看了眼四周，小声说："上面有观众，有记者，你快放我下来，多难看。"

"不难看，"他将女人打横抱起来，浑身肌肉因为发力而绷紧，此时的他，完全是一尊行走的荷尔蒙，"我太太这么美，怎么抱都好看。"

"不是，杜黎……你放我下来，我自己走，你这样真的……而且我们在风口浪尖，这样真的不好。"

"风口浪尖又怎样？"杜黎声音阳刚，"我抱自己的老婆，他们有什么资格叽叽歪歪？'键盘侠'们闲得慌，理会他们做什么？"

下午是比赛开幕式和速度赛，复赛和决赛在明天，今天已经没有邹遥遥的比赛。

由于开幕式陈榆阳会出场，杜黎直接将老婆抱去停车场，开车带老婆回了家。

回去的路上，杜黎将自己的手机扔给副驾驶座上的杜太太，说："你给爸妈打个电话，他们挺担心你的。"

昨晚关于邹遥遥和陈榆阳的绯闻刷爆了整个网络，邹家和杜家的人全知道了。

邹遥遥电话打不通，杜黎替她挡了无数个电话。

她先给姐姐和姐夫报了平安，然后才给父母打电话过去。

电话一接通，视频那端立刻闪出木女士那张憔悴的脸，木女士红着眼眶质问她："二宝，你老实告诉妈妈，网上那些事是不是真的？你跟陈榆阳到底是什么情况？”

即便女婿再三声明他们夫妻的感情没问题，网上都是传言，但没有得到闺女口头证实的木眠女士依然担心了整整一宿，连拍戏都搁下了。

她收拾了行李，正打算和丈夫邹廷深回国。

邹遥遥见木女士红着眼眶就要哭出来，连忙道：“眠眠，你别着急啊，我跟杜黎的感情真的很好，没有任何问题，我跟陈榆阳什么关系都没有。”

“网上那个视频怎么回事？你都已经结婚了，怎么还那么不知轻重？跟谁暧昧不行，你偏要跟陈榆阳暧昧？你知道圈内多少人等着他‘死’吗？”

邹遥遥心头一颤，完全不知道木女士说的是什么视频。

杜黎将车靠边停下，取过 iPad，打开视频给她看。

邹遥遥扫了一眼视频，瞬间明白过来，辩解说：“眠眠，你误会了，你们都误会了。陈榆阳只是往我手心里倒糖而已，什么乱七八糟的暧昧……倒个糖就暧昧了？那我看一眼男人，是不是就灵魂出轨了？您老人家在娱乐圈摸爬滚打这么多年，应该知道营销号的炒作是无底线的，他们为了博眼球，什么鬼玩意都能编出来。”

手机被其父邹廷深拿走，视频里出现男人严峻的眉眼。

邹廷深不怒自威，语气异常沉重，说：“你们没事，我和你妈妈就放心了。你妈妈为了你的事，担心了一个晚上。下次再有情况，一定第一时间给爸爸妈妈打电话，知道吗？”

邹遥遥重重地点头，乖巧可爱：“知道啦，我亲爱的老邹大人。”

“晚点我会让人和陈榆阳工作室的人联系，这件事你不用担心，爸爸会帮你解决，”邹廷深顿了一下，又说，“你把手机给小杜，爸爸有话和他说。”

邹遥遥将摄像头对准驾驶位的杜先生。

杜先生侧过头，盯着屏幕里的岳父大人，说：“爸，这事儿您不用操心，我会让人解决。”

“我的公关团队比较有经验，这种事儿你没必要跟我抢。”邹廷深俨然一副严父形象，语重心长地对他说，“小杜，我的闺女我清楚，二宝行事大大咧咧，考虑事情也多有不周，有时任性妄为，过了度。但她心肠绝对不坏，她有自己的底线，绝不会在婚内做出出轨这种事。小杜，我知道这种事，会让你心里不舒服，但你们是夫妻，我希望你能在这种时候多包容她，相信她。”

邹遥遥听见老邹的话，眼眶有点发热。

杜黎冲着岳父点头，牵过妻子的手，握紧："我知道，这辈子既然认定了她，我就会选择相信她。"

邹廷深十分欣慰，又转而问邹遥遥："二宝，你今天的比赛成绩怎么样？"

话题突然又转到她身上，她一愣后，摇头："不知道啊，还没公布结果我就走了。"

"加油。"邹廷深给她鼓励，"专心比赛，其他的事，交给爸爸。"

她点头，嗯了一声。

在困境里，有家人和爱人作为后援力量，再大的风与浪她都能承受。

夫妻俩刚到家门口，就收到了邹遥遥以前五的成绩进入明天复赛的消息。

晚上七点半左右，处于风口浪尖上的杜太太，连带杜先生一起被刷上了热门。

杜先生将杜太太抱起来转圈圈，甚至对杜太太公主抱的视频被人发上了网。

视频里夫妻俩恩爱如旧，宛如一对处于热恋期的情侣，甜蜜和激动几乎要从屏幕里溢出来，他们仿佛一点儿没受舆论影响。

网络议论声起。

八百杨洋："这对儿夫妻也太能装了吧？这个杜先生就是那个想蹭陈榆阳热度上位的整容脸先生吧？这对儿夫妻有毒吧？陈榆阳不会是被他们夫妻给算计了吧？"

别来无恙："楼上，理智点好吗？那个视频不能说明什么吧？人家只是握个手而已，难道不可以是老同学关系吗？不可以是兄弟关系吗？人家夫妻感情好，难道不是变相说明了，陈榆阳不是第三者吗？"

……

很快，邹廷深的公关团队开始大面积扫荡评论、带节奏。

首先，他们调取到小区喷泉广场的监控录相，清楚地截取了邹遥遥和陈榆阳的正面角度，视频够清晰，网友们可以清楚地看见，陈榆阳和邹遥遥并不是握手，只是在往她手心倒糖。

随后，带节奏的营销号发出采访录音。

有一个自称倒追过陈榆阳的女孩接受采访，她表示，当年邹遥遥帮她递过情书，如果他们真的是男女朋友，凭邹遥遥闻名全校的火暴性格，早就把她给劈成两半了吧？

……

营销号的力度影响很大，证据也都没什么毛病，加上后面请了水军带节奏，网上的风向很快转变。

陈榆阳的粉丝们松了一口气。

但陈榆阳的粉丝也不是吃素的，总觉得自家偶像吃了这么大一个闷亏，全是那夫妻俩给害的。

粉丝们不知道通过什么渠道找到了杜黎的微博，成群结队地去他微博下狂骂杜先生“戏精”，甚至给他们夫妇取了一个“戏精夫妇”的外号。

杜黎一上微博，就被评论和私信轰炸了。

小耳朵：“真的被你们这对‘戏精夫妇’气炸，我阳受委屈的时候，你们就不能出来说一句话吗？沉默是几个意思？我阳有你太太这种朋友，真是够了。”

……

前面还在声讨杜太太没人品，后面就变成了怼他们夫妇蹭热度、夫妻俩都是整容脸。

忘忧草：“行了，大家别骂了，别给这夫妻俩热度。他们沉默，不就是为了蹭着我阳的热度吗？两张整容脸，可恶心了！你们难道没发现，这夫妻俩脸都是照着明星整的吗？”

……

九点左右，杜黎发了一条微博。

Rod-：“我太太凭什么不能保持沉默？质疑我蹭热度想进娱乐圈的网友们，你们臆想症很严重，我需要蹭陈榆阳热度？他有什么资格给我蹭？他一个娱乐圈的前辈，我一个小有所成的商人，我杜黎真不需要。”

他微博一发，陈榆阳的粉丝都快气疯了。

陈榆阳的粉丝正准备举起键盘，跟这个男人骂个三天三夜，然而杜黎又心平气和地发了一条新微博。

Rod-：“杜先生和杜太太，天生丽质。【可爱脸】”

粉丝们看见图片，都愣住了。

这张照片上，是两个小孩。

小女孩大约三四岁，长相可爱，她抓着男孩的手腕走路，她身后的男孩足足比她高了一个头，很绅士，模样同样俊俏。

男孩头顶有一个箭头，一串文字——杜先生。

女孩头顶有一个箭头，一串文字——可爱美丽的杜太太。

网友们炸开了锅，评论区炸开了锅。

“我童年女神邹二爷！我童年男神小杜！”

第十五章 老谋深算

01.

举起键盘的网友们，都愣在当场，评论区里被一连串“问号”刷屏。

杜黎一直想摆脱“童星”的头衔，他以为过去这么多年，网友们已经忘记了当年的那个小杜。他发这条微博时，个人情绪带入太多，确实也被气得不轻。

他一向是个理智的人，可在这件事上，明显已经失去理智。

网络从不缺“键盘侠”，那些人骂他整容脸，他只当成笑话，一扫而过也就算了。可这些“键盘侠”辱骂杜太太，甚至恶意揣测他们夫妻蹭陈榆阳的热度，他就不能忍了。

陈榆阳纵有一时热度，但他并不认为这个男人有资格能让他蹭。

在杜黎发完微博后，就有营销号翻出了当年亲子节目的视频片段。

小绅士小杜被邹二爷拽着走，两人其乐融融。邹二爷为小杜驱赶狗子的画面，惹得众网友大呼可爱，让不少人回忆起萌娃邹二爷。

当年这个亲子节目红遍大江南北，在节目中，最火的莫过于邹二爷，其次才是绅士小男神杜黎。

当年仅三岁的邹二爷，其实在参加真人秀节目之前就已经火了一把。她人小鬼大，在干爹云昊东的帮助下和姐姐做起了直播，成为当时年龄最小、粉丝最多的女主播。

即使已经过去这么多年，依然没有人能破她“最小女主播”的纪录。

她的直播视频走的是“搞笑卖萌风”，当年她是很多人心里的小甜心、开心果、解压剂。后来邹遥遥宣布退圈，回归正常人的生活，没了她的视频，互联网上仿佛少了一丝生机。

过去这么多年，邹二爷的微博依然在，视频也依然在，网友们时不时会翻一翻旧视频，怀念童年和青春。

在邹遥遥的对比下，大家对杜黎的印象倒不是那么深刻了。但他毕竟是国际影后章黎的儿子，从小就样貌不俗。其父杜成远是“千成集团”的创始人，这样的家庭使他出生即是家产千亿的“富二代”。

很快又有媒体爆料，杜黎虽然是富二代，但他没有接手家业，而是行事低调，自己创办了公司，年仅二十七岁，身家就已经数百亿。

这样的人，说自己“小有成就”，完全是谦虚了。

综上，夫妻俩整容以及蹭热度的谣言不攻而破。凭他们手上的资源和财力，想红砸钱就好，倒真没必要去蹭陈榆阳的热度。

反转来得太快，很多举起键盘的网友，都不知道发什么评论合适了。

……

邹遥遥没想到，杜黎会突然“爆马甲”。

邹二爷已经是过去式，萌娃二宝也已经长成大人，帮助她成名的干爹云昊东，也已经不在人世。她曾经是火遍了全国，可现如今不过是个碌碌无为，还在追逐梦想的普通人。

邹二爷这个 ID 承载了她太多的记忆，美好的，大多都变成了痛苦的。

杜黎翻了她的微博，发现她上条微博是悼念云昊东的动态。他和邹遥遥在一起这么久，鲜少听她提起云昊东。

她不主动提，他也不会主动去问。

邹遥遥“马甲曝光”，被迫发了微博。

邹二爷 v：大家好，我是二宝。好久不见呀，如网上爆料，我和陈榆阳只是同学关系。那个视频，他只是往我手心里倒糖罢了，没有别的意思。为什么没有第一时间出来澄清，原因有两点，第一，清者自清。第二，杜先生让我好好备赛，他处理。以后我会和陈榆阳保持距离，这样我的杜先生才不会生气。（可爱脸）

微博一发，她的账号重新火了起来。

搅拌小果汁：欢迎回归，我的二爷。

小白熊：陈榆阳的脑残粉也敢怼我们二爷？二爷，欢迎回来！

……

一夜之间，＃二爷回归＃ ＃深眠夫妇女儿曝光＃ ＃她是时代萌娃＃等话题刷爆了互联网。

占据热搜和头条数日的陈榆阳，被她挤了下去。

陈榆阳也还蒙着，当邹影帝的公关团队来找他时，他便有预感，邹遥遥和邹影帝的关系不一般。但他没想到，邹遥遥是邹影帝的二闺女。

知道她是一只凰，但没想到她是一只镀金的凰。

网上的评论邹遥遥一条条翻着，网友留言，让她热泪盈眶。

比赛了一天，又遭遇网络暴力，她精神上有些疲劳，杜黎打了盆热水来给她洗脚。

热水的舒缓让她紧绷的神经放松，肩上的重担好像也瞬间卸下。杜黎问她："为什么没有销号？"

"你说微博吗？"邹遥遥眨眨眼，问他。

"嗯。"

"因为那是我、大宝、老东的回忆啊。"邹遥遥声音颤了一下。

关于云昊东，杜黎略有耳闻，是个很有意思的商人。云昊东在网上也算小有名气，他的突然去世，让网友们心痛了许久，到现在也没有外人知道他的死因。

想起云昊东，邹遥遥眼眶一红，这大概是她心口上一辈子都无法揭去的疤。

感受到老婆的情绪变化，杜黎意识到自己提错了问题，起身抱住她："老婆。"

"嗯？"

"所有不好的事，都过去了，我会尽我所能，给你最大的幸福。"杜黎贴着她的耳郭说话，语气宠溺温柔，"早点睡，明天比赛加油。"

邹遥遥点头，一双脚从盆里抬出来，搁在杜黎的腿上，让男人给他擦脚。

她望着他，疑惑地问："你现在还有洁癖吗？心里还会有不舒服的感觉吗？"

"会。"

“那以后你还是别擦了吧，脚挺脏的。”

杜黎将她脚上的水擦干净，用手掌托起她的一只脚后跟，抬起来放到嘴边，亲了一口：“我老婆不脏，我老婆的脚最干净，还带着香。”

邹遥遥：“杜先生你一口一个老婆，叫得我鸡皮疙瘩一身。你还是叫我杜太太吧，我听着亲切。”

“你要习惯，”杜黎伸手过来，在她额头弹了一下，“以后的日子还很长。”

邹遥遥嗯了一声。

也是，以后的日子还很长，她总不能扼杀了男人叫老婆的欲望。

盛装舞步复赛，一共有九人入围。

今天的A馆不仅人满为患，而且余票难求，更有人出双倍价格买内场票。没有买到内场票的观众，只能在马场外等待。

场外黑压压一片人，就为了能近距离见邹遥遥一面。

昨天邹遥遥已经摸准了比赛感觉，在第二轮比赛里，米格对舞步也更加熟练，成绩比昨天还要好。

这轮比赛，萧承依然是第一，而邹遥遥则挤进了前四。

盛装舞步的决赛就在当天下午，邹遥遥一鼓作气，超越了第二，却低了萧承35分。

萧承的实力太强，是此次比赛的压轴选手，也是当之无愧的第一。现场看过他比赛的外教对他评价很高，他和凤凰的表现，确实算是中国高水平的盛装舞步。

真不愧是苏悦的丈夫，他有绝对的实力和天赋。

之后几天，成绩公布，邹遥遥和萧承入选东云省马术队，他们将代表东云省去参加今年夏天的北京赛。

能代表东云省参赛，这是每一个骑手的荣幸。如果北京赛表现得足够好，邹遥遥就有资格去参加锡耶纳赛马节，甚至有机会参与明年的全运会。

没几天就是春节，杜家和邹家决定今年一起去海岛过年。邹氏夫妇推掉了春晚活动，打算好好陪孩子们过个年。

大年三十前一天，杜黎带着杜太太和阿帕奇率先抵达海岛。随后，双方家人也陆续抵达。

邹遥遥最近开始嗜睡，又因为赶航班没有休息好，一到酒店就睡了个天昏地暗。

邹遥遥睁眼看见外面的太阳，一个鲤鱼打挺坐了起来。

她从昨天下午六点，一觉睡到今天早上十点。

她也太能睡了吧？杜黎是给她偷偷下了安眠药吗？

整理被子时，她看见枕头下放了一个红包，背面是男人苍劲有力的钢笔字：杜太太的新年礼物。

邹遥遥嘴角扬了扬，拆开红包，里面是一张收据。

是交易马匹的收据，杜黎花三百万从萧董手里买下了巴特。

谁都知道萧董爱驹如命，但凡是他的马，他宁愿养到老死，也绝不会卖给其他人。杜先生能从萧董手里买到巴特，必然费了不少工夫。

这个新年礼物，她很满意。

下楼后，邹遥遥看见邹先生和舅舅、杜黎爸爸还有杜黎爷爷在餐厅里包饺子。木女士、杜黎妈妈以及小舅妈坐在客厅聊家常。

杜老爷系着粉红围裙，一边捏丑陋的饺子，一边抱怨："凭什么女人坐在客厅，我们男人干活，不服，我不服！"

杜黎爸爸咳嗽一声，小声说："爸，也没人让您包饺子，您要是不想包饺子，也可以去客厅和她们说说话。"

杜老爷红着耳朵，一脸孩子气："不要！我一个大老爷们和女人聊天？我不要面子的？"

爷爷越来越幼稚了。

邹遥遥摇头感慨，下楼后，问："杜黎呢？"

杜老爷："我大孙子出去买盐了！"

这里是海岛上的别墅酒店，商店离得很远，杜黎已经出去十五分钟。

恰逢过年，很多商店都关了门。他开车绕着小区找了两圈，才找到一家还开着门的小超市。

杜黎下车，问老板要了一袋盐，付钱时，走进一个穿白色连衣裙的女孩："老板，麻烦给我拿一瓶醋。"

杜黎低头数钱时，女孩扭过脸冲他惊讶地道："杜先生，巧啊。"

男人数好钱，抬眼看她："巧，林小姐。"

"您终于记得我了。"林雪粲然一笑，"今天真是巧了，接连在这里遇到两个大人物，刚还在别墅酒店遇见了陈榆阳，现在又遇见您。"

“杜先生，您开车过来的吗？”林雪看了眼外面的车。

“嗯。”

林雪的笑容很甜，露出的一排洁白的牙齿：“那个……我刚才过来时没开车，找了好久才找到这家商店。回去的时候，杜先生可以载我一程吗？”

杜黎将零钱收回包里，取过柜台上的盐，冲着女孩笑得很绅士：“我有洁癖，不太能接受外人坐我的车。这样，等我回到酒店，帮你叫前台服务。”

林雪笑得很尴尬：“好……好啊，谢谢杜先生。”

“不谢。”

杜黎离开以后，林雪望着男人离去的背影，在原地怔了一会儿。

身后的老板举着醋问她：“美女，你的醋还要吗？”

“不要了。”林雪没有回头看老板，视线一直跟着男人离去的背影。

杜黎开车消失在路的尽头，她则痴痴地留在小超市等。

她以为杜黎真的会叫酒店服务人员开车过来接她，可她等了十分钟、二十分钟、四十分钟……依然没能等到车。

林雪回到别墅酒店的大厅，问前台小姐：“四十分钟前，有没有一个男人来叫服务？去后街那个小超市接一个女孩？”

前台人员摇头：“没有呢，女士。”

虽然是初春二月，但海岛的天气四季如夏，临近中午，烈日当空。

姐夫皓睿给邹遥遥煮了一碗醪糟汤圆当早餐。她吃完一碗五彩小汤圆，还不见杜黎回来，索性又上楼去收拾打扮。

她从行李箱里翻出一条杏黄色的沙滩裙，换上后，散着一头乌发，拿着木梳下楼。

餐厅里，几个男人在包饺子，姐姐正帮姐夫系围裙。邹遥遥两三步小跑过去，拍拍姐姐的肩，将手里的梳子递过去：“大宝，你帮我梳两个小麻花辫，好吗？”

筱筱转过头看着妹妹，扫了一眼她那头凌乱的黑发，从她手里接过梳子，说：“这么大的姑娘了，怎么还不会梳头？”

她冲着姐姐吐了吐舌头，扯过一条餐凳，转过身坐下。

邹遥遥背对着姐姐，双肩一耸，说：“我要会梳麻花辫，又怎么能展现大宝你的心灵手巧呢，对吧？”

“油嘴滑舌。”筱筱替她将乌发梳顺。

杜黎正好回来，他将一袋盐搁在餐桌上，用手指点了点筱筱的肩。

筱筱正要张口喊他的名字，男人冲她摇头，示意她不要出声。

邹遥遥坐在餐凳上，背对着其他人，压根不知道后面的情况，也不知道给她梳头的人已经换成了杜黎。她一边低头玩弄手指，一边感慨说：“很久没有感受过这么热闹的氛围了。”

邹廷深捏好一个饺子，搁进餐盘，调侃说：“去年还嚷着不结婚的丫头，今年却结婚了。二宝，你看爸爸说什么来着？等你遇到了喜欢的人，婚姻就不那么可怕了。”

被打脸的某人不好意思地垂下了头。

帮着一起捏饺子的杜爸爸也发出感慨：“小杜以前也总说结婚有什么好？他不需要结婚。可你看他现在什么样？”

老顽童杜老爷将饺子捏出了一朵花的形状。

他将花形饺子往餐盘里一搁，用一双沾满白面的手捧住大方脸，哼了一声：“自从大孙子有了老婆，都不对我好了呢。”

邹遥遥不知道身后给他梳头的是杜黎，一脸骄傲地道：“他必须对我好，否则我就……”

“否则你就干什么？”杜爷爷追问，“你想家暴？”

邹遥遥摸了摸鼻尖：“否则我就吊他起来摸二十分钟，以儆效尤。”

杜黎用手指替她拢过一簇头发，分成三股，开始编织麻花。他动作麻利且快，用橡皮圈替她扎紧发尾，才开口说：“杜太太这种行为，属于很严重的家暴。”

脑后突然传来男人厚重的声音，她扭头一看是杜黎，吓得差点从凳子上跌下去。

“怎……怎么是你？”

杜黎手掌朝下，五指张开，叩住女孩的脑袋：“怎么就不能是我了？”

邹遥遥一晃脑袋，将他的手打下去。

女孩不老实，杜黎双手摁住她的肩，弯下腰，贴着她的耳背说：“坐好，还有一只辫子。”

闻言，邹遥遥端正地坐直，让他继续梳辫子。

杜黎在动手方面比邹遥遥有天赋，麻花辫手到擒来。给她梳好头，他将木梳塞回她手里，径直走向厨房去帮忙下饺子。

厨房里传来邹遥遥舅舅惊讶的声音：“小杜，你会做饭？”

杜黎毫不谦虚："嗯，做得还不错，如果不会做饭，杜太太恐怕早就休了我。"

"你们没请保姆？"舅舅问。

杜黎摇头："给太太做饭这么有情趣的事，怎么可以假手于人？"

舅舅用赞赏的眼神打量他，觉得这小伙儿真不错，邹遥遥算是嫁到了好男人。

晚上的年夜饭，一家人围坐着吃饺子，客厅的电视里放着春晚。

伴随春晚的歌舞声，一家人起身举杯，恭贺新年。

邹遥遥总喜欢和老爹小酌两杯，今天她太开心，举着酒杯连敬几位长辈。

舅舅见她一杯杯连饮，最后实在看不下去，呵斥道："二宝，你这样成什么体统？好了，不许再喝，酒杯交给男人。"

邹遥遥不怕天地和爸妈，只怕这个舅舅。

她搁下酒杯，颇为不满地将杯子推给杜黎，小声说："你替我喝，多喝点。那瓶酒我买的，好贵呢……"

杜黎接过她的酒杯，用另一只手摸了摸他的小脑袋，安慰："好，听你的。"

男人对女孩的宠溺，几乎溢满整个房间。

姐姐和姐夫看在眼中，他们相互对视后，明白这两人是假戏真做了。

……

今年的年夜饭，也是杜黎吃过最热闹的年夜饭。他和舅舅、父亲、岳父敞开了喝，最后被邹遥遥扛上了楼。

邹遥遥将醉成烂泥的男人扔回床上，刚替他脱了鞋，男人顺势将她拉进怀里，一个翻身，把她压在了身下。

男人气息粗重，喷在她脸上，全是浓烈的酒气。

邹遥遥嫌弃地撇过头："臭狗儿，满嘴酒味，嫌弃你。"

"老婆。"杜黎叫了她一声，顿了一下，又开始叫，"老婆……老婆……老婆……"

"叫什么叫，不是在这里吗？"邹遥遥想推开他，奈何压在她身上的男人宛如一座大山，无法撼动。

杜黎的声音越来越委屈，脸埋进她的胸里，瓮声瓮气："老婆……老婆……老婆……"

邹遥遥抱着他的脑袋，不耐烦地拍了拍：“你干吗啊？我在，我在，我在……”

“老婆……”

“没完了是吧？我在！”邹遥遥恨不得拿棉花塞住他的嘴。

她吼了一声，杜黎止住声音。良久，耳边又传来男人委屈的声音：“老婆。”

“你烦不……”她的话还没说完，被杜黎打断。

“我爱你。”

男人的声音里带着厚重的鼻音，轻飘飘的，没什么力度，却又像一块石头，重重地压在她心口。

杜黎枕着她软绵绵的胸，闭着眼，思维好像不清楚，说话也带着幼稚的语气。

“老婆，你知道我第一次见你，对你是什么印象吗？”

“什么印象啊？”邹遥遥反问他。

杜黎傻笑了一声。这一声，让她忍不住打了个冷战。

“追着大黄狗满院儿跑，野蛮的丑丫头。”

邹遥遥攥紧了拳头，想打人。

“现在的你一如既往的野蛮，可我却爱上了这样的你。”

“以前我认为婚姻不重要，我杜黎也不需要婚姻。与你结婚后，我开始渴望这段婚姻能长久，也渴望与我的杜太太共度余生。我以前笑苏悦，笑她的爱情不过是别人眼中的笑柄。现在我才明白，爱一个人很盲目，可以盲目到为她放弃曾以为很重要的东西。”

“遥遥，你一点不丑。你真漂亮，你是我见过，最漂亮的女孩。”

邹遥遥胸口积压着甜蜜的味道，觉得这个醉酒的话痨男人，可爱死了。

她说：“瞎说，你的那个邻居比我漂亮。”

“没你漂亮。”杜黎实话实说，“爱上杜太太之后，我变成了脸盲，只记得那姑娘很白，想不起她长什么模样，下午见到她，费了挺长时间才想起她是谁。”

“你下午碰见她了？”邹遥遥深吸一口气，感慨，“这么巧？你脸盲？这么大个美女，你居然脸盲？讲真的，那姑娘的长相进军娱乐圈没问题，在你们男人眼里，那种完全可以叫“女神”了好吧？”

“哼。”杜黎的脸猛地蹭了几下，“我不管，我老婆最好看，谁都不许比我老婆好看……”

邹遥遥被他蹭得很不舒服。

他还真当她的胸是枕头了？还真拿她当柔软抱抱熊了？

邹遥遥：“杜先生你这么霸道啊……”

杜黎醉酒撒娇不讲理的样子，简直可怕。他把今天下午在商店遇到林雪的事儿，原原本本讲了一遍，说完还不忘跟她炫耀：“她以为我看不出来，她想勾引我呢！呵呵呵……我压根没给她叫服务，让她自己走回去！哼！”

杜先生未免也太不解风情了吧？你老人家以前就是这么拒绝女孩的？

杜黎哼唧一声：“我讨厌别人主动。”

“为什么啊？”

杜黎打了个酒嗝儿，思维已经完全被酒精麻痹，他自己讲的什么，自己都听不见了。这会儿头晕得连眼睛也睁不开：“杜先生很高冷很威严好吗？怎么可以随便追……杜先生只许杜太太来追。”

邹遥遥冲着这个醉酒后的幼稚男人翻了个白眼：“怪不得你单身这么多年。”

傻狗儿继续幼稚语气：“我单身，是为了跟你结婚。”

邹遥遥翻了个身，想跑，杜黎却伸手抓住她的裙子，将女孩的一字肩往下一扯，衣下的春光彻底暴露在空气中。

杜黎看见她背上的疤，一瞬间酒醒了大半。

他愣了一会儿，俯身过去，轻轻地吻住了她蝴蝶骨上那条显眼的疤痕。

“你装疯卖傻耍流氓是吧？你给我起开！起开！”

邹遥遥还有想跑的欲望，可男人却摁住了她的双肩，不让她动弹。

以为他要继续幼稚耍赖，没想到他突然沉默。好一会儿，男人才带着微微哭腔，用厚重严谨的声音，一字一句地说：“遥遥，我后悔没有早点娶了你，照顾你，心疼你，如果早点让你留在我身边，你是否可以少受点伤？”

“训练时受伤不可避免。”邹遥遥回答。

杜黎几度哽咽，如果可以，这些伤他想替她受。

午夜十二点，窗外烟花绽放。

陈榆阳握着一支红酒杯立在窗前，内心怅然，想起了和邹遥遥第一次看烟花的情景。

“这种团圆佳节，并不属于你。”林雪轻晃手中的红酒，起身朝他走过来，看着他，“陈榆阳，杜黎如今享受的那份幸福应该属于你。”

陈榆阳沉默地看着眼前这个女人，冷笑一声：“我凭什么？”

“凭你是她喜欢的第一个男人。”

02.

“说正事吧。”陈榆阳举杯，与她的玻璃杯撞了一下，发出清脆的响声。

林雪抱着胳膊看他，说明来意：“我知道你来这里是为了杜太太，我呢，是为了杜先生。”

“杜黎？”陈榆阳皱眉看她。

林雪点头，直接说明来意：“你跟杜太太的过去，我查得一清二楚，你们的关系，绝非她说的那么简单，是吗？我也知道你有点不甘心。”

“她很幸福，我有什么不甘心的？”陈榆阳看向窗外，语气冰冷，没有一丝和气。

林雪笑了一声，说：“你不甘心的事情太多了，不是吗？你为了能给她一个好的生活，出国，甚至把身体和灵魂都交付给龚琳。你做这些是为了什么？不就是为了能出名，在娱乐圈有一席之地？回国后可以继续跟她在一起，给她好的生活？”

陈榆阳握紧酒杯，平日阳光干净的面孔，逐渐变得阴鸷。

他手背青筋凸起，怒喝一声：“够了。”

“够了？可是你真的甘心吗？”林雪仰头将杯中的红酒全部灌入喉中，走到吧台前，一面倒酒，一面用轻描淡写的口吻继续说，“两年，你终于熬出头，也终于找到她了，可她却嫁给了一个比你有钱的男人。你心痛，你不甘，如果当初你选择留在国内，选择和她在一起，凭借你的才华，邹廷深一定会力捧你这个未来的女婿，你会事业爱情双丰收，也不至于被一个老女人包养两年，成为你生命中无法抹去的黑点。”

陈榆阳抑制不住激烈的情绪，终于爆发，将酒杯狠狠地摔在地上，红着眼眶冲林雪怒吼：“你胡说什么？龚琳是我恩师！是我恩师！”

“恩师？这只不过是你为了自我安慰，编制给自己的美好故事，她真的只是你恩师？”林雪朝他走过去，靠近他，手掌从男人喉口滑至胸口，她将下巴搁在男人的肩膀上，侧过头，几乎贴着男人的耳朵说，“谎话始终是谎话，龚琳是什么人，你心里比我更清楚，不是吗？”

女人的气息缠绕着他的脖颈，陈榆阳往后退了一步，避开她，目光狠厉：“你想怎么样？”

林雪收起妩媚的神色，眉目严肃：“各取所需。”

林雪胸腔忽然起伏得厉害，情绪仿佛有点失控：“我大费周折地搬去他隔壁，为了他出国工作，为的就是能见到他，和他接触，让他有一天能记住我。”

林雪喜欢了他很多年，是杜黎的忠实粉丝，他绅士，待女孩彬彬有礼，满足了她对骑士的所有幻想。

她步步为营，却始终慢了一步。

陈榆阳冷呵一声：“你凭什么以为我会帮你？”

“凭我手上有龚琳和你的照片，你想看吗？”林雪将手搭在他的肩上。

“你想怎么做？”

“年后，管特会推荐你出席北京马术三项赛，担任形象大使，你会和骑手同住一个酒店，我会安排你们住一层楼，给你们制造机会。”林雪对上他的一双眼睛，继续说，“杜黎一定不能容忍妻子与其他男人有染。同时，我有办法让她不能参加第二天的比赛，到时候她职业和爱情双双惨淡，最后除了你，她又能选择谁？”

陈榆阳：“卑鄙。”

林雪的手游离至男人腰上：“你想保住坦荡星途，只能配合我。你怪不了我卑鄙，怪只怪你选择了龚琳，走上了一条阴暗潮湿的路。”

春节假期结束，双方家人陆续回程。

送走家里人，杜黎牵着老婆、带着狗来到沙滩上。

邹遥遥赤脚走在沙滩上，脚下的细沙里还有温度。她看着一望无际的海面，被美丽壮阔的海景震撼。

夕阳斜下，海面上波光粼粼，落日的光芒宛如万支光箭，呼啸着射穿满天的彤云。

她逆着光眺望海的边际，有点刺眼，便拿手遮住额头，稍微挡住光线。

杜黎捡了一只贝壳，递给她：“杜太太，许个愿，说不准能实现。”

她从杜黎手里接过贝壳，看了眼，然后一抡胳膊，扔进海里。她深吸了一口气，扭过头对杜先生说：“做人不能太贪心了，我有很好的家人、很好的狗子、很好的马儿，还有一个很好的丈夫，不需要什么愿望。”

“杜先生家庭地位这么低的？排在了狗子后面？”杜黎看了眼她扔掉贝壳的方向，轻咳一声说，“杜太太，你刚才扔掉的贝壳里，有枚戒指。”

“什么？”邹遥遥扔掉手上提着的凉鞋，拔腿冲进海里，想去打捞那枚贝壳。她崩溃地道，“为什么不早点告诉我？杜黎你浑蛋！戒指贵吗？贵吗？”

看着杜太太在海里崩溃地捞戒指的模样，杜黎忍不住笑道：“所以我的杜太太，你到底是什么星座？”

“我金牛啊！”

“骗你的，没有戒指，你往后看。”

闻言，邹遥遥攥紧了拳头回身，打算揍他一顿。

她一回身，看见阿帕奇牵着一匹马朝他们逐渐靠近。

阿帕奇嘴里咬着缰绳，牵着米格举步维艰，一步步朝主人靠近。

邹遥遥从水里走出来，抓住杜黎的胳膊兴奋地道：“你怎么把米格也接过来了？”

“这种合家团圆的日子，怎么可以让米格留在家里呢？”杜黎顺势搂住她的小蛮腰，微微俯身，拿额头在她额头碰了碰，说，“一家人就要完完整整的，对吗？去吧，上马，我给你们仨拍张照。”

邹遥遥压制不住内心的激动，杜先生的话还没说完，她已经翻身上马。

上了马背坐好，她发现米格颈部的鬃毛里用细绳绑着一只小锦盒，她将锦盒扒出来，打开，里面躺着一枚钻戒。

钻戒造型是流畅的马头线条，里面填充的钻石堪比鸽子蛋，被夕阳一照，熠熠发光。钻戒设计独特，很有美感，这浮夸的鸽子蛋，确实让邹遥遥吃了一惊。

马下的杜黎突然单膝跪地，将阿帕奇抱起来，举过头顶：“美丽可爱的杜太太，请你嫁给杜先生。杜先生用帅气的阿帕奇先生发誓，此后人生，对你一心一意，绝不背叛。”

阿帕奇的身体突然腾空，被杜黎举过头顶，狗脸迷茫。我是谁？我在哪里？为什么要用我发誓？

邹遥遥戴上戒指，不耐烦地冲他摆摆手：“好了好了，答应你答应你。快把阿帕奇给我，我带着它跑一圈。”

杜黎起身，将阿帕奇递给邹遥遥。

阿帕奇被邹遥遥单手摁在马背上，女人单手牵着缰绳，驭马跑了出去。

马蹄溅起黄沙，在沙滩上跑得十分吃力。

阿帕奇在马背上被颠得汪汪直叫，在邹遥遥的怀里瑟瑟发抖。

一圈跑下来，邹遥遥让米格慢步而回。她双手将吓呆的阿帕奇抱起来，拍着狗子的背低声安慰。

阿帕奇将嘴筒子搭在她肩上，拿湿润的鼻子去杵她的脖颈，哼哼唧唧地跟她撒娇。

狗子撒娇的样子，简直和杜黎一个德行。

远处的杜黎举起相机，拍下了女孩抱着狗骑马在沙滩上漫步的画面。

垂肩的短发将女孩的脸型修饰得很好，化了淡妆，夕阳下的眉眼清丽动人。

他们身后是大海，翻起的海浪被浴血的落日浸染，将沙滩上的女孩、狗子和马，衬托得热血昂扬。

这是杜黎这辈子见过最美的风景，没有之一。

北京马术三项赛定在五月六日，过完年，邹遥遥就全身心投入到备赛中。

这场比赛关系到她参加八月锡耶纳赛马节以及明年全运会的比赛资格，对她来说至关重要。由于萧承成绩优异，东云省马术队经过多番评估，已经把第一个全运会名额给了他。

在马术三项上，邹遥遥和萧承的实力，中间隔了一个鸿沟无法跨越。为了紧追萧承，她每天都会去斯凯夫妇的马场训练。

杜黎也没闲着，为自闭症儿童举办的公益比赛，他亲力亲为。

秦易来马场骑马，老远看见杜黎在教一个小孩骑马，惊得下巴都差点掉下来。

他拿马鞭打了一下旁边一身干练骑装的苏悦，感慨道：“你发现没？老杜自打结婚以后变了很多啊。以前是高高在上的老板，现在，你看，居然扔掉包袱，走下龙椅‘微服私访’了？”

苏悦看着杜黎的方向，感慨道：“你懂什么？这就是爱情的力量。对了，那姑娘谁啊？长得挺漂亮，咱们这里的新教练？”

儿童训练区里，有十几匹小马驹，和十几名马术教练。

在众多男教练中，有一个女教练特别显眼，说话温温柔柔的，教小孩也特别有耐心。

杜黎也注意到了女教练，觉得她很眼熟，盯着她看了好一会儿。

女邻居？

杜黎虽然好奇，但也懒得上前去问。

他从儿童训练区出来，被秦易和苏悦拦住。秦易追问他："那个女教练什么情况啊？长得这么漂亮来当教练？刚才我可看到你一直盯着人家看呢，怎么，你精神出轨啊？"

"是来这儿做义工的。"杜黎拿胳膊肘子捣了一下他胸口，敛眉道，"漂亮？你眼睛没瞎吧？"

秦易捂着胸口："这还不叫漂亮？"

杜黎摘了白手套，连带马鞭一起扔给身边的助理。

他往儿童训练区里看了眼，正好对上女孩温柔的双眼。他丝毫没有闪避的意思，坦荡地与林雪对视，倒是林雪先不好意思，红着脸垂下眸。

"你不是号称美女杀手？"他拿手在秦易的臀部拍了一下，用下巴尖儿朝林雪的方向一指，"去，给我搞清楚那姑娘什么来历。"

"什么什么来历？"秦易揉着屁股啧一声，"你这个有老婆的人，干什么要打人家屁股？人家屁股不要面子的吗？"

杜黎眉眼变得严肃："这姑娘想勾引我这个有妇之夫，你就没觉得奇怪？"

秦易用鄙夷的眼神打量他，讥讽道："你倒是挺自恋啊。"

杜黎抽出手帕，擦了擦手，慢条斯理地分析道："本来我也觉得，可能是我自恋。可这姑娘显然不是真心来做义工教练的，她身上的香水和口红出卖了她。"

苏悦感到疑惑："香水口红有什么问题？"

杜黎冷笑一声："干活喷香水，你说有没有问题？"

苏悦恍然。

秦易一头雾水："香水怎么了？哪个女人不喜欢香水？"

苏悦解释说："马的嗅觉很敏感，她给自己喷这么浓烈的香水，显然不是真心诚意来当义工的，一定另有目的。她这么漂亮，儿童训练场上的那些教练都不会是她的目标，那么……"

秦易一脸佩服，竖起大拇指："行啊，老杜，以后改口叫你福尔摩斯。"

03.

“得了，你也别开口跟我这儿叫福尔摩斯，给我找一个有经验的保镖。”杜黎将手帕也丢给助理，不急不缓地说道。

“保镖？你以前不是说，有文涛一个就够了？”秦易一掌拍在文涛的胸口，“瞧人家这结实的身板，你老人家舍得给人辞退了啊？”

文涛被秦老板这一拍胸口，咳嗽一声，一脸忧心忡忡地望着杜黎：“老板，我上有老下有小，您慎重考虑下？我以后可以只要一份助理的工资，保镖那份工资，您看着给？”

杜黎啧一声：“想哪儿去了你们？遥遥的身份曝光，走哪儿都能引起关注，她大大咧咧的，给她找个保镖，我放心点。”

“老杜，你怕是没听过她徒手打野狼的事迹吧？她需要找保镖？”这姑娘的彪悍，秦易很多年前就听过，他继续感慨，“你说给苏悦找保镖我还能理解，你给她找保镖？这不是辱没她一世英名吗？”

杜黎一巴掌拍在他的后脑勺上：“不管她多强大，是个女人就需要保护。”

“是是是，杜总说得是，保护保护，需要保护！”秦易揉着后脑勺，龇牙说，“那你要什么条件？”

杜黎的条件脱口而出：“女性，能打，仔细敏锐。”

提及这个条件，苏悦插嘴说：“那我推荐一个吧，女孩，二十八岁，全国女子散打冠军，仔细敏锐，也可以担任杜太太的助理，但她的价格，不便宜。”

“你推荐的我放心，”杜黎转过脸吩咐文涛，“你负责联系，谈待遇，面试。”

文涛松了一口气，点头：“好的老板。”

女保镖由真在三天后上岗，也充当邹遥遥的助理，和她形影不离。

晚上，邹遥遥回到家里，杜黎已经做好饭等她。

最近她的食量大得吓人，杜黎特意加餐，做了六菜一汤，其中三道大菜，每道菜的分量都不小，邹遥遥却都吃得一干二净。

杜黎往嘴里送了一口饭，刚夹一只鸡腿和一筷素菜到碗里，就被女孩吃饭的架势给惊到了。

老婆端着一只比她脸还大的玻璃碗，埋头一个劲儿扒饭，杜先生看得十分揪心。

这是？斯凯夫妇中午没给她吃饭？

邹遥遥将餐盘里最后一只鸡腿吃干抹净，胃里仍然觉得空，于是一抬眼，盯着杜黎碗里的菜和油亮的鸡腿，小眼神可怜兮兮。

桌上的菜杜黎一口没吃，全被媳妇儿扫荡干净。

邹遥遥咬了咬筷子，然后伸到他碗里，挑了一点他碗里的时蔬下饭。

杜黎见媳妇儿仍是一副“饥肠辘辘”的可怜模样，心疼，把碗里那只鸡腿和时蔬也全部给她，低声问：“我再去炒个菜？”

“胡永乐。”邹遥遥用牙撕扯着鸡腿肉，含混地道。

“嗯？”

她将嘴里的食物吞下去，摇头说：“不用了，我吃饱了。”

杜黎看着她一嘴油星，皱眉，扯了纸巾伸手过去给她擦：“你吃饱了，我可什么也没吃，还想吃什么？”

邹遥遥一双眼珠子转了转，嗯了一阵后才说：“还有肉吃吗？”

“冰箱里还有点酥肉，要吃吗？”杜黎搁下筷子问她。

“要要要！”邹遥遥送了一个飞吻给他，“求老公多加点豌豆尖。”

杜黎又进厨房煮了四人份儿的酥肉汤出来，自个儿也没吃多少，又被老婆连汤带渣吞了个一干二净。这次杜黎彻底目瞪口呆，问她：“你的经期还正常吗？”

提及这个，邹遥遥想了想，摇头说：“不正常吧，晚了两个星期了。”

杜黎睁大眼睛，提出一个假设：“你最近嗜睡、贪吃，月经不正常，有了吧？”

“怎么可能？”

因为要参加比赛和训练，她几乎每一次和杜黎同房，都会做好安全措施，怎么可能怀孕？

杜黎先稳定她的情绪，说：“那这样，我们先去医院检查，如果真的有了，再做打算？虽然我们有做措施，但出现意外也不是没可能。”

邹遥遥顿时吓得一张小脸惨白，不敢再说话。

她的职业生涯刚有起色，这种时候她不想放弃训练，放弃接下来的比赛。

邹遥遥忐忑不安了一整晚，第二天一早跟杜黎去了医院。

她和杜黎坐在医院走廊里，安静地等待结果，谁都没说话。

杜黎握住她的手，感觉到她的紧张，低声安慰说："别紧张。"

她脸色发白，几乎打着结巴问杜黎："那……如果我真的有了，你打算怎么办？"

"你想听真话，还是假话？"杜黎的神色变得凝重，说，"他是我们的孩子，我当然希望他能平安出生，而不是在娘胎里夭折。"

邹遥遥挽着男人的胳膊沉默了一会儿，垂下头，嘟囔着说："杜黎，我才二十岁出头，刚从大学里毕业不久，其实我还是个孩子……可能是我自私吧，可我真的想好好参加比赛，给自己这么多年的努力一个交代。杜黎，对不起，我现在真的不能给你生宝宝……"

邹遥遥摸着小腹，眼眶赤红，说着就要哭出来。

杜黎的心脏也被扯了一下，他搂过女孩，拍了拍她的肩，以示安慰，然后低声说："我去趟卫生间。"

"嗯。"

邹遥遥盯着杜黎离开的背影，仿佛看出了几分落寞感。

杜黎刚走了没一会儿，有个女人突然叫她。

"杜太太？"

邹遥遥抬头，看着肌肤雪白的漂亮女孩，愣了两秒。如果没记错……这是杜黎的女邻居？

她红着眼眶看着女孩："嗯？"

林雪扶着一个孕妇在她旁边坐下，见她红着眼眶，一脸关切地问道："杜太太，您这是怎么了？"

邹遥遥揉了揉眼眶，没有回答。

林雪身旁的孕妇插嘴说："也是来孕检的吧？看你还没显怀，应该才怀上不久？"

邹遥遥看了眼说话的孕妇，一脸迷惑。

林雪忙介绍说："这是我姐姐，我过来陪她孕检，杜太太，您……几个月了？"

邹遥遥摇头，表示不知道。

林雪好像看明白了什么，打探道："我记得您马上要参加比赛的吧？

那这个孩子……杜先生那里，您不好交代吧？”

邹遥遥没有说话，算是默认。

她其实挺烦陌生人跟她打探这些，而且夫妻之间的事，怎么可以用“交代”这个词，难道不是相互商量吗？

林雪的孕妇姐姐用添油加醋的口吻说：“杜太太，您得长点心，依我说这个孩子就该生下来，用孩子套住男人的心。如果您不要这个孩子，男人嘴上说没什么，心里一定会不舒服，指不定就去找了外面的女人。而且像杜先生那么优秀的男人，您可一定要抓紧。”

“杜太太，杜先生应该不是那种人吧？”林雪用探究的目光打量她。

孕妇的话听得邹遥遥脑仁疼，想起刚才杜黎离去的背影，没准儿他心里真的在埋怨她？

见邹遥遥神色暗淡，林雪好似达到某种目标，眼神里闪过一丝喜悦。她给旁边的孕妇递了个眼神，孕妇立刻意会，说：“当然了，杜太太您条件这么好，也不必看杜先生的脸色过日子。孩子您想拿便拿，杜先生也不敢拿您怎样的。”

邹遥遥听得直皱眉。

孕妇和林雪在相貌上，没有一点相似，年龄差距也略大，说是姐妹简直过分，她倒觉得像是母女。

这女人的言论，怎么听着像在挑拨她和杜先生之间的关系呢？杜先生这么可爱的一只狗儿，怎么到了她嘴里，就变成了“霸道直男癌患者”了呢？

邹遥遥眉尾一挑，说：“不不不，我先生性格刚硬，他说一不二，倔脾气，很难听得进别人的话。如果我拿掉这个孩子，他会跟我离婚的。”

孕妇一听，突然激动道：“离婚？就为了这么点小事儿离婚？杜太太，您要是我们这种普通女人，为了钱，倒也可以忍。可您是大小姐，怎么可以受这种气？喏，我的建议呢，拿掉这个孩子的时候不要告诉他，事后再通知他，看看他的反应，您可以用这个考验考验他。”

邹遥遥：“……”

这孕妇的思想真是太可怕了。

排号到她们，林雪扶着孕妇起身，礼貌地跟邹遥遥告别：“杜太太，再见。”

“再见。”

再也不见。

两人刚离开不久，杜黎就黑着脸回来了。他刚才在去卫生间的路上，深色衬衣上被人泼了咖啡，他在卫生间擦了挺久，此刻衬衣上一片水渍。

杜黎坐回她身边，将她的手抓过来，十指相扣，低声安慰说："遥遥，孩子的事情，我听你的，我们还年轻，即使现在不生，以后也可以。"

"留吧。"邹遥遥顿了片刻，抬眼对他说，"我想留，刚才我认真想过了，比赛每年都有，虽然全运会还要再等四年，可四年后我也不老，努力一把，依然可以参赛，你说是吧？"

杜黎的眸中闪过一丝惊喜，抱住她，在女人额头上落下一吻："谢谢你，遥遥。"

"宝宝是上天赐给我们的礼物，我们怎么可以这么抛弃他呢。"邹遥遥抬头，头顶蹭过男人的下巴，然后伸手捏了捏男人的脸颊，又说，"哇，我可爱又善解人意的狗儿，真的是很棒的老公了，我不明白，外人怎么会以为你是那种霸道的大男人呢。"

"嗯？外人？"杜黎听出她话中有话。

邹遥遥将刚才的事跟他说了一遍。

敏感如杜黎，越发怀疑林雪这个女人有问题，但他什么也没说，抱着媳妇儿陷入深思。

半个小时后，检查结果出来。

杜太太压根没怀孕，只是最近运动量过大，身体消耗太大，导致内分泌失调而已。医生开了黄体酮给她调月经，走出医院的那一刹那，邹遥遥深吸一口气。

杜黎也松了口气。

他虽然喜欢小孩，但刚才在医院看见太太纠结的模样，心里也确实堵得慌。如果生小孩会让邹遥遥为难，那不如过他们的二人世界吧。

下午六点，杜黎开完会从办公室出来，接到秦易电话。

秦易跟他卖关子："老杜，你猜你的那个女邻居什么背景？"

"嗯？"杜黎从助理手里接过文件和笔，利用肩膀夹着手机，一边签字一边跟他对话，"有什么背景？"

秦易咳嗽一声，说："龚琳和蔡建的私生女，这姑娘被小姨带大，跟姨夫姓，如果不是她的小表弟最近手头紧，我还查不到这里来。"

"龚琳和蔡建？"杜黎疑惑。

秦易嗯了一声，跟他解释：“蔡建你应该知道吧？那个著名的主持人，他女儿叫蔡婷婷，小时候你们一起参加过亲子节目。嗯，这姑娘对你什么想法，我暂时不清楚，但这姑娘有钱，很有钱，龚琳留下一笔不小的遗产给她，而她的老爸呢，虽然不敢认她，每年也给她不少生活费……”

“对了，我还查到一个劲爆的料，虽然没有实证，但也八九不离十了，你想不想知道？”秦易讲到八卦，心情自然也激动起来，不等杜黎说“想知道”，他就喘口气继续说，“龚琳不仅留了资源给陈榆阳，还留了一笔数目不小的遗产给他，你懂得吧？他们真的是包养与被包养关系。”

杜黎：“……”

大概是替杜太太不值，杜先生有点郁闷。

娱乐圈里的混乱，他早就有所耳闻，这种狗血的事儿也不是头一回听说。可他没想到，这一次居然是他老婆青春时期的暗恋对象。

对于陈榆阳的这种行为，杜黎不予置评。

陈榆阳的背景他查过，这个男人能走到今天，也确实不容易。可是，他却辜负了杜太太曾经对他的好，也幸好，他存有良知，没有染指和伤害他的杜太太。

“老杜，老杜你还在听吗？”秦易在电话那头吼了两声。

“嗯。”

秦易问他：“要不要哥们帮忙？让你情敌身败名裂？”

“攥着证据，不急，这件事不许告诉任何人，给我憋在心里。”

秦易：“好的，哥们的嘴你放心。最近哥们儿单身，要不要来一招美男计？”

“随你。”

一晃眼就到了五月，此次北京马术三项赛由中国马术协会举办，在银马国际赛马场举行。

官方联合明星大力推广，早在一个月前，观众票就被一抢而空。

马术三项赛包括盛装舞步、越野以及场地障碍。三项比赛分数天进行，这是邹遥遥人生中第一次参加三项赛，对她来说是个不小的挑战，也意义非凡。

5 月 5 日晚，所有选手被安排入住首都银马湖国际酒店。

邹遥遥和其他选手拖着行李箱杵在大厅里，等待工作人员发放房卡。

拿到房卡，邹遥遥问萧承："你住几楼？"

萧承冲着她打了个手势：五楼。

邹遥遥哦了一声，说："我和由真住七楼，咱们都是一个队的，为什么分这么开？"

萧承摇头，表示不清楚。

江东省马术队的一个女成员说："你住七楼吗？听说那个男明星陈榆阳也住七楼。"

这个女成员刚回国，对国内的大致情况不太了解，对她和陈榆阳的八卦关系，也不知情。

邹遥遥挑了挑眉，还好有女保镖陪着她。和陈榆阳同住一层，如果两人在走廊里遇见，也不至于那么尴尬。

上楼后，女保镖由真替她将行李箱拖进去，放好行李后，由真嘱咐她："杜夫人，杜先生有嘱咐，明天比赛，他让您早点休息，任何人找您，都不要搭理。"

赛方给她们准备的是双人标间，房间格局不大。

邹遥遥坐在床上脱了鞋袜，点头冲由真打了一个OK的手势："我懂。"

杜先生是怕她去见陈榆阳，为了让她的杜先生不吃醋，她保证，就算他陈榆阳今晚搞出跳楼的大动作，她也不会搭理。

十点左右，邹遥遥刷完微博，准备睡觉，收到一条匿名信息。

匿名人："我是云迟，在你隔壁706房间。"

邹遥遥宛如被雷击中，一个鲤鱼打挺坐起来，赤脚下床，冲出门外。

正在阳台做俯卧撑的由真喊住她："杜太太，你干吗去？"

由真起身追出去，已经不见杜太太的踪影。

事情来得太突然，由真头大，赶紧给杜黎打电话。让她感到焦灼的是杜黎的电话压根打不通，关机中。

由真立刻又给苏悦打电话，明天萧承比赛，苏悦同住这家酒店。

苏悦接到电话，意识到事态严重，她吩咐萧承去找工作人员调取监控，自己则上楼去跟由真会和。

比赛就在明天，这种时候多关键，邹遥遥没道理不懂，她没理由不打一声招呼就离开。

苏悦打了一圈电话无果之后，在房间里攥着拳头急得团团转，问由真："她走之前，有没有什么反常行为？"

由真想了一会儿，摇头：“没，她躺在床上刷手机，突然坐起来，鞋也顾不上穿就跑了，我当时在阳台锻炼，等我爬起来，她已经不见了。”

苏悦平静下来仔细整理思绪，一拳捶在掌心：“这么一会儿时间她不可能下楼，她应该还在这层楼。”

……

708 房间。

管特坐在沙发里品酒，焦灼地盯着时钟，抬眼问坐在对面沙发的女人：“半个小时了，可以了吗？”

林雪给陈榆阳发了一通消息，收到回信后，点头说：“OK，再等五分钟，我会拿着房卡去 706，以陈榆阳女朋友的身份，捉奸在床，把这事儿闹大。”

管特打量着眼前的这个女人，啧啧感慨：“果然是最毒妇人心啊。你这样，不等同于毁了姓陈的小白脸？他知道你这么做吗？”

“他顶多是毁了前途，那个女人的老爸有的是钱，能做那个女人的男人，他还会缺钱？”林雪勾唇，笑得讥讽，“人嘛，为了自己总要用点手段。其实我也没想到，只用一个‘云迟’的名字，就能让那女人上套。”

“你这个女人挖坟的本事倒是不小。”管特对她颇为赞赏。

林雪笑道：“也是靠管老板的帮助，没有您的帮助，我也没这本事做到这些。时间差不多了，管老板，要去看热闹吗？”

“这么热闹的场面，我怎么能错过？我倒是很想知道这件事曝光之后，杜黎的表情。当然了，捉奸在床这种事，需要观众才更精彩。”管特搁下酒杯，笑了一声。

林雪踩着一双高跟鞋，拿着房卡去了 706。走廊上和苏悦、由真相遇，她斜睨了两人一眼，扭着腰身继续朝 706 走。

来到 706，她施施然刷开门，推门而入，门口满是凌乱的衣服。

她还没看见里面的场景，就开始演戏，放开嗓门尖叫一声，大喊“陈榆阳”的名字，紧接着，她事先找好的群众演员纷纷推门出来，管特也闻声开了门，充当临时演员，站在门口死盯着 706。

林雪勾了勾嘴角，继续往里走。

这间房是套间，过了玄关就是客厅，她踩着女人的内衣走过去，同时打开了手机摄像，笑得越来越得意。

等她绕过玄关，看见客厅里的场景，顿在愣在原地。

秦易、陈榆阳、杜黎和邹遥遥正在打牌，桌边蹲了一条狗，吐着舌头，用锐利的眼神打量她。

秦易脱光了上衣，穿着女人的内衣。

男人身材单薄，很瘦，内衣下的肋骨清晰可见，他满脸被贴着字条，可见输得有多惨烈。

秦易抬眼看见林雪，胸脯一挺，冲她招手：“哟，林大小姐，来得正好！来，一起打，我输得差点穿女人内裤了！坐我旁边，给我转转运！”

林雪脑门宛如被钝器重击，蒙了几秒，看向陈榆阳：“你出卖我？”

陈榆阳垂着头，没有看她，嘴角讥讽地勾了勾：“林小姐，我可从来没有答应要帮你，是你一厢情愿地指挥我做这些事情，至于我要怎么做，就没必要看你的意思了吧？”

“陈榆阳！你的前途不想要了吗？”

“随你，既然避之不及，便坦然面对，什么苦日子我没体验过？这件事，不至于会让我饿死。”陈榆阳将扑克牌往茶几上重重一扔，从始至终没有抬头看任何人，他愧于面对邹遥遥，这件事发展到今天这种地步，他怨不得任何人。

他已经没有资格喜欢这个姑娘，哪怕是揣在心里念想，也没有资格了。从他答应龚琳，跟她走，签下那份卖身协议起，他就已经不够资格留在她的身边。

他可以嫉妒杜黎拥有她，但他不能伙同外人伤害她，甚至毁了她。

邹遥遥抬眼看着林雪，问她：“你为什么要这么做？我们夫妻跟你没有仇，你这么处心积虑，到底是为了什么？那天在医院，那个孕妇并不是你姐姐，你是想借妇人之嘴，挑拨我和杜先生的关系，对吗？”

“是又怎么样？你自己瞧瞧，你有名媛气质吗？相貌平平，学业、事业差强人意，你凭什么嫁给杜黎？凭你生来有个好爸妈？凭你是邹廷深的女儿？”

事已至此，林雪只能跟他们撕破脸皮。

杜黎起身，走到林雪的跟前，用冰冷的目光审视她。

林雪不甘心就这么输掉，她觉得自己的计划天衣无缝，怎么会败在最后一步？她望着杜黎，哽咽一声说：“杜黎，你清醒一点，我才是你的良配！你是个商人，应该知道什么样的婚姻、什么样的妻子对你更有利。我在你身边，可以替你排忧解难，可以替你解决事业上的困扰和麻烦，她邹遥遥除了骑马，还会什么？”

林雪说完，小心翼翼地扯住男人的衣袖。

细致的计划失败，她便索性摊开一搏。

杜黎等她说完，笑出声来：“林小姐，需要我给你介绍精神病院吗？我认识精神科医生，要不要治治你这臆想症？”

他的话几乎震碎了她精神上所有的支撑，让她无力招架。

林雪无言相对，已经有了心理准备。

杜黎对这个神经病实在不想多浪费口舌，却又忍不住想替杜太太出气：“这位臆想症小姐，我恳请你明白两点。第一，我的婚姻，用不你来指手画脚。第二，你是出门没照镜子，还是眼瞎？我太太相貌平平？你知道相貌平平什么意思吗？你也未免太高估自己。”

外面门没关，苏悦和由真听见里面有杜黎的声音，蹭了进来，看见里面这阵仗，不知所谓。

秦易对两姑娘招手，拍拍身旁的沙发空座，让她们坐过来围观老杜开启毒舌模式。

林雪的脑子是蒙的，四肢已经不受思维控制，这是她这二十几年来，受过最大的屈辱，没有之一。

她要转身离开，杜黎却叫住她，说：“林小姐，我希望你在做某些事之前，三思而后行。你手上有些大料，我手上自然也有。我跟你同父异母的姐姐有点交情，她可能至今还不明白前几任男友为什么总是无故跟她提出分手，她可能也不知道你的存在。”

秦易一阵拍手，一声叫好：“太精彩了！老杜，婷婷这个女孩子，性格也蛮强势的哦，她如果知道自己同父异母的妹妹在外面搞了这么多小动作，甚至暗地里抢她男朋友，她会怎么样？有点期待。”

杜黎、蔡婷婷、邹遥遥，三个人小时候都一起上过亲子节目。蔡婷婷幼时被媒体捧成小神童，杜黎为了维护他的人设，自然也跟婷婷这女孩走得相对较近一些。

一晃这么多年过去了，最近因为林雪的事，他们才再次有了联系。

林雪拿龚琳的事威胁陈榆阳，杜黎便以其人之道还治其人之身，用她的背景反威胁她，让她老实闭嘴。

林雪临走前，愤恨地看了眼陈榆阳。女人眼睛里透出的怨恨，阴森感几乎渗入人的骨头。

等林雪离开，秦易一脸不满意的表情：“喂，老杜，你就这么让她走了？不过讲真的，我觉得太爽了！”

为了安全，由真守在门口。

苏悦一脸莫名地问秦易：“到底什么情况？遥遥，你难道不知道明天的比赛对你多重要？你乱跑什么？为什么没有带由真一起？害得我跟由真瞎操心，萧承现在还在调监控。”

她一面说话，一面掏出手机给萧承发了消息。

这件事说来话长，邹遥遥简单跟她交代了一下事情经过，然后说：“我以为进来后，真的会如我所愿见到我想见的人，没想到推门进来，却看见他们仨在这里打扑克，我也不知道什么情况。”

她看向陈榆阳：“到底怎么回事？你怎么会知道云迟？那小子现在在哪儿？陈榆阳，你和林雪到底有什么关系？你有什么把柄在人手上？”

“云迟是谁？”苏悦更加一脸莫名地看向秦易，又看向杜黎。

杜黎摇头，看向邹遥遥：“我也不清楚。”

云迟是云昊东的老来子，今年十九岁，这孩子有阿斯伯格综合征。

几年前，云昊东夫妻在秦岛遇难，云迟的病情就越发严重，在邹遥遥上大学那年，云迟留下一封信，消失了。

这么多年，邹遥遥和家人一直没放弃寻找云迟，却始终杳无音信。前两年云迟和同父异母的姐姐云佩联系过，要过一笔钱，那之后又再次消失。

邹遥遥问陈榆阳：“你知道云迟在哪儿吗？”

陈榆阳摇头，表示不清楚：“这些事林雪很少告诉我，那天我听她打电话，似乎是在内蒙古？抱歉，我应该帮你打探清楚。”

邹遥遥摇头，想去跟林雪问个明白，却被杜黎拉住。

他说：“遥遥，冷静点，即便你现在去求她，她也不会告诉你关于这个小孩的真实情况，你明天好好比赛，给我点时间，我会帮你找到他。”

邹遥遥红着眼眶看杜黎，摇头说：“杜黎，你不知道，我们找了很多年了，老邹几乎用了所有的关系，都没能找到他。”

男人抱住她的双肩，弯下腰，视线与她一双泪湿的眼睛平行：“你信我，她林雪能做到的事，我也可以做到，事在人为，你现在什么都别想，比赛结束后，我们再从长计议，好吗？”

秦易从果盘里拿了一块西瓜，一边啃一边说：“我的二爷，你放心，论公关，邹影帝的公关团队是比我们出色。可是论找人的本事，我秦易敢说第一，没人敢说第二。好了，别想了，吃完这块西瓜，你老人家赶紧回去睡觉，明天还得比赛呢。”

他递给邹遥遥一块西瓜。与此同时，萧承也推门进来，他刚从监控室赶过来。

萧承一脸焦灼，跟他们打手语：你们怎么还有闲工夫在这里吃西瓜？出事了，你们快看微博！

众人望着他。秦易咬着一口西瓜含混地问道：“你比画什么呀？老子一个手势也看不懂，打字发群里。”

萧承懒得搭理秦易。

明白手语的萧悦和杜氏夫妇，立刻掏出手机看微博。

林雪走后不过也才半个小时，微博热门、网易头条就被两条极其劲爆的消息先后霸占。

#陈榆阳被包养#

#云昊东死因解密，凶手疑似Z姓童星？#

这两条消息先后放出，间隔不过两分钟。

林雪上微博，自爆是龚琳和蔡建的私生女，可以证明陈榆阳和龚琳存在包养和被包养关系。她也发出了龚琳女士的遗嘱，坐实了自己与蔡建的父女关系。

实证一发，还不等营销号来带节奏，陈榆阳的粉丝就先炸锅了。

粉丝们先拿生命维护陈榆阳，看到实证后，被打脸，纷纷表示心碎。

大部分粉丝都粉转黑，小部分脑残粉还在替他战斗，嚷嚷着“少关注他的生活，多关注他的作品”的口号。

总之网友两面倒，掐得激烈。

而邹遥遥这边，没有实证，有匿名人发帖，放出了云昊东和其妻的死因。

几年前，云昊东开着游艇带小妻子、干女儿、小儿子上岛。小儿子因为跟干女儿吵了一架，抱着滑板蹲在酒店，拒绝与他们同行。三人扔下小儿子上岛，遇到风浪，被甩下游艇。三人落海，只有干女儿幸免于难。

茫茫大海，夫妻尸体至今未能找到。

发帖人称，云昊东有一个女儿、两个干女儿、一个小儿子。他女儿也是娱乐圈赫赫有名的一线女星，继承了他的影视公司。而他名下还有几百家美食连锁店，关于这些财产，他在遗嘱中有注明，分别分给小儿子以及两个干女儿。

而这两个干女儿，就是邹影帝家的那一对双胞胎女儿，木筱筱和邹遥遥。

发帖人大胆提出质疑。

邹遥遥与小儿子吵架，是不是刻意支开云昊东？游艇明显是人为故障，是否也是她故意而为？为什么只剩了她一个幸存者？那些遗产，加上云昊东的小儿子失踪多年，邹遥遥难道就不可疑吗？

看了这个帖子，网友居然觉得里面的质疑有道理。

晴天小猪猪：豪门恩怨啊，真狗血……不过人家二小姐没必要为了点遗产杀人灭口吧？人家爹妈也有钱啊。

萱家四少：陈榆阳那个帖子还有实锤，这个帖子纯属虚构。很明显是想影响我们二爷的比赛吧？完了，凭借我们二爷和云昊东的关系，我估计二爷的心态会崩。完蛋。

……

林雪和杜黎撕破脸，索性破罐破摔，以两败俱伤的方式，公布了陈榆阳和龚琳的关系。

至于邹遥遥那篇帖子，是她跟管特一早就准备好的东西。他们本来就打算给邹遥遥双重打击，让她绝对没有心情上赛场。陈榆阳那个计划虽然失败，可云昊东这个计划却施行得很圆满。

他们预估，凭借邹遥遥与云昊东的关系，这件事一爆，揭了她心口的疤，必然会给她一记重击。

他们预估得没有错，因为这件事，邹遥遥的情绪彻底崩盘。

她想起了那天海上的风浪，也想起了海水一口口灌进她喉咙里的绝望感，甚至想起千钧一发之际，云昊东在水里推了她一把，将她推上海面。

而云昊东夫妇，却被吸进海底。

这个噩梦，她永生难忘。

第十六章 绝地反击

01.

网上的爆料让邹遥遥的心情跌落低谷，虽然“谋杀”子虚乌有，但这篇匿名文章，的确达到了揭开她心里伤疤的目的。

她握着手机，脸色煞白，那些被压在心底、令人揪心的回忆被全部撕扯出来。

回忆狰狞，让她无力承受。

秦易问：“啥情况？你们这表情？”

陈榆阳也掏出手机，他已经收到经纪人的消息，一条条翻着截图，看见网上这些实锤，并没有多难过，更多的是释然，比起自己，他更担心邹遥遥。

邹遥遥咬着下唇，下嘴唇渗出了一丝血。

最先发觉她情绪不对的是杜黎，他拘住她的肩，轻声叫她的名字，企图将她从痛苦的回忆漩涡里拽出来。

“遥遥？”

邹遥遥情绪失控，扑进男人的怀里，失声痛哭。

一屋的人被她这突如其来的哭声给吓住了。秦易蹭到陈榆阳身边，抻长脖子扫了眼他手机上的页面，也被醒目的标题吓一跳。

云昊东的死怎么还跟邹遥遥扯上关系了？秦易扫了眼评论区，又抬眼看向邹遥遥，这可是平日有泪不轻弹的女英雄啊，这会儿却将脑袋埋在杜黎结实的胸膛，哭得撕心裂肺。

杜黎用手圈住邹遥遥，将她抱在怀里，其余人也都识趣地离开房间，给夫妻俩留下足够的空间。

房间里只剩他们夫妻，杜黎将邹遥遥扶去沙发上，用指腹替女孩擦去脸颊上的眼泪，低声叫她的名字："遥遥。"

这种时候他不想问任何事，只想给予她一点踏实感。他只想告诉她，他在，任何时候都在，以后她不再是一个人。

他紧裹着女孩的手，说："这些人故意放出消息，不是为了抹黑你，只是为了刺激你，不要走进他们的圈套。"

道理她都懂，可情绪压根不受理智的控制。她吸溜着鼻涕，吭吭哧哧，断断续续地跟他说："杜黎，当初如果不是我，老东和小龙虾阿姨就不会出事，死的应该是我，是我才对。杜黎，是我害了他们。"

女孩歇斯底里，眼泪鼻涕齐下，这是杜黎认识她以来，头一次见她这么崩溃地哭。

她和萧姑娘在深山迷路，遭遇野狼，她没哭。她从马背上摔下，遍体鳞伤，她也没哭。可偏是这个打击，直触她的底线。

杜黎看着女孩痛苦地埋怨自己，心脏像被烈火灼了一下。

这是他第一次见她哭，心里像是被突然凿开了一个洞，里面滚出的不是水，而是油，滚烫的热油，溅在他心脏最嫩的那块肉上，滋滋响，令他煎熬。

邹遥遥在他怀里哭得没了力气，终于止住了哭声。

她红着眼圈抬眸看他，一张脸亮晶晶的，有眼泪也有鼻涕，简直像个小花猫。

如果是以前，杜黎绝对不能接受一个成人以这副面容出现在他跟前，可现在他却心疼得不得了。

他的洁癖搁杜太太这儿，是彻底没有了。他扯了纸巾，给她擦鼻涕擦眼泪，末了还不忘轻声哄："逝者已矣，幸存的人要好好活着，才对得起他们。"

邹遥遥摇着脑袋，瓮着声音跟他说："杜黎，你不知道，老东和小龙虾阿姨，他们有多好。这样的好人，不该有这样的结局，他们不该有这样的结局……林雪说得对，我学业事业无成，活在这个世界上有什么意义？

失踪的人应该是我，不是他们！”

“如果你有意外，我该如何？遥遥，你是我的太太，旁人无资格评论你的优与劣。”杜黎眉眼严肃，戳着心脏的部位说，“你暂时不知道自己生于这个世界的意义，但你且记住，我这之后的人生，最大的意义，唯你独一。”

男人咬着牙关，竭力控制声音发颤，就是为了将这句话铿锵有力地说出来。

“杜黎，我想静静，你也出去，好吗？”

邹遥遥开口，眼眶赤红。

杜黎将她捞进怀里抱了一下，在她的额头上吻了一下，才又放开。

他没再说话，走出房间，带上了门。

门外，由真和陈榆阳还站在走廊里。

陈榆阳背靠在墙上，看见杜黎出来，胳膊肘一顶墙壁，立刻站直，朝他走过来：“遥遥还好吗？”

杜黎摇头。

两个男人和保镖一起在门口站到凌晨四点。

直到文涛来接了由真的班，在走廊里站了几乎一宿的杜黎才感觉到困意上头。

他打算回房休息一会儿，刚转身走了一步路，被陈榆阳叫住：“杜先生，可以一起喝一杯吗？”

杜黎驻足，回身看了他一眼。

十五分钟后，两人在离酒店不远的通宵大排档里坐下。

陈榆阳的助理和保镖在他们邻桌坐下。

两个男人点了烧烤，食物还未上，已经连干两瓶白酒。

陈榆阳握着酒杯主动往杜黎的酒杯上一撞，清脆一声响后，他才说：“我很羡慕你，生来就有好的家庭、好的父母。如果我有一个正常的家庭，我跟遥遥可能会是另一种结局，也许，就没您什么事儿了。”

由于酒精上脸，杜黎脸颊泛红，他仰头将杯中白酒一口闷，喉咙一阵滚辣，冷眼看他：“你这是在跟我挑衅？”

陈榆阳喉结一滚，将一口白酒吞入腹中，腹腔里翻涌着一阵热辣，大概是酒精刺激，男人的言语不受理智控制，他勾唇笑道：“没有，只是嫉妒你。”

“嗬。”杜黎笑声里带着丝丝冷意，举起酒杯，对着他，“这杯酒，我敬你，谢谢你放弃我老婆之恩，也谢谢你这一次放过她。”

陈榆阳红着脸，打了个酒嗝儿，看他的视线变得有些模糊，宛如被蒙了一层水雾：“杜黎，我如果有你这样的条件，我不会放手。我给不了她想要的生活，我只能选择和龚琳签下那份协议，走上那条不归路……”

“陈榆阳，我觉得你这人很有意思。你总是将自己的想法强加在她身上，可你知道，她真正想要的生活是什么吗？”杜黎搁下酒杯，看他的眼神如冰镇过的啤酒，“你压根不知道她想要的是什么，又谈什么给不了她想要的生活？”

陈榆阳盯着男人那双炙热的眼睛，愣住，他心脏上覆了一层紧紧黏着肉的薄膜，那层膜被杜黎连带着皮肉一起，用力撕开，血肉模糊，油灼一般的疼。

他愣了一会儿，看着杜黎那双漆黑又深邃的眼睛，突然搁下酒杯，开始趴在桌上狂笑，然后是肆意的抽泣声。

他的笑声和哭声断断续续，在寂静的凌晨听起来很恐怖，他声音呜呜的：“是我辜负了她的好意……”

杜黎理解陈榆阳选择的路，却并不同情他。

他伸手拍了拍陈榆阳的肩，说道：“我回去了，白天老婆还有比赛。”

杜黎起身，身子一歪，差点跌倒。陈榆阳的助理上前扶了他一把，才勉强让他立住。

助理吩咐保镖看好陈榆阳，他先送杜先生回酒店。

助理扶着杜黎刚走两步，陈榆阳又喊住他：“杜黎，遥遥真的是个好姑娘，希望你能对她好一辈子，她真的是个好姑娘……好姑娘……”

杜黎停在原地，站稳，打了个酒嗝儿。

他的视线其实也很模糊了，分不清此刻是梦还是现实。

他眼前清晰地浮现出杜太太策马奔腾的情景，也看见杜太太那双清澈的眼睛。

不用旁人复述，他也知道，杜太太是世界上最好、最可爱的女人。

第二天早晨九点，马术三项赛开幕式。

昨夜陈榆阳事件爆发，赛方只好临时决定换掉形象大使。比赛当天没有明星担任形象大使，又怎么能带动赛事热度？就在赛方焦头烂额之际，影后木眠发来消息，愿意担任形象大使。

马术三项赛分三日举行。

第一天是盛装舞步赛。第二天是速度耐力和越野能力比赛，即越野赛。第三天是障碍赛。

赛事已经进行到了验马阶段，邹遥遥却还没赶到现场。

盛装舞步赛的场馆很大，四周是阶梯式观众席，可容纳大约三千人。

苏悦坐在观众席内，一遍一遍地给杜黎打电话，那端的手机却一直处于关机状态。

比赛开始前二十分钟，秦易的身边坐下一个戴鸭舌帽和口罩的男人。

他被吓一跳，往萧清清那侧一缩，拍着胸脯叫出声："陈榆阳？你都成泥菩萨了，还明目张胆地来看比赛？"

萧清清被秦易这一撞，差点摔下椅子，小姑娘直接开吼："二易叔你没毛病吧？您老人家好好看场比赛会死啊？差点把我给推下去……"

秦易扭过头看她，猛戳她的太阳穴："臭丫头你叫谁叔？叫谁叔？你不留在东云省上学，你跑来这里干啥？"

萧清清白了他一眼，嘟囔道："我这不是为了给师父加油打气儿吗？昨晚那么大的阴谋，好多粉丝为了支持我师父，都来了现场，我作为亲徒弟，怎么可能不来呢？"

前座的苏悦听见后面一大一小斗嘴不休，扭过身对他们说："电话还是打不通。早上我去看过遥遥，那丫头的眼睛都还肿着，恐怕是没心思来参加比赛了。"

萧清清皱着眉头说："不会的，比赛我师父一定会来。只是……她能不能振作，就……唉，都怪那个神经病，我师父和师母招她惹她了？她凭什么这么处心积虑地对我师父？"

小姑娘一边为师父抱不平，一边搓裙子上的污渍。苏悦问她："你这裙子怎么回事？要不要去卫生间洗洗？"

提及这里，小姑娘气儿瞬间上来，噘着嘴抱怨说："刚才在门口遇见一个哑巴，低着头走路，撞我一身咖啡连声对不起也没说！喏，我新买的裙子，好贵呢！"

主持人开始宣读盛装舞步规则，四面大荧幕上也开始播报选手的准备情况。

宣读结束，秦易看了眼屏幕上的骑手比赛顺序，一脸生无可恋，说：“完了，遥遥第二个，她真的能赶过来？”

就快轮到邹遥遥上场，可她作为2号选手，依然没有抵达现场。赛方也再三催促东云省马术队的负责人，并且表示，如果五分钟内2号选手邹遥遥还没抵达现场，就取消她的比赛资格。

萧承去跟赛方交涉，提出和邹遥遥调换顺序，为她争取更多的时间。

赛方工作人员挨不住哑巴的软磨硬泡，跑去和裁判沟通。

沟通结果：想调换位置可以，但为了公平公正，需要其他省代表队的成员投票决定。

因为首都队成员的支持，赞同调换顺序的人占多数，萧承成功被换至2号，而邹遥遥被调换去10号位。

萧承依次跟大家绅士地鞠躬，表示感谢。

杜黎五点回到酒店，只睡了两个小时。由于昨夜宿醉，此刻头疼难忍。

他顶着一双黑眼圈来到比赛现场，思维还处于混沌状态。刚坐下，便听四周广播传来主持人的通报。

女主持人优美的声音从音响里穿透而出：“由于东云省代表队的选手邹遥遥事出有因，临时调换出场顺序，接下来有请东云省代表队萧承和他的赛马凤凰，为我们呈现精彩的比赛！”

全场掌声雷动，四周观众席里均有人举起横幅，无声助力。

有为萧承加油的，也有为邹遥遥加油的。

杜黎拧开一瓶清凉油，倒一点在指腹，捏了捏眉心。

刚清醒一点，听见身旁的男人讥讽道：“杜先生，您这是唱独角戏？今天的比赛，您太太应该会来吧？”

他差点忘了，这里是A区，所有俱乐部的老板，都被安排坐在这里。

最前面一排坐的是国际知名的骑手教练、场地障碍设计师，以及负责颁奖的形象大使——影后木眠。

岳母亲临现场，他的太太又怎么可能不来参赛呢？

管特语气里讥讽的意味很重，见他沉默，继续调侃：“嗯，也是，我要是您呢，也会忧心忡忡，毕竟老婆都快被抹黑成杀人犯了，谁不忧心呢？杜先生，您这个老婆可真是一点儿都不给您省心。”

他拍拍杜黎的胳膊，凑过去，小声说：“您一句话我立马给您推荐几个身材火辣的妞，怎么样？有没有兴趣？”

杜黎扭过脸，冷冷地扫了他一眼：“滚。”

男人昨夜没休息好，眼白布满血丝。他浑身戾气，周遭气压变低，几乎能闷死人。

管特哼了一声，也不再跟杜黎说话。他心情看似不错，哼着小曲，一副小人得志的模样。

木眠坐在前排，扭身便看见坐在第四排气质出众的女婿，冲他招了招手。

杜黎冲岳母一点头，表示一切顺利，让她不用担心。

比赛紧张进行中，萧承是目前为止的最高分。

选手排序经过调整后，大荧幕上的顺序也临时做了修改。邹遥遥与萧承对换了顺序，变成了 10 号选手。

9 号选手的比赛还在进行，下面的粉丝已经压制不住内心的紧张，纷纷开始祈祷，希望二爷能够出现，希望二爷可以不受昨天事情的干扰。

赛事直播还在不间断的进行，所有人都替她捏了一把汗。

萧清清急得直抖腿，抱着双拳祈祷：“师父你一定要出场啊，一定不要放弃啊，这么多粉丝支持你，你一定不能着了坏人的道！”

秦易本就心烦，一瞥眼看见小姑娘抖腿，更着急，一巴掌拍在她腿上：“小丫头抖什么腿？”

“我想尿尿。”

“你倒是去啊，憋出毛病可别怪你二易哥不关心你的健康。”

萧清清实在憋不住了，扯着秦易的袖子说：“待会儿如果我师父出场，记得帮我录视频，我去尿尿！”

秦易不耐烦地摆摆手：“去吧去吧，啰唆。”

从卫生间出来，萧清清跑得急，一闷头撞进一个大高个的怀里。

萧清清揉着脑袋，正要说对不起，抬眼看见大高个的脸，顿时火冒三丈：“是你！你别走，跟我说道歉，我这条裙子被你毁了知不知道？”

面前的男生大约一米八五，穿着黑色衣服，戴着鸭舌帽。

他的面孔冰冷，眼神也非常空洞，他的神情像北极山巅的雪，又冷又静。只是跟他对视一眼，她便有一种这男生不会说话、是哑巴的错觉。

男生将她的手甩开，径直去了卫生间，再出来，女孩已经离开。

萧清清快被男生给气死了，回到观众席依然气鼓鼓的，正想跟人抱怨两句，全场响起一阵欢呼声。

观众挥起手中小旗帜，给 10 号选手加油。

选手通道口，一个头戴礼帽、身穿燕尾服的女孩骑着步伐优雅的骏马缓缓而出。为了让气色更佳，邹遥遥化了精致的妆容，此刻的她与往常淡妆的模样差距很大。

她微笑示人，对观众挥手。她明亮的面孔被镜头给了特写，投射到大屏幕上。

女孩那双清澈的眼睛在一对儿柳叶眉的衬托下，熠熠生辉。她的微笑也很自然，没有任何勉强，而是发自内心的温柔笑意。

邹遥遥出场，全场欢呼的热烈氛围将管特气得鼻孔冒烟。他下意识地扭头去看杜黎，男人也正好侧过头打量他。

杜黎的面孔依然冰冷，却冲着他挑了挑眉。

这个挑眉的动作，成功挑衅到管特。他哼了一声："这才是第一场比赛，杜先生不要得意太早啊。"

杜黎哦了一声："拭目以待。"

赛场上，邹遥遥屏蔽耳边的嘈杂，也抛开了一切情绪。

李建国先生说得对，一名优秀的骑手，是应该能在马背上抛弃任何私人感情的。骑手上了马背，就不再是独身一人，而是两个灵魂的合体。

昨夜的事让她积压了多年的情绪爆发，那些好的、痛苦的回忆都蜂拥而至。她翻着微博，收到一名粉丝发来的视频地址。

鬼使神差地点开，那是她七岁生日的时候，云昊东给她录的一段生日祝福视频，一直留存于他的微博。

视频里的云昊东对她说："生日快乐，我的二爷。一眨眼，你都七岁了，时间催人老啊！希望你以后成了大姑娘，也还能记得老东。如果有一天，老东不在你身边了，你也一定要记得，遇事要坚强，能自己解决的事儿，就别去跟人哭鼻子。成长之路多多少少会遇见坏人，不要怕，坏人让你不开心，你偏偏就要开心。坏人希望你不成功，你一定要成功，不要轻易被打倒，你是肩扛五十米大刀的邹二爷，怕谁呢？"

重新看到这条视频，她被云昊东的搞怪表情逗得笑出声，笑过之后，又捂着嘴哭出来。

可哭过之后，便豁然开朗了。

是啊，她怎么可以轻易被打倒？她是邹二爷，怎么可以这么脆弱？明知是陷阱，还非得往里栽跟头？

在比赛开始前两个小时，她开始对镜化妆，化最精致的妆。

她穿上燕尾服，戴上礼帽，整理好着装的那一刻，盯着镜中亭亭玉立的自己，露出了一个得体的笑容。

她要积极面对生活，才能不辜负这人世一遭。

她骑着米格进入比赛场地，绅士地跟裁判鞠躬，以最佳状态带动米格走舞步。

马儿的步伐随着富有节奏的音乐不断变化，舞步复杂，却被它呈现得流畅优美。原本揪着心的观众，看见人马配合得这么好，也都松了口气，开始静心欣赏这场盛装舞步。

这场比赛，人与马所呈现而出的优雅，不亚于前面任何一名选手，分数排名第四。

这个成绩已经非常不错，过了这一关，对于她来说，明后天高危险和高刺激的障碍赛及越野赛就简单很多。

邹遥遥昨夜毕竟一宿没睡，下了赛场，交了马，她的身体忽然有些垮。

木女士最先从嘉宾席下来，一把将女儿抱进怀里，以她为荣："宝贝儿，没事了，老东在天之灵，也会为你感到骄傲。"

邹遥遥将下巴搁在母亲的肩膀上，眼眶忽然红了，眼泪不受控制，接连下坠。

木眠一边用纸巾给她擦眼泪，一边轻声哄道："傻孩子，妈妈在，不哭，我们已经有了云迟的消息，他在内蒙古 A 市的齐克尔大草原，等比赛结束，我和你爸爸陪你一起去，好吗？好好比赛。"

她点头，脑袋在母亲柔软的怀里滚了滚，十分满足，像个撒娇的小女孩。

杜黎过来看见这一幕，心变成了柔软的棉花。

邹遥遥抱着母亲，有气无力地说："眠眠，我好困，想睡到天荒地老。小时候，有一次我在公园里玩得很困，是老东背我回家，走过一条街、两条街、三条街……想想那时候，真的很幸福。"

木眠拍着女儿肩背，抬眼看见女婿，小声说："现在你也很幸福呀，都成大姑娘了，还有人愿意背你回家呢。"

她笑了一声，刚想说哪里有，身体忽然腾空，被身后的男人打横抱了起来。

邹遥遥搂着男人的脖颈，打量他，指尖在他鼻尖一触："杜太太今天表现还好吗？”

“好。”杜黎俯身下去，鼻尖顶着她的鼻尖，嘴唇相贴之后，低声说，“杜太太现在的首要任务，是回去好好睡一觉，杜先生也可以抱你，走一条街、两条街、三条街……”

木眠一把年纪，被女儿和女婿“喂了一把狗粮”。

杜黎抱着邹遥遥往楼下走，等电梯上来。

走廊尽头，萧清清正拽着一个身高一米八左右的鸭舌帽男孩。她毫不客气地冲男孩吼：“你不许走！赔我裙子！不赔裙子也必须跟我道歉！”

“杜黎，那是萧清清吗？”

邹遥遥的视线被杜黎挡了一点，不太确定。她揪着男人的耳朵，示意他转个身。

被老婆揪着耳朵，仿佛是拧动了他身体的某个开关，他乖乖地抱着老婆转了个身，让她的视线开阔起来。

邹遥遥看见男孩的侧容，顿时跳下杜黎的怀抱，她叫了一声“云迟”，朝他冲了过去。

云迟听见邹遥遥的声音，用力推开萧清清，迅速跑进安全通道。

萧清清被推开，一屁股坐在地上，疼得啧了一声，刚想开口骂人，瞬间又反应过来——

云迟？师父要找的人？

邹遥遥追下楼梯，因为太急，脚下一滑，从阶梯上滚了下去，尖叫声在楼梯间里回荡。

杜黎和萧清清追过来，眼看她滚下楼梯，心脏拧成一团。

“师父！”

“遥遥！”

02.

杜黎一个踉跄冲下去，在邹遥遥身边蹲下，一脸紧张的将她从地上捞起来：“哪里疼？”

邹遥遥先是一阵痛苦吆喝，指着脑袋和手说：“啊……杜黎我脑袋是不是流了好多血？啊啊啊……我胳膊断了……腿好像也折了。怎么办？明天还要参加比赛，我摔成了残疾还怎么参加比赛啊？”

楼道里回荡着女孩的哭喊，声音直达楼下。

杜黎被她的反应吓得脸色发白，急得眼眶一红，女孩却忽然抬起手揪住他的耳朵，冲他眨眨眼，他立刻就明白了她的意思。

敢情师父是装的？萧清清也懂了她的意思，跟着她一起演戏：“师父你挺住啊，别怕，我马上叫救护车。”

她慌里慌张地打了一通假的120，继而颤着声音问杜黎：“师母，师父为什么一直流血，她脸上全是血，师母，我师父会死吗？”

杜黎声音沉重，铿锵有力：“不严重，骨折，头部遭受重创，顶多失血过多致死，不至于立即死亡。”

在下层楼梯站着的云迟听到这里，心里一揪，这还不严重？

“呜……”萧清清开始哭，一惊一乍地吼出声，“师母！我师父好像没气儿了！你快给我师父做人工呼吸，别让我师父死！”

邹遥遥：“……”

杜黎：“……”

孩子，你这演技似乎有点太夸张了啊。

云迟：先止血啊！这些人有没有常识？

可也就是这个夸张的演技，让云迟回头。

萧清清嘴里一边喊着“师父你挺住”，一边抬起邹遥遥的胳膊和腿检查她有没有受伤。她正替邹遥遥查看有没有外伤，男孩突然冲上来，将她推开，抢占了她的位置。

男孩蹲在邹遥遥的跟前，握住她的手。

再一次被推的萧清清十分无语，非常想吐口唾沫淹死这个没礼貌的哑巴。

男孩目光惶恐，见她身上没有血，也没有明显的伤，顿时明白被骗了。

他想跑，又被邹遥遥抓住：“云迟，你还想跑去哪里？你肯回来，说明你还关心二姐，对吗？留下来，二姐还有比赛，你留下来看好吗？我一定给你拿一个好成绩。”

云迟看着她，一言不发。

邹遥遥又说：“我知道，你不能接受当年活着回来的是我，我跟你一样，也一度不能接受这个事实。我希望出事的是我，而不是他们。云迟，你仔细想想，你爸爸是一个什么样的人，他会希望你在外面流浪吗？”

“我没流浪。”男孩终于开口。

萧清清震惊：“哇，原来你不是哑巴！”

男孩又说：“也没再怪你。”

他这么多年不回来，只是怕面对从前的亲人。他失去了父母，同父异母的姐姐有自己的家庭，而邹遥遥和筱筱，毕竟不是他的亲姐姐。

他成了孤家寡人，身边的人却很幸福，这些身边人的幸福，会让他想起至今仍未找到尸体的父母，他承受不了那种精神折磨，所以选择离开。

不久之前，管特和林雪的人找到他，给他灌输仇恨思想，并将父母的死因推到邹遥遥身上。

云迟是个很聪明的男孩，能辨是非。昨晚那件事闹得很大，他担心邹遥遥受到刺激，无心比赛，特意从内蒙古飞到首都。

邹遥遥没令他失望，依然是他印象中那个坚强的二姐，总能在关键时刻，凭借自己的力量，化险为夷。

男孩看着她，有点不放心：“你疼吗？”

从那么高的地方滚下来，皮肉伤是肯定有的，但对她来说，这些也不是什么伤。她摇头，笑着说：“不疼。有你在，就算你二姐摔断了骨头也不疼！”

杜黎无声地握紧她的手腕，看她的眼神颇有怨念：“你不疼，我心疼。”

为了表明她真的没事儿，邹遥遥立刻站起来，原地两蹦，以示活力。

云迟长成了一个大男孩，已经比她高出十几厘米，作为姐姐，她还得抬头仰望他。

云迟平时没什么朋友，少言寡语，今天仿佛说了一个星期的话：“我留下看你比赛。”

幸福来得太突然。

她找了这么多年的弟弟，终于回家，比她找到失散多年的亲儿子还高兴。

晚餐，几人一起围桌吃饭。

餐桌上所有的荤菜都被杜黎抢先夹走，挑去了他老婆碗里，而集杜老板宠爱于一身的邹遥遥女士，却将自己碗中的肉无私地夹给了云迟。

对于这个突如其来的帅气弟弟，杜黎心里有点膈应。

第一，这个弟弟跟老婆毫无血缘关系。第二，这个弟弟已经是个成年人，小不了他老婆几岁。老婆不仅给他拥抱，牵他的手，甚至把自己夹给她的菜，全部夹给了这个弟弟，搁哪个正常男人那，心里都不会舒服。

饭桌上杜先生板着脸，杜太太视若无睹，此刻她眼中只有这个弟弟，恨不得把心掏出来给他。

大家感受到杜先生阴鸷的气息，挑菜都不敢有太大的动静，生怕这位杜先生掀了餐桌，他们连米饭都没得吃。

萧清清咬着筷子，拿胳膊肘顶了顶秦易：“二易哥，你闻到酸味了吗？”

秦易小声说：“嘘，小心老杜杀人灭口。”

萧承搁下筷子，无声地叹气，冲苏悦委屈地比画手势：白天为了争取保留她的名额，费了我很大力气。她倒好，餐桌上的肉全给了她弟弟。小悦，我怎么觉得，我帮了一头白眼狼？

当然，他也不是真的委屈，只是调侃。

苏悦挽住他的胳膊，脑袋往他肩膀上一靠，撒娇的语气：“我们家承承最棒了，心胸宽广，助人为乐，不求回报。咱们不跟她计较，不就是肉吗？晚上回房，我给你肉，想吃多少有多少，好不好？”

萧清清插嘴：“小悦姐姐，你未免太抠门了吧，吃肉还得回房间吃，哼，你不爱我们！”

老司机秦易：“真是个单纯的傻孩子，人家说的不是那种肉。”

萧清清：“啊？”

醋坛掀翻的某人心里也不是滋味儿，盯着老婆的侧颜，心里盘算着晚上吃多少肉才能弥补损失。

第二天早晨，萧承和邹遥遥先后出现在餐厅，两人脖颈上都有明显的咬痕。

萧清清看见两人脖子上的咬痕，惊叹：“萧承哥，师父！你们昨晚被僵尸咬啦？”

两只僵尸对视一眼，心虚地垂下头，摸了摸鼻子。

当天下午的越野赛，选手们都较为紧张，因为对他们来说，越野和场地障碍是最难也是最容易栽跟头的项目。

邹遥遥本来对越野这个项目胸有成竹，可在她目睹前面几位选手的表现后，意识到这次的越野赛挑战难度非常大。

她是 8 号选手，萧承是 5 号。这次越野赛的线路设计难度较高，越野线路总长大约五千米，设置三十三道障碍，总共四十五跳。

萧承的凤凰，在跳跃一个树干障碍时，碰掉一只旗帜，被罚 10 分，好在萧承盛装舞步的罚分较少，目前为止分数仍然保持最高。

在观察过前几名选手的比赛后，李建国先生和兽医立刻开始帮助邹遥遥调整赛马。

前面几名选手的表现状态都不好，到她这里压力巨大。

上场前，邹遥遥紧张到手发抖，深呼吸几口气，看了眼站在杜黎身后的云迟，她展开双臂，想索取弟弟的幸运拥抱。

杜先生抬眼对上她那双温柔的眼睛，也展开双臂去迎接她。

他嘴角微微上扬，心情宛如热恋的少年郎，然而……展开双臂的杜太太却直接绕过他，拥抱了他身后的云迟。

最怕空气突然的安静。

杜先生尴尬了一瞬，立刻开始活动双臂，做扩胸运动，假装伸展筋骨，假装自己不是个大傻子。

炎炎夏日，室外观众纷纷拿扇子或书本挡着烈日，抻长脖子去看越野赛的内场地。

广播里传来解说员的声音："大家可以看见，我们的 8 号选手邹遥遥正在准备出场，8 号选手已经上马，接下来让我们期待 8 号选手的精彩表现！"

越野赛比的是人和马的耐力，顶着烈日，确实很考验人和马的意志力。

邹遥遥骑着米格一进赛道入口，身下的马儿就宛如一只被放出笼的鸟儿，表现得活力四射，前两个障碍轻松越过，没有丝毫畏惧。

大荧幕里，邹遥遥骑着米格成功跨越了一个较为困难的梯形障碍，冲上坡道，正往下俯冲。

室内观众席，大家都看得提心吊胆。云迟坐在杜黎的旁边，仔细一看，说道："坡道很陡，往下俯冲很考验马的平衡力，过快或过慢，都不利于让马儿蓄力去跨越坡道下的障碍物。米格很活跃，爆发力也很强，应该是前八匹赛马里，综合素质最高的一匹，如果二姐够水准，靠此项目的得分追紧萧承应该没有问题。"

闻言，杜黎扭过头脸看着这个大男孩。

他这是不鸣则已，一鸣惊人。从昨天到刚才，杜黎没听他说过几次话，他和大家在一起时，安静得毫无存在感。

云迟突然说这番话，杜黎略微震惊。

震惊的不止杜黎，萧清清显然也被这个哑巴惊到了。她拿胳膊肘子捣了一下苏悦，问：“苏悦姐，他这是瞎说呢还是瞎掰呢？”

苏悦点头，不置可否：“他说得不错，论综合素质，萧承的凤凰不如米格，遥遥这个项目超越萧承，难度不大。”

男孩目光紧追着大荧幕，观察了前方的障碍后，眉头微皱：“如果我没记错，再过几道障碍就是黑圈障碍，天性使然，马儿一般很怕这种黑圈。”

大家屏住呼吸盯着荧幕，果然，镜头前方出现一个黑圈障碍，黑圈直径不大，人和马必须从里面钻过去。

越来越靠近黑圈，米格明显犹豫，有拒跳的欲望。邹遥遥很敏锐地感受到了米格的情绪，立刻安抚，给它打气。

米格只愣了两秒，立刻四蹄蓄力，成功载着女孩钻过这个黑圈障碍。一人一马刚松一口气，前方便是三十三道关卡里，最难的水障。

前面几名选手都在水障上出了问题。

云迟紧盯着屏幕，继续说：“二姐这个状态可以的，已经到了最后一程，人和马却没有明显的疲惫状态。”

话音刚落，邹遥遥和米格以十分三十秒的成绩冲过了终点，最终罚分35分。

这个成绩不算好，但目前为止仅次于萧承，位列第二。杜黎松了口气，说：“昨天排名第四，目前综合排名第二，如果后面没有较强劲的选手，明天发挥正常的话，进前三没有多大难度。”

管特没有回头，拿后脑勺对着杜黎，泼了盆冷水道：“杜先生对您的太太未免太有信心，她是第8号选手，后面还有8位选手，而且首都队和江东队一直以来都是越野赛的佼佼者，先看了他们的比赛，您再自信吧。”

杜黎回击：“我们莱云的两位选手，截至目前，成绩最佳。管先生，您的选手一到水障就落马，连继续比赛的资格都没了，您的优越感到底从何而来？”

“丑的人都这样，别搭理他。”云迟依然目不转睛地盯着屏幕，拍了拍杜黎的手背，“姐夫，你看，这位选手的赛马，比起我二姐的米格，有过之而无不及，此人恐会超越二姐。”

男孩一句话让管特的心脑血管都堵住了，他胸腔憋了一口气，吐不出，也咽不下去。

萧清清见管特被噎住，掩着嘴笑了一会儿，撇过脸去看一本正经地和杜黎分析选手的云迟。她双手撑着脸，胳膊肘子支在膝盖上，撑着头部所有力量。

她望着云迟，好像有那么一瞬间，觉得这个男孩特别帅。

少女看着男孩冷峻的侧颜，严肃的眉眼，内心有那么点儿悸动。

秦易一撇头，看见萧清清盯着云迟发呆，屈指往她的额头一敲：“小姑娘春心荡漾啊？对人一见钟情啊？”

萧清清嗷了一声，捂着额头，涨红脸辩解：“二易哥，你说什么呢……人家还是宝宝好吗，什么春心荡漾，你不要玷污小孩子纯洁幼小的心灵好吗？”

“嗬，你们这些小姑娘……”秦易低声跟他说，“昨晚遥遥找我商量，打算送云迟去你们学校上高一，你有机会的哦。”

“开什么玩笑？云迟已经十九岁了吧？他已经是上大学的年龄了！”萧清清睁大眼睛道。

秦易啧一声：“人家不是流浪了那么多年吗？遥遥呢，是打算让他先跟着高一课程念，如果他的资质可以跳级，就给他跳级。”

……

下午四点左右，所有选手比赛结束。主持人公布越野赛罚分，罚分越少，排名越高。

第一名东云省队萧承，罚分 20。

第二名首都队林莫，罚分 30.6。

第三名东云省邹遥遥，罚分 35。

第四名江东队离逸，罚分 40.9。

到第五名罚分已经高达 70.2 分，与前四名差距拉开很大。

截止第二天比赛结束，排名第一的仍然是萧承，第二名是首都队的林莫，第三名邹遥遥。

如果场地障碍赛杜太太发挥稳定，拿下第三毫无悬念了。

管特也没想到后面的选手会把分数拉开如此之大，邹遥遥前四名的位置已经板上钉钉。第三天的场地障碍赛，邹遥遥果然不负厚望，拿下第三名。

这是邹遥遥人生第一次参加马术三项赛，能拿到第三名，对她来说已经非常成功。而最大的赢家非东云省莫属，前三名，两个是东云省马术队的选手。

萧承虽然也是第一次参加马术三项赛，但他和邹遥遥不同，他从小与苏悦一起训练，除了没有参与过正规比赛，该学的知识技巧，他都熟稔掌握。

场地障碍赛结束后，进行颁奖仪式，由影后木眠亲自为三位选手颁奖。

还没到颁奖环节，管特已经离开，他当然是又气又羞没脸待在现场。此次比赛，最大的赢家其实是莱云。

莱云国际马术俱乐部，不仅签约了奥运骑手苏悦挂牌，为苏悦提供训练场地，而且培养的两名新人初赛大捷，在北京一举拿下两枚奖牌，引起了业内的高度重视。

回到A市后的第三天，陈榆阳在微博上向众粉丝发了致歉信。他本人表示，网上所言非虚，他与龚琳确实有过一段感情。但他的艺人生涯还要继续，公关稿将他和龚琳的感情写得感人肺腑，潸然泪下。

这次帮陈榆阳做公关的团队，依然是邹廷深旗下的工作人员。他们深谙其道，知道粉丝们吃哪套，不吃哪套。

陈榆阳的粉丝群体十分庞大，有了邹影帝的公关团队帮忙洗白，也算帮他稳住了一拨真爱粉。

公关团队开始写他曾经的苦难、家庭背景以及求学之路的艰辛。而龚琳就是他人生中那一束希望之光，带他走向光明，他对龚琳产生情愫，也是人之常情。

粉转黑的粉丝们因为这些公关稿动摇了。

小花花：我阳真的很可怜了。唉，说得也是，这件事我阳并没有错啊。他只是谈了个恋爱，有什么错？

大猪不是竹：难道只有我从头至尾关注这个小三女儿的用心吗？她这个时候跳出来，是想干吗？@蔡婷婷快来看，这里有个疯婆子自称是你妹妹。

……

蔡婷婷当年参加亲子真人秀火了之后，一直在演戏。之后出国深造，回国后，接了爸爸蔡建的班，成了主持人。她天生口才好，八面玲珑，长得又不错，现在是东云省电视台的一姐。

蔡一姐雷厉风行，性格泼辣，眼睛里容不得沙子。

蔡婷婷v：大家的艾特我都看到了，当年爸爸做错事，我和妈妈一直被蒙在鼓里。昨天爸爸已经和妈妈协议离婚，净身出户。这个妹妹，我认。先跟大家说声抱歉吧，我这个妹妹心术不正，利用拙劣伎俩，窃取东云省电视台的商业机密，倒卖给竞争对手，作为姐姐，同时作为东云省电视台的家人，我不能徇私枉法，已经将她的犯罪证据提交给警方。

林雪的过往，被杜黎查得清清楚楚。

她嫉妒姐姐蔡婷婷的幸福生活，想活得比她好。她看过蔡婷婷和杜黎参加的那一档亲子节目。

那时候，两人都还小，年幼无知，节目组为了节目效果，给萌娃们都凑了“cp”。当时工作人员问年仅五岁的蔡婷婷，长大了想嫁给什么样的男孩子。

蔡婷婷一脸羞涩，拿肉乎乎的小短指，指了指一样年幼的杜黎。

林雪从小嫉妒姐姐，想比她好。

她的男人，她想要；她曾经仰望的男人，她要嫁。

只要能嫁给杜黎，她就可以高高在上，就可以正大光明地去俯视那个从小集万千宠爱于一身的姐姐。

蔡婷婷找到林雪时，将一沓罪证复印件狠狠地甩在她的脸上。

“这些罪证，足够你坐三年牢，”蔡婷婷看着她，嘴角笑意偏冷，“真是谢谢你，毁了我们这个家。未来三年，希望你在牢里好好过，等你三年之后出来，我会好好照顾你。”

“好好照顾你”五个字被蔡婷婷着重发音。

如果不是杜黎提前告诉她，她可能真的会没有心理准备，还被自己的“二十四孝”老爹蒙在鼓里，这些罪证也是杜黎交给她的。

她这个好妹妹，其实不该去惹那个报复心极重的男人。

而那个报复心极重的男人，此刻因为阿帕奇的问题，跟云迟和老婆吵得面红耳赤。

杜先生红着眼眶，怒道：“邹女士，到底谁是你老公？”

被云迟剃了毛的阿帕奇，也委屈巴巴地冲姐弟俩叫：“汪汪！”

到底谁是你亲狗子？

邹遥遥拉着云迟，将男孩护在身后，硬着语气呵斥面前的男人和狗：“云迟还小，你们就不能让着他吗？”

杜黎像一只躁狂的老虎，一龇牙，一横眉，那架势，好像要吃人。

云迟被姐夫发飙的样子吓得发抖，他垂着头，躲在邹遥遥的身后，压根不拿正眼去看姐夫。

杜先生怒火当头。

阿帕奇也竖着尾巴，对邹遥遥虎视眈眈。

杜黎只是想杜太太能伸手摸摸他的头，护着他一点，给他一点安慰。对于家庭地位直线下降的他来说，他就这点愿望了。

邹遥遥叹了一声，走过去，抬手摸摸他的头，低声安慰："云迟也不是故意要给阿帕奇剃成光头的……你理解一下嘛。毕竟，他是咱们的弟弟，还小，不懂事……"

被老婆一摸头，杜黎气焰全消。

03.

杜黎瞥了一眼云迟，鼻子里哼了一声，垂下的手招呼了一下狗子："阿帕奇，上楼。"

被云迟拿电动剃刀推掉头顶一撮毛的阿帕奇，哼哼两声，扬着尾巴跟着主人上了楼。经过云迟时，它铁棍一样的尾巴故意甩在男孩的膝盖上，以示挑衅。

一人一狗气鼓鼓地上了楼。

云迟跟邹遥遥道歉："二姐……"

她完全不知道这男孩脑子里在想什么，他做事总是让人感觉匪夷所思。

云迟没别的想法，只是单纯地想替狗子改个发型，只是没想到发型修到一半，杜黎便气势汹汹地将狗拖走了。

因为这件事，云迟三天没怎么说话。

三天后，他说的第一句话是："二姐，我不想读书。"

餐厅里，杜黎正埋头吃面，闻言，猛得抬起头，冷哼一声："你想上天吗？"

云迟低头玩儿着手里的魔方，不再说话。十分钟内他已经将七阶魔方色块拼好，打乱，再拼好，反复多次。

杜黎替他联系了东林国际学校，是全东云省最好的高中，虽然砸钱能进，但按照规矩还是得考试。

杜黎和邹遥遥陪着云迟去学校报到。

抵达休息室，杜黎留下陪云迟考试，邹遥遥跟着老师去填写资料。

云迟很抵触上学，老师将试卷发到了他面前，他还低头反复拧着手中的魔方。坐在旁边的杜黎看不下去，手指压在他的空白试卷上，敲了敲：“这是英语试卷，赶紧写。”

杜黎抬起手腕盯了眼时间，手指再着力敲击试卷，发出砰砰的闷响。

云迟无动于衷，仍低头拧魔方。

杜黎一边斜眼扫着他玩儿魔方，一边给他计时。

六分四十二秒。啧，这小子居然能在七分钟之内复原七阶魔方，不算是个笨蛋，大脑细胞应该挺发达。

据杜黎这几天的观察，这个弟弟的情况时好时坏，那天在赛场分析选手状态时讲话和常人无异，但下来之后，动作、神态，明显又异于常人。他不敢直视人的眼睛，总低头拧着手里的魔方，沉浸在自己的世界里。

就连他给阿帕奇剃头，杜黎问他为什么这么做，他也不回答，仿佛没听见他说话似的，一意孤行地给阿帕奇剃头，所以才会引得杜黎发飙。

除了邹遥遥，杜黎对一般人没什么耐心，哪怕这个人是老婆的弟弟。

云迟有阿斯伯格综合征，虽然无明显交流、智力障碍，但某些症状也跟自闭症相似。譬如，行为沉静诡异；又譬如他现在这般，让他写试卷，他假装没听见，一味地低头拧魔方。

坐在他们对面的老师催促说：“杜先生，学校有规矩呢，学生无论成绩多差，都得走流程做试卷，这是规矩，您也别让我们难做……”

杜黎从云迟手里抢过魔方。

云迟像是被抢走了所有的安全感，抬头，一脸惊恐地望着他。杜黎利用修长的食指和拇指捏着魔方，指着他的鼻尖，一脸严肃地说：“你是不是觉得自己玩魔方很厉害？如果你输给我，就把这几张试卷全做了，怎样？”

云迟沉默地盯着这个姐夫，掏出手机打开计时功能，点头。

“开始。”

杜黎飞快地拧转魔方，对面的老师只是低头刷了会手机的工夫，再抬头，他已经将一只魔方全部还原。

云迟同时按停计时器。

二分四十八秒。

云迟瞪大眼睛看着这个姐夫，要知道七阶魔方的世界纪录是二分十三秒！他在即兴情况下，拧出二分四十八秒的成绩，可见其手速。

杜黎将方块丢回给他：“该你了。”

云迟接过魔方，看了一会儿，将魔方搁回桌面上，抽过笔，低声说：“我输了，姐夫。”

说完拔开笔帽，开始写试卷。

杜黎以为这小子多聪明，没想到除了英语试卷和语文试卷，全是零蛋。拿到试卷的那一刻，杜黎冷呵一声：“行啊，你小子，你姐夫这辈子都没见过谁考鸭蛋，你是第一个，真厉害。”

云迟羞愧地垂下头：“……”

“那是你见识短，我也考过鸭蛋啊。”邹遥遥见云迟一脸羞愧，怕伤了孩子自尊心，设法宽慰说。

“杜太太一脸骄傲的样子，是我的错觉？”

邹遥遥：“……”

“他这成绩，恐怕跟不上高一的课程，还是请个家教好好补补。”杜黎将鸭蛋试卷塞给云迟，毫不客气地说，“高中都毕不了业，谈什么想做骑手？你知道莱云俱乐部最低的学历是什么吗？”

云迟抱着试卷，一脸疑惑地看着他：“啊？”

杜黎在邹遥遥身上扫了一眼：“除了年轻的业余骑手，专业骑手里，你二姐，二本。”

邹遥遥羞愧地垂下头，弱弱地说：“我会六种语言可以弥补吗？”

“哪六种？”

“英语、德语、日语、俄语、手语……”

“还有一种呢？”

“东……东云省方言。”

杜黎朝邹遥遥步步紧逼，直接将她逼迫到高中部走廊的墙壁上，她背抵在墙上，抱着双臂扭过头向弟弟云迟求救……

云迟冲她摇摇头，无奈地摊手。

杜黎单手撑在墙上，将她困在自己的臂膀之间，用另一只手捏住她的下巴，往上一抬，强迫她与自己的眼睛对上。接着，他一字一句地说：“‘学渣’杜太太，请你以后不要干涉我教育小孩子，OK？”

大老板气势逼人，邹遥遥吞吞吐吐地说：“我高一的时候，语文作文满分呢。”

“哦。”

前面带路的老师扭过头发现三人停下，催促道：“杜先生杜太太，前面就是云迟班主任的办公室了。”

杜黎松开邹遥遥，笑而不语，跟着老师往前走。

男人傲气冲天地走在前面，尾巴都快摇到天上去。

望着男人背影，邹遥遥拽着弟弟的衣袖问：“你姐夫那傲气冲天的样子，什么意思？是怕了我满分作文？”

云迟摇头，又点头：“大、大概……是吧。”

总算有一点能碾压杜先生，邹遥遥心情好了点儿。

晚上回到家里，邹遥遥发了一条朋友圈，以示自己的心情美妙。

邹二爷：“嘻嘻。今天杜先生跟我装‘学霸’，我二话不说亮出自己的满分作文。他怕啦！看来我的杜先生也不是无所不能嘛。”

发完这条朋友圈，某人就美滋滋地去洗漱了。洗完澡出来，她一边往脸上抹精油，一边用手指头点开朋友圈，想看朋友们是如何嘲笑杜先生的，然后……

二货秦易：“20×3 年理科高考状元，杜太太了解一下。”

女神苏悦：“中国十七岁天才少年被世界排名第一的私立研究大学破格录取的新闻，杜太太了解一下。”

萧清清：“师父，你去我们学校，没看我们学校的神话墙啊？就是那个挂满我校高考状元照片的那面墙！不论时间排序，只论分数和至今的综合成就，我师母排第一。”

杜老爷：“别人家的孙子系列……孙媳妇儿了解一下。”

云迟：“随手拧魔方就达到二分四十八秒的成就……二姐您需要了解一下。”

杜太太垂死挣扎。

邹二爷：“我会六种语言！”

二货秦易回复邹二爷：“您老人家可能不知道老杜会八种语言：英语、法语、德语、泰语、俄语、意大利语、西班牙语、日语。”

邹遥遥：“……”

会四种语言的杜太太，突然想去死一死，怪不得他这么唾弃“学渣”，原来在“学霸”眼里，“学渣”是没有人权的。

云迟在这个姐夫身上汲取到了正能量。他一个拧魔方要用六分钟的人，有什么资格不好好学习呢？睡觉前，他给杜黎发了条微信，表示自己会好好学习，争取两年之内能参加高考。

杜黎：你聪明，最多一年，别跟我讨价还价。

云迟：……

以前上学时他除了英语，其他从没及过格，总被人嘲笑智障，这是人生头一次有人夸他……聪明？

安顿好云迟，邹遥遥开始恢复训练，丝毫不敢懈怠。

接下来两个月，萧承去参加了香港马术大师赛 145cm 级别争时赛以及超高赛，分别拿下第二和第三的好成绩，成为内地第一个在香港马术大师赛中，同时拿到两个奖项的骑手。

而邹遥遥参加了锡耶纳赛马节。她是无鞍骑乘的速度赛马环节里唯一一名女选手，也是唯一一名中国人，却意外地拿到了第二名。

邹遥遥拿奖回国后，东云省马术队立刻给了她明年全运会的参赛名额。

莱云国际马术俱乐部，因为邹遥遥和萧承，彻底在业界绽放。

而莱云俱乐部，也凭借骑手们打响的名气，成功拿下了跟东云省几百所学校的合作权。

邹遥遥随手翻了一下杜黎在马术教育市场所做的简单企划，不禁感慨，商人就是商人。

杜黎企划上，有一个小细节，大致意思是：培养一个成功的女选手，比培养一个成功的男选手更具有宣传价值。

而如果这个成功的女选手是邹遥遥，那么这个宣传价值会变得更大。

哇！原来杜先生在老早之前就开始算计她了？邹遥遥合上他的企划文件，盘腿坐在书房的榻榻米上，发了会儿呆，然后才抬眼去看书桌前、正专心研究文件的杜先生。

她本来打算和杜先生商量下跪键盘的事。杜先生仿佛一眼猜透她的想法，立刻岔开话题说："杜太太，你知道管特最近在搞什么吗？"

"搞什么？"杜太太轻而易举就被带入了他的话题。

杜黎将手里的文件重重地往桌面上一搁，十指交叉搁在胸前，往椅背一靠，说："去年国家体育总局与香港马会代表在北京见面，双方探讨了关于马术运动和体育彩票等方面的合作。之后不久，中国大陆开放"马彩"的消息传了出来。年初的时候，上面有意向在东云省试水'马彩'，到这个月初，东云省被正式允许按照香港模式试行'马彩'。"

"所以这次东云省赛马，观众可以参与投注吗？我最近忙着给云迟找家教，没太关注这事儿。”

“是。最近网上在炒一个消息，都说，我们莱云的骑手一定可以拿冠军，管特俱乐部的那几个新人会输得很惨。”

“没毛病啊，我们的实力一直比他们强。”

杜黎摇头，继续说：“管特俱乐部的这几个‘新人’，并不是新人，而是新西兰的著名骑手，只是在国内不为人知罢了。凭管特的性格，你认为，他这么低调，没有问题？”

一言惊醒梦中人。邹遥遥打了个响指：“这个老禽兽，如果手上真有有实力的骑手，不可能会这么低调，难道……他是打算引导所有人都买我们的马赢，买他们的马输？”

“嗯。”

“他这么有自信，觉得能赢我们？对……管特的哥哥是咱们东云省马术协会的会长，难道他们打算勾结作弊？”

“不排除有这个可能。”

“胆儿真大！不怕死的？”

事实证明，管特确实胆大。

当天，投注额高达一千万元，每个赛马日有一两万人参与，整个 A 市设立了一百多个投注站。

那场面，空前绝后。

第十七章 你是第三种绝色

01.

杜黎为这事儿皱了眉头，陷入一阵沉默。

看出杜黎担心此事，邹遥遥说：“你担心这事儿干吗？如果他真的徇私作弊，我们就举报他啊，让他去蹲大牢。”

“可惜了。”

“他就是不要脸的人渣，可惜什么呀？”

杜黎摇头说：“宝贝儿，送人渣去蹲大牢，我并不感到可惜。可你知道吗？如果他真的敢这么做，会毁了很多人的努力。”

这十几年来，上头好不容易松口答应试行马彩，其中的艰辛可想而知。

杜黎说：“现在我们东云省的赛马场已经达到国际水准，也可以做到常年举办赛事。我们的硬件设施、马匹、运动员也都很完善，目前只欠马彩开禁这一道东风。”

邹遥遥抬起下巴望着他：“对了，千成赛马城和你父亲的公司有关系吗？”

男人诚实地点头：“有。”

千成赛马城是千成集团精心打造的，总占地面积一百多万平方米，核心项目国际赛马场是华西地区唯一国际标准的赛马场。

而千成集团的创始人，则是杜黎的父亲杜成远，杜黎也是千成集团的董事之一。

邹遥遥捧住下巴，努力克制它往下掉，咋舌感慨："怪不得当初会有人把英俊帅气的学霸杜先生推荐给我，也怪不得有人说杜先生能拯救我的莱云，所以……马彩和千成赛马城也有关联？"

杜黎点头："是。千成赛马城投资高达九亿美元，每年投入以千万计，如果没有马彩支持，这么大的投入怎么才能收回？"

"我的天……"邹遥遥捧住自己的下巴，她以为杜黎只是投资了青少年马术教育，没想到这才是真大头！

要知道，千成赛马城是直接牵动东云省未来发展规划的大项目。

邹遥遥脑子转得不太快，直接问："那……老公，如果这次确定管特徇私作弊，后果会是什么？"

杜黎也直截了当地告诉她："小杠杆撬动大地球，可能会直接坏了这一锅诸多人努力烹饪的粥，试行马彩可能会被直接叫停，最坏的情况，未来几年、十几年，上面都不会允许马彩开禁。"

邹遥遥捂着心脏，深觉其中掺杂了太多的利益关系。

杜黎叹一声气，说："本来开禁马彩是好事，它最大的意义在于公益，发行的收入也主要用于社会福利。马彩能给咱们东云省带来什么好处，就不用我细说了吧？"

"那如果这个项目失败，你……会带着我跟阿帕奇一起要饭吗？"

"那倒不至于，"杜黎笑了一声，"不过，如果马彩真的搞起来，咱们华西地区崛起是指日可待的。"

"所以管特这事儿……你打算怎么办？"

杜黎冷笑一声："当然是在马赛开始前，就让他和一干相关人员晾着。"

邹遥遥："……"突然觉得此刻打官腔的老公有点帅是怎么回事？

刚睡完一觉的阿帕奇钻进书房，走到邹遥遥的身边，拿脑袋撞了撞她的膝盖，可怜兮兮地望着她，求狗粮填肚子。

邹遥遥直接抱起比她半截身还长的狗子，扑通给坐在老板椅里的杜黎跪下。

老婆突然行如此大礼，杜黎吓得臀部离凳，赶紧也给她跪下："宝贝儿，你这是……"

邹遥遥低头吩咐怀里睡眼惺忪的狗子："阿帕奇，快，叫声爸爸，以后你爸的遗产全都是你的了！”

饿肚子的阿帕奇迷惑地看了眼邹遥遥，又迷惑地去看杜黎：“汪！”

杜黎：“……”

论商业手段，管特远不如杜黎，否则也不会这么多年只是个马术俱乐部老板。

杜黎及时放出了此次赛马会有人想趁机吃这口肥肉的消息。

某个匿名帖爆料：某马术俱乐部高薪聘请外国优秀骑手参加此次马赛，与此同时大玩低调，高捧竞争马术俱乐部的骑手，误导市民下注，也利用了各种作弊手段，打算趁这次试行“马彩”捞上一笔。

这个消息很快传开，头脑发热的市民们顿时清醒过来，而另一头，相关部门也对这条匿名爆料帖很重视，要求严查。

管特突然就被推上风口浪尖，收了他贿赂的人怕出事儿，纷纷将他的钱财退回。

这世上就没有不透风的墙，管特搞的这点小动作，很快被上面查了出来。赛马前夕，管特马术俱乐部被禁止上场比赛，而管特本人也被带走调查。

千成赛马城里的豪华赛事大楼内，可容纳三万观众。

即便如此，赛马当天，烈日炎炎，整个A市闷热得令人窒息，却困不住赛马给这座城市的民众带来的高昂兴致。

地铁里、公交上，白领、学生、老人……几乎人手一只手机，都在围观这场赛马盛事。

各大直播平台也都开启了有奖竞猜模式，这次赛马可谓是全民热。

下午开幕式之后，选手们开始备赛。

邹遥遥是第一轮赛马骑手，市民在对比了诸多马匹和骑手之后，买她跑前三的较多。然而当天下午邹遥遥状态不佳，发挥失常，第一轮比赛居然跑出了前所未有的差成绩。

总共七位选手，七匹赛马，邹遥遥排名第六，倒数第二，买她进前三的市民，顿时哭倒一片。

不过市民都很积极向上，本来这种东西也只是娱乐，比起邹遥遥是否进前三，他们倒是更想知道，她为什么发挥失常？

从马背上下来之后，邹遥遥满额汗，脸色煞白。

萧清清上前扶住她，掏出手巾给她擦汗：“师父，你怎么了？今天表现得甚至不如你平时的训练水平？”

邹遥遥压住腰，摇头说：“这两天不知道怎么了，腰酸背痛，浑身都使不上劲儿。我以为是没有休息好，昨晚特意睡得早，没想到今天还是……不太舒服。”

“那你去看过医生吗？听起来很严重。”萧清清一脸紧张。

杜黎从观众席上下来。

邹遥遥冲萧清清摆了摆手，跟走过来的杜先生说：“抱歉，今天让你失望了，我对自己也很失望。”

“是情绪控制不够好？”杜黎对她今天的表现简直感到匪夷所思。

萧清清插嘴说：“不是的师母，我师父说她身体不舒服，你赶紧带她去医院看看。”

杜黎闻言，抓紧她的手腕，打算带她离开赛马场。

邹遥遥用力将男人往后一拖：“等等，检查身体晚点也不迟，先看完其他人的比赛。”

杜黎担心她的身体，执意道：“比赛看重播，你先跟我去医院。”

二十分钟后，市医院。

杜黎给邹遥遥挂了一个妇科检查的号，她月经又迟到了两个月。

这已经不是她头一次月经紊乱，最近天气炎热，训练又辛苦，夫妻俩都觉得挺正常，认为注意营养和好好休息就 OK。

做完各项检查，他们在走廊里的休息椅上等结果。

半个小时后，文涛拿到报告，神秘兮兮地招手：“老板，您过来下。”

杜黎临走前，握了握妻子的手，示意她别太担心。

见两个男人神神秘秘的，邹遥遥开始胡思乱想，她该不会是身患绝症了吧？

邹遥遥紧张得心怦怦直跳，为了缓解自己紧张的心情，坐在原位吃了点东西。

等男人拿着报告回来，她开口问：“怎么样？文涛跟你说了什么？如果你们俩看不懂报告的话……咱还是找医生吧？”

杜黎表示他和文涛都看不懂报告。

他们拿着报告，并肩往医生办公室走。邹遥遥扯着男人的衣袖，弱弱地问：“杜先生，你说我不会是患了子宫癌什么的吧？我要真的得了绝症，你不会抛妻弃狗吧？”

杜黎停下，垂眼看着她，问：“宝贝儿，如果我们意外有了宝宝，你打算生吗？”

“你说现在啊？”邹遥遥看了他一眼，嗤了一声，“得了吧，我得子宫癌的概率恐怕比怀孕的概率大。不过话说回来，有了就生吧，毕竟肚子里是咱们的小宝贝儿。离明年全运会还有十一个月呢，我可以抽空生个孩子，不过届时想拿到好成绩，就没那么……容易了。”

她话音刚落，男人伸手将她捞进怀里。

他感动得眼圈发红，将面部埋在她的肩窝，蹭了一会儿，嘴唇贴着女人的耳朵说：“谢谢你，杜太太。”

邹遥遥愣了一下：“真有了？”

“嗯。”

邹遥遥：“我想吃根冰糕冷静下可以吗……”

文涛提醒说：“怀孕不能吃冰糕。”

“那……”邹遥遥摸着腹部，踌躇片刻后说，“也是，怀孕怎么可以吃冰糕。我今天赛马对孩子会不会有影响？”

她抓住杜黎的手，牵着男人走快了些：“我们赶紧去找医生再问问，最好再做做检查。”

杜黎小心翼翼地将她扯回来，揽住她的肩，将她的身躯护在怀里，带着她把步伐慢下来。

“慢点。”

她抬眼看见杜先生眉紧蹙，一脸紧张的样子，莫名觉得好笑：“杜先生，你这是担心我还是担心孩子？”

这是一道“送命题”。

杜黎看了她一眼，嘴角微扯了一下，面不改色地回答：“你们。”

这个答案邹遥遥还算满意。

02.

到了主治医生办公室。

杜黎眉头紧锁，心脏都被绷紧：“我太太和孩子，怎么样？”

李医生说："从B超上看，孩子暂时没问题，但是头几个月一定要注意，切记，千万不要再骑马，定时来医院复查。"

门口，由真买完东西回来，停在医生办公室外，递了瓶水给文涛："怎么样？老板娘没事吧？"

文涛接过水，一边拧瓶盖，一边扫了眼她买回来的垃圾食品："你这都买的什么啊？"

"泡椒凤爪、辣条以及可乐，老板娘让买的。"她说。

文涛说："那老板娘估计吃不了，她怀孕了。"

由真惊叹："啊？这么突然？可她不是刚跑完一场比赛，孩子没事儿吧？"

文涛摇摇头："暂时不清楚。"

等杜黎扶着邹遥遥出来，女人盯着由真手里的塑料袋，直吞唾沫。

杜先生顺着她的视线看过去，淡淡地扫了一眼，冷着面孔问由真："买的什么？"

由真下意识地将手里的塑料袋递给老板："一些吃的。"

杜黎打开塑料袋看了眼，扭过头一脸郑重地警告杜太太："以后这些东西不能吃，知道吗？"

她吞了口唾沫，点点头。

她其实以前也不爱吃这些玩意儿，但最近她的胃宛如无底洞，怎么都填不满，就想吃点辣的和重口味的东西。

上了车，她的肚子空得厉害，继续吞咽唾沫，实在忍不住之后，将手搭在杜先生大腿上，手指弹钢琴似的敲了敲，轻咳一声："那个……杜先生，能让我吃一口辣条吗？"

她竖起一根手指："一口，就一口，我保证就一口！"

"不准。"

杜先生声音严厉，吓得她缩回手，双肩一颤，她咂嘴，神色镇定地道："不准就不准，这么凶干吗？"

杜黎被她委屈的样子刺得心脏一拧，抓过她的手搁回自己大腿上，轻声去哄："你现在要注意饮食，回家给你做好吃的，好吗？"

她垂眼看了看小腹，舔了舔嘴唇，表情十分恋恋不舍。

杜黎被她委屈的小模样搞得心神不宁，刚好车子经过万宁商场，他让文涛将车靠边停下，凑到她身边，几乎是咬着她耳朵地轻声说："去逛逛？"

邹遥遥看了眼商场，自打微博账号暴露之后，她就再也没逛过商场。

她一脸期待地点头。

夫妻俩逛商场，两名保镖紧跟其后，尽量不让当事人感觉到他们的存在。

经过一家甜甜圈店，一向不爱吃小女生甜品的邹遥遥，居然被奶香味勾引进去。

她趴在橱窗上，盯着里面各种造型和口味的甜甜圈，居然有点渴望吃到它们。她隔着一层透明玻璃，指了指一只草莓点缀的巧克力色甜甜圈："老板，我要这个。"

接着扭过头，问杜黎："老公，你要吃哪个？我觉得这个少女粉适合你，拿这个好不好？"

杜黎："……"下意识地抬眼去看柜台后的收银员，把老婆摁在玻璃柜上亲的念头极度强烈。

收银员看杜黎的眼神很奇怪，玩微博的没人不认识杜先生。

收银员保持微笑："杜先生可以尝试一下粉色草莓款，这是我们店的新品。"

杜黎板着脸，脸瞬间变黑。

他像吃粉红色甜甜圈的人吗？他像吃甜甜圈的人吗？

男人即将奓毛的样子很可怕，收银员以为自己说错话，迅速闭了嘴。

邹遥遥伸手拉住他的衣袖，轻轻扯了扯："就这个吧，别挑了，我觉得这个甜甜圈特符合你的气质！"

杜先生满脸问号，表示不解。

邹遥遥替他做主："就这两个。"

收银员笑容甜美："好的，请问是打包还是在这里吃？"

邹遥遥扫了眼店内，发现店里没人，说："就在这里吃吧。"

收银员眉眼弯弯："今天我们买两个甜甜圈，送一个挂件哦，杜先生、杜太太，挑一个吧。"

挂件有黑、粉招财猫，每一只做工都很精湛，邹遥遥有点纠结。

邹遥遥正准备开口，要那只粉色招财猫，杜黎却先她一步，随手指着那只粉色的说："就这个吧。"将她扶走，去那边休息区坐下。

店员都愣了一下。

看来这个粉色甜甜圈的确符合杜先生的气质……

在沙发上坐下，邹遥遥一脸怨念："陪我逛街，就这么不耐烦吗？"

"不敢。"杜先生一脸认真地看着她，"担心你站立太久，腰疼。"

杜先生的求生欲望真的很强！

店员将两个甜甜圈和招财猫送上来，冲两人微笑："两位慢用。"

邹遥遥抓起一个送到嘴边，大咬一口，嘴角沾了巧克力酱，杜黎皱着眉，伸手过去，利用指腹给她拭去嘴角的巧克力。

她鼓着腮帮，嘴里含着食物含混地道："你也吃啊，"将餐盘推到他跟前，"超好吃的，你试试。"

杜黎回头，看了眼女店员，又扭过头，一脸郑重地看着她："看着你吃，我就很开心。"

邹遥遥白了他一眼，老夫老妻一起逛街，用得着这么端着吗？

她抓起粉色甜甜圈："老公，张嘴！"

杜黎条件反射地张嘴，甜甜圈被迅速塞进他的嘴里，草莓的甜香立刻在他唇齿之间蔓延开。

"再有下次……"男人将嘴里甜腻腻的东西抓回手里，瞬间拉下脸。

"怎样？"邹遥遥冲他吐舌头。

杜黎起身，挨着她身边坐下，趁她不备，一把揽过她的后脑勺，在她唇上咬了一口，力道很重。

男人松开她，盯着她一双眼睛，一字一句，口吻严肃："下次严禁用手，请用嘴来喂。"

被吃了豆腐的邹遥遥愣了一下，捂着滚烫脸颊说："杜黎！这里是公共场合！"

"这会儿没人能进来。"杜黎冲她一挑眉，将她按在沙发靠背上，气息洒在她的面颊上。

男人英俊的面孔近在咫尺，邹遥遥心脏跳得扑通扑通。

她轻咳一声，岔开话题说："杜黎，这会儿差不多是萧承比赛了，我们看会儿赛马直播？"

说着，她去掏出手机，杜黎摁住她的手，阻止了她掏手机的动作，语气凝重："遥遥，我们谈一谈。如果你决定生这个孩子，训练时间必然会被剥夺，明年全运会的名额，恐怕很难保住。"

"杜先生，这个问题我认真思考过。"邹遥遥用手指替他抹去嘴角的甜甜圈奶油，深吸一口气说，"孕育期大概九个月，现在才九月份，而全运会在明年九月，还有一年呢，生了孩子，我还有半年的时间训练。如果真的不能保住，就算啦，等下一次全运会吧。”

邹遥遥语气轻松，仿佛这个意外的孩子，并没有给她造成很大的负担。杜黎不能感同身受，但明白她的心情，她为了参加全运会，已经努力很多年，如果因为孩子搁置，又是漫长的四年。

“杜黎，孩子的小名我都想好了，无论男孩女孩，都叫甜甜，你说好不好？和甜甜圈一样可爱，一样甜。以后甜甜上学，就让阿帕奇给他（她）背小书包，最好能是个姑娘，毕竟……男孩子穿粉色小裙子不太好。”

杜黎盯着妻子脸上憧憬的笑容，深深地吸了一口气，眼眶里莫名湿润：“遥遥，谢谢你。”

“嗯？”

这已经是杜黎今天第二次跟她说谢谢，看着杜黎红通通的眼眶，她捏住他一双耳垂，揉了揉：“怎么啦？生女孩你不开心吗？”

杜黎摇头，声音很低：“谢谢你，不仅给了我爱情，也愿意给我一个家。”

邹遥遥抬头望着男人，他眼眶里有泪光微微闪烁。

她捧住男人的脸，勾唇笑着说：“杜先生，你付出的不比我少啊，跟我说什么谢谢呢？”

杜黎看着女人的眼睛，说：“遥遥，我是男人，担起整个家的重任，理所应当。”

他顿了一下，又说：“你是我的妻子，我们还有了孩子，为你和孩子，哪怕付出生命，也值。”

“嗯嗯，生完孩子后，我会好好利用那半年时间训练，全运会我会全力以赴，不会让东云省失望，只是到时候……要劳烦杜大老板你……带带孩子了。”

邹遥遥一脸不好意思地看他：“届时我们可以请一个有经验的月嫂，你呢，忙完之后就顺便带带孩子………没问题吧？”

她知道提出这个要求，可能男人不能接受。

杜黎将她紧紧圈在怀里，用略撒娇的语气说：“月嫂就不必请了，我的孩子，假手于人，不太放心。”

邹遥遥：“杜先生的意思，是要亲手带孩子？”

“嗯嗯。”

邹遥遥一脸惊恐，吓唬他：“你确定？”

杜黎一脸坚定地道：“孩子，你负责生，我负责管，至于小孩怎么带，尿不湿怎么换，就不劳杜太太你费心了。”

邹遥遥嘴角抽了抽，任重而道远地拍了拍他的肩：“杜先生，加油！”

杜黎：“……”

这次赛马举办得很成功，因为试行“马彩”，市民们对马术的兴趣高涨不下。

之后每隔一周，千成赛马城都会举办一次赛事。另一边，杜黎的青少年马术教育事业也蒸蒸日上。

由于千成赛马城的建成以及试行“马彩”的成功，东云省超越海亚岛一跃成为大陆的马术代表城市。

不仅如此，东云省还出台政策扶持职业骑手，并且鼓励各大高校以及小、初、高学校设立马术课。马术成绩优异的学生，可进入青少年马术队，得到国家的重点培养。

杜黎接手莱云马术俱乐部也才一年多的时间，莱云马术俱乐部的规模已经成为东云省最大。

时间一晃到来年一月，邹遥遥已经怀孕七个月。

怀孕六个月之前，她经常去马场，偶尔还会上马背，骑着马在马场慢慢溜达。现在七个月，肚子已经足够沉，杜黎下班回家，想带她出门遛狗都很难再请得动她。

邹遥遥怀孕之后，性情大变。

从以前懂事、不爱麻烦老公的女汉子，变成了做什么都要娇滴滴地喊声“老公”的娇娇女。

怀孕以后，邹遥遥总希望家里一尘不染，即便白天保洁打扫过家里，到了晚上，邹遥遥依然会盘腿坐在沙发上，咬着一只苹果指挥杜黎拖地、擦桌子，甚至洗衣服，直接剥夺了杜大老板每天雷打不动的健身时间。

不过，做家务好像也可以健身的哦？杜大老板如此安慰自己。

邹遥遥怀孕之后，阿帕奇也好不到哪儿去，从前精致得宛如粉红小猪的阿帕奇，现在变成了给杜黎叼擦桌布、叼拖把、叼脏衣服、叼……各种脏东西。

阿帕奇：等小崽子生下来，一定要好好调教。

杜黎在兄弟群里的风格变成了这样——

每天都要爱－遥遥：怎么拧？【图片】

图片是一瓶进口清洁剂。

每天都要爱－秦易：清洁剂？老杜，你干吗？你不会要打扫卫生吧？

每天都要爱－小悦：左拧两下，按两下，就可以了。

每天都要爱－秦易：@每天都要爱－小悦…… 萧承，你的ID怎么回事，跟苏悦复合了？你们俩太虐狗了吧？哎，这是咱们三兄弟的群，改个前缀词吧。

每天都要爱－小悦：不行，小悦会定时检查我的手机。

每天都要爱－遥遥：我也被定时检查。遥遥最近脾气古怪，不敢惹。

每天都要爱－秦易：你们两个人！有前妻了不起是吧？有怀孕的老婆了不起是吧？哼，等着，我明天去找一个！气死你们！对了，哥几个明天陪我去Look酒吧，听说那里来了个驻唱，唱歌特好！

每天都要爱－小悦：不去。明天小悦从英国回来，陪她吃饭。

每天都要爱－遥遥：不去。明天云迟放假，得在家给他辅导作业。小伙子期末如果考不好，我就得替他跪键盘。

每天都要爱－秦易：老杜！你有没有家庭地位？你是千成集团的董事长，咱们公司的CEO，遥遥的老板！你有点骨气好不好？孩子学习不好，你请家教啊！

每天都要爱－遥遥：云迟情况特殊，换了其他老师，他会当老师不存在，沉浸在自己的世界里。

这孩子情况太复杂，以至于连医生也没办法。

冬天，难得阳光明媚。

杜黎带邹遥遥出来透透气，夫妻俩约了几个朋友，在莱云马术俱乐部新建的休闲会所露台上喝茶、晒太阳、烧烤。

苏悦、邹遥遥、萧清清三名女性坐在躺椅上晒太阳，所处位置刚好将下面的练马场一览无遗。

萧承带着云迟在下面赛马。

云迟骑着巴特，在赛道上跑得酣畅淋漓，几乎与萧承同时抵达终点。大男孩单手攥着缰绳，另一只手在空中挥着马鞭，咧嘴冲着萧承笑。

这个自然的笑容被露台上的三名女性捕捉到。

萧清清正在喝可乐，看见云迟冲着萧承笑，差点被饮料呛住："云迟居然笑了！师母，这是我第一次看他笑。"

云迟和萧清清在同一所学校，但不在同一个班。

云迟在学校里做事反应迟钝，跟他说话也不搭理，总是低着头，不敢去直视他人的眼睛。因为他孤僻，与众不同，所以被孤立，被人骂傻子。

好几次课间，萧清清上厕所经过 12 班，看见 12 班那几个挑事儿的人围着云迟辱骂。

萧清清是火箭班的好学生，从前的嚣张跋扈为她奠定了年级大姐大的地位。

她替云迟出过一次头，之后便没人再敢欺负云迟。同学们顶多私下里讨论一下，年级第一的女学霸和年级倒数第一的傻子学渣之间的关系。

云迟除了在邹遥遥和杜黎面前表现得稍微放松，面对其他人，都显得不正常，有明显的交流障碍。

身穿格子衬衣的杜黎系了一条围裙，立在烧烤架前，为大家烧烤食物。

阿帕奇脖子上也系着一条粉色的婴儿围裙，嘴里叼着一把扇子，端端正正地坐在杜黎身边，在他需要扇子的时候，随时可以从狗嘴里取了用。

秦易不想待在女人堆里，过来给他打下手。

他看了眼那边挺着大肚子、躺得像个大爷的邹遥遥，拿胳膊肘子撞了一下杜黎，调侃说："老杜，你现在是越来越没有家庭地位了，你堂堂杜先生，就不能有点爷们儿的尊严？讲真的，老杜，我以为像你这样的男人，会娶一个贤惠的小娇妻，开了荤以后，兴许还会包养几个小软妹。我真是没想到，你会娶邹遥遥！而且结婚以后，直接变成了一条彻头彻尾的'小狼狗'，看见邹遥遥你的尾巴就摇啊摇，有没有点出息啊你？"

杜黎握着五花肉翻了个面，刷上一层蜂蜜，冰着面孔，没有说话。

秦易继续说："她每天管着你，压根不给你人身自由。老杜，你到底看上她什么了？颜值？身材？火辣的性格？"

"谁说我没有家庭地位？"面孔严肃的杜先生冷眼瞥他一眼，"嗬，她能管得住我？"

秦易："你有家庭地位能搁这儿烧烤？"

杜黎从阿帕奇嘴里取过扇子，对着烤架里的炭火扇了扇，被烟熏了眼，双眼微眯，略显凌厉。

"在家我想洗碗便洗碗，想拖地便拖地，想给媳妇儿洗内衣便去洗，谁能管得住？”

秦易愣了一下，冲他竖起大拇指：“兄弟，你牛掰！”

另一边，苏悦谈及和萧承第一次结婚时的婚礼，一脸怀念。

萧清清转而就问邹遥遥：“师父，你和师母的婚礼是在哪儿办的啊？浪漫吗？”

邹遥遥捡起一颗桃，刚咬一口，闻言，顿住了。

她都快生了，杜黎却还没给她补办婚礼！这男人是不是觉得把她骗到手就算完了？婚礼不打算办了？

啊，男人，晚上回家继续洗内裤。

正在辛勤烧烤食物的杜黎，抹了一把辛酸泪，但转念一想，老婆也不是无缘无故发脾气。

她生孩子这么辛苦，他有什么资格抱怨？有什么资格去埋怨大着肚子的老婆？

还是回家好好洗内裤去吧。

03.

年中那会儿，萧承在各大比赛中的优秀表现引起了国家重视。

中国马术项目为了备战东京奥运会，号召全球华人加入。而萧承接连拿下五星级马术大赛的奖项，因此被国家纳入重点培养对象，且开始备战东京奥运会。

邹遥遥与萧承情况不同，在技术上，萧承是和苏悦保持在一个水平线的，而她差了萧承好几阶。她目前拿的奖项，远不够资格参加东京奥运会。如果她全运会的成绩不错，指不定可以拿到一个名额。

听说萧承和苏悦要办二婚的婚礼，邹遥遥开始跟杜黎闹脾气，杜黎问她为什么不高兴，她也不肯说。杜黎通过萧承的关系，从苏悦嘴里打听到了真相。

原来杜太太是以为他以后都不会给她补办婚礼。

得知真相，杜黎简直哭笑不得。

二月的某个晚上，杜黎在楼下做饭，邹遥遥借用杜黎的办公电脑跟人下五子棋。

她发现自己怀孕之后，虽然脾气变得古怪，但是脑子变得聪明点了。以前跟人下五子棋，十盘输八盘；现在下五子棋，十盘赢十盘，没有一个能赢她的，她都快怀疑电脑对面的是不是智障电脑人。

不是都说一孕傻三年？她怎么反倒聪明了？

她连下二十盘，居然又赢了……

邹遥遥觉得没劲儿，从游戏大厅里退出来，接着就看见桌面上有一个“婚礼”的文件夹。

她愣了一下，用鼠标点开，被里面的图纸吓到了。

里面有婚纱手绘图，画得潦潦草草，但不难看出这种款式很适合她的身材。

接着是婚戒设计草稿，钻石托的造型线条是一只动物小耳朵，看不出是狗耳朵还是马耳朵，有点可爱。

里面还有一个文件夹，打开之后，是一套完整的图片。平面图的线条以及尺寸表述略复杂，她看不太懂，那几张宛如实景的效果图，却让她感到震撼。

一座圆形白色建筑被数万支粉玫瑰簇拥其中，建筑设计得简洁有质感，万支玫瑰在它周围铺陈开，宛如一只雪白的汤圆穿了一条粉色的婚纱，裙摆在青青草地上逶迤铺开，层层叠叠，壮观如仙境。

下一张图片，是白色建筑的内景图。

一打开内景图，她眼前跟着一亮，满眼的雪白和干净的少女粉。内景视角为俯视，中央是圆形舞台，外环一圈水池，水面铺满了粉色花瓣。舞台和水池外围，设有舒适的沙发卡座，大概有两百余席。

第三张图片，是内景立面效果图。

空中吊着独角兽造型的线条灯，宾客卡座周围是一簇簇粉色的鲜花，放眼望去，整整齐齐，不觉凌乱，密集而壮观。

这样的场景堪比动画里的梦幻城堡，美得仿佛只能存在于这样的效果图中。

这几张是她和杜黎的婚礼现场设计图，按照图纸说明，建筑以及全部布景，会在今年十二月份完工。也就是说，杜黎为了举办一场婚礼，还特地建了一栋建筑？

邹遥遥捏着鼠标，狂喝两杯水，然后盯着电脑发了会儿呆。

她开始愧疚，感觉对不起杜先生的好，杜先生暗中为她做了这么多，而她呢？居然“仗孕欺人”。

她关掉电脑，挺着大肚子，扶着楼梯一步步下楼。

杜黎将厨房里的菜端上桌，抬眼便看见挺着大肚子，扶着楼梯一步步下楼的杜太太，赶紧丢下手里的餐盘，三两步跨上楼梯去扶。

杜黎扶着她一台台下阶梯，皱眉紧张地道：“下楼怎么不叫我？一个人下楼，你不知道有多危险？”

“下个楼而已，没事。况且甜甜已经快九个月，很稳了，不会有事的。”她的话刚说完，腹部开始阵痛，还有一台阶梯没下，她一只脚还抬在半空，那一阵阵的痛感让她不敢再动，拧着眉头，面部开始抽搐，“哎……哎呀……”

“怎么了？”杜黎问她。

那阵痛感，就像体内有人拿电钻一点点钻着她的肚子，疼得她连吸气都不敢。

她索性憋着一口气，希望那阵疼痛能赶紧消失，然而身体却并不如她所愿，腹部痛感越来越强烈，导致她眼泪飙出来，连叫了几声“疼疼疼”。

她穿着宽大的睡裙，而此刻下面已经全部湿透，羊水破了。

杜黎不敢耽搁，立刻扶她先去沙发上躺着，摁下家里的紧急铃，叫了在后院房间睡觉的司机。

杜黎不喜欢让司机和保姆睡家里，家里住着其他人，会让他感觉很不舒服。可自打邹遥遥怀孕之后，他不得不依赖于他们，便让司机和保姆搬去了后院常住。

司机立刻将车开过来，有过生产经验的保姆全程在车上陪同。

杜黎带邹遥遥上过产前相关的课程，即便知道面对这种紧急情况该如何处理，可事发当头，妻子喊了几声疼，他的思维就全被打乱了。

要知道，她是一个从马背上摔下也不会喊疼的女人，杜黎不敢想象，她到底有多疼，才会喊出来。

到了医院，杜黎陪着邹遥遥做各项检查，入住 VIP 房，等待宫缩。

午夜十二点，邹遥遥睡着了，杜黎握着她的手，关掉灯，守在她的身边。凌晨三点，杜黎趴在她床边睡了一会儿。凌晨四点，他又被妻子痛苦的叫声吵醒。

邹遥遥的宫缩间隔开始缩短，疼痛感升了三阶不止。

杜黎摁开床头灯，握着她的手，见她疼得直冒冷汗，趴在她耳边说：

“放松，试试用拉玛泽呼吸法分散注意力。”

邹遥遥疼得无力说话，只是躺在床上喘气，看着窗外的天色，深感绝望。

杜黎也不敢说话，紧紧地握着她的手，就那么看着她。

她还算能忍，在叫了一阵疼后，就咬着唇齿闭了嘴，开始大口大口呼吸。

到了上午十一点，疼痛感上升到四阶，爆炸式的疼痛感轰炸了她全部的感官神经，她开始大叫，疼得额间青筋凸起，在床上扳动。

杜黎紧紧握住她的手，而他的手反被女人大力握紧，几乎要捏碎他的掌骨。

她喊疼的声音像刀子一样，一下一下扎在杜黎心口。

杜黎看着她痛苦的样子，恨不得穿越回去，不要这个孩子。

杜黎去亲她，吻落在她的面颊、耳垂，他哽咽地道：“宝贝儿，再忍忍。”

她已经疼到失去理智，哭喊着：“不生了，这个孩子老娘不生了！快，把孩子从我肚子里拿掉！我不生了！”

杜黎看着妻子失去理智的模样，眼泪滚落。

男人捧着她的手，一遍遍道歉，跟她说对不起，这种时候他除了看着，什么也做不了。

他说：“不如我们剖宫产吧，不顺产了。”

即便她疼到失去理智，也坚持不要动刀子，她生完小孩还得训练，不能因为伤口影响到训练！

邹遥遥被推进产房，杜黎在旁陪同，目睹了她生产的痛苦过程，他的心脏好像被手术刀扎得稀巴烂，疼得都已经麻木。

一点半左右，产房响起婴儿的啼哭声，邹遥遥晕了过去。

杜黎看见新生婴儿的那一刹，紧绷的神经松下来，察觉到面颊上一片湿凉，他拿手一摸，惊觉自己泪流满面。

家人、朋友赶来的时候，邹遥遥刚好被推出产房。

双方家人直接忽视杜黎，冲到了产妇和婴儿身旁。

第十八章
盛大婚礼

01.

新生的宝宝被护士搁在病房的婴儿床里。

娘家人围着宝宝，婆家人围着邹遥遥。听说孙媳妇被疼哭，杜老爷握着邹遥遥的手，也红了眼眶：“以后狗儿要是敢欺负你，告诉爷爷，我帮你揍他。”

邹遥遥这会儿躺在床上有气无力的，不过也算是松了口气，感觉自己仿佛从鬼门关走了一遭。

她抬眼去看床边的杜黎。

杜黎的母亲用斥责的口吻质问杜黎：“为什么不选择剖宫产或无痛分娩，让遥遥遭这么大的罪？”

面对母亲的质问，杜黎抿了抿嘴，没解释。

邹遥遥吞了口唾沫，润了润喉，抬眼看着婆婆，替丈夫辩解：“是我自己选的。”

她想尽快投入到训练中，认为自己的身体休息两周后，就可以尝试简单的复习训练，而剖宫产的伤口愈合期很长，会导致她的训练延后。

顺产虽然痛苦，对她来说却也是最保险的。

木眠看着女儿气若游丝的样子，心宛如针扎，有些话卡在喉咙口说不出。

她曾经多次试图阻止她上马背，却适得其反。

现在她明白，在女儿心里，人生的幸福不仅包含了亲情和爱情，还有靠自己努力而得的成就。

秦易打断一家人的聊天：“这孩子到底是男孩女孩啊？取个名儿呗。”

云迟和萧清清还穿着校服，邹遥遥生的时候，他们还在上课。

两人收到消息，冲出了教室，不约而同地奔向校门，打车赶来医院。

婴儿床里的小孩皱巴巴的，一点都不可爱。

萧清清皱了皱眉头，云迟却将手指伸过去，隔着小棉被，轻轻戳了戳宝宝的肚皮，满眼疼爱。

萧承冲秦易打手语：是男孩。

秦易盯着他打完手语，一脸迷茫：“什么玩意儿，你老人家就不能打字往群里发？”

萧承收起手，轻咳了一声。

“是个小子。”木眠往秦易的方向看了眼，笑了一声，继而又转回脸去看杜黎，“孩子叫什么，你们想好了吗？”

“甜甜。”杜黎往妻子的方向看了眼，回答岳母。

众人：“……”

邹廷深皱了眉，语气严肃：“男孩娶这个名儿？”

见众人一脸惊恐，邹遥遥忙解释说：“只是小名，就像我的小名叫二宝，杜黎叫狗儿，我们的孩子就叫甜甜。”

秦易嘴角抽了抽：“你们夫妻俩这是在儿子身上发泄长辈们给你们随意起小名的怨气吗？”

杜黎一脸认真地回答：“那倒没有。”

“别狡辩，你明明就有！”

事实证明，邹遥遥的体格的确彪悍，两个星期不到，她就已经能去马场训练。

孩子需要吃奶，杜黎索性带着全家搬去马场，方便妻子训练的同时，也方便孩子吃奶。

带了一个星期孩子的杜黎手忙脚乱，好在有保姆做帮手，倒也没那么焦头烂额。

杜黎去公司的时间减少，大多时候在家里办公，不重要的事情开视频会议，重要的事情让人来马场开会。

需要见推脱不掉的重要合作伙伴时，他便抱着吸奶嘴的孩子一起去赴宴。

媒体开始写“杜先生老来得子，爱子如命”的新闻标题。

杜黎：“老来得子”是什么鬼东西？

孩子很听话，极少哭，也省了杜黎不少麻烦。

杜黎将婴儿摇篮搁在办公座椅旁，工作时一面看合同，一面时不时拿手推一推，给予孩子一点父爱。

孩子睡得正香，正梦见吃甜香甜香的奶，就被爸爸给摇醒了。

孩子：“……”

孩子只有在一种情况下，会号啕大哭，那就是妈妈抱着他，不停地叫他“甜甜”的时候，他会哇地哭出来。不知情的邹遥遥以为孩子怕她，跟她不亲，总是会难过许久。

每当这种时候，杜先生就会有莫名的成就感。

某天，杜黎熬夜工作，白天将孩子扔在床上，自个儿倒头呼呼大睡。

孩子睡醒，饿得慌，拿脚丫去踹杜黎。

男人翻了个身，拿被子盖住头，继续睡。孩子用肉乎乎的手将嘴里的小奶嘴抓下来，扔在老爸脸上，男人无动于衷。

孩子冲着他啊啊叫，见他仍无反应，开始哇哇大哭。

卧室房间隔音不错，又因为房间里没有洗衣设备，这会儿保姆正蹲在阳台手洗婴儿服，也就没听见宝宝的哭声。

全世界都不搭理宝宝，他满腔委屈，索性不哭了，趴在了爸爸的脸边。

杜黎是被臭醒的。

从未遭受过如此打击的杜黎差点没把儿子扔出去。

保姆听见动静，立刻敲门进去，门一推开，刺鼻的味道扑面而来。

她看了眼杜先生，忍着笑，赶紧递了毛巾过去。

孩子趴在床上玩儿小鸭子，冲着他老爸笑了笑。

孩子笑得天真烂漫，杜黎却火冒三丈。

他指着孩子警告：“臭小子，要不是看在你是你妈千辛万苦生下来的分儿上，老子弄死你。”

孩子被吓得一愣，用一双干净清澈的大眼睛望着他。

杜黎继续吓唬他：“扔去喂狼！”

孩子继续瞪着眼睛望他。

“喂、狼！”杜黎冲他做了一个野兽露出獠牙的表情，“哇哦，狼！吃人的狼！”

儿子：“……”

晚上，邹遥遥从训练场回来，刚往床上一躺，杜先生推门走进来，委屈巴巴地将头埋进她的胸口。

她用关怀的口吻问：“怎么了？工作很累吗？”

“奶爸想辞职。”

“当初是谁说……”

杜黎打断她：“我以为你会给我生个小公主，没想到你生的是个混球。”

“重女轻男不好，杜先生。”邹遥遥哭笑不得，“再者，什么叫混球？他怎么你了？”

杜黎忍着没说，这种事是耻辱。

后来邹遥遥从保姆嘴里得知真相，笑得前仰后合。

那天之后，带孩子带出心理阴影的杜黎开始回公司办公。

他晚上下班回家，看见将积木推得零零散散的儿子，深深觉得跟这孩子有孽缘。

阿帕奇被小主人揉捏得不成模样，它看见杜黎，宛如看见救星，嗖地蹿进他怀里，寻求抱抱和安慰。

杜黎抱着阿帕奇去阳台发呆，一人一狗，背影落寞。

坐在阳台上沉默良久的杜先生，扭回头去看客厅里的儿子，无限感慨。

自打儿子出生，他和阿帕奇在家里就成了被欺负的对象，丝毫没有地位和尊严可言。

他希望以后儿子皮实点、叛逆点，这样他就可以拿出老爸的威严，公报私仇，抽他屁股。

九月二日，全运会，近两年大热的马术项目备受关注。

以前全运会，马术项目观众席清清冷冷，而今年和以往不同，无论是团体赛还是个人赛，下面都是座无虚席。

而且马术圈一些骑手的粉丝，居然玩起“饭圈”那一套，无比疯狂。

这次全运会，参加马术三项团体赛的是东云队、西藏队、江东队、内蒙古队以及北京队。

团体赛，最终会以每个队前三名的成绩总分计算。

而马术三项的团体赛，同时也作为个人赛的资格赛。在团体赛中，个人总罚分排名前二十位的运动员，才可以获得参加个人赛的资格。

这几个省的马术队，实力都比较强。东云队有萧承和邹遥遥，北京队招揽了英国华裔骑手文风，加上林莫，这次东云队并不占上风。

上次北京赛，邹遥遥的成绩不如林莫，加上她生孩子耽搁了这么久，而全运会又新加入了不少华裔骑手，这次的比赛她压力实在很大。

杜先生在观众席里抱着儿子，坐得端端正正。

儿子坐在他腿上，他只是用单手抱着，对儿子是满满的嫌弃。儿子穿粉色的小秋衣，嘴里含着奶嘴，好奇地打量四周。

他想便便，嘴松开奶嘴，冲着老爸啊啊啊叫，在男人的腿上躁动不安。

因为邹遥遥刚上场，杜黎便冲着儿子低喝一声，警告他："混账，不许躁动！"

儿子用一双清澈的大眼睛望着他，憋得太久，拿小肉手去拍他的脸。

杜黎抓着他的小手，皱眉警告："这是特权，不许越权。"

他跟儿子对视一会儿，接着一股恶臭扑鼻。

杜黎："……"

旁边的萧清清捏住鼻子，扭过头望杜黎："师母，你放屁啦？"

杜黎一脸铁青，捏住儿子的背带，单手将儿子拎在半空，一脸嫌弃。

身体腾空的宝宝仿佛很开心，在空中蹬腿，挥舞双臂，冲着萧清清咯咯地笑。

萧清清捏着鼻子看向甜甜，瞬间明白了臭味的来源。

她翻出尿不湿递给杜黎："师母，赶紧去卫生间给他洗洗。"

杜黎直接将儿子丢给萧清清："你去。"

萧清清抱住小师弟，瞪大眼睛看着杜黎："师母，你真是太过分了！我要告诉师父！"

杜黎真的很头疼，对她勾勾手，让她把耳朵凑过来。

萧清清见他神秘兮兮，便将耳朵凑过去。

杜黎说："你叫上云迟，他们哥俩感情不错，不要错过这个好机会。"

闻言，萧清清扭头看向云迟，信了杜黎的话。

云迟呆呆愣愣的，萧清清同他讲了很久，他才同意陪她去。

两个小大人，一起抱着孩子去了卫生间，在男女厕公用的洗手台，给甜甜清洗、换尿布。

路过的成年人以异样的目光看他们。

邹遥遥以前八的个人成绩，成功拿到个人赛资格，而东云队的总罚分，仅仅比北京队低了 0.5 分。

东云队拿到第一，北京队心服口服。

晚上，邹遥遥得知杜黎把儿子扔给两个小孩，气得差点掐死他。

杜黎用一贯委屈的眼神看她，可怜巴巴地说："我是为了训练儿子男子汉的性格，不能太惯着他。"他举起两根手指，对着天花板发誓，"你给我生个闺女，我保证当心肝儿疼。"

邹遥遥："啧，男人。"

02.

睡在床上的儿子听见老爸的话，仿佛听懂了，小短腿一蹬，开始哇哇大哭。

脸埋在老婆胸口的杜黎，听见声音，眉头皱得厉害，丢儿子去喂狼的冲动只增不减，他转身去哄儿子。

他拍了拍妻子平坦的小腹，说："你睡，儿子我哄。"

邹遥遥盖好被子，侧身看着丈夫和儿子，心宛如被裹满了蜜，甜得她即使陷入熟睡，嘴角也还弯着。

杜黎哄完儿子，再侧身，妻子已经熟睡。

他放好儿子，低头在她额间落下一吻，将她搂入怀中，才踏实地睡了过去。

夫妻俩抱在一起入睡，儿子裹着小被子独睡，深觉受伤。

第二天上午十点，是马术三项赛选手的个人决赛，今天场地障碍赛的成绩会和选手昨天在团体赛里的罚分相加，总罚分越少，选手排名越靠前。

总共二十名选手，东云队共三人进入决赛，西藏队和江东队各有两名进入决赛，内蒙古队有六名进入决赛，而北京队有七名进入决赛。

东云队进入个人赛的人数虽然不多，但三人的成绩都比较靠前，比较占优势。

大概是为了让强劲的选手都压轴出场，东云队和北京队的骑手，上场顺序都被排到了后面。

其他几个队的骑手比完赛之后，轮到北京队的华裔骑手文风。

文风在昨天的比赛里，个人成绩比萧承要低一点，而今天的比赛，也是他和萧承的夺冠赛。

杜黎单手抱着儿子观看文风的比赛，看到一半，扭头问两个小孩：“你们认为，文风和萧承最后谁会夺冠？他们谁的实力更强？”

萧清清嗯了一声，押了萧承，觉得萧承实力更强。

“云迟，你觉得呢？”

云迟专心地看着场上的比赛，回答说：“文风。”

今天苏悦也来了现场，就坐在杜黎左手边。

她分析说：“早年我跟文风一起参加过比赛，他的实力绝对不低于萧承，他昨天的成绩不如萧承，有一方面是因为马。”

萧清清哦了一声，又问：“苏悦姐姐，你觉得我师父这次能拿奖吗？”

“很难。”苏悦继续分析说，“遥遥在训练上耽搁了很久，昨天能拿到前八的成绩已经很不错。她如果想超越前面几名选手，难度挺高。”

赛场上，文风还在比赛，喇叭里传出解说员的解说声。

解说员话音刚落，文风已经跨越完最后一道障碍，总共用时七十六秒，这条线路的时间应该控制在九十二秒以内，超过一秒，则罚一分。

他的罚分与昨天的罚分相加，总成绩不太理想，萧承只需要发挥正常，就能超过他。

文风下场后，上场的同样是北京队的骑手，林莫。

林莫昨天的成绩与邹遥遥不相上下，两人仅仅差了一分。今天的比赛，他们是彼此的假想敌，谁都不想输给对方。

林莫以九十秒〇罚分的成绩完成比赛，暂时位居这场比赛的第一，比同队的实力选手文风的成绩还要好。

轮到萧承出场，台下的亲友和粉丝都屏住呼吸，希望他能够正常发挥，不要出差错。看着他成功跃过一道又一道的障碍，大家的心跟着提起来又落下去，像坐过山车似的。

萧承超常发挥，居然以四十八秒〇罚分的成绩超越林莫，暂居这场比赛的第一名。

观看了一上午的比赛，杜黎的精神本来已经消磨得差不多，但看见邹遥遥出场，顿时光彩熠熠。

坐在他怀里的儿子也激动得冲大荧幕里的妈妈招手，嘴里发出啊啊的声音。

杜黎索性抱着儿子走出观众席，站在走廊中间，将儿子举过头顶，让他去看妈妈比赛。

“看见了吗？快给妈妈加油。”

孩子被爸爸举过头顶，视野顿时开阔起来。由于身体腾空，孩子的兴奋度也高起来，激动得手舞足蹈。

孩子的双脚在杜黎脸上胡乱蹬，他脸一黑，恨不得直接把他丢下去。

想想这是老婆辛苦生下来的，他忍了。

有观众把杜黎举宝宝这一幕拍下来，发到了网上，网友们被宝宝拿脚蹬杜先生脸的画面逗得哈哈大笑，并留言表示“宝宝好萌”。

想入非非：哇，宝宝好萌！一看见妈妈上场就激动得忘乎所以了吗？小心你爸爸打你哦。

广播里响起解说员的声音：“众所周知，我们的女选手邹遥遥，是在生了孩子之后重回赛场，她昨天的个人赛获得第八的成绩，已经非常不错了。今天的双重、三重、连续障碍增多，邹遥遥却发挥得很稳定，截至目前，还没有罚分……她转弯及时，马儿也非常配合。”

在解说员解说的同时，邹遥遥骑着米格，漂亮地跃过一道一百四十五的三重杆障碍。

邹遥遥今天的场地障碍赛超常发挥，居然拿到八十八秒〇罚分的成绩，在今天的场地障碍赛中，位居第二。

加上昨天的罚分，她的总成绩排名第四。

东云队萧承，位居第一。

北京队文风，位居第二。

北京队林莫，位居第三。

东云队邹遥遥，位居第四。

她作为一名产后复出的女选手，成绩已经相当理想，也因此有了备战东京奥运会的资格。

全运会比赛结束，为了庆祝此次比赛的成功，杜黎在家里设宴款待大家，在后院给大家烤羊腿。

杜黎自从掌握做饭技能以后，便爱上了做美食，他自己倒不贪吃，只喜欢看老婆吃。

夜里，大家围着火堆而坐，篝火燃得噼里啪啦作响。

杜黎切了一块羊腿肉，先给老婆尝，惹得大家一阵咋舌。

秦易起哄说："老杜，你不厚道啊，我们是客，理所应当先给我们切肉吧？"

杜黎扫了他一眼："你没长手？云迟，你给清清切。萧承，你给苏悦切。"

秦易一口鲜血憋在胸口："那我呢？"

杜黎冷呵一声："找个媳妇儿给你切啊！"

杜黎烤的羊腿，外焦里嫩，撒上辣椒面、孜然粉，口口留香。吃过烤羊腿，杜黎给大家发了婚礼请柬。

秦易翻开请柬，抬眼看杜黎："我还以为你的婚礼会定在国外，居然选在国内？这文山县有什么好风景，穷乡僻壤的，有适合你杜大老板结婚的酒店？"

而事实证明，文山县不仅有他杜大老板结婚的地方，那个地儿还非常漂亮。他为了结婚，专门请了荷兰知名建筑师，设计了一栋别具一格的建筑。

婚礼当天，圆形白色建筑被数万株粉色玫瑰围绕，其壮观程度，让人叹为观止。

而据当天媒体报道，这是中国近十年以来最奢华的婚礼，没有之一。

03.

婚礼当天，国内"商界大佬"，几乎全都到场。婚礼没有邀请媒体，但这种奢华的世纪婚礼他们怎么能错过，媒体利用无人机，拍到了建筑外部全景和内部结构。

无人机从上往下俯拍，一栋白色建筑屹立在绿草如茵的草地上，建筑周围种植着万株粉玫瑰，像逶迤铺开的婚纱裙，层层叠叠。

粉与白色交织，干净梦幻。

白色建筑的西面，采用了玻璃作为天窗，无人机可以通过这块大面积的玻璃，拍摄到里面的场景。

一个叫"烽皇"的网友，正在直播这场婚礼。

宾客的车都停在了建筑草坪的围栏外，宾客踩着红地毯，步行进入建筑。

草坪的围栏不高，一米二左右，人完全可以跨进去。围栏内，每隔十米，就有一条护卫犬把关。

护卫犬们端端正正地坐在围栏里，与围栏外的记者对视，目光如炬，气势凌人。

无人机通过天窗拍摄到内景，里面主要以白色、粉色为基调，整个内场布置得很梦幻，圆形舞台上铺满了粉色花瓣。每一个宾客席的卡座周围，都有粉色鲜花簇拥，随手可摘。

宾客虽然身处室内，却宛如置身仙境森林。

网友们看到直播平台里拍摄到的场景，都羡慕得炸了锅。

浅夏独安：我们邹遥遥太幸福了！这婚礼现场也太梦幻了吧？婚礼现场的设计好棒啊！求问这是哪里，欧洲国家吗？太棒了吧！想去旅游！

小黑夏：这是文山县，就在A市，不在国外。这栋建筑……是杜大老板为了举办婚礼特地修的。估计婚礼结束，这也只是私人场所，不会公开供游客观赏。

……

婚礼还没开始，直播平台所有直播婚礼的画面，全部被迫中断。

云迟和萧清清人手一台无人机反制枪，把外面的无人机全部打了下来。打完所有无人机后，两人击掌，将无人机反制枪丢给工作人员，进去观看婚礼了。

下午六点半左右，婚礼开始。

圆形舞台上大提琴乐队奏响音乐，曲调演奏至高昂处，舞台中央升起一块小圆心，身穿西装的杜黎与一架三脚架钢琴出现在宾客的视野中。

大提琴的声音戛然而止，杜黎的钢琴独奏无缝衔接。

从宾客席的角度往杜黎的方向看，他身后是扇形的玻璃穹顶以及落地玻璃窗，窗外的地上是一片鲜花簇拥的粉色，往上，是夕阳斜下，火烧云将整片天空染红。

弹琴的男人和身后的夕阳美景，仿佛是被框起来的水彩画，颜色艳丽复杂，却勾勒得笔笔分明。

这幅景象明显是经过精心设计，美得令人感叹。

钢琴独奏时而高昂，时而轻缓，随着音乐和美景融合，宾客为之震撼，纷纷鼓掌。

掌声还未落下，杜黎退场，紧接着是陈榆阳和天后的合唱曲目，燃爆全场。开场的表演结束之后，天色暗下去，不多时，玻璃穹顶以及巨大的落地窗外，已经被黑夜替代。

全场灯光暗下去，那些玻璃也在不知不觉中，被黑色幕布盖住，星空投影落在上面，舞台背后宛如浩瀚的银河宇宙。

这时，舞台中央聚齐两束灯光，分别落在两端的圆心里。

两块圆心从下而上，西装革履的杜先生和穿着婚纱的杜太太出现在大家的视野之中。

邹遥遥的婚纱裙摆在被粉色鲜花铺满的舞台上铺开，呈扇形，左端被趴在地上穿小西装的甜甜抓着，另一端，则被系着小领带的阿帕奇拿嘴衔着。

甜甜一升上来，面对满堂宾客，开心地啊啊大叫，不断拿小肥手去拍妈妈的裙摆，在妈妈的裙摆上爬来爬去，惹得台下宾客哈哈大笑。

相比甜甜，阿帕奇更淡定绅士，端坐着，岿然不动。

新郎、新娘相对而立，中间站着握着话筒的邹影帝和主持人蔡婷婷。

邹廷深朝女儿走过去，让女儿挽住自己的胳膊。

“新娘太美了吧！”蔡婷婷举起话筒，调侃说，“我想问下新郎，你对新娘动心的第一个瞬间是什么样的画面呢？是她追你，还是你追她？”

蔡婷婷蹭到新郎的身旁，把话筒递到他的嘴边。

杜黎盯着妻子的脸，世间最美，只是她了吧？

他看得出神，以至于主持人递话筒过来时，他好一会儿才反应过来，明显一愣，说：“啊？我……我追她。”

男人因为在大庭广众之下看着妻子出神被发现，脸红不已。

舞台背后的巨幕星空被替换成舞台上的夫妻，杜黎的面部表情被放大，他神情的细微变化都被宾客看得一清二楚。

杜大老板平时以严厉的形象示人，看人的目光总是锐利的，仿佛没有他看不透的东西。而此刻，他双眼发直呆若木鸡的样子，让宾客感觉到反差，台下一阵哄笑。

蔡婷婷调侃说：“我们的杜先生居然看老婆看得眼睛发直……老婆是你的，永远是你的，以后好好看，这会儿请专心回答我们的问题！你对她动心的第一个瞬间，是什么时候、什么场景？”

邹遥遥站在光束下，隔着一层头纱，看着杜黎的样子，也被逗得发笑。

杜黎依然直愣愣地看着她，说：“是她身骑白马，朝我奔驰而来时。”

蔡婷婷：“敢情我们遥遥是你的盖世英雄啊？”

“嗯。”杜黎没有否认。

在调侃过新郎之后，主持人又去调侃新娘，问她：“杜先生让你心动的瞬间是什么呢？”

邹遥遥不假思索地道：“嗯……他跟我撒娇，求我摸他头的样子，特别可爱，所以就心动了。”

杜黎：“……”

宾客席哗的一声，听到了独家爆料。

调侃过新郎、新娘之后，开始进行交换戒指仪式。邹廷深把女儿交到杜黎手中的那一刹，红了眼眶，哽咽道：“我们家二宝交给你了，好好对她。”

简短的一句话却承载了父亲对女儿的爱意与不舍。

杜黎抓过邹遥遥的手握紧，心里顿时变得踏实。

画面是邹遥遥穿着长纱裙，抱着阿帕奇坐在马背上的画面。马蹄踩着金色黄沙，女孩身后是被夕阳染黄的大海，橙黄的太阳正慢慢浸入海平面。

画面转变，穿着格子衬衣的杜黎抱着吉他坐在高脚凳上，身后是米格，脚边蹲着阿帕奇，儿子正在满地爬。

在他们后面，还有五个人组成的乐队。

杜黎抱着一把吉他。

准备就绪，他拨了一下吉他弦，身后的乐队也开始奏乐。音乐里，夹杂着甜甜哇哇的小奶音，萌翻全场。

甜甜爬到爸爸脚边，用肉乎乎的小手，拍了一下杜黎的吉他，发出轻微的咚咚声。

悠扬的乐器合奏先出来，接着是一阵阵抓人心弦的鼓点音。

在场所有人的心都被鼓点震动，悠扬的吉他音也跟着响起。

杜黎用低沉的声音，朗诵的节奏伴着音乐说：

“杜太太，你嫁给杜先生幸福吗？这首歌，我们唱给你听。”

所有乐器交融，形成了一道悦耳的音浪，将人心包裹，节奏快起来，杜黎的歌声也飘出来：

有趣的灵魂来来往往，
我的心远在他方。
亲爱的，
是你身骑白马踏飞沙，
从此驰到我心尖上。

唱到“身骑白马”时，男人身后的米格抬蹄，仰头长嘶一声，增添了一道生动的背景音乐。

亲爱的，

纵马疾驰的你，让我着迷。

可爱微笑的你，令我动心。

是你的野蛮，让我的世界变得生动。

与你相爱后，我心软得连风吹都会痛。

唱到“野蛮”时，蹲在男人脚边的阿帕奇，仰头哇哦一阵，假装凶狠和野蛮，非常应景。

杜黎继续唱：

亲爱的，谢谢你，

在心上给我留一块空地。

从此以后，

就算抱着你虚度光阴，我的人生也充满意义。

……

杜黎弹唱时，那双看着镜头的眼睛很温柔，吸引着她，也深深吸引着所有人。他的歌词是最温柔的表白，每一个音符都裹满了对她的爱意。

演唱结束后，杜黎取出一封信递给她。她将信封拆开，里面是她小时候牵着他的照片。

照片背后，是男人刚劲的钢笔字，摘抄了余光中先生的一段话：

若逢新雪初霁，

满月当空，

下面平铺着皓影，上面流转着亮银，

而你带笑地向我走来，

月色和雪色之间，你是第三种绝色。

邹遥遥看完这段文字，踮起脚搂住他的脖颈。杜黎将妻子抱在怀里，细嗅她身上的淡香，原来拥有一个爱的人，真的可以拥有全世界。

余生岁月，遥遥有期，只够爱你一人。

你的狗儿

番　外
甜甜和圆圆

东京奥运会上，中国马术队崛起，打破往年马术项目的惨淡成绩。

在团体三日赛中，英国队摘金，而中国队拿下一枚银牌。这是中国队在奥运马术项目里摘得的第一枚团体赛奖牌，对于中国来说，这枚银牌具有重大的历史意义。

而这次中国队由四名选手组成：苏悦、萧承、文风，苏晖。

在马术项目的个人赛里，中国队更是创造历史，摘得一金一铜。

苏悦成为中国历史上第一个在奥运马术项目里摘金的骑手。而那枚铜牌，是苏晖所得。

萧承拿了第五名，邹遥遥拿了第十一名，虽然没能摘得奖牌，但他们的成绩已经刷新了中国马术队的历史成绩。

参加完东京奥运会，邹遥遥又接连开始参加各大星级的马术比赛，从她决定参加职业赛，再到享誉全国，仅仅用了五年时间。

杜一笙五岁的时候，邹遥遥给他生了一个从出生就会笑的妹妹。

他还记得，妹妹出生那天，平日里严厉的爸爸有多兴奋。

爸爸激动得把在场所有男人都抱着亲了一口。

秦易叔叔和萧承叔叔一脸嫌弃，而他的双手背在身后，在秦易叔叔旁边站得端端正正，腆着脸皮，等待爸爸来亲他。

然而，爸爸只是嫌弃地看了他一眼，然后拿手揉了揉他的脑袋："一笙先生，以后你就有妹妹了。从今以后，好的东西你必须先给妹妹，知道吗？"

小孩子眨着一双亮晶晶的眼，五岁的娃，声音里还带着稚嫩："为什么？"

杜黎满脸严肃，用教育的口吻说："因为你是哥哥。"

杜一笙抿着嘴唇，低头想了一会儿说："那……爸爸，我把甜甜这个小名让给妹妹，好吗？"

杜黎依旧满脸严肃："臭小子，你心眼倒是挺多的？这种俗气的名字配得上你妹妹吗？"

杜一笙："……"

所以这种俗气又"娘"的名字，配得上他？嗬，杜先生真是世界第一的好爸爸呢。

他往妹妹的方向看了眼，暗下决心，等她长大，要欺负她。

扮鬼吓她，剪她头发！

妹妹出生后，杜一笙和阿帕奇的地位变成了家里最低的。

妈妈和苏悦阿姨出门逛街，丢下妹妹和爸爸在家。

爸爸办公的时候喜欢抱着妹妹，看会儿资料就逗她笑笑。

杜一笙在隔壁学钢琴，他弹完一首曲子，钢琴老师对他发出疑问："咦？一笙，你家里除了你爸爸还有别人吗？"

老师听见有男人的笑声，杜先生不苟言笑，不像是会笑得这么张扬的人，所以才如此问。

"妹妹。"杜一笙的十根小短指还压在黑白琴键上，他继续弹了两下，同时冷笑一声，"老师，那个像老骡子叫一样的笑声，是我爸爸的，您不用觉得奇怪。"

老师看着眼前这个才五岁却言语老成的小孩："……"杜少爷，杜先生知道你这样说他，会打死你吗？

没错，那老骡子叫一样的笑声，是杜黎的。给女儿换尿布的时候，女儿居然拿软嫩的小手掌拍在了他脸上！

妈呀！太萌了啊！杜黎感觉自己被女孩的小手掌萌得不行。

他将女儿举高高，女儿居然拿小脚丫子蹬他的脸！

天哪，怎么可以这么萌啊？女儿的小脚丫蹬在他英俊的脸上，画面一定会很萌吧？

杜先生越想越觉得可爱。

女儿两岁的时候，会叫爸爸，咿咿呀呀能说点话。

杜黎周末打算带着老婆，牵着儿子，抱着女儿去逛商场。杜一笙想起老爸给他买粉色运动装的事情，顿时摇头拒绝，表示宁愿去秦易叔叔家里打游戏机，也不要跟着去逛街。

晚上，爸爸、妈妈和妹妹回家，爸爸又给妹妹买了很多衣服。

妹妹才两岁，已经有一个七十平方米的衣帽间。

有一天，杜一笙的同学刘胖胖来他家做作业，看见他妹妹的衣帽间，瞠目结舌，然后问他："一笙，你的衣帽间呢？是不是比这还壮观？"

杜一笙指了指他卧室里唯一的一个衣柜。

刘胖胖打开他的衣柜，惊呆了。

里面只有七套一模一样的校服、七套一模一样的睡衣，再没有别的衣服。第二天，杜一笙被家里虐待的消息就传开了。第三天，杜大老板重女轻男、虐待儿子的消息就被媒体曝光了。

媒体还像模像样地发了一张杜二小姐衣帽间和杜大少爷小衣柜的对比照片，并注明两张照片来自杜少爷的同学。

杜大老板看见新闻，把儿子叫来膝前谈心。

姜还是老的辣，儿子毛一翘，他就知道儿子在想什么。杜黎抱着闺女，正和老婆坐在客厅里看电视。儿子从二楼下来，双手背在身后，委屈巴巴地看着他，先发制人："爸爸，妈妈，一笙没关系的。好的都给妹妹吧，我有几件衣服穿就很好啦，你们不用担心我。"

听见儿子可怜兮兮的声音，邹遥遥的心都要化了，儿子也太懂事了吧？

本来以为杜黎也会跟她一样感动，没想到老奸巨猾的杜先生指着儿子的鼻尖道："臭小子，你还跟我装是吧？小小年纪就学会制造舆论控制你爸妈了是吧？你给我跪下！"

杜黎愤怒的样子把女儿吓哭了，他让保姆抱女儿上楼，准备揍儿子。

邹遥遥见状，双手握住男人的手腕："你儿子已经很可怜了，你还打他？你是不是亲爸啊？再说呢，我儿子会用舆论控制你，那也是你平时的确重女轻男，他耍点小聪明，无可厚非吧。"

"当初你生孩子的时候，我怎么说的？"杜黎垂眼看她，"你负责生，其他一切交给我。去厨房切块西瓜。"

邹遥遥回头看了眼儿子，把客厅留给爷俩，进了厨房。

杜黎的目光落在杜一笙头顶，杜一笙立刻跪下，摊开手板心。

杜黎用劲在他手板心打了一下，问他："以后还敢不敢这样对家里人？"

挨了一个手板心，杜一笙抿着嘴唇，摇头："爸爸，我以后不会了。"

杜黎见他认错态度诚恳，语重心长地说："一笙，你很聪明，爸爸为你骄傲。可你要知道，小聪明永远不能用在家人身上。你知道网上那些人，是怎么骂你爸爸妈妈的吗？他们骂爸爸，爸爸无所谓，你讨厌爸爸，爸爸也无所谓。可妈妈是我们爷俩都爱的女人，我们爷俩之间的事儿，怎么可以牵扯到妈妈身上呢？"

杜黎打开网友评论，把网上那些骂邹遥遥的话，都念给儿子听。

才念了几条，儿子脸上的乖巧和可怜已经不在，转而是皱着小眉头的冷酷模样，他的小拳头攥紧，看得出他很愤怒。

儿子这么小就会利用舆论给家人压力，这才是让杜黎觉得可怕的地方。

杜黎工作忙，女儿出生以后，他对儿子的关心少了许多，但他没想到，儿子年龄不大，心思却挺多。

杜黎搁下手机又说："你觉得爸爸对妹妹好，对你不公平，是吗？一笙，你是男子汉，对他人可以小气，但对家人应该秉承奉献之心。妹妹才两岁，她学会的第一句话，不是爸爸，也不是妈妈，而是哥哥。她拿到一瓶奶，会先递到哥哥的嘴边。超市阿姨给她一块糖，她会紧紧地攥在手心里，谁也不给，到家后放在你的作业本上。"

杜黎教育儿子要把好的给妹妹，教育儿子心疼妹妹。

而另一方面，却从小给女儿灌输把好东西给哥哥、心疼哥哥的思想。妹妹虽然还小，不会说完整的话，但她已经明白要把好东西给哥哥。

但他平时对儿子太严厉，让儿子觉得不公平。杜黎开始反思，平时对儿子，是否过于严厉。

"这样的妹妹，不该被爸爸心疼，不该成为你的心头肉吗？"

杜一笙七岁，已经是个有自己思想的小孩，他垂着头，感到无地自容。

晚上睡觉时，他拿起铅笔，在作业本上写了这样一篇日记："我犯了一个天大的错误，爸爸发脾气了。网友骂妈妈，我感到非常痛心。原来，我的小气伤害到了爱我的人。其实，不是我的衣服少，而是我把多余的衣服全扔了，只留下我喜欢的那些。我很愧疚，我不该利用刘胖胖，也不该利用舆论去给爸爸妈妈压力。我很难过，我对不起爸爸妈妈。"

凌晨，杜黎工作完，回房休息，看见儿子的房间里还亮着灯，轻轻推门进去，发现儿子趴在书桌上睡着了。他把儿子抱去床上，关台灯时，看见了儿子的日记。

第二天，杜一笙起床，看见日记下面有一串刚劲有力的铅笔字。

儿子，任何人都会做错事，知错能改，就是爸爸的好儿子。

爸爸爱你，一笙，你也是爸爸的心头肉。

狗儿爸爸。

“狗儿爸爸”四个字后面，画了一只狗头。

杜一笙忽然觉得眼眶热，抬起肉乎乎的手搓了搓眼眶。

他的狗儿爸爸，是世界上最好的爸爸。

杜一笙从小接受的思想是把好东西都给妹妹，而圆圆从小接受的思想，是把一切好的东西先让给哥哥。

她不会说话时，就已经学会把好东西先让给哥哥。等她稍微大了一点，有了自己独立的思想，也会问杜黎：“爸爸，凭什么我要把好东西都让给哥哥啊？”

杜黎将她抱在怀里，轻着声音告诉她：“因为他是你哥哥，平时哥哥有好东西不也给你了吗？你们是兄妹，无论何种时候，都该相互扶持，相亲相爱。”

她哦了一声，想想也是。

哥哥平时对她特别好，那她为什么不能把好东西让给哥哥呢？

圆圆四岁时，哥哥已经九岁，上小学。

她跟哥哥一样，不仅学钢琴，也学跳舞。

她的小短指勉强能弹小星星，小短腿勉强能跳几个舞步，转几个圈圈。大概是受阿帕奇的影响，她很喜欢粉色的小裙子，喜欢一切粉色的东西。

邹遥遥要去新疆参加一个越野赛，总线长二十公里，有沙漠有戈壁，全程需要骑手无鞍骑行，有一定危险性。

晚上，杜黎在书房跟邹遥遥讨论这事儿，沙漠戈壁越野会快速消耗马的体力，路线长且危险，巴特从来没有参加过这种户外越野的比赛，他不建议邹遥遥参加。

而邹遥遥认为，这是一个全新的挑战，打算试试。这种比赛和马拉松一样，考验人和马的耐力，重在参与，名次倒是其次。

夫妻俩在书房就这场比赛的危险性，讨论到半夜。

往常这个时候，杜黎会去哄圆圆睡觉，而今天晚上，圆圆躺在床上，睁眼到十一点也没等到爸爸过来。

她光着一双脚丫下床，跑去书房，小胖手将门推开一条门缝，听见了爸爸妈妈说的话。

听见“危险的比赛”，她一脸紧张地跑去哥哥房间。

杜一笙在做作业，妹妹推门进来，光着脚站在他跟前气喘吁吁，小脸涨得通红。

他瞬间皱了眉，搁下铅笔，将她抱去床上坐好，然后抱着一双胳膊呵斥她：“说了多少次，不许光脚下床。”

圆圆眨巴眨巴眼睛看他，然后抓住他的手说：“哥哥，妈妈要去参加一场很危险的比赛？美美说，只有很穷的家庭，才会努力，我们家很缺钱吗？”

这个……其实杜一笙也不知道。

杜一笙念国际小学，同班同学家里都很有钱，同学们每天上学，司机和管家开几百万的车接送。他女同学的一件衣服，动辄五位数。

而他……有一次他问杜黎，他的那套骑装多少钱？会不会很贵？

杜黎正在看杂志，扫了他一眼，漫不经心地说：“顺手拿的，不要钱。”

杜一笙又说：“刘胖胖说，他家的别墅值一个亿，那……爸爸，我们家的别墅值多少钱？”

杜黎皱眉。

啧……小小年纪还学会攀比了？他随口一说：“租的，买不起。”

有一天老师给他们上思想教育课，语重心长地说：“好些家长，砸锅卖铁也未必能送小孩进来这里读书，你们一定要珍惜这么好的教育资源。”

他仔细想了下常年受伤的妈妈以及每天动不动就在工作的爸爸，觉得他可能是全校最穷的学生，没有之一。

面对妹妹的提问，九岁的杜一笙略感心酸，伸手摸了摸妹妹的头，年少老成地说：“圆圆，爸爸妈妈都不容易，所以你要好好学习，知道吗？”

然后他告诉圆圆，他们家其实很穷，特别穷。

圆圆一双眼睛通红，隐忍着眼泪，抿了抿嘴唇，冲哥哥点头，说：“哥哥，你放心，圆圆一定好好学钢琴，好好学跳舞，长大了找好工作，赚钱养你们。”

杜黎发现，调皮的女儿最近学钢琴的时候特别乖，老师布置的任务很快就可以完成。

晚上一家人吃过饭，圆圆会牵起小裙子跳优雅的舞，给大家解闷儿，有时候会抓着阿帕的一双狗爪子一起跳。

被折腾的阿帕奇黑狗脸十分冷漠：……

它好不容易等杜少爷长大，熬出了头，又栽进了杜小姐这个坑里。

它的狗生……很辛苦了。

新疆的那场户外越野赛开始前两天，杜黎带着全家奔赴新疆A县。

那里不如内地景色秀丽，放眼望去一片荒芜，戈壁滩上，偶尔可见几簇骆驼刺。杜一笙从没见过这样荒凉的地方，圆圆自然也没有。

晚上他们住在马场。

黄土堆砌起来的小平房里没有空调，连风扇也没有，晚上睡觉开着窗，依然热。

半夜，杜黎起身，陪邹遥遥去上厕所。

两个孩子也热得睡不着。圆圆翻了个身，拿手指戳了戳杜一笙的腰窝。

杜一笙嗯了一声，转回身看妹妹。

圆圆可怜兮兮地看着他："哥哥，圆圆好热，圆圆想回家。"

"我也热。"杜一笙沉吟片刻后说，"可是圆圆，明天妈妈要比赛，我们必须留在这里给她加油。"

圆圆要哭出来，却不敢在爸爸妈妈面前哭，怕他们不开心，她撇着嘴，声音里带着哭腔："可是哥哥，为什么妈妈要来这种地方比赛？"

"因为妈妈要赚钱养我们啊。"九岁的杜一笙将妹妹搂进怀里，揉揉她的后脑勺。

听见外面有脚步声，两个孩子立刻紧紧地闭上眼睛，装睡。

杜黎和邹遥遥进来，看见两个小孩眼睛闭得紧紧的，女儿窝在哥哥怀里，睡得很熟。

夫妻俩压根没想到，俩小孩的心思这么多。

第二天比赛开始，起点聚集了很多观众。

起点有大荧幕，全程直播各位骑手的比赛情况。但现场条件有限，没有设置座位，观众们都站在荧幕下围观比赛，全程仰头看比赛。

文涛他们找来一张板凳，但他们不能坐，一旦坐下，视线就被前面站着的人给遮住了。

头顶烈日炎炎，由真替他们撑伞遮阳，才让两个小孩感到不那么难受。杜黎牵着儿子女儿，站了一会儿，低头问女儿："圆圆，累吗？爸爸抱你好吗？"

圆圆抿唇摇头，握住他的手指，仰头看着他说："爸爸，圆圆不累，你抱哥哥吧。”

杜黎低头看了眼身高已经超过他腰部的儿子：“……”

杜一笙与爸爸对视一眼，也表示很无语。

因为他真的想象不出来，现在的他被爸爸抱起来是一种怎样的情景，一定特别滑稽。

虽然女儿懂得“孔融让梨”，但杜黎还是将她抱了起来。

毕竟女儿才四岁，体力有限。

圆圆被爸爸抱在怀里，视野瞬间开阔，原本她只能看见其他人的臀部，现在能看到大荧幕了。

镜头拍摄到邹遥遥身上时，她激动地指着大荧幕大叫：“爸爸，你快看！是妈妈！”

杜黎盯着大荧幕，很快皱了眉。

邹遥遥已经落后，而她身下的马明显体力不支，似乎出了什么问题。

巴特举步维艰，却没有放弃。

为了让杜一笙也看到老板娘的比赛，文涛让他骑在了自己脖子上。杜一笙看见妈妈的比赛现状，皱着眉头说：“爸爸，你看，巴特受伤了。”

杜黎一脸担忧：“看见了。”

马受伤了却依然奔跑，这种状态对人对马其实都不好，很危险。他一颗心揪着，正为妻子祈祷，屏幕里的马忽然跌倒，双腿跪地，而马上的人因为是无鞍骑乘，直接从马背上摔了下来。

邹遥遥滚下沙丘，消失在了镜头范围。

下面的观众惊呼一声，倒吸一口凉气。杜黎心里一惊，正要离开现场去接妻子，却见邹遥遥爬上了沙丘，冲着镜头微笑挥手。

她的脸上有明显的摔伤，尤其是被镜头放大之后，让人觉得触目惊心。

马儿跪地跌倒，卧在沙子里喘气，似乎体力耗尽，已经爬不起来了。邹遥遥跪在马儿跟前，用手去抚摸巴特的马嘴，低声说：“巴特，我知道你尽力了，这场比赛咱们没有输，你依然是最棒的！你坚持下，待会儿就有人来接我们回去。”

邹遥遥话音刚落，巴特忽然打了个响鼻，跪地而起，又站了起来。

看比赛的观众又是一阵惊呼，隔着大荧幕，对巴特鼓掌。现场掌声如雷，可杜黎一家却心疼得呼不出一声“好”。

圆圆揪着爸爸的耳朵，转过脸，红着眼眶看着杜黎，问他：“爸爸，巴特站起来，妈妈还会继续比赛吗？”

她刚问完，邹遥遥已经翻身上了马背。

女人的面庞被做了特写，她的半张脸被擦破，沙子揉进伤口里，看着都疼。她却满眼无畏，目视前方，重新拉上面罩，戴上风镜。

邹遥遥勒紧缰绳，马儿一声长嘶，踩着黄沙继续奔跑而出。

马儿跑的速度不快，却牵动了在场所有人的心。她注定不是第一，却是观众心中的英雄。

观众们再次鼓掌，圆圆却哇的一声哭出来，她搂住爸爸的脖子，将脸埋在爸爸肩上哭。

她哭过之后，揪着爸爸的耳朵，一面抽泣，一面询问杜黎："爸爸，妈妈为什么要这么努力？我们家真的很穷吗？我以后不喝奶奶了，跟你们一起吃饭饭、喝汤汤好不好？你让妈妈不要那么辛苦，圆圆会好好学习，会努力赚钱，让爸爸妈妈过上幸福的日子。"

小姑娘鼻涕眼泪满脸，哭成了泪人。

她一面用肉乎乎的手去抹鼻涕眼泪，一面呜呜地哭道："爸爸，圆圆以后可以只喝汤，不吃饭的，可以节约钱，你让妈妈不要那么辛苦好吗？"

小姑娘拿小手捂着心脏，继续哭道："圆圆这里好痛。"

杜黎拿了纸巾给她擦鼻涕，她却顺势握住杜黎的手，将他的手搁到她的胸口："不信你摸，圆圆的心真的好痛。"

杜黎的心本来就很疼，女儿又哭得梨花带雨，让他的心彻底化成一滩水。他被女儿的情绪感染，红着眼眶安慰女儿："圆圆不哭，妈妈经常受伤，能熬住。"

他不这样说还好，话刚说完，女儿哇的一声又开始号啕大哭。

杜黎去看儿子，儿子的眼眶也红红的，咬着嘴唇，跟着抹眼泪。

杜黎被孩子们的情绪感染，眼泪也掉出来。

三人眼泪收不住，作为保镖的文涛和由真对视一眼，表示无可奈何。

邹遥遥抵达终点，很快被车送回来。

她下车后，看见杜黎一双眼睛红肿，怀里抱着女儿，另一只手牵着儿子。那场景，宛如独自养大一双儿女的妻子，见到了多年未归家的丈夫。

邹遥遥从杜黎手里接过女儿，用指腹去擦女儿眼角的泪水，低声问："我的乖圆圆，怎么哭啦？"

圆圆近距离看见妈妈的脸，哭得更厉害，她小心翼翼地捧住邹遥遥的面颊，在她没有受伤的地方亲了一口，给妈妈安慰。

因为爸爸说，她的吻可以治愈一切伤痛，她希望，她吻过妈妈之后，妈妈不会疼。

邹遥遥受伤不严重，只是皮外伤，清理之后上了药，没有大碍，这种程度也不会留疤。

晚上，邹遥遥去跟其他骑手聊天，杜黎留在房间带孩子。

显然两个小家伙还沉浸在白天的心疼之中。

圆圆不哭了，坐在杜黎的大腿上，依然一副忧心忡忡的样子。杜黎大概知道了这些孩子在想什么，一脸好笑地看着心事重重的两个孩子："圆圆，一笙，你们为什么会觉得我们家很穷？"

杜一笙说："爸爸，你不用逞强，我们是你的孩子，你就算是乞丐，我们也不会嫌弃你。虽然刘胖胖的爸爸买得起上亿的别墅，但是我一点都不羡慕，即便我们家是租的别墅，只要能和爸爸妈妈、妹妹，还有阿帕奇、米格、巴特在一起，我就很开心。"

杜黎一脸郑重地告诉他："爸爸那是跟你开玩笑。嗯……这么说吧，爸爸其实比刘胖胖爸爸有钱。"

杜一笙皱眉看他："一笙不喜欢牛皮大王爸爸。刘胖胖的妈妈只负责貌美如花，可我的妈妈却要辛苦地骑马，还会受伤。"

杜黎："……"

圆圆也说："是啊，圆圆也不喜欢牛皮大王爸爸！"

杜黎深吸一口气，让两个孩子躺在自己的臂弯里。

他说："圆圆，一笙，妈妈辛苦骑马、受伤，这是妈妈选择的路。妈妈之所以努力，不是因为咱们家条件不好，而是因为妈妈心里有梦想，她在努力完成梦想。"

圆圆听得似懂非懂，她仰着小脸问他："可是爸爸，你的梦想是什么呢？"

杜黎勾唇笑道："余生用最大的努力，让你们幸福。"

后　记

想写马这个念头，始于 2015 年在内蒙古草原的一场意外。

当时我在景区草原骑了一匹小马驹，骑到半路，那匹看似乖巧的小马驹出了意外，它带着我脱离了队伍，在大草原上疾驰。

我当时吓蒙了，但是我很快冷静下来，攥紧缰绳，踩紧马镫，开始尝试和马沟通。幸运的是这匹小马驹虽然调皮，但没有太野，还是很听我的指挥。但因为那是我人生当中第一次骑马，我压根不知道如何让它停下来。

于是这匹小马驹带着我在内蒙古草原疾驰了四十分钟。

停下来之后工作人员都吓坏了，问我有没有事，跟我一个劲儿道歉。我摆摆手说没事，表示非常畅快。

那是我人生中第一次纵马疾驰，很爽。

回来之后我琢磨着想写一本关于马术的小说，但我对这个题材的知识很匮乏，平时在四川也接触不到马，所以这个想法就搁置了。

直到 2017 年去新疆参加同学婚礼，去了阿合奇，和柯尔克孜族人以及一个江苏队的职业马术小哥哥一起骑马去狩猎，才又有了写这个题材的念头。

我去内蒙古旅游的时候没有体会到什么叫马背上的狂野，却在阿合奇体会深刻。

当时在阿合奇认识的江苏队小哥哥非常优秀，聊过之后知道他是从很小的时候开始学习马术。

从新疆回来，江苏队小哥哥去了英国学习。

他说可能有一天会和华天一样加入中国队，代表中国队比赛，还说如果有一天在奥运会上看见他，千万别惊奇。

那时候我对马术还一无所知，不知道什么是“盛装舞步”，也不知道什么是“马术三项”。我开始慢慢了解，开始去看马术比赛。

后来通过一个教练去看了比赛的温血马，被它的漂亮和温柔征服。

这种马和我在内蒙古、新疆见过的马不同，它体格很高，身躯漂亮，好像生来就少了狂野，多了几分矜持贵气，它的气质真的很迷人，无以言表。

它用温柔水灵的眼睛看我，低头用干净湿润的鼻孔蹭我的脖颈，对我打响鼻。

我从一开始看不懂“盛装舞步”，到成为马术热爱者，这个过程很漫长。

《遥遥有期》这个故事是架空的一个平行世界，这个故事里马术已经发展到了一个巅峰的状态，几乎是“全民马术热”。可是现实残酷，马术现在依然冷门。

我希望用遥遥和杜先生的故事，可以让你们了解一点马术，也希望你们能喜欢杜先生和遥遥。

最后希望，中国赛马风采昂扬，铁蹄铮铮。

（作者微博：@萱草妖花）

萱草妖花

2018年7月11日